U0828750

《血色将至》电影剧照 1

《血色将至》电影剧照 **2**

奥斯卡
经典文库

[006]

There Will Be Blood

血色将至

(美)厄普顿·辛克莱●著　孙牡丹●译　何亮●丛书主编

首都师范大学出版社
CAPITAL NORMAL UNIVERSITY PRESS

图书在版编目(CIP)数据

血色将至/(美)辛克莱著；孙牡丹译．—北京：首都师范大学出版社，2014.8
(奥斯卡经典文库)
ISBN 978-7-5656-2074-4

Ⅰ.①血… Ⅱ.①辛… ②孙… Ⅲ.①长篇小说—美国—现代 Ⅳ.①I712.45

中国版本图书馆CIP数据核字(2014)第207929号

XUESE JIANGZHI

血色将至

(美)厄普顿·辛克莱 著　孙牡丹 译

责任编辑　王慕飞
首都师范大学出版社出版发行
地　址　北京西三环北路105号
邮　编　100048
电　话　68418523(总编室)　68982468(发行部)
网　址　www.cnupn.com.cn
三河市博文印刷有限公司印刷
全国新华书店发行
版　次　2015年1月第1版
印　次　2015年1月第1次印刷
开　本　880mm×1230mm　1/32
印　张　14.25　　插页　2
字　数　312千
定　价　32.00元

版权所有　违者必究
如有质量问题　请与出版社联系退换

总序：电影的文学性决定其艺术性

不是每个人都拥有将文字转换成影像的能力，曾有人将剧作者分成两类：一种是“通过他的文字，读剧本的人看到戏在演。”还有一种是“自己写时头脑里不演，别人读时也看不到戏——那样的剧本实是字冢。”为什么会这样，有一类人在忙于经营文字的表面，而另一类人深谙禅宗里的一句偈“指月亮的手不是月亮”。他们尽量在通过文字（指月亮的手），让你看到戏（月亮）。

小说对文字的经营，更多的是让你在阅读时，内视里不断地上演着你想象中的那故事的场景和人物，并不断地唤起你对故事情节进程的判断，这种想象着的判断被印证或被否定是小说吸引你的一个重要原因，也是作者能够邀你进入到他的文字中与你博弈的门径。当读者的判断踩空了时，他会期待着你有什么高明的华彩乐段来说服他，打动他，让他兴奋，赞美。现实主义的小说是这样，先锋的小说也是这样，准确的新鲜感，什么时候都是迷人的。

有一种说法是天下的故事已经讲完了，现代人要做的是改变讲故事的方式，而方式是常换常新的。我曾经在北欧的某个剧场看过一版把国家变成公司，穿着现代西服演的《哈姆莱特》，也看过骑摩托车版的电影《罗密欧与朱丽叶》，当然还有变成《狮子王》的动画片。总之，除了不断地改变方式外，文学经典的另一个特征，是它像一个肥沃的营养基地一样，永远在滋养着戏剧，影视，舞蹈，甚至是音乐。

我没有做过统计，是不是20世纪以传世的文学作品改编成电影的比例比当下要多，如果这样的比较不好得出有意义的结论的话，我想换一种说法——是不是更具文学性的影片会穿越时间，走得更远，占领的时间更长。你可能会反问，真是电影的文学性决定了它的经典性吗？我认为是这样。当商业片越来越与这个炫彩的时代相契合时，“剧场效果”这个词对电影来说，变得至关重要。曾有一段时期认为所谓的剧场效果就是“声光电”的科技组合，其实你看看更多的卖座影片，就会发现没那么简单。我们发现了如果两百个人在剧场同时大笑时，也是剧场效果（他一个人在家看时可能不会那么被感染）；精彩的表演和台词也是剧场效果；最终“剧场效果”一定会归到“文学性”上来，因为最终你会发现最大的剧场效果是人心，是那种心心相印，然而这却是那些失去“文学性”的电影无法达到的境界。

《奥斯卡经典文库》将改编成电影的原著，如此大量地集中展示给读者，同时请一些业内人士做有效的解读，这不仅是一个大工程，也是一件有意义的事。从文字到影像；从借助个人想象的阅读，到具体化的明确的立体呈现；从繁复的枝蔓的叙说，到“滴水映太阳”的以小见大；各种各样的改编方式，在进行一些细致的分析后，不仅会得到改编写作的收益，对剧本原创也是极有帮助的，是件好事。

——资深编剧　邹静之

主编的话：跟随文学人物走进各种各样的命运险境

能参与《奥斯卡经典文库》丛书的编辑工作，我感到特别的荣幸和高兴。说实话，这套丛书的编辑过程不仅给我，也给我们整个编辑团队带来了莫大的兴奋感。

兴奋之一：这是国内首次以大型丛书的形式出版经典电影的文学原著，这无疑是奉献给广大读者的一场阅读盛宴，我们相信无论何种口味的读者，都会从这套丛书里找到自己的最爱，甚至找到陪伴自己一生的精神伴侣。

兴奋之二：我们选择的书目全部是奥斯卡奖得奖或者提名的电影原著。奥斯卡本身就是全球最值得大众信赖的品牌之一，在奥斯卡异常严格的选拔标准下，这一批电影原著小说的艺术质量，还有部分原著是第一次出中文版本，我们之前也并未读过，但读过之后，深为震撼——世界一流的小说确实能带给人直击心灵而又妙不可言的独特感受。

兴奋之三：这套丛书让我们重新认识了文学原著和电影作品之间的互动关系。有的作品我们只看过小说，没有看过电影；而有的作品我们只看过电影，没有看过小说（后一种情况更多一些）。于是在编辑的过程中，我们重新补课，将同一故事的两种艺术形式尽量都补看完整。补完课才发现，文学与电影之间的关系真是太有趣了——电影或者因为时长所限、或者因为视听特性的发扬、或者因为求新求变，通常都要对原来的文学作品做出取舍和改动，电影编剧和导演如何取舍如何改动，背后其实都隐藏着电影创作者的深入思考。而很多文学名著又被不同的电影创作者多次改编，这些不同的电影版本所体现出来的电影创作者的不同趣味、不同表达以及独特个性，每每让我们生发出一种“又发现了一片新大陆”的感觉。我们作为读者和观众，往往会为哪一个电影版本改得更好而争论得面红耳赤——而对于那些两种艺术形式都没看过的朋友来说，我个人的建议，最好先读小说，充分展开自己的想象世界之后，再去看电影，收获绝对不一样。

兴奋之四：比起编剧和导演对文学作品的改编，演员、明星们对文学人物的演绎无疑更能引起大家的好奇和关注，在看完小说之后，带着悠闲而挑剔的眼光，再去评论、比较电影里的明星的表现，甚至去评论、比较不同版本的明星的表现，这给我们带来了数不清的快乐时光。

因为部分原著小说和电影也是我们第一次接触，以上所呈现的，都是我们在编辑过程中非常真实的感受。我们也非常期望我们的工作能带给广大读者同样的兴奋和快乐。《奥斯卡经典文库》为您精心挑选的这些非常优秀的原著小说，完全值得您腾出一点业余时间，全身心投入其中，跟随着那些精彩的文学人物走进各种各样的命运险境，去迎接那些意想不到的感动和震撼。

——北影老师　何亮

导读：卷帙浩荡的一代原油史

一

《血色将至》① 是厄普顿·辛克莱 1927 年出版的小说。是一本深入围绕原油业的左翼政治小说。纵览世事的老辣和宽和，人物在世事洪流变迁中的起落，是本书一大特色。

小说庞大、复杂，几乎牵扯到 20 世纪初二十几年美国社会的所有解剖面。社会和政治讽刺无处不在，角色性格的缺陷和闪光，尽皆活灵活现。一代富家子弟和穷人后代的生活，现实牟利，尔虞我诈，精神理想者，社会革命，宗教势力，情感起伏和世事法则，写的惟妙惟肖，入木三分。作者视野是相当广博、细致的，如一块巨型的几十层蛋糕纵切开来，每一层都清清楚楚。

全书主要的角色和成长线索是小杰·阿诺德·罗斯

① 《血色将至》原书名为《石油!》，因为本套丛书为奥斯卡经典文库，所以书名改为电影片名。

(James Arnold Ross Jr.)，小名“兔宝”，石油大亨的独子。虽出生豪富之家，却沉静思考，思维感性，同情油田劳工，诉求公平正义。他与纵情享乐，物质主义的富人圈子格格不入，却又不得不置身其中。这个受过精英教育，带有社会变革理想的青年，念念投身左翼。“兔宝”和他白手起家、建立财富帝国的父亲一生价值观的对峙与和解，也贯穿了整本小说。

小说以一战和苏俄革命作为时代背景，另一个重要背景事件是哈丁政府在 1920 年到 1923 年间的茶壶顶丑闻（Teapot Dome Scandal)。内政部部长福尔于 1922 年分别把怀俄明州茶壶顶和加州爱尔克山的海军石油保留地秘密出租给石油大亨。两笔交易都没有采取竞争性投标方式。经调查发现，福尔收取了巨额美元作为促成两笔交易的“劳务费”。而这个事件直接促使了罗斯石油家族的破产。

值得一提的是，那时候红色革命还没有到达一个如火如荼的程度，也没有酿成世界范围的恐怖。在西方绞杀赤色分子的大环境下，整本书饱含一种对布尔什维克的深刻情感。里面的一批以保罗·沃特金斯为首的西方左翼青年，出生贫苦，经历了战场、苦难和流亡，被锤炼了成一代坚定的革命者，“眼睛里面都是光明的火焰”。

归根结底，“万物有本然，终不为他者”。人间的悲喜剧都何曾相似。你可以理解为一个富二代的成长史；一个纸醉金迷的世界；一个财富帝国和它的奠基者；一个美国左翼革命史；一个政商权益、黑金交易和财富阶层的精细描摹；以及一代理想主义者的死亡。

毕竟这个世界是个精心编织，环环相扣的残酷体系。什么样的秉性，出生，思考方式和经历，决定了什么样的一生，人怎么也跳脱不出这个规律。作者贵在一一洞察，细细写出人的多样性和复杂。而里面的人物形形色色，无论是贪婪的、享乐的、实际操盘的、纨绔纵欲的、野心勃勃、清贫质朴，又或理想主义的，都让人可以代入和理解，尽皆感同身受，为之动容。其出色的笔力和通达的文字魅力可见一斑。

二

全书共二十一章。从兔宝儿童时期的视角开始，他从小就和父亲走南闯北，视察油田，谈生意，深刻的观察人，见证各种人间百态、赤裸裸的利益交换和人性的贪婪。

前两章中，他随父亲开车穿越南加州沙漠，去找一个地产商谈项目。在一群为财产撕破脸皮的村民中。十多岁的兔宝遇到了一个影响了他一生的灵魂启蒙人，保罗·沃特金斯——这个贫穷家庭的少年，为了反抗宗教迷信、“做个堂堂正正的人”离家出走，兔宝帮他拿到一点食物，两人在黑暗的柴房里进行了一番对话。保罗“深沉、强劲、尊严”的人格力量深深的打动了兔宝。

罗斯家族的石油开采生意，在精明实干的父亲一手操持和扩张下，日渐做大。兔宝一心念念不念忘保罗·沃特金斯，要和父亲去沃特金斯家所在的天堂镇（Paradise goat ranch）猎鹌鹑，而父亲在此发现了丰富的石油矿藏迹象。

沃特金斯一家时常进行疯癫的宗教活动，在买卖土地的谈判中，次子伊莱借用了兔宝父亲胡诌的一句“第三神启”，走上了神棍之路。而天堂镇的石油开采正式开启。随着矿工死亡和油井事故，兔宝更加觉得父亲做的是压榨和不道德的事业。

一战开始了，产业工人联盟的发起下，石油工人开始罢工，诉求八小时工作制。商会联盟则用武力打压。兔宝在对父亲和朋友保罗的正义感之中摇摆不定。之后，兔宝进入了贵族高中，开始了和富家千金的恋情。先是一个医生的女儿，接着是证券家族的千金，尤妮丝，一个无休止享乐、逍遥玩世的豪门姑娘。

一战中，美国加入了战局，俄国人推翻了沙皇，建立了苏维埃政权。保罗参军，失去联络一段时间，后众人得知他随军驻扎于西伯利亚。兔宝去读了南太平洋大学，与名门世家、端庄的汉丽埃塔交往。

在大学，兔宝认识了具有左翼思想的丹尼尔·欧文教授，当时正在全国肃清布尔什维克思想者，却从此更加坚固了他的政治倾向，加入了社会主义者和平权学生之中——都是一群有思想的边缘怪人，包括他后来的妻子，犹太裔平民的瑞秋·明茨。

保罗·沃特金斯回到天堂镇，讲了亲眼所见的镇压俄国工人运动的协约国暴行，以及他更加坚定的工人运动信念。父亲跟儿子听了一场俄共支持派的讲座，感到惊恐。而兔宝和同学办的红色报纸也被取缔，相关人士都被威胁压制。

在富人圈中，一个社会名流夫人想要引诱兔宝做她的情人，被他拒绝。而兔宝去了父亲合作伙伴弗农·罗斯科的情人安娜贝尔的大庄园，遇到了红极一时的女明星薇·特蕾西(Viola Tracy)，两人一见钟情，随即二人陷入恋情。兔宝、父亲和薇一起去东部度假，表面上父亲是要谈生意，实际上是让他的合伙人罗斯科在南部镇压工人运动。

另一方面是合伙人罗斯科策划的贿赂事件，付钱支持哈丁政府上台，以拿到四万亩海军的预留地作为油田。事情在激进杂志上被丹尼尔·欧文教授等撰写的文章披露。父亲和罗斯科为避免国会传讯逃到加拿大和欧洲度假，兔宝跟随父亲。父亲在法国爱上了一个通灵术士的寡妇，与其结婚，后因肺炎去世。死前他给了一笔钱支持了儿子的左翼事业，父子最终在意识形态上和解。

兔宝决定终身献给工人运动。而罗斯科和通灵寡妇私吞了罗斯集团的股份和产业。女明星薇嫁给了罗马尼亚王子。兔宝和犹太平民姑娘、大学同学瑞秋·明茨结婚，两人皆主张左派的和平社会改良。而保罗·沃特金斯死于一场武装镇压，他痴情的妹妹鲁斯不久也随他而死。

本书情节纠缠，大概有几条清晰的线索，并列在一起。

一个是南加州早期的石油工业，兔宝跟随父亲在原油开采、产业管理、镇民调解、政商交易的作为，目睹这个心明眼亮、性格坚毅的实业家一步一步发家做大的过程。另一个是兔宝对工人和贫苦阶层的深入观察和体会，进入他们的生活，理解他们想法，大量读劳资书籍，参加运动，萌发他为工人争取权益的平等社会理想。还有一条线，就是这个富家子弟在上流阶层的生活，和富家女、社会名流的交往过程。

此书亦牵扯出了别的醒目人物线索，如保罗·沃特金斯这个极端激进的亲苏革命派。伊莱·沃特金斯这个统御了南部民众精神的神棍。欧文教授和瑞秋·明茨这类的温和左派。罗斯科这个真正操盘美国政商界的黑心无良角色。以及一群爱慕虚荣、浮华奢靡的社交名媛、富豪、明星和知识分子。

三

本质上来说，电影和小说截然不同。

相比于小说篇幅浩大的时代风卷，电影更像是撷取了一小块，做成一出极具美学的形式化黑色戏剧。兔宝的戏份几乎全部都被删掉，他变成了一个沉默无言的孩子和青年。为了让他更道具意味，导演甚至让其在一次油矿事故中变成聋哑人。

而小说里的罗斯先生，也就是父亲，有生意人老辣不留情的一面，也同时是有人情味的第一代企业家。他没日没夜的工作，照顾工人团队，走在生产第一线，尽显了美国一代农民勤劳肯干、务实坚韧的好品质。他看穿世事，却也尊重儿子的人生自由和选择。完全不是电影里那个扭曲凶狠、残忍无情、干出一系列变态事情的反人类石油大亨。

片中几乎完全删除了保罗这个人物，也决口不提左翼革命，反而是伊莱·沃特金斯这个扛着宗教神启大旗的神棍和父亲的权力斗争贯穿了电影。

导演直言不讳，“我只改编了前 150 页不到”（小说 600 页左右）。其实，片子脱离了小说，独成了一个个体，也是极为出色的。风格化，极简，几乎省略掉了所有。黑暗的色调，庄重复古的格局，静置的人物，风格美学的一个极致，讨论的是人性内部黑暗的边缘，而非浩浩荡荡的时代全景。

而这个资本至上，冷酷无情、极端厌世的石油发家者的屏幕呈现，让导演保罗·托马斯·安德森凭借此片获得第 58 届柏林电影节最佳导演银熊奖。丹尼尔·戴·刘易斯也摘得第 80 届奥斯卡金像奖影帝。小说对此亦功不可没。

目 录

第一章 途 中

I

道路顺滑无阻，十四英尺的宽度，精准无误，边缘像用刀裁过一样的齐整。冥冥中仿佛有只巨手，将这灰色的水泥绸带铺陈于山谷。地形如长长的波浪起伏，缓慢上升，突兀下落，如此跌宕反复——但这并不令人心惊，因为你知道魔术绸带总在前面，完美如毫无肿块或伤疤的肌肤，恭候着转速为每秒七周的橡胶车轮碾压而过。冷风呼啸，运动引发气流的风暴，风声时而高亢，时而低回，带着某种变动不居的弦外之音。男孩舒服地坐在车里，面前的风幕被倾斜的玻璃划开。偶尔手贴车窗感受一下凉意；偶尔摇一道缝隙，任急流拍打前额、吹乱头发；但绝大多数时候，他都坐得端正而沉默——因为父亲就是这样。对儿子来说，父亲的坐姿就是天经地义的标准姿势。

父亲穿一件褐色羊毛大衣，质地柔软，剪裁宽大，双排扣、大翻领、大翻盖口袋——凡是裁缝能表现“大气”的地方一处都没浪费。儿子的大衣出自同一位裁缝之手，用同一种柔软毛料，有同样的大翻领、大翻盖口袋。父亲戴了副驾驶手套，儿子也戴着同店同款的手套。父亲架一副角质框眼镜，儿子从未看过眼科医生，却也在商店寻了副琥珀色角质框眼镜戴着。父亲没戴帽子，相信日晒风吹有利于预防脱发，儿子因此也顶着一头乱发。这两人的唯一区别——除了一大一小，就是父亲嘴角叼着根没点燃的棕色雪茄，这是昔日艰苦岁月留下的习惯，那会儿他一边赶着骡马车队，一边嚼烟草。

时速五十英里①，车速表的提示音。这是父亲野外行驶时的设置，除了雨天从不更改。路面坡度依旧，他右脚稍稍用力，汽车开始全力爬坡、爬坡，登上了山脊顶端，旋即滑翔进下一个山谷。自始至终，车子都处于水泥魔术绸带的正中央。下坡会自动加速，父亲把脚上的力量放松，让汽车的发动机阻力替他控制速度。五十英里够了，父亲说。他是那种发号施令掷地有声的人。

前方远远隔了几道陆地的波浪，另一辆车开了过来。一个小黑点，先在视线中沉没，片刻后又浮起，越变越大。很快就到了面前的坡上，气势汹汹地冲来，像从口径六英尺的机关炮里射出的巨型炮弹。现在，考验一个车手胆量的时候到了。水泥魔术绸带可没有伸缩弹性，道路两旁的土地虽为紧急状况留出了空间，但很难判断那地面状况到底怎样。如

① 时速五十英里，即 80 千米/小时。故事发生于 1912 年，这在当时是飙车的速度。

果你以五十英里每小时的速度行驶，车轮难免有些震晃，稍不留神便可能惊觉边缘齐整的公路怎么突然翘起一边，逼得你开出路外，不知冲多远才能重新上路。那可能是让你深陷其中的沙子地，也可能是非常湿滑的黏土地，让美好的旅途戛然而止。因此好司机除非特殊情况决不开出魔术绸带之外。出于交通伦理，你会偏离中央让人三分，对面来的人也会敬你几寸，这样两颗炮弹就可以擦肩而过了。听起来有点惊险，但天体的运行亦是如此，基于精确的计算，而一旦星际碰撞发生了，其后将有漫长的时间，漫长得足以生成一个新的宇宙。人要是在路上遇到类似的事，最终也总能善后。

“嗖!”对面那颗炮弹飞身而过，迅疾响亮“嗖”的一声，连渐弱的尾音都没有。你惊鸿一瞥看见了车里的那位先生，戴着跟你一样的角质框眼镜，双手紧握方向盘，眼睛里有种病理性麻木的全神贯注。你从不回头看，因为在一辆五十英里每小时的车里，眼睛只应盯着前方。过去的就过去了，或者说，逝者已逝？眼前随时又会出现一辆车，需要你偏离水泥绸带中央，预估出刚好擦肩的分寸。这很能带来成就感，因为每一次都是把性命押在自己精准的判断和移位能力上。如果眼看一颗炮弹射过来，并且全无避让之意，你就知道遇着了两条腿走路的最危险生物——路霸。或许也可能是个醉汉，也可能是个女人。但没时间计较这些，遇到这种情况，就得以迅雷不及掩耳之势扭转方向盘，让车子半边偏出路外。

这种事一天至多碰上一两次。每次父亲都有固定的模式，他会动一动嘴角的雪茄，然后咕哝：“该死的蠢货!”这是唯一一句他会当着儿子面说的脏话，赶骡马车队出身的父亲认为这话毫无亵渎之意，完全是对“路霸”实事求是的客观描述而已。此外它还适用于那些乱开车的醉汉和女人。摞得高高的运干草车、配有家具的大型房车、过弯道时特挡路的大卡车、后挂拖车、开得太快的、左摇右晃的、墨西哥农夫破旧的四轮马车——那些马车天生就该在土路上蹒跚，干吗来公路上添乱。每当有此等车辆从对面驶来，踩脚刹、拉手刹，让你的车在刺耳声中停下，更糟的时候可能还会轮胎打滑，好司机认为轮胎打滑是有失体面的事。父亲坚信有一天会颁布颠覆旧观念的新限速令：州际公路上行驶速度不得低于40英里/小时，凡欲骑蹇驴跛马、驾破烂板车者，请抄小路或干脆待在家里。

Ⅱ

这条路遥对着层峦叠嶂，青色山顶云雾笼罩，山峰掩映着山峰，色调变幻而神秘。你知道自己终会抵达那里，只是不知道下面将会是哪条路引你前去，保持悬念也挺有趣。开车趋近时，巍峨群山的色彩亦随之渐变，青绿、灰色、茶褐……目之所及没什么大树，只有各式各样的葱郁灌木，间杂着漆黑、棕色、赭红的岩石，还有丝兰的苍白火焰。那是一种奇特的植物，凌空抽出十尺多长的浓密茎叶，上覆成团成簇的细小花朵，造型就像支支烛火，只是不会在风中明灭闪烁。

道路开始攀升，绕过山峦中麓，眼前出现了一块红字路牌："瓜达卢佩山（Guadalupe），坡路弯道限速：15英里/小时。"父亲好像不识字，也不认他的车速表，他觉得路牌都是给那些不会开车的人看的。最根本的规矩应该是：因地制宜、见机行事。比如现在这种情况，你的路靠山道右部，大山就在你右边，转弯时只要紧紧盘住它就好，管它什么限速。而对面方向的人则要走在山道外侧，说句玩笑话，一不小心就驾鹤西去了。

父亲的另一固定举动是每逢山路转弯处、他都鸣笛致意。引擎盖下的宽敞空间里藏着只大号车喇叭，发出军令般的嘟声，与主人的身份相匹配：一位经常搭飞机出差、活动区域大如一个古代帝国的生意人，不分昼夜、风雨无阻地出行，因为旅途的终点总有大宗生意在等着。他的车喇叭自然要霸气十足、锋芒毕露，不带一丝人类温情；50 英里/小时的速度容不下款款情思。别挡路！快闪开！除此之外你别无所求。“嘟嘟嘟！”喇叭叫的声音像人打鼻腔里说话。上升上升，瓜达卢佩山路上的石头墙传来针锋相对的回声——“嘟嘟嘟！嘟嘟嘟！”山间鸟雀惊起，地鼠吓得钻回洞里。农场工开着摇摇晃晃的老福特车下山，来南加州旅行的人带着鸡鸭猪狗孩子被子褥子锅碗瓢盆，都绑在车上……他们沿着山路外沿颤巍巍迤逦而下，而疾驰的跑车还在加速啸叫——“嘟嘟嘟！”

任何一个男孩都会说这酷毙了。还用说吗，翱翔云端般的疾速体验，一脚油门便乘奔御风。九十马力！想象一下你面前有九十匹骏马，并驾齐驱在山间驰骋，难道不令人血脉贲张？魔术绸带在前面铺展；波峰波谷，起伏均匀；左弯右绕，划出漂亮的弧线。沿着路中央的白线行驶开，总是平衡而安全——这神奇的魔术到底是谁制造的？

钱。父亲解释过了。有钱人放下话，调研员和工程师就来了，成千上万的修路工就来了——成群结队的墨西哥移民或印度移民，古铜色的皮肤，扛着铁锹铁铲，还有长着龙虾巨爪的蒸汽铲、螳螂长臂的起重机、推土机、平土机、钢钻头、扛着炸药的爆破员、开碎石机的、调和水泥的……这些人至少吸几麻袋的灰，喝施工水管里的水，昏头涨肚地在噪音中度过一天又一天。所有这些纷至沓来，再经过一两年的辛苦劳动，魔术绸带便被一寸一寸地铺成了。

自开天辟地以来，鲜有英雄力能至此。而父亲就是能干这样大事的人。他现在就在干大事的路上，一件跟建造公路差不多重要的事。晚上七点整，海滩城（Beach City）帝国饭店的大堂里会有一位先生恭候他。本·斯卡特（Ben Skutt），油矿勘察负责人，父亲称他是自己的“合同猎犬”，他将带着一份整理就绪的重要提案和若干文件给父亲签。所以父亲有权鸣锣开道：“嘟嘟嘟！大人物驾到！嘟嘟嘟！”

男孩坐在车里，双眼充满热切与警觉，他看着外面的世界，以一种《天方夜谭》中人物的梦幻眼光打量一切，像从云端的神秘屋、或是风中翱翔的飞毯上向外张望。一幅巨大的全景画正在展开，每次转弯都是新的景象。下方山谷如重重漩涡，抬头又是成行成阵的群峰。现在他们开进了山脉的腹地，深山有老树，而且是高耸的古松，饱经雷霆暴雨的洗礼，格外粗糙遒劲。还有一丛丛的槲树，给这荒山野岭平添了几分英国园林式的怡人景致。山顶仍只生灌木，新枝绽出明快的春绿；牧豆树和鼠尾草惯于在雨季早早开花，其后忍受长长的干旱。橘黄的菟丝子点缀其间，这种寄生植物的爬藤有点像玉米须子，攀附在其他植物身上，能杀死宿主，不过这里的植物浩瀚无边。有些山纯由石头构成，颜色却并不单调，岩石表面被腐蚀得斑斑点点如豹纹。还有零散巨砾，像巨人家的小孩玩腻了随手扔在道边。头顶的云层中，一只大鸟突然飞过，跌跌撞撞的姿态好像翅膀受了伤，似乎是在急速坠向山谷的深渊。“那是老鹰吗?”儿子问。“美洲鹫，”父亲回答，冷静得毫无浪漫气息。

他们越爬越高，引擎开始发出轻微的嗡嗡声。挡风玻璃下方密布着一排仪表：车速表、汽油表、电流表、时钟、气压计、温度计……所有数据都汇总到父亲的脑子里，那是台更复杂的机器。毕竟，九十马力的汽车还是不能跟挣百万美元的大脑相比。再好的汽车也可能崩溃，但父亲有着睥睨寰宇的顽强意志和工作效率。他们预计在十点整登上这座山的山顶，男孩的心情好比一位老农握着新买的金表，站在农舍门前看日出，掐着时辰评论："再过三分钟，太阳爬不上山头，它就迟到喽。"

Ⅲ

出了点麻烦，计划被打破了。山顶冷雾弥漫，若有白纱披拂。能见度还无大碍，但雾水打湿了道路，路上又有湿滑的黏土，技术再好的司机遇到这种状况也束手无策。父亲敏锐地注意到了，开始减速慢行。然而车子还是打滑，滑得几乎碰到山路外沿的白木护栏。

车子重新发动，蜗牛般向前爬行。时速五英里。车速表提示。时速三英里。又滑了。"见鬼!"父亲嘀咕。这样下去可不行，装防滑链，儿子想。他们把车停靠在山路的内转弯道处，确保两个方向的过往车辆都能看见。儿子先打开车门跳下车，父亲沉郁地走下来，脱下外套搭在驾驶座上。儿子也依样学样，脱下外套搭在自己的座位上——父亲教给他衣服是男人尊严的一部分，是身份的象征，不可以玷污。父亲解开袖口、挽起袖子，儿子也照做。父亲从许多钥匙里熟稔地挑出一把，打开后备厢——每一把钥匙都意味着一种特权。父子俩取出防滑链绑在后轮轮胎上，父亲用路边被雾水浸湿的草木擦了擦手；儿子也这么干，很喜欢晶莹水珠洒在手上的凉意。后备厢里备有一块定期更换的洁净干布，方便把手擦干。两人重新穿好外套，坐回车里继续上路。现在可以开快点儿了，可还是如履薄冰，迟到是不可避免了。

“瓜达卢佩山，坡度……海拔高度……注意：弯道限速15英里/小时。”又过了一块路牌。他们现在是往下开了。车子好像对低速挡不耐烦似地不停抖动，雾气模糊了眼镜，父亲把它摘下来放在膝盖上。他头发也打湿了，顺着额头往下滴水。男孩觉得呼吸这清冷空气也是件乐事，拐弯按喇叭也是件乐事。现在父亲让他来代按了，正中下怀。浓雾中，一辆车朝他们缓缓开来。是辆福特，爬坡爬得气喘吁吁，散热器上布满汗珠。

雾气蓦然加重，那辆车随着新升腾的水汽消失了。他们又是顶天立地独一辆了，再往前……哇，真壮观！下面一马平川、小丘连环，真想插上翅膀到那上空盘桓一圈。能飞就简单多了，没有限速、弯道、换挡、刹车等等麻烦事。“把我的眼镜擦干。”父亲淡淡说。外面风光如此美好，然而他只关注路中央的那条白线，“嘟嘟嘟！嘟嘟嘟！”转弯时车笛照常鸣响。

再往下开，壮丽景色渐渐退去，又回到了平凡无奇的红尘俗世。道路一下子变宽了，他们已经开出了曲折盘旋的深山，面前是笔直平坦的下坡路。风在吼马在叫，车速表指针狂飙，他们在弥补刚才耽误的时间。嗖！树木和电线杆模糊闪过，时速六十英里了，有人可能会害怕，但这是父亲在开车，任何明智的人都不该担惊受怕。

不料车子突然减速了，男孩只觉身子往前一倾，车速表的指针往回倒：五十、四十、三十。路笔直笔直的，视野中没有任何障碍，可父亲还踩刹车，儿子疑惑地望着他。“坐好”，父亲说，“别东张西望，有警察！”

虎口脱险行动！男孩感到心跳加速。他很想张望，但明白自己必须目不斜视地端坐，装出若无其事的样子。他们是老实谨慎的驾驶者，这辈子从没超过速，三十英里每小时就是极限了，如果任何交警看到他们开得比这快，那绝对是下坡角度造成的视错觉。如果因此就质疑他们纯朴无邪的人性，任谁都会对交警以小人之心度君子之腹的狭隘心胸感到遗憾。是啊，当交警也不容易，这职业总要猜疑别人，简直就是与全人类为敌。鬼鬼祟祟埋伏在草丛里掐着测速器，隔了一定距离，又会有一个同伙携带同样装备守在那里，两人通过对讲机互通讯息，说不定还有暗号，此外他们还在路边装了某种镜像设备，以便观察来往车辆。所以说这些人不好对付，开车的人必须得异常警觉，发现一点风吹草动就得赶紧减速，减速也得把握好火候，不能太明显，要像一个本分的驾驶者在某个瞬间发觉自己不小心比一般速度快了一丁点时，那样去减速。

“那家伙会跟着我们。”父亲说。他瞄着后视镜，监视敌人的举动。男孩的位置什么也看不见，真是如坐针毡，没得好戏看。

“看见什么了？”

“还没出现，不过快了。他知道我们超速了。他们在这儿守株待兔，这么顺的下坡，任何人都会超速。看到这些人多阴险了吧！之前山里那么多弯道，还是烂泥路，谁开出来都会不耐烦地加速。他们专在这儿等着，跟你‘公平’较量！”

他们以三十英里每小时的速度慢悠悠地开；这是 1912 年的法定限速。这么开车毫无乐趣可言，并且约定的会面时间肯定泡汤了。男孩仿佛看见了“合同猎犬”，坐在海滩城帝国饭店的大堂里，可能还有其他人，大钱大生意总是有很多人参与。他仿佛听见了父亲打长途，告诉对方还要多长时间才能到，但无论如何他一定会到。假如车子熄火了，他们就弃车，拎着手提箱搭一段顺风车到最近的城镇，在那儿租一辆最快最好的车，或者干脆买一辆新的，让旧的被人拖走吧——总之，没什么能阻止父亲要做的事。

可现在他们却乖乖以三十英里每小时的速度爬行。“怎么回事?”男孩问。答案是：“拉基法官（Judge Larkey)!”哦，难怪，怎么忘了这是在圣杰罗昆莫县（San Geronimo)，拉基法官的地盘，他会把超速驾驶者送进牢房！男孩永远忘不了那天，父亲被迫推掉一切事务，专程跑到圣杰罗昆莫来听那老顽固的训责。绝大多数情况下事情都不至于闹到这种伤脸面的地步，在路上你只要向交警出示名片，表明你是“飞车俱乐部”的一员，他就会礼貌地点点头，递给你一张罚单，根据你超速的程度标出罚款，你回去照付就行了，简单明快毫无麻烦。但在这地方，他们把事搞得很难堪。父亲曾直截了当地对拉基法官说，他认为派交警在草丛里窝着蹲点、监视路上的过往公民，不仅毫无执法尊严，而且会让人对执法人员抱有极大敌意。拉基法官故作聪明地反问父亲，有没有想过，为非作歹之徒才对执法人员抱有极大敌意？当时整个州的大报小报都就此事刊出新闻：“石油大亨反对限速：杰·阿诺德·罗斯（J. Arnold Ross）扬言修改交通法!”父亲的朋友们常拿这事儿开玩笑，但他矢志不渝地认为，迟早有一天，他有本事叫他们修改法律。后来他真的做到了。

Ⅳ

他们走进路旁的一间小屋，门前有一片可以把车泊进去的遮阳棚，棚外立着一个圆鼓鼓的物体，上半是玻璃、下半喷了火红的漆，意思是卖汽油。父亲停好车，叫伙计把防滑链解开。那伙计去取工具，男孩车一停就跳了下来，开后备厢取出装防滑链的袋子，另外还拿出了润滑维护用的手动注油枪。“这东西物美价廉，”父亲会说。他常做这种金句式的评点，儿子对那些话都烂熟于心。倒不是父亲在乎钱，也不是出于商人的敏感，他只是觉得做任何事都要以“对”的方式去做，这是一种普泛意义上的对事物的敬意。

父亲出去舒展腿脚了，他是个大块头，填满了宽大衣的每一寸空间。双颊红润，胡子总是刮得很干净；但细看会发现眼袋和皱纹。头发花白了，虽然保养得很好，毕竟岁月不饶人。圆脸上长着一个坚毅的下巴，情绪不佳时很吓人。大多数时候他都神色温和，甚至有些迟缓——他的思路形成得很慢，但一旦形成便会延续很长时间。时而他也会展露和蔼可亲的一面，比如现在。他愿意跟路上碰见的、跟他气味相投的陌生人聊天，言谈粗鄙些也无所谓，而且他们不会挖空心思榨他的钱——就算榨一点儿，也不到伤筋动骨的程度。

他兴致勃勃地跟“加油站”的伙计聊起山里的天气，雾很浓，路很滑，耽误了他们的行程。好些人在上面遇到麻烦呢！那伙计说，道上都是黏土，滑的像玻璃，该把路好好修修了。那可有的修，父亲心想。伙计说这会儿山上的雾大概已经散了，这里五月多雾，但到中午就散。伙计问他要不要汽油？父亲说不了，他们上山前加得很满。事实是父亲有他专用的汽油。但他不愿明言，会让伙计很难过。

父亲给了伙计一银元的小费，他要去找钱，父亲说不用找了。那人颇感意外，用手比了个敬礼的姿势道谢；显然他意识到自己遇到了个阔人。父亲早就习惯了类似场景，但每次都能感到一丝愉悦。他经常在口袋里装许多银元以便给小费，这样他所到之处就都是熠熠生辉、人情温暖的。“可怜的家伙，”他常说，“赚得不多。”他知道，因为他曾经也是他们中的一员，他总想向儿子强调这一点。过去的经历对他来说极端现实，而对儿子来说则非常浪漫。

加油站后面有个小木屋，文雅地标识为：“绅士间”。父亲管这叫“排空站”，这里有个笑话，他们一想起来就会笑翻。但这笑话只有家里人知道，不准外传，父亲嘱咐过。外人接受不了的，他解释，他们都是专爱乱想的神经病。至于为啥这么说，他倒没解释过。

父子俩重新坐回车里，正要开走，就碰见了该来的人——交警。父亲估计得没错，果然有交警一路尾随。他瞪着他们，好像很埋怨的样子。他们遵纪守法跟他没交道可打，继续上路。“没猜错的话他肯定又想停在加油站蹲点，边歇着边逮超速车。”父亲说。没过多久猜测就被证实了，他们以三十英里的蜗牛速度走了一段，只听身后警笛长鸣，接着一辆车飞驰而过。父亲盯着后视镜说，“来了!”男孩回头一看，交警的摩托呼啸着追来。男孩兴奋得坐不住：“赛车了！赛车了！老爸，咱跟上他们!”

父亲还保有一颗年轻的心和体育精神，况且交警的目标在前面，总不能前顾后盼、两头都抓。车子窜了出去，车速表数字开始飙升：30、35、40、45、50、55……男孩上身前倾，双拳紧握，两眼放光。

水泥绸带开到了尽头，再往下是土路。宽阔的土路在乡间平缓的丘陵上蜿蜒。路面压得很实，但还是有凹凸，车子开在上面有些颠簸，要是没装那些减震装置感觉可能会更糟。前面尘烟滚滚，大风一吹天昏地暗，不知道的还以为有千军万马。偶尔透过尘埃能看见那辆超速的车和交警的摩托。“他要跑了！老爸，快追!”这么刺激的事，可不是每天出门都能碰见。

“该死的蠢货!”父亲评判道。为了一点罚款，冒着生命危险疯狂逃窜，还不蠢吗?根本逃不掉，至少在这样的路上，不可能。果不其然，尘埃落定了，那辆车趴在路边，交警站在一旁，拿铅笔在小黑本上唰唰写着罚单。父亲减速到老实巴交的三十英里，悠然路过。男孩真想停下听他们吵架，肯定特别精彩。但他知道他们还有事要办，而且正好趁此机会金蝉脱壳。转了个弯，出了交警的视线，他们开始加速。男孩在此后的半小时里每隔半分钟就朝后视镜看，但交警再也没有出现。逍遥自在啦!

V

曾经有一回，父子俩在路上目击了一起严重的车祸，并为此出庭作证。法庭传唤了杰·阿诺德·罗斯（J. Arnold Ross Junior），接着以同样的庄严语调，传唤了小杰·阿诺德·罗斯。那时男孩还不够高，几乎是爬上了证人座席，声明他了解宣誓的意义，清楚交通规则，并保证将所知的一切如实陈述。

这事教会了他某种“法庭意识”。无论何时何地，开车时发生的事总有点儿不合常理，难以准确回溯。男孩善于在法庭上以精致的想象力来还原现场。“不，法官大人，那个人没有开到路的左边，我们离他很近，他不可能来得及超过前面的车”，或者，“法官大人，那天晚上那个人正在靠右侧步行，有一辆车迎面朝着我们开过来，打了很亮的灯……”在沉浸于想象场景中时，偶尔地，男孩会向上耸跳一下，父亲便问：“怎么回事，儿子?”男孩觉得有点窘，因为他不想说自己是在追赶那些跑得太快的白日梦。但父亲知道，在心里暗笑：

这孩子有意思！老是爱幻想，思绪从一件事跳到另一件事，总这么活跃！

父亲的思维不是这样，他习惯在一个特定对象上停留很久，让想法沉稳地、缓慢地渗透它。他的情感也像慢热的火炉。有时候他在路上开一个小时的车不说一句话，意念如静水深流，感觉这个人就像这台燃烧汽油、快速行驶的机器的一部分；又或者，像是宽大外套裹着的一团灵魂。如果有一双手把那灵魂剥开，可能发现里面没什么游荡的思绪，只有固定的组块结构，身体状况、天气状况、车子、银行账户，还有身边的“兔宝”。用言语表达显得散乱，但这些在他的意识里是一个浑然的整体：“我，正在开车的我，曾经那个叫吉姆·罗斯（Jim Ross）的骡马车把式，曾经在加州皇后中心广场开百货零售公司的J. A. 罗斯先生（J. A. Ross），现在的石油商人杰·阿诺德·罗斯。我早餐吃易消化的食物，这件新买的大衣穿着有点儿热。我在洛伯斯河（Lobos River）上新开了一口日产量四千桶的油井，在安蒂洛普（Antelope）有十六口油井。我在去海滩城的路上，准备再拿下一个项目。还有几个小时，应该赶得上。兔宝（Bunny）坐在我身边，健康茁壮，他以后会继承我的一切，沿着我的足迹走下去。他不用吃我吃过的苦、遭我遭过的罪；会成长得睿智、从容、完美无缺，并且听我的话。”

兔宝的想法跟父亲可不一样，总是从一个主题跳到另一个，像蚂蚱从一片叶子跳到另一片。草丛中一只野兔着了魔似的飞窜出来，驴样的长耳朵，毛皮粉红透明。百舌鸟立在栅栏上，不住地伸展翅膀，什么意思呢，在打哈欠吗？瞧这儿有只走鹃，这瘦长的鸟儿比奔马还要快，或黑或灰或白的羽毛光泽美丽，曳着波光粼动的长尾。在那些干旱得只长灌木的山上，它们怎么找水喝？路中央有一团动物腐尸，黄鼠从上面爬过，一辆车从上面碾过；后面还有更多的车，最后它会被彻底压扁风干，化作粉末和地上的污痕。跟父亲讲这些是对牛弹琴，他会说鼠类是瘟疫的罪魁祸首，至少长跳蚤的肯定带菌。鼠疫不时还会局部爆发，但报纸从来都缄口不报，因为会影响房地产市场。

可男孩心里记挂着那可怜的小生命，如此残酷地死在路上，猝不及防。但更奇异的是起初生命如何从无到有，那股催发的力量从何而来。父亲解释不了，他说没人能解释这些事。你在这儿就是在这儿，没什么因为所以。对面来了辆老旧的单开门四轮货车，堆满了家居杂物，在父亲看来不过是一个障碍，但男孩看见车上有两个跟他年纪相仿的少年，坐在杂物堆上，双眼空洞地也看向他。他们面色苍白，好像没吃饱。这又是一个值得思考的问题，为什么有人要受穷，并且四顾无援？这世上靠得住的只有自己，没人必须帮你。这是父亲的说法。

“兔宝”，是男孩的小名，很小的时候妈妈起的——因为那时的他是个柔软温暖的小肉团，穿着毛茸茸的棕白相间的小毛衣。现在他十三岁了，有点讨厌这个幼稚的称呼，但大家有时会简称他“宝”（Bun），他对这个倒蛮能接受。男孩长得很俊，一头自然卷的棕发，老是被风吹得乱乱的。常在户外晒出的棕色皮肤，一双明亮清澈的眼睛，眼珠儿也是深棕。他不用上学，因为有家庭教师；因为他将继承父亲在这个世界上的位置，这需要他从小跟着父亲走南闯北，随时随地学习生意。

异彩纷呈，目不暇接，旅途中无穷无尽的风景、面孔和迥然不同的生活方式，都让男孩着迷。城镇村庄一个接一个地路过，其间充满了各式各样的人、房屋、车马和标识。公路有路牌，每个十字路口都有指示，告诉你这条路通向哪里、距离多少——这是他的地理课。已知距离和车速，求到达目的地的时间——这是什么，算术课！至于文字和图画，到处都是。有提醒你注意前方危险、弯道、坡度、路面湿滑、铁路交道口之类的警示语，有横跨公路两端的大条幅或彩灯："洛马一威斯塔（Loma Vista)：欢迎来到我们的城市"。然后过一段时间："再见，欢迎下次光临"。另外更少不了五花八门的广告招牌。"柯达随行，记录前程"这条经常看见，但配的照片总让人看不懂它想表达什么。某家轮胎企业的广告是大大的木质雕像，一个男孩举着一面旗帜挥舞。父亲说那男孩长得有点儿像兔宝，兔宝说不像，更像他在杂志上看过的杰克·伦敦（Jack London）的照片。某家企业的广告牌是一本打开的巨书，也是木头做的，立在进入市镇的分叉路口处。那应该是一本历史之书，向过往行人讲述这块土地上曾经发生的事。兔宝在旅途中知道了许多耳目一新且有教育意义的事件：希特鲁斯（Citrus）是加州第一座橘子园的所在地；圣罗西塔（Santa Rosita）拥有洛基山脉（Rocky Mountains）西麓最好的矿物质泉；在克林森城（Crescent City）郊外，朱尼波罗·塞拉神父（Father Junipero Serra）曾于 1769 年令两千印第安人改宗基督教。

现在仍有人致力于劝教改宗，在路上就能了解到这一点。他们提着五颜六色的颜料桶上高速，这儿写那儿画，装饰道旁的岩石和涵洞通道壁，"时刻准备，望见上帝"；紧随其后是一块交通警示："铁路平交道口，停，看，听！""铁路局有门路，想见上帝很容易。"父亲注解道。他认为把宗教信仰太当回事会带来许多问题。"基督在等待"，一块巨石如是说。

后面赫然是“鸡肉晚餐，仅一美元”。沿途总有稀奇古怪的饮食招牌，对食物的热爱是一种普世价值，连望文生义地想象一番也不失快感：“狗窝热狗”、“托米的烂肉”、“蛤蜊面包房”……这都是吃饭的地方，还有许多取名俏皮的小酒馆和旅舍，“滴露所”、“成真梦乡”、“君再来”“太匆匆”……走进这些地方，便会在墙上感受到洋溢的自娱精神：“我们相信上帝①，凡人请付现金”，“别说我做的咖啡太难喝，有天您也会老得不中用”，“本店已与银行达成双边协议：银行不售粥汤，本店不收支票”。

Ⅵ

他们经过一个空阔的山谷，一碧万顷的麦田在阳光下闪烁着粼光，隔了一段距离开始出现树林，其间屋舍错落。“您是否在寻找家园?”一块木牌亲切地询问，“圣伊内斯（Santa Ynez）是您的理想之选。气候宜人，地价低廉，本区有七座教堂。有意者请联系：斯伯里克（Sproliks）或纳克勒森（Knuckleson）。”道路渐宽，两边是密集的住宅。“慢开，观赏一下我们的市容；快开，参观一下我们的监狱。——圣伊内斯市政厅”；父亲减速到 25 英里/小时，他很清楚这些小地方常玩儿的把戏，在城乡接合的路段安装车速监视器，利用城外限速和市区限速的差值，假如驾驶者忘记调整，就狠狠敲你一笔，这钱大半落进市政警察自己的腰包，转身花天酒地挥霍去了。这也是父亲决意要改变的事。他说过，一切交通罚款都应归国家所有，并用于修路。

“商业区，15 英里/小时。”圣伊内斯的主干道的一条标

① IN GOD WE TRUST，美元上所印字样。

语如是说。这条主干道是一条双向林荫道，两旁的车辆停得歪歪斜斜，父亲避开了几个障碍找3个空位将车泊下，下车把外套脱了，仔细叠好，里朝外，袖子包在里面。父亲很注意这些，他开过百货公司，经营项目包括“绅士服装”。他和兔宝把外套锁在后备厢里，然后沿着人行道随意散步。此时，圣伊内斯山谷农场的人在逛街，街两旁的店铺橱窗里陈列的商品和美国其他地方大同小异。农场工们驾驶着国内大众耳熟能详的汽车，穿着国内大众耳熟能详的鞋子，踩着国内大众耳熟能详的油门踏板，在杂货店门前翻看国内大众耳熟能详的报刊，上面登载着国内大众耳熟能详的各色产品广告，最后买些国内大众耳熟能详的商品回农场。

但还是有些独特的细节，将这西部小城和其他地方区分开来。街巷的宽度、店铺的新旧、油漆反射阳光的程度、街道上空电线织成的网络、一个戴宽檐帽的男人、一个身躯佝偻自言自语的印第安老人、一个穿皮套裤气质孤独的牛仔……“菁英咖啡馆”，字母竖着写在一块白漆招牌上；玻璃上印着“华夫饼”，门口钉着一份菜单，供路人翻阅，每样菜品都明码标价。店里靠墙有条长吧台，一排上身衬衫、下身工装裤的健壮身板儿，坐在高脚小凳上。想要速战速决填饱肚子就在这儿吃，父子俩进去，也找了两个高脚凳坐下。

父亲在这种地方非常自在，流露出草莽出身的本色。他喜欢点餐时调戏下服务生，会讲许多笑话，给食物取搞笑的别称，比如点一份单面熟的煎蛋，他会说：“劳驾，要睁眼珠的”；然后又说，“再给它裹个毯子吧”。看人家服务生一脸茫然，他就大笑，拐弯抹角说半天，无非是要个煎蛋三明治。他常常会跟坐在身旁的农场工闲聊，了解田里麦子的长势、橘子的价格、今年核桃的收购前景。作为石油商人，他对这些都很有兴趣，因为市场的每一链条都牵一发而动全身，如果普遍收成不好，人们都衣食拮据，那么他的石油销量也会受影响。父亲也置地，看价钱合适就出手“捡便宜”。“买地准没错，”他说过，“南加州地底下都是石油，有一天这里的财富将胜过一个帝国。”

但现在他们要赶时间，没空闲聊了。父亲一般会点香酥兔肉，但兔宝觉得他今天可能要换样了，倒不是因为这听起来像吃自己儿子，而是早晨在路上目睹一只野兔被轧得血肉模糊。果然父亲换了烤猪肉——好久没见过死猪了。端上来两份肉、一碗土豆泥，中间浇了浓稠肉汤，还有一撮甜菜和莴苣。服务生特别关照他们，她喜欢这可爱的孩子，头发乱乱的，脸蛋红扑扑的，有一张敏感的像女孩儿的嘴，亮亮的棕色眼睛东张西望，想把一切都收进去——墙上的涂鸦、番茄酱瓶子、那个胖乎乎的服务生，还有眼前瘦瘦的这个。这孩子让她觉得不那么疲倦了，他跟她讲刚才路上交警追车的情景，她礼尚往来地指点了附近车速监视器的隐蔽位置，坐在兔宝旁边的男人在那儿被罚过，大家聊得兴致盎然，兔宝一会儿就吃完了他的葡萄干馅饼和牛奶。父亲给了服务生半美元①小费，这在柜上是闻所未闻的，但她接受得很坦然。

小心翼翼地经过了监控区后，他们沿着林荫大道全速前进。这个国家的主要公路都被父子俩起了昵称。现在这条叫“传道之路”，因为路旁的电线杆上装饰着古铜铃铛，此外还有“魔鬼花园”、“世界边缘”、“春山”、“雪溪”、“千棕榈”、“无花果林中厕”、“野兔迷踪”……还有一条“电报路”，每次开到那里，兔宝都按捺不住内心的激动，因为他不知在什

---

① 若以购买力比较，1912 年的 1 美元大致相当于今天的 20 美元。

么地方读到过，南北战争时，为夺取电报路曾有一场激战。走在这条路上，男孩感到步兵就在灌木丛里蓄势待发，骑兵正从远处奔袭而来。他脸上不免露出兴奋的神色，父亲会问他怎么了？“没事，老爸。胡思乱想而已。”这孩子有意思！老爱胡思乱想！

路上时而会出现源自西班牙语的地名，兔宝知道那些地名的原意，他在学西班牙语，为以后和讲西班牙语的墨西哥劳工打交道做准备。El Camino Real，皇家高速，Verdugo Canon，执刑者。“这里发生过什么?”父亲不知道名字背后的故事，并且依他的观点，历史都是些“屁话”。

Ⅶ

路面变成了沥青的，在炎热天气里闪着细腻的油光。热气蒸腾的幻象下，路面如水面。水畔风光四季常新，盛夏浓绿的橘子园、秋天金黄的庄稼地、冬季白雪皑皑将明年的蓓蕾孕育在雪底……此时此刻，清风送来怡人的芳香。枝叶繁茂的核桃树在精耕细作的田地上投下阴影，缀满花苞的玫瑰篱笆绵延数英里，树皮剥落的桉树防风林护卫着古榆、栗树、阿拉伯枣椰树、黎巴嫩雪松，以及一切世间风景。

交通状况开始变得复杂，需要减速仔细观察。岔路、车道变换、各种标识、前方车辆……男孩喜欢揣测父亲的应对之法，然后看他将自己的预想付诸实践。村镇渐次密集，每隔五到十英里便有一座。堵车越来越频繁，高速公路串珠般从每座村镇的主城区穿过，这是当地商人们参与规划的结果，这样你可以随时下高速进城去购物。有些地方立着巨大的拐弯箭头，把不明就里的驾驶者引向商业街，等你把商业街从头逛到尾，又一个箭头把你指回高速！父亲对这些伎俩抱有一个商人对同行的宽容，但从不上当。

每座村镇都有上百个横平竖直的矩形街区，内部又分成若干组块，带平台的洋房、草坪、侍弄玫瑰花的主妇。郊外一些新开发区，路上彩旗迎风招展，兼有鲜亮的快问快答式营销广告："燃气？有！""水质？特棒！""风光？胜过阿尔卑斯！""学校？正在建！""管理有方？还用说！"路边常设小办事处或支顶帐篷，年轻的销售员亮着机警的双眼，时刻准备与路人亲热洽谈趁热打铁签下合同，1000 美元/英亩的地，在彩旗广告和三寸不烂之舌的蛊惑下，转手就能卖 1675 美元。父亲乐呵呵地讲解其中的花招。生财总有道，真是个伟大的国度！

他们开到天使城（Angel City）郊区，一块"三不管"的混乱地带，电车轨和铁轨纵横交错，贫民窟里沥青棚屋鳞次栉比，这里住户种族多样、来历复杂，整个区像个脏乱的大卖场。好多小孩在逼仄的棚屋下玩耍，多得让人为他们能否健康成长而担忧。

父亲觉得能准时到，绕过拥堵的主城区，径直开上环城高速。畅行的车流、煞费苦心吸引眼球的广告，售卖饮品的路边小站、日本农夫经营的蔬果摊、标出"支持美国货"的另一些蔬果摊……所有这些令男孩目不暇接，十三岁正是好奇的年纪。世界真奇妙，为什么每个人都能各得其所、各司其职？

终于来到了约定的海滩城，六点四十分，他们从容赶上时间表。在帝国大饭店的门前停下，兔宝先下车，打开后备厢，侍者连忙迎上来，他认得父亲，更认得父亲兜里叮当作响的银元。侍者拿着手提箱和大衣走在前面，男孩随后，带着一种郑重其事的严肃。父亲待会儿才过来，他得去把车停好。男孩先进饭店，在大堂寻找“合同猎犬”本·斯卡特的身影。在那儿，坐在一张皮沙发上，抽着雪茄望着门口。他一看见男孩便站了起来，伸展颀长的身子，长脸上露出迎接的笑容。男孩清楚自己现在是小杰·阿诺德·罗斯，代表父亲先行会面，他挺拔地站定，微笑着握手：“您好，斯卡特先生，文件都准备好了?”

第二章　合　同

I

房子坐落于罗布莱斯林荫大道（Los Robles Boulevard）第 5746 号，很难料到这传说中的“希望之地”竟与大片菜地紧密相依。街名罗布莱斯的意思是白橡树，二三英里之外确实有几棵橡树；但这里放眼望去，只有一片种满卷心菜和甜菜的山丘。虽然只是一条土路，却保留着曾几何时通衢大道计划动工的痕迹。

两年前，“希望之地”的开发商们带着彩旗条幅来到这里，在报纸上大登广告，开通了一条从海滩城市区到这儿的专线公交，甚至包括一份免费的午餐。那时菜地被清理得干干净净，各处地产前挂满了小牌子：“已售”。开发商做足架势，准备好好建设一番，人行道、花坛、水电燃气、排污系统……不料有人卷钱跑了，房地产开发公司宣布破产。于是新的牌子挂了出来："出售"、"优惠！面议请联系史密斯"……这些告示自然无人问津，地产所有者们只好自认倒霉。除了幻想等儿子长大成人时，这地方能枯木逢春寸土寸金，那时再回首现在就是无比英明的长线投资；更现实的弥补对策是租给那些日本菜农，抽取种植收入的三分之一为租金。

然而，三四个月之前，不同寻常的事情发生了。山顶几亩地的主人领着施工队，开来多辆重机械、载着大量木材上山了。附近的邻居纷纷围观，七嘴八舌议论这是要建什么样的房子。没过多久，一个爆炸性的新闻火速传开了：油井！

本区管理委员会拜访了这块地的主人，希望更多地了解情况。但主人除了强调这是个预探井之外无可奉告，他碰巧有钱又懂行。与此同时，整个"希望之地"开发区的廉价售房牌都被摘掉了，取而代之的是"油矿地产"。投机商们望风而动，搜集地产所有者们的信息和联系方式，开出诱人的价码，有的比原价整整翻了一番。汽车摩托在那条土路上川流不息，周六周日来观望的人更如过江之鲤。

钻探工作终于开始了。当地报纸及时跟进动态：D. H. 卡尔弗（D. H. Culver）"发现号"井，已钻到 1478 英尺深的砂岩地层，未见石油迹象。2000 英尺依然如此。3000 英尺依然如此。几个星期的时间钻头不断挺进，但那似乎只是一个不会出油的空井眼。人们失去了兴趣，那些回绝了双倍价码的房产主们悔得肠子都青了。报纸报道：D. H. 卡尔弗"发现号"井钻探工作继续，已达到 3059 英尺深度，不要丧失信心！

之后事情便有些蹊跷。开来许多辆大卡车，装得满满当当，用帆布盖得极严实。相关人员被告知不得向外泄露任何信息，但纸包不住火，小孩子们趁卡车艰难爬坡时掀开帆布偷窥，报告大人里面是金属制成的大圆柱体，边上有螺栓旋孔——这毫无疑问是油桶。同时小道消息说“发现号”井所在地的主人卡尔弗先生又买下了附近的另一片地。种种迹象表明，他们已经打到油了！

整个地区遍地开花，销售牌林立，房地产经销商们蜂拥而至，来到这希望的田野上。“田野”，多美妙的字眼，不久之前它还指的是卷心菜和甜菜田，如今它的含义鸟枪换炮变成了“油田”！投机商人们带着帐篷到此安营扎寨，或者开辆面包车停在路旁、挂上公司标识，吃喝拉撒和办公都在它旁边。一天到晚人来人往，有远道而来看热闹的，却只能远远聆听抽油机乏味的噪音，“嗡……嗡……嗡……”时而夹杂一两声发动机的喘息。油井附近立着扎眼的警示：“离远点，说你呢!”卡尔弗先生和他的雇员们在利益面前哪儿还顾得上文雅和教养。

这事很快就广为人知了，电话、电报把消息传向四面八方。南加州历史上的一件大事啊——出了一块油田。整个地球的内部宝藏似乎都从那个洞坑里源源不断地向外喷涌，浓稠乌黑黏滑的液体，像从地底冲向云霄的尼亚加拉瀑布。无数的人和机器为它奔忙。连风里也是石油的气息，吹进本地的千家万户，房屋外部挂了一层黑灰，女主人们连声抱怨她们娇贵的衣服和窗帘都被这股“黑金”玷污了。所有这些甜蜜的忧愁都在开怀大笑中被讲述。

消息通过电话抵达了海滩城。报纸出了特刊，人们街谈巷议。没过多久，那条通往“希望之地”的土路真被修成了公路。每天黄昏前，林荫大道的双向车道上汽车都朝一个方向行驶，蔚为壮观。越来越多的人嗅着金钱的气味聚拢来，夜间还有至少五千人围成一个铜墙铁壁的大圆圈，警察在圈里圈外维持秩序，不停喊：“熄灯熄火！熄灯熄火！”或许一根烟，或许铁钉碰到石头，或许一辆摩托喷火花，人山人海里的一丝火星说不定就能让整个山坡陷入火海。从早到晚“警察唱诗班”颠来倒去地喊，人们充分意识到了这种危险，但人数还是有增无减。

严苛的环境下，商务活动仍不受影响。晚上人们把汽车顶棚掀开，就着月色谈生意，在星光下举行拍卖。土地就这样以天价被买进卖出，公司就地创立、重组、股份再分配……商人们使出吃奶力气才能挤到管辖区外，找个人少些的地方抽根烟详谈，看清对方的脸，回忆一下刚才兵荒马乱中议定了啥。常常晚上完成交易，第二天清早忽如一夜春风来，绿油油的菜地上，黑的红的帐篷和牌子次第绽放：“海滩有限公司（Beach Cooperative）第1号地”，“思凯特集团（Skite Syndicate）第1号地”……

花开两朵各表一枝，工人们在油井上卖命劳动，累得走路打晃，眼睛被汗和油污的混合物糊住。四周连靠一靠喘口气的地方都没有，压根就没有能扶一把的支撑物，因为到处都是油，所有东西都黏糊糊滑溜溜的。夜晚黑暗中世界缩减为一团混沌油腻与单调轰鸣，地下藏着只喷油大怪兽，压榨你的体力、将污物喷你一脸，以显示它傲人的存在感。工作强度极大，有不同等级的奖金激励，零点前阻止一次原油自喷奖励五十美元，零点到早上十点阻止自喷泄漏奖励一百美元。没法计算迟一分钟会损失多少钱，可能几千美元。卡尔弗先生前来巡查并鼓励工人们，由于粗心大意，造成双耳鼓膜受损。“拿他那笨脑袋堵井喷说不定行，”一个工人毫不同情地评论。

另外，几个星期内四十多封针对油矿所有者的起诉书应运而生，诉讼理由五花八门，包括房屋衣物索赔、鸡鸭牛羊索赔、卷心菜甜菜索赔以及由于路面过滑引起的交通事故索赔。

Ⅱ

罗布莱斯林荫大道5746号的户主乔·格罗迪（Joe Groarty），是海滩城奥特曼木材公司（Altmann Lumber Company）的看门人，格罗迪太太不得不做清洁工作才把七个孩子拉扯大。他们总算都长大成人，在各地成家立业了，格罗迪太太闲下来，开始养兔子和鸡。格罗迪先生通常下午六点去上夜班，“大事”浮出地表的第三天，他一鼓作气辞了工作，再也不用去上班了！现在这满头白发的老伙计西装革履地站在自家门廊前，这套行头以前只在婚丧嫁娶之类的场合才穿。格罗迪太太的衣橱显然没料到会有这么一天，她特地开着丈夫的老福特车进城，去买了件黄色丝绸礼服；付款时想着这是从即将进账的巨款里预支的，便毫不犹豫了。现在她觉得有点窘，因为礼服太紧了，袖口卡着手臂，领口卡着胸，腿上的赘肉塞进钩花丝袜里，绷得太紧，袜子近乎透明。“她们”都这么穿，女销售员提醒她，格罗迪太太必须无情地把自己塑造成“她们”中的一员。

林荫大道5746号是一座典型的民居洋房，可能是某个富庶人家在房地产市场蓬勃时期建造的，在萧条时期被减价出售。当年格罗迪太太一眼便爱上了这房子宽敞明亮的客厅，夫妻俩拿出毕生积蓄，加上分期付款，如今差不多付清了，他们手握房契，非常安全。

屋子里收拾得纤尘不染，最惹人瞩目的是木器家具上体现的良苦匠心。为了模仿橡木的纹理，原木上至少描了成千上万条细线，笔触柔软如涟漪。壁炉由各色杂石砌成，细致打磨出了宝石的光泽。屋后有一个带扶手的木楼梯，盘旋而上，相当富于流线感。楼梯的拐弯处放了一盆棕榈树。任何人都会理所当然地认为这楼梯通往二楼，甚至那些来格罗迪家做客上百次的人也从未疑心。但如果你足够敏锐，就能意识到有什么不对劲。这洋房是单层平顶的，连阁楼都不可能有，更别说二楼了，那楼梯到底通向哪儿呢？倘若怀着好奇上门一探究竟，便会明白：楼梯存在的意义和价值全在其自身。

格罗迪太太站在客厅中央的桌前，准备迎接客人们的到来。桌上的花瓶里插着一簇玫瑰，灯下的显著位置放了一本蓝底烫金字的精装书——《优雅女士实用指南》。这是这座房子里唯一一本书，前两天刚买的。精明的商场导购无所不知无所不晓，成功卖给格罗迪太太一件丝绸礼服之后，建议未来的“石油皇后”何不去商场书报区买一本这样的书，肯定大有用处。格罗迪太太在家随手翻阅了几页，但更主要的用途是放在桌上，彰显女主人的文化素养。

最先到的是寡妇默姬（Murchey），她就住在附近，有两个孩子，这是个软弱的小女人，手腕上系着黑色绸带。进门后热情赞美了格罗迪太太的新装，恭贺她真是好命，住在山南，可以把好衣裳穿出来；住在山北的太可怜，迎着矿上吹来的风，鲜亮衣服没穿几天就灰了。有些人家都不敢开火做饭，怕爆炸。接着是瓦尔特·布莱克（Walter Black）夫妇，还有他们的长子，他们拥有山南偏西的一片土地，但全家都住在城里。布莱克先生穿了件格子西装，前襟上挂着瑞兽造型的金表，举止大方，慈眉善目。布莱克太太很富态，她家里有许多精致礼服，可她不愿穿着礼服出现在菜地附近。紧随其后的是住在格罗迪家后面的木匠邓普里（Dumpery），五短身材，有点驼背，干了一辈子木匠活，两只手都畸形了。他对数字什么的毫无敏感，面对平静生活中这突如其来的震荡，感到无从应对。

下一拨儿是开糖果店的赖特尔（Raithel）一家，非常斯文的年轻夫妇，希望讨好所有人，时常为这显然做不到的事而烦恼，他们拥有一块小型土地。接着是形销骨立、棱角分明的汉克（Hank）先生，他也属于“小型土地所有者”，因为曾经在金矿上干过活儿，自认在油矿合同这事上颇具权威。跟他前后脚到的是他的冤家对头迪布尔（Dibble）先生，这是一位律师，经常卖弄外行人听不懂的法律术语，令人不耐烦，他还认为山南山北应该区别对待，招致许多莫名的敌意。接着是戈莱提（Golighty）先生，属“大中型土地所有者”，职业不明，穿着打扮颇有绅士风范，嗓音洪亮温和，他一直扮演中间调解人的角色，滔滔不绝地说了很多话，问题是人们往往搞不清他到底说了什么。

最后一拨儿来的，打头是布罗姆利（Bromley）一家，家底殷实的一对老夫妻，开一辆大汽车。顺路捎来了犹太裔裁缝洛克尔（Lohlker）夫妇，平时除了在店里做衣服，跟大家很少来往。这两家结盟之后，拥有的土地面积便不容小觑了。而且他们的地位置特殊，横跨山丘南北两面，可能要单独谈条件，这让其他人颇感不平。西翁（Sivons）一家散步过来，这家人自命不凡、眼高于顶，这份莫名其妙的优越感其实毫无资本，从那辆老旧的二手汽车便可见一斑。就是他们把现在这份合同推荐给街区联盟的，肯定拿了不少好处，大家心知肚明，因为推荐其他合同的背地里也都收了钱。跟他们一块儿来的还有萨姆（Sahm）先生，泥瓦匠，住在一间车库改装房里，与西翁家毗邻。他的地产小得几乎可以忽略不计，然而却是呼吁维护户主权益的最强音。并且也是他，提出合同需加上一条，他房前屋后所种的豆子和西红柿也算损失，必须予以相应补偿。有些人受不了他，但一贯沉默的木匠邓普里先生却附和说有道理。邓普里先生自己也种了七行玉米和一些豆子，眼下豆子都开花了，就算不赔偿，也该在动工时间上做些安排，没种蔬菜谷物的地先动工，种了的则等到收获之后，播种的汗水不能白流。

Ⅲ

七点半了，开会时间到。大伙儿左顾右盼，等着谁来起个头。最后还是一位陌生人先开口，这高个子男人站起来慢条斯理地自我介绍，他叫梅里韦瑟（F. T. Merriweather），是布莱克夫妇的代理律师，在他的建议下，当事人希望在原来合同的基础上进行一处局部微调。

“改合同?”长着棱角分明刀削脸的汉克先生噌地站了起来，“不是说好了，合同一经议定，不准更改吗?”

“只是很小的改动，先生……”

“可再过十五分钟，罗斯先生就来签字了!”

“我们就改一个小细节，五分钟就成。”

一时鸦雀无声。

“那，你们想改什么?”

“大致上说，”梅里韦瑟律师解释，“合同中需陈述清楚一点：在丈量土地面积时，应将两条主干街道计算在内。也就是说计算临街土地的面积时，需将边界延伸至街道中轴线。”

“什么?”大家瞠目结舌，继而七嘴八舌议论起来，都感到莫名其妙。“这从何说起?”汉克先生喊了一声。

“我以加利福尼亚州的法律法规为依据。”

“呵，只要不以眼前这份合同为依据，任何附加的要求我都不同意!”人群中响起许多附和声，“对，我也不同意。这太荒谬了!”

布罗姆利老先生说:“大家和我的意思是一致的，我们没有这样的共识。当初我们买地的时候，房地产公司的合同上都给了面积图，这就是我们拥有土地的面积。怎么能把街道也算进去?”

“就是，就是!”格罗迪太太也叫起来。

“哦，那什么，格罗迪太太，我想，”也是律师的迪布尔先生插话道，“您不懂法律真是遗憾，但这方面的条款是很清晰的。”

“您当然这么说，”格罗迪太太反唇相讥，“猜也猜得到啊，您占据两条街的交汇处，加起来算算面积可不小呢，足足快多出一倍了!”

“您这么说就不好了，格罗迪太太，我想提醒您，您的地产也临街啊。倘若延伸到罗布莱斯街的中轴线，就多出了八十英尺的宽度。”

“是的，但你的地会多出更多……”

“没错，格罗迪太太，可是那条艾森特罗街，怎么能跟罗布莱斯街比，它总共只有六十英尺宽。”

“多三十英尺不是多呀，好像我们不会算账似的。起先大家订合同的时候，要知道有这么一出，好些内容都要重新考虑的!”

“反正我不干!”汉克先生喊起来。

“先生们，好好商量嘛。”调解人戈莱提亲切的声音。

“事情说白了就是，”裁缝妻子突然插进来，“土地算街道的话，艾森特罗街没有罗布莱斯街宽，我们靠小街的所占的土地比就缩小，在矿区使用费里分的钱就少。”

“其实没多少钱，”梅里韦瑟律师说，“你算算……”

“我当然会算！要是真没多少钱，你们何必大费周章改合同?”

“我绝不同意改。我建议坚守原来的合同，这是我们反复商议过、投过票的！自己有多少地，就是多少地，人人平等。”汉克先生再次补充。

“请允许我提醒您，汉克先生，”迪布尔律师尽量表现出尊重，“我记得，您拥有的是临艾森特罗街的一小片宅基地?”

“没错!”

“好，那么能否请您算一算，如果包括街道，加上三十英尺，您将不再是小型土地所有者，而一下跃升为大中型土地所有者，这在合同中享受的利益规格可是不一样的哦!”

“啊?!”汉克先生的尖下巴差点掉下来。

格罗迪太太咯咯笑起来：“哎呀呀，这要一百八十度大转弯了！像我们本来就是大中型，才干吃亏。”

“得了吧，还让不让我们这些压根不靠街的小地主活了?”一个女人嚷嚷着。

“看来一切都搅浑了，”泥瓦匠萨姆说，“我们现在连自己属于小型还是大中型都搞不清。”屋子里的人们渐渐停止了争论，纷纷掏出纸笔沙沙地开始算。

Ⅳ

发现油矿的消息传开后，狡猾的商人们蜂拥而至，居民们很快意识到，面对这样的大事，想不受骗上当，单打独斗是不行的，街区必须团结一致，才能争取权益最大化。所以经过了艰苦卓绝的拉锯讨论、威逼利诱、争执妥协，二十四户土地所有者在一份街区联盟协议上签下了他们的名字，为严密起见，夫妻都要签字。大家表示同进退、共命运，决不单独进行交易。这就是牢牢套住他们、从此滋生了无数烦恼与怨怼的第一共识。

他们每天晚上七点半在格罗迪家碰面，争吵不休直到午夜，回家之后筋疲力尽，却又翻来覆去睡不着。顾不上自己原来的生计，也没空儿生活，屋子里乱七八糟，草坪好久没浇……想想马上要变成富豪，谁还当牛做马地工作、操持家务啊？他们分成大小组讨论，达成共识转瞬破裂，写下盟约旋即撕毁。美好的人性在紧绷的角力下支离破碎，所有人都被贪婪的地狱之火烤成了魔鬼。

"合同猎犬"本·斯卡特早就悄然出没于街头巷尾，逡巡于房前屋后，打听他们的动向，监视他们的行踪，对他们的每一步进展都了如指掌。每次有新的建议被提出，都遭到其他人的质疑和否定——他一定背着大家另有所图，支持他的一定就是同伙。人们疑神疑鬼也并非神经过敏，因为阴谋确如子弹横飞。连老实巴交的木匠邓普里，有天也在回家路上被一辆豪华轿车拦下了："进来，先生，我们谈谈。"里面的人说，"这车不赖吧？喜欢的话您开走，我下车如何？我很乐意这么做，如果您能说服你们的街区联盟跟库奇集团签合同的话。""那可不行，我答应了斯奈普（Snypp）小姐，我们支持跟欧文集团（Owen）签。""啊哈，您不用记在心上了，斯奈普小姐已经从我这儿开走一辆车了。"

昔日友邻们在持续的猜忌和被害妄想中心力交瘁，可想而知，当西翁夫妇将一位叫本·斯卡特的先生引荐来，带着他们所见过的最完善、周到、慷慨的合同，感觉真如拨云见青天：先付每户 1000 美元现金红利；费率为 25％的矿区使用费；签约后 30 天内动工钻井，如不按期履行，违约金每户 1000 美元，由银行担保……

他们都听说过杰·阿诺德·罗斯的大名，报纸报道过他的人生传奇，一个典型的美国成功史，如何在这片充满机遇的国土上从社会底层晋升为石油大亨。泥瓦匠萨姆先生、木匠邓普里先生、金矿工汉克先生，门卫格罗迪先生、糖果店主赖特尔先生，还有裁缝店的洛克尔夫妇，对这位罗斯先生感到十分亲切，他曾经跟他们一样，后来抓住机会飞黄腾达了，现在他们自己的机会也来了！

尽管“小型土地所有者”还想争取更多的利益，但占多数的“大中型土地所有者”压倒了他们的声音。通知斯卡特先生，他们已经准备好了。斯卡特尽快安排了罗斯先生与他们会面并签署合同，也就是——现在。

“告诉你吧，只要还有一口气，我就不签这合同！”这是力挺与库奇集团合作的斯奈普小姐。

“凡事要讲法律。少数服从多数！”这是刚发觉自己跃升为大中型的汉克先生。

“变色龙都没你变得快，刚才还喊人人平等！”格罗迪夫妇冷嘲热讽。

……

突然间，喧闹跌入寂静。握紧的拳头放松了，愤怒的眉头不皱了。两声干脆利落的敲门声，所有人的脑海中闪过同一个名字：杰·阿诺德·罗斯！

V

在场的男人们大都没有受过言行举止的规范训练，也没读过专门书籍；他们在生活中学习生活。眼下就是个观摩学习的好机会：大人物进门应该有怎样的气场。他居首，部下随后；穿一件很显伟岸的大衣，一言不发站在门口，等下属介绍自己。“女士们、先生们，”本·斯卡特扬声道，“这位就是杰·阿诺德·罗斯先生。”罗斯先生这才面带和蔼的微笑，领着一队人进屋，“女士们、先生们，晚上好。”至少一半的男人站了起来，给他让座。他随意地拉过一把大椅子坐下，不浪费时间推辞谦让，也不让女主人难堪——意识到家里竟没有足够的椅子给客人们坐。

罗斯先生身后站着另一个高个子男人，“这位是奥尔斯顿·普伦蒂斯（Alston Prentice）先生。”斯卡特介绍。众人又是一震，这位可是鼎鼎有名的大律师。一块儿进来的还有个男孩，显然是罗斯先生的儿子。屋子里的女人们都注意观察这孩子，因为家里也有子女，而且很快也是有钱人家的孩子了。她们意识到这孩子跟随父亲走南闯北很长时间了，虽不说话，但留心现场的每一个细节；进来之后不劳照顾，很快在窗台上坐下，专注的神情像个男子汉。

“好了，各位，”斯卡特说，“一切就绪了吧？”

“没，”汉克先生尖涩地答道，“我们无法达成共识。”

“什么？”“合同猎犬”叫出声来，“为什么？你们不是说可以签了吗？”

“我知道。又有了新情况。”

“什么情况？”

至少有十几张嘴同时开始说话，试图转述刚才发生的争执。萨姆先生的声音最响：“有人带了位好律师来，说加州法律支持他重划地界，我们不同意他的意见。”

“好了好了，”斯卡特先生礼貌地说，“刚到的普伦蒂斯先生是非常优秀的律师，我想他能帮助我们理清问题。”

大家又七嘴八舌地解释了半天。罗斯先生的律师、普伦蒂斯先生以权威的语调发言了：计算临街住户土地面积可将边界延伸至街道中轴线，这一说法确有法律支持。不过这并不妨碍他们在合同中采用其他的计算方式，只要经众人同意即可。

一石激起千层浪，众人又你一言我一语、寸步不让地吵起来。火力太凶猛，以至于大家都忘了罗斯先生这帮人的存在。

“反正我不签字！”斯奈普小姐歇斯底里地宣告。

“我们有集体协议在先，不签也得签！”汉克喊道。

“哼，你试试看！”

“你连协议都敢不认？”

“我有律师，他说几分钟就可以推翻那协议！”

“嘀！”迪布尔先生接话道，“作为一名律师，我和我的同事普伦蒂斯先生和梅利韦瑟先生，都可以告诉你，那协议是板上钉钉有法律效力的。”

“我们可以把你送上法庭，”萨姆先生说，“然后让你吃一两年牢饭！”

“那也比不明不白被抢了强！”斯奈普小姐不服软。

“各位各位，静一静！”本·斯卡特急忙插话，“我知道大家都不想一时冲动害人害己。罗斯先生远道而来，难道你们不觉得应该听听他的意见吗？”

“当然了，听罗斯先生说！”调解人戈莱提先生随即应和道。大家纷纷表示同意。现在如果有救星，那只能是罗斯先生了。

Ⅵ

罗斯先生缓缓站起身来，面对众人，神色庄重。用慈祥如家长般的语调开始说话。他口音很重，有时几乎让人错觉这不是英语，而是美国西南部的独特语种。这位大亨的生意横跨全国各地，可以想象他经常以大都会银行家的穿着仪表、统领千军的司令官的冷静从容、红衣主教的仁爱风度，和一口土得掉渣的英语，发表如下这样的演说：

“女士们、先生们，我庚庚（刚刚）赶到海滩城，好不容易才抽身，因为我在洛伯斯河的油井才开始产油，日产量四千桶，意味着每天五千美元，还有两口快要完工。我在安蒂洛普还有十六个成熟的矿井。所以不是我自吹，你们得承认，石油界有我这么一号。现在，摆在你们面前的是千载难逢的大好机会，不过你们得头脑清醒，千万别大意了，因为你们很可能把好事弄糟，让改变命运的机会白白溜走。现在外面到处都是哭着喊着要跟你们签合同的人，我敢说一百个人里真正的油商不超过五个，剩下都是什么人？投机者、中介、二道贩子、骗子。你们需要中介夹在自己和油矿开发商之间捞一票本该属于你们的钱吗？你们需要一个尽管真有资本却不懂石油开采、只好外包给别人的公司吗？我做这行不是一天两天了，我了解给我干活的每一位员工，我井上操作不会把工具掉进油管，现场监督是我工作的一部分，混乱低效在我的矿上是不可容忍的。洛伯斯河的项目庚庚（刚刚）步上轨道，钻探设备一个星期内就可以运过来接着做这边的工程。我向你们承诺的，可能别人也会说，但到了动真格的时候，他们兑现不了。

女士们、先生们，矿区使用费在你们中间如何分配，不由我决定。但让我告诉你们一点，多几英尺少几英尺，都比不上因为耽搁而造成的损失，更比不上落到骗子手里的损失。我考察过很多油田，恕我直言，这个地方的矿藏是有限的，卡尔弗“发现号”和其他矿井的出现对整个地区的地层压力都有影响。晚起的鸟儿没虫吃，不是危言耸听。有些地方两三年后就不产油了。所以如果你们听我的建议，就不要破坏现有的合同，哪怕不得不吃点小亏，因为在我看来，那是大笔收入下的一点小亏，不要因小失大。我就说这些。”

这位大人物说完，又站了片刻，似乎在等待有无提问或异议，然后落座。仿佛按了暂停，众人陷入思考。

片刻后，格罗迪先生站起来说：“邻居们，罗斯先生的话有道理，我认为我们可以信任他。希望大家表现得像个合格的生意人，做出明智的决定。”接着格罗迪先生又重申了集体协议、投票、少数服从多数的重要性。

“问题就是，”萨姆先生嘀咕，“谁是多数？”

梅利韦瑟律师与他的委托人低声耳语了半晌，宣布商议结果：“女士们、先生们，本人代表瓦尔特·布莱克夫妇发言，我们对罗斯先生的高见深感佩服，为促成这次合作，愿意做出让步，搁置今天会议开始时的争议，先签合同。”

“这是什么意思，什么叫搁置?”

“要不，签了吧。”汉克先生努力让自己的声音听起来镇定。

“墙头草！我再说一遍，我坚决不签!”斯奈普小姐仍毫不示弱。

Ⅶ

兔宝的奶奶罗斯老夫人固执地反对儿子带着孙子跑来跑

去。她觉得孩子的童年应该在天真无邪中度过，而不是整日看大人尔虞我诈，为钱财抢得头破血流。“这对他的禀性不好，”她说，“长大了可能愤世嫉俗，缺乏善意。”“但世道就是这样。”父亲回答。你总不能骗他一辈子，早晚要面对这残酷的社会，越早越好。男孩坐在窗台上，看着这些人围成一团争执不休，耳畔响起奶奶的声音：

没错，他们都是些贪婪的家伙。你爸爸说得对，得时刻小心提防，因为总有人想从你这儿拿走钱和东西，只要能发财，他们什么都干得出来。兔宝啊，你从来没缺过钱，你不知道，也不能理解这些人斤斤计较的疯狂。你不能信任他们任何一个，比如那个穿黄绸礼服、长着肥圆胳膊和腿的老女人，如果有必要她会抓破对方的脸；那个嗓音像电锯一样刺耳的尖脸男人，黑咕隆咚捅你一刀绝不含糊。

父亲希望儿子能全面领会生意的每一个细节，合同术语、法律条文、费用明细、交易数额。他事后会跟兔宝谈论这些，此类对话相当于测验，看儿子理解到什么程度。所以每次在现场兔宝都听得非常认真，脑子里组织分析各方面信息，参照印象中的合同内容，在开车来这儿的路上，父亲与斯卡特先生、普伦蒂斯律师对合同逐条做了核准，他都听到了。但男孩的推理思路总受到干扰，他忍不住对每个人的性格、背景和人生经历加以揣测。那个弯腰驼背、两手粗糙的老伙计，肯定是个可怜的劳工，烦透了这些争吵，他希望有个可以信赖的朋友，然后亦步亦趋就好，可在这屋子里他打着灯笼都找不着。那个戴眼镜的强硬不签字的小姐，简直没法想象她不吵架的样子。那对老夫妻看上去挺有钱，但面对利益也没什么慈悲。那老爷子拉了把椅子凑到父亲身旁，低声说了些什么，父亲摇摇头，他又悻悻地把椅子挪走了。

父亲向斯卡特说了几句，斯卡特站起来对众人道：“罗斯先生希望我跟大家说清楚，他不接受零散单个的土地合同，街区必须作为一个整体，不然开采起来很不便。如果你们不能达成一致，那么很遗憾，我们只好跟别人签了，事实上我已经替罗斯先生物色了另一块地。”大家不禁感到一丝寒意，相互攻讦的怒火弱了些。父亲注意到这一点，朝斯卡特微微点点头，斯卡特继续用对比法施加助力。人们有所忌惮了，但没消停多久又成了一窝蜂。

兔宝坐在窗台上，向窗外望去，远远可以看到矿区的信号灯。他正出神，冷不防被一个低沉的声音吓了一跳，那声音自窗外无边夜色传入他耳中，离得很近：“嘿，小子！”

兔宝靠近窗缝，匆匆往外一瞥，一个黑影贴着墙在跟他说话：“嘿，留神听我说，别让屋里人看见，别让任何人知道我在这儿。”

“间谍，来偷听合同进展的商业间谍！”兔宝心想，他不动声色地坐着，继续听那声音说下去。

“嘿，小子。我叫保罗·沃特金斯（Paul Watkins），住在这儿的是我姑姑，但我不想让她知道我来了，她肯定让我回家去。我家在圣埃利多（San Elido）县的一个农场，实在待不下去了，才跑出来。知道吧？我得找份工作，但当务之急得先吃点东西，我饿得快不行了。姑姑会让我吃饱，可肯定也会把我送回去，那不就白跑了。知道吧？所以我想从厨房拿点吃的，这是借的，以后我赚钱了会还给她的。我想请你帮我个忙，去厨房把后门打开，我保证只拿些三明治和馅饼之类。你这样：去跟我姑姑说你想去厨房喝杯水，到了那儿把后门从里面打开，然后回来。小子，做件好事帮我一把，我走了几天的路，又饿又累，以后有空我找你聊聊，但现在你别说话，有人见你说话会觉得奇怪的。照我说的做就行。”

兔宝飞快地思索着，这真是个微妙的两难抉择：一方面开门可能意味着放进一个贼，但另一方面如果他说得是真的，那姑姑是不会愿意侄子挨饿的，让他拿点吃的也没什么不对。可怎么判断这故事的真假？让兔宝做出决定的是这人的声音，他喜欢这声音，不像是坏人的。虽然他连这个保罗·沃特金斯的脸都没看清，却感到他身上有某种特殊的人格力量，深沉、强劲、振奋人心。

兔宝从窗台滑下来，走到正擦汗的格罗迪太太面前，“夫人，冒昧打扰一下，我可以去您的厨房喝杯水吗?”他以为说一声就行了，可格罗迪太太正满心期待、跃跃欲试进军上层社会，不放过任何一个接触观察的机会，罗斯先生的小公子出现在她面前说要喝水，怎能不陪同前往?“当然，亲爱的，”她说，然后站起来带他去厨房。

兔宝边走边张望，“哇，这屋子真漂亮!”这倒确实是真的。

“是还不错，很高兴你这么说。”格罗迪太太说着从架子上取了一只玻璃杯，倒满水。

“厨房真大，”兔宝称赞，“这样住着才敞亮。”他拿起杯子道了谢，喝了半杯。

多么大方有礼，既不扭捏也不傲慢！格罗迪太太心想。

兔宝信步走到后门，“我猜肯定还有个纱窗后廊，可以乘凉。屋子里有点闷，您觉不觉得?”他打开后门，向外望去，“啊，吹吹风舒服多了！视野也不错啊。”

这小家伙真可爱！格罗迪太太想，她说人太多了是有点热，但愿很快就能结束。兔宝说：“您穿得太单薄了，吹多了凉风会感冒的，我们还是回去吧。”说着带上了后门。格罗迪太太沉浸在对小男孩的喜爱之情中，压根没注意他锁没锁。他把玻璃杯放在水池旁，没再道谢，跟着格罗迪夫人回到拥挤的客厅，争吵还在继续。

Ⅷ

面对这样纷争胶着的场景，一个十三岁男孩感到十分厌烦，出去逛逛是自然不过的人之常情，所以当小杰·阿诺德·罗斯离开众人的时候，谁也没在意。他绕到后门，正赶上保罗·沃特金斯从里面出来，轻轻把门关好。

“谢谢你，小子。”保罗低声道。带着吃的走到堆柴火的小棚间里，兔宝紧紧跟着他。保罗坐下的第一句话是：“我拿了一块火腿、两块面包、一块馅饼。”他已经开始吃了。

“这没什么，我觉得。”兔宝以一种明辨是非的语气说。他等他吃饱了再聊，于是在一段不长不短的时间里，两人默默无言地并肩坐着，只听见狼吞虎咽的咀嚼声。刚刚还只是一片会说话的影子，现在借着满天星光和远处门廊的灯，兔宝看清了，这影子原来是比他高一个头的瘦男孩。

“哦，老天，挨饿的滋味真够呛！”那声音说，“你要不要吃点？”

“噢，不了，我吃过晚饭了，”兔宝说，“而且我夜里通常不吃东西。”

黑暗中的另一个人继续咀嚼。兔宝心里有种神秘而浪漫的感觉。光听这咀嚼声，身边或许坐着只饿狼！等他吃得差不多了，兔宝问：“你为什么离家出走？”

对方以问代答：“你属于哪个教会？”

“什么意思？”

“你不知道入教会是什么意思？”

“嗯，奶奶有时候带我去一个浸礼会教堂，我去看妈妈的时候，她会带我去一个圣公会教堂。但我不知道我属于什么教会。”

“上帝！”保罗叹了声，听得出在他看来这匪夷所思，“你爸爸不让你入教会？”

“我不觉得他信神。”

“上帝！你就不害怕吗？”

“怕什么？”

“地狱之火，丧失灵魂。”

“我从来没想过这些。”

“小子，你不知道你这话对我多大打击。我刚下定决心下地狱，管他妈的。你诅咒神明吗？”

“不。”

“我一天说八遍，上帝去死！我知道这会遭雷劈，可我不怕，我不在乎！我不信上帝！”

“哦，如果你不信的话，干吗害怕呢？”兔宝觉得他逻辑自相矛盾。

“哦，我想我不知道自己信不信，至少现在不知道。我还是不敢以我脆弱的意志推翻那万古磐石①，我不知道是不是还有比我更邪恶的人，爸爸说没人比我更邪恶了。”

“你爸？他信什么？”

“一种古老的信仰，叫四方福音（Four Square Gospel），属于使徒教会，而且他们跳神。”

“跳神！”

---

① 万古磐石：指耶稣基督，《圣经》哥林多前书10：4——“那磐石就是基督。”

“圣灵（Holy Spirit）降临到他们身上的时候便会手舞足蹈，还打滚，还说方言[①]灵语。”

“那是什么?”

“就是发出一些没人能懂的音节声调，像讲外语，我不知道。爸爸说那是大天使的语言。我讨厌那声音。”

“你爸会说?”

“随时随地，想来就来。简直是他的驱魔法宝，比如你跟他讲家里快没粮食了，或者该还按揭了，或者不该给教会捐那么多钱；他就两眼一翻，开始大声说灵语，圣灵与他同在了——这是他的说法——有时就地打起滚来，妈妈吓得直哭，可她也不敢违逆神意。爸爸大喊：释放吧，释放吧！妈妈双肩抽搐，把嘴一撇，也在椅子上扭来扭去，呼唤圣灵洗礼。兄弟姐妹们旋即也加入这行列。那阵仗，跟你说，真是吓人。你在现场也会吓得抽搐的。多少次我忍无可忍夺门而出，对着苍天挥舞拳头，大喊：上帝去死！去死！然后闭眼等天塌下来。可天没塌。所以我说，我不信。就算死后把我投进地狱，这辈子我也不愿信它。”

“这就是你离家出走的原因?”

“部分原因。在这地球上你绝对再找不到我家那样的地方。我们有个很大的农场，可大多是盐碱地和石头山，本来种地就不容易，赶上气候不好就更惨了，除了野草什么都不成活。你说如果真有上帝，仁爱众生的上帝，他怎么可能坐视不理？我整天除草，这边除完那边长，真是情不自禁要诅

---

① 说方言（talk in tongues）：躯体被圣灵借用，说另一种语言。《圣经》哥林多前书 14：2～14：6 ——“那说方言的，原不是对人说，乃是对神说，因为没有人听出来。然而，他在心灵里却是讲说各样的奥秘。”

咒！所以我一天说八遍：‘上帝去死！去死！’爸爸说农场这个样子不是上帝的错，是撒旦在作恶。可如果上帝任由撒旦胡作非为，这样的上帝难道不该指责？”

“有道理。”兔宝说。

“天啊，小子，你太幸福了！你从来不想这些，也不在乎灵魂！这省了多少心！”保罗停了停，接着说：“我逃出来了，好不容易。但我想我最终还是得回去，想想弟妹，如果我不回去，他们最终只能饿死。”

“你们家有几个孩子？”

“算我五个，我最大。”

“你多大？”

“十六。我下面是弟弟伊莱（Eli），十五岁，圣灵也眷顾他——他见过天使从金色云端走下来，还赋予他按手治病的异能。然后是妹妹鲁思（Ruth），她一度也曾见过异象，但现在她跟我想法一样。我的好妹妹，我们之间能进行理智的对话，而且你知道，同龄人在一块儿可以聊些同龄人才懂的事情……”

“我知道，”兔宝说，“大人们觉得你什么都不懂，他们说些什么都不避你，也不看你，好像你站在那儿没长脑袋一样。”

“鲁思让我很难跟那个家断绝联系，”保罗继续说，“她说你走吧，走得越远越好……可是老天，我走了他们怎么办？他们太小，干不了我干的重活儿。但干也是白干，爸爸会把赚到的每一分钱都交给教会，他说那是属于圣灵的。所以我不干了。”

沉默了一会儿，保罗问：“屋子里那些人在干什么？”

“商议油矿合同。你知道这里出石油了吗？”

“听说了。我叔叔埃比（Eby）以前还说我们农场地下有石油呢，他很有把握的样子，说在山顶的地上发现了油迹。不过他已经死了。我从来没想过这种事真的会发生，他们说姑姑要成富婆了。”

电光火石间，兔宝眼前闪过格罗迪太太的形象，肥滚滚的身材卡在亮闪闪的黄绸礼服里。“那个，”他问，“你姑姑也跳神打滚吗？”

“天，才不！”保罗说，“她嫁的是个天主教徒，父亲叫她‘巴比伦大淫妇’①，不许我们跟她来往。但我觉得她人还不错，会给我些吃的，所以，我走了一路也没找到工作，就跑到这儿来了。”

“为什么找不到工作？”

“因为每个人都教育你一番，不要离家出走，赶紧回去。”

“可你干吗跟人家说实话呢？”

“他们问啊！问你家住哪儿、为什么出来之类的，我不能撒谎。”

“不能撒谎，也不能挨饿呀。”

“这比挨饿严重得多。有一回我跟爸爸吵架，他说你要是不听神的话，就会被魔鬼俘获，你会说谎、偷盗、犯罪……无恶不作。我对他说：先生你瞧着，我证明给你看，我不信神也能做个堂堂正正的人，没有魔鬼上我的身。这吃的是我向姑姑借的，我有了钱就还给她。”

兔宝在黑暗中伸出手，“你拿着。”他说。

“什么？”

---

① 巴比伦大淫妇（the Whore of Babylon）：《圣经》“启示录”一章中的人物。

“一点儿钱。”

“不，我不要。不是我自己赚的钱我都不要。”

“可是……听着，保罗，我爸爸很有钱，他是来把整个街区都签下来的人，这点钱他不在乎的。”

“不，我又不是乞丐。我从家里逃出来可不是为了当乞丐的。你是因为我擅自从姑姑厨房拿吃的，就以为我……”

“没有！我没那么想！你可以说这是一笔贷款，我贷款给你。”

“把钱收起来，”保罗语气僵硬地说，“我不想贷款，你已经帮我够多了，就这样吧。”

“那好吧，可是……”

“别说了!”

“那你明天来酒店找我，我们一起吃饭怎么样?”

“不行，我不能进酒店，我衣着不体面。”

“这有什么关系!”

“当然有关系。你爸爸是富翁，他不会乐意看到一个破衣烂衫的农场小子出现在他的酒店里。”

“他不会介意的，真的，他才不会！他还一直说我结交的伙伴太少，老是一个人待着看书不好。”

“那是不好。但他肯定不希望你结交我这样的伙伴。”

“你根本不了解我爸爸，他真的会欢迎你的！他肯定愿意我们成为朋友。”

对话悬停了好一会儿，两个人都没说话。保罗在考虑他的提议，兔宝紧张地等着他的回答，简直跟等待法庭宣判一个心情。他非常非常想交这个朋友！他从来没遇到过这么好、这么投缘的男孩！问题是保罗也愿意跟自己交朋友吗?

宣判结果没有公布，保罗突然站起身，叫道：“这是怎么了?”兔宝也跳起来，他俩跑到窗子底下，屋子里众人陷入了疯狂的骚乱，没有人坐着，你冲我喊、我冲你喊，人影幢幢看不清谁是谁。靠窗附近的泥瓦匠萨姆先生和金矿工汉克先生大打出手，谩骂声不绝于耳。“你这又脏又臭的下流胚！骗子!”“吃我一拳，狗都不如的懦夫!”说时迟那时快兜脸就是一拳，正中鼻梁。对手也不甘示弱，揪住领子狠狠磕他下巴……两个男孩趴在窗上瞪大眼睛，像看戏一样入迷。

Ⅸ

兔宝听见门口有人在叫他的名字，赶忙跑过去。父亲和他的人站在台阶上，正准备离开。“过来，”父亲说，“我们回饭店。”

“老天，里面怎么了?”

“一群蠢货，成事不足败事有余。他们不上赶着来求我签合同，我决不来找他们。我们走。”

他们向汽车走去，兔宝走了一半，突然停下道：“噢老爸，等等！有个男孩，我刚认识的，我想跟他再说句话。拜托你们等一分钟!”

“好吧，快点，”父亲说，“我回去还有另一份合同要看。”

兔宝以最快的速度往回跑，气喘吁吁中，心里腾起一丝恐惧。“保罗！保罗!”他喊，“你在哪儿呢?”

四下无声。兔宝跑回柴火棚，里面空荡荡的，他又绕着房子跑了一圈，去后廊打开后门，扫了一眼雪白的厨房，又回到柴火棚附近，看了旁边的车库。都不见人。他朝着外面黑黝黝的菜地，用尽全身气力大喊：“保罗！保罗！你在哪儿呢？不用躲!”没有回音。

然后兔宝听见父亲在喊他，不容迟缓的口气。他只好回去了，一颗心沉甸甸的。爬进车里，一言不发，身边的大人们继续讨论合同和项目，兔宝坐在一角，颠簸中悄悄掉了眼泪。保罗消失了，走了，他再也见不着他了。那么有趣的男孩！那么聪明！懂得那么多！头脑清楚有主见，聊起天来津津有味；而且诚实——不肯撒谎不肯偷盗！兔宝回想起自己撒过的小谎，感到羞愧。以前觉得不打紧，可现在跟保罗一比，自己显得好卑劣。

而且保罗不肯要父亲的钱！父亲以为这世上所有人都想要他的钱，可保罗就不！兔宝想自己刚才非要塞钱给他，他一定是生气了，不然为什么躲开呢？或者，他根本就是觉得兔宝很讨厌吧……总之，再也见不着保罗了！

第三章　开　工

I

瓜达卢佩山的峡谷中又响起了军令般的号角，这次不只是一辆车，而是一个车队。十二辆七吨卡车排成一列，平稳行进，后面挂着长拖车。最前面高高矗立的是抽油机和发动机，其后是泥浆泵和其他钻探设备，拖车上摞着大量首尾带螺纹可以旋接的精制钢管。卡车四周飘着小红旗，提醒过往车辆注意安全。父亲运机械从来不走铁路，天知道他们把你的货排在第几批、用什么车皮、有没有小心装卸。很可能要浪费一个礼拜的时间干着急，而且还要给那些愚蠢的效率低下的铁道官员打电话疏通。雇用卡车车队就方便多了，招之即来，速度极快。而且都上了意外险，哪怕他们在路上出了事故也不用你操心。

每辆运载机械的卡车上，都坐着一群身穿卡其布工装服的青年工人。发了耐脏的工作服，说明他们刚刚撤离的上一口油井不是干窟窿。不过小伙子们都把头脸收拾干净了，笑容灿烂地沐浴在南加州的骄阳下。他们在卡车上唱着歌，跟擦肩而过的货车司机打招呼，朝路上遇见的漂亮姑娘吹口哨儿。他们要在路上走两天时间——无忧无虑、轻松自在的两天。他们给罗斯先生做事，每天晚上都会拿到一个信封，里面的工钱是同行里最多的，而且不仅钻井干活的日子有，现在坐在卡车上哼着小曲儿吹着风、欣赏着路旁的橘子园，晚上照样有工钱。“啊，在那遥远的家乡，有我思念的姑娘……”

Ⅱ

父亲最终跟山北的一位班克赛德（Bankside）先生签了合同，一位知道自己要什么、不浪费彼此宝贵时间的绅士。他有 2.5 英亩土地，离“发现号”油井不是很近，所以父亲只付他费率 17%的矿区使用费，加上五千美元现金红利。

父亲带着兔宝拜访了当地的夕阳木材公司（Sunset Lumber Company），去会见总裁阿斯科特（Ascott）先生，一个脸色潮红、态度热忱的大胖子，他揉了揉兔宝的头发，跟父亲交换了彼此的名贵雪茄，谈论了一下天气、展望了一下本地未来的发展前景。宾主言谈尽欢，直到父亲进入正题。说他在三天后需要一批木材进行基础施工，后续还要。阿斯科特先生甩头说，这神仙都难办到，公司的木材存货已经被抢购一空，订单堆积如山……父亲说这些他都了解，但这是特殊情况。他已经签了合同，在未来三个月内开建一系列矿井，违约金数额很大。要建矿井，首先要保证充足的木材供应。为保牢靠，他的矿井从来都采用木结构井架，信不过钢结构。如果阿斯科特先生不出手供货，他可就难办了。这项目对整个地区的发展都会产生积极的带动作用，毫无疑问更会进一步刺激木材市场需求，是利在全体的事业。另外父亲说，他准备围绕第一口矿井成立一个小集团，一起做事的朋友们都可以加入进来持股分红。父亲再次请阿斯科特先生鼎力相助；后者也没再推诿磨叽，他知道罗斯先生是个言出必行的人。他说可以办到。然后挑着眉毛挤出一排抬头纹，开始阅读文件，不时在便笺本上计算，问父亲具体什么时候要？父亲说最好周四；接着强调，他对这个工程非常看重，希望能在这儿大干一场，各方的密切合作是必不可少的。阿斯科特先生说当然当然，合作是商业精神之本嘛！接着他指出矿区附近的道路坑坑洼洼很不好走，物资运送可能要克服很多困难。父亲说这他知道，稍后就去找县交通运输负责人谈这个事情。阿斯科特先生说那就好，他会办妥自己分内的事。父亲邀他随时来矿上参观，届时一定好好款待。两个商人握手言别，兔宝的头发又被揉乱了，他每次都得假装不介意。

就这么谈完了。他们上车开走，父亲在车里给兔宝上课：必须懂得跟人分利，别人跟你在一条船上，才会不遗余力地落实你的想法和要求。

说话间就到了运输负责人那儿，会面已经安排好了，本辛格（Benzinger）先生，一个典型的公务官员，个子不高，戴着夹鼻眼镜儿，衣着很简朴。兔宝从父亲的语调就知道眼前这位不是有钱人。省了寒暄和交换雪茄之类的客套，父亲开门见山，谈了他要建的项目，将提供几百个就业岗位，上百万美元的资金注入本地，关键在于县交通部门是否愿意保证这一切顺利进行。本辛格先生回答说当然愿意，为地区谋福利是官员的职责所在；但“发现号”油井出现得很突然，他们现在没有足够的预算进行道路建设。父亲说，可能是有困难，但事在人为，总有办法解决问题。大家心往一处想，才能做成事。本辛格先生沉吟片刻，问罗斯先生有什么构想？父亲说明了他矿区的位置，并简略画了张地图，标示出几条道路，路上的坑坑洼洼都要填补，路面需要碾压平整，让运器械和木材的卡车能顺利通过，车周四晚上就开来。本辛格先生慢悠悠地说，这也不是不可能，也不是不可能。然后叫他的秘书——屋子里唯一的外人，去找一下琼斯（Jones）先生。父亲怎会不明白他的意思，秘书一走，父亲就说：事情很急，劳您多费心，添麻烦和额外的开销是免不了的，如果不补偿一点，实在过意不去。说着将一沓大钞递了过去。并说，大家以后还有很多打交道的机会，他是最愿意照顾朋友的。本辛格先生不动声色地把钱收进口袋，嘴里说他完全理解，县交通部门一定全力支持罗斯先生，如此一心为地区谋福祉的项目，理应尽快落实，这几条路明早就开工。

双方握手后，父亲和兔宝离开了办公室。父亲以一贯的严厉口吻提醒兔宝，不许把刚才的事对任何人讲。因为每个官员都有想把他拉下马的敌人，一旦知道了，会指控其接受父亲的贿赂。但其实根本不是那么回事，没什么大不了。他为项目的事出力，父亲给他一点小费而已，聊以致谢。如果你什么都不给他，才会觉得不好意思。你自己靠项目赚数以百万的钱，这些可怜的家伙工资低得跟乞丐差不多，本辛格先生也是上有老、下有小的一家之主，说不定还欠着银行贷款，说不定还有妻子重病在床。他要为项目加班、奔走、紧急联系施工队、可能还会因自作主张受上级的斥责。斥责他的上级肯定也收了别的大公司的好处，除了通往自家工地的路，恨不得其他路上荒草连天才好。牵一发而动全身，父亲说，必须步步小心。永远别幻想空手套白狼，到一个陌生地盘，什么钱也不花、什么人也不疏通，径自从地底下挖走几百万美元，他们不会让你如愿的。

这些听上去都不无道理，接着兔宝又听到了父亲的经典训示："看好你的钱！说不定哪天老爸我可能发生意外，你得立刻接手一切。必须时刻记着，接近你的人都是为了你的钱！有的委婉些，有的露骨些，但都是为了你的钱！"兔宝不想跟父亲争辩，他只是想到什么就说什么："可是，还记得我跟你说过的男孩保罗吗？他就不想要我们的钱，我给他他都不要，还避开我。"

"嗯，我记得，"父亲回答，"别忘了他全家都精神不正常；他也不正常，只是表现有点儿不一样。"

Ⅲ

这简直是道德伦理难题，有两个声音在兔宝的内心激烈论战，如果保罗的所作所为真是精神不正常的表现，那兔宝自己也很有精神不正常的危险，因为他是如此的喜爱敬佩保罗，总是忍不住想起他，并且受他的影响，兔宝暗下决心不再撒谎，连小谎也不撒。更是由于保罗的出现，让兔宝意识到自己过得太舒适了。那天晚上回到帝国饭店，次日早上醒来，睁开眼发现自己陷在柔软厚实的大床里，洁白的厚亚麻布床单、温暖的羊毛绒毯，第一个飘进脑海的念头便是：保罗昨晚在哪儿睡的？没遮没挡地睡在地上？奶奶每次看见兔宝坐在地上都会立刻嚷起来，"接潮气，作死！"坐在阔朗的餐厅里，面对着冰湃葡萄、牛奶麦片粥、培根煎蛋、全麦枫糖蛋糕，一想到保罗又要挨饿了，兔宝就没了食欲。保罗那么要强，只肯用自己赚来的钱买食物，此刻肯定是没饭吃了。忽然间，兔宝心底腾起了一股破坏这份舒适生活的邪恶冲动，就像书里那些唾弃锦衣玉食、蔑视肉身享受的修行者那样。

格罗迪家夜间会议后的第二天上午，兔宝坐在饭店外的棕榈树下，想着保罗没准会来找他。保罗没来，格罗迪先生和太太倒来了，同来的还有邓普里先生、布罗姆利老太太和裁缝夫妇。他们说昨晚众人一直争论到凌晨一点多，终于集体撕毁了街区联盟协议，现在他们自由了，各自为战了。来的这些人希望父亲能跟他们签合同。兔宝说父亲和一位地质学家出门勘探去了，可能要等一会儿。但兔宝心里知道他们没戏，父亲很重视在主井附近给邻井留出足够的空间，他们几个人的地加起来面积太局促了。

在等待的时候，兔宝坐在格罗迪太太旁边，试探保罗有没有向她提起自己。他首先坦白自己昨晚做了件非常不妥当的事，他在厨房打开后门之后没有把它锁住。但兔宝没有说出全部的真相，只是说“有个非常饥饿的人，进厨房拿了点儿吃的，他请求我帮忙，我很同情他，就那么做了。”事后他感到很不安，所以如果格罗迪太太谅解他——说着，兔宝掏出了钱包。格罗迪太太完全被这散发着贵族气质的小家伙迷住了，长得这么俊秀，举止像个侯爵，或者说像她只在电影里见过的那种人，格罗迪太太脸上洋溢着母性的光辉，坚决不收他的钱。同时心里掠过一丝惆怅，她的财富来得晚了点儿，如果再早二十年，她也可以把孩子们养育得这般高雅贵气。

又过了几天，兔宝在街上闲逛，观察此地有什么与众不同的特色，经过格罗迪家门前，看见未来的“石油皇后”在喂兔子。“喂，小伙子！”她叫兔宝。等他走近了，格罗迪太太说：“保罗来信了。”

“他在哪儿呢？”兔宝兴奋地脱口道。

“信是从圣保罗城（San Paulo）寄来的，但他说别试着联系他，他在搭顺风车四处走，不会在一个地方待太久。”

“他怎么样？”

“他说他会好好的，不用担心。可怜的孩子，还给我寄了两角五分钱，说是偿付他那天晚上拿走的面包、馅饼和火腿，说这钱是他赚来的，可怜的孩子，保佑他！”格罗迪太太肥润的脸颊上滚下两行泪来。兔宝又上了生动的一课，人性是太复杂的东西，这个胖女人既可以为了钱财刻薄至极如狼似虎，也可以满心悲悯如同圣母玛利亚。

他们坐在兔子笼前，进行了一次愉悦的对话。兔宝详细告诉了格罗迪太太一切是如何发生的，他觉得说出来心里舒畅多了。格罗迪太太又跟兔宝讲了许多沃特金斯家的事，他们如何从阿肯色州（Arkansas）搭乘一种原始的交通工具，马车，辗转来到了圣埃利多县天堂镇（Paradise，San Elido）的那座农场。那里的土地只有一小部分适合耕种，还是用手压井供水灌溉，非常荒凉。她想象不出没有保罗，那一家人可怎么过。等她拿到油矿的钱，会寄给哥哥一点，但恐怕她那疯哥哥不会接受，他已经完全被信仰魇住了。兔宝问，难道他从小一直都那个样子吗？格罗迪太太说不是的，就是几年前的事，她刚再嫁不久，就发现家乡那边弥漫着浓烈的宗教气息，扩散非常迅速，到如今已经根深蒂固。兔宝想起保罗爸爸的话，或许真是撒旦把她带到这儿来的，要她面对利益的诱惑和折磨。对街房子前竖起了库奇集团（Couch Syndicate）的牌子，一整天车来车往。大家都来买它的基金，每股十美元。格罗迪太太说，他们几个“中型土地所有者”还没签合同，有几家公司出了价，他们还在考虑，比较倾向于斯利普一维金斯公司（Sliper and Wilkins）。她问兔宝，听说过吗？还有，罗斯先生真的认为矿藏主要分布在山北吗？格罗迪太太和丈夫正琢磨，等拿到了预付红利，买些欧雷卡石油公司（Eureka Pete）的基金，他们承诺很快在山北钻井，小投入大收益……兔宝立刻想起父亲的经典告诫之一：“小心提防那些人，他们不是把你当油井来掘取，就是把你当电泵来利用!”

Ⅳ

本辛格先生说话算数，第二天便派了两卡车墨西哥劳工去修路；阿斯科特先生也不食言，筹集到了基础建设所需的木材。父亲信任的工人们也到了，平地搭起了122英尺高的井架，坚实高耸，四围是梯子，中间搭架起作业平台，顶端还有一个小平台可以站。新造的井架整洁、鲜亮，父亲允许兔宝爬上去登高远眺，高居于屋舍和树木之上，视野一览无余，可以望见远处的海平面。

晚上井架上亮起电灯，夜班工人们挽着袖子，在“大老板”监督下干活儿，谁也不敢怠慢。他真懂这行，没人能骗得了他。工人们喜欢这个老板，虽然严厉但是个好人，简单直接不做作，工程紧张的时候，常在矿上食堂看见他和大伙儿一起吃饭、喝咖啡。就算不靠有钱有势，大老板这个人也让你瞧得起，更何况他还有钱有势。他的底气来自实力，一个人能一手建起那么多油井、经营数量惊人的石油，逢山开路遇水架桥，将意志付诸实践，变成货真价实的东西。跟这相比，秀场上的魔术师们从袖子里抽几条彩带、从帽子里变两只鸽子，完全是小巫见大巫的雕虫小技。他们也很喜欢那位“小老板”，他比他父亲更没架子，非常可爱，对矿上的每项工作都有兴趣，会问有意义的问题，并且会记住你的回答。

这孩子将来肯定能把事业发扬光大。

罗斯先生熟知每处矿区的大小事务，能叫出每个员工的名字，不时跟他们开开玩笑。但现在可没空开玩笑，必须争分夺秒。建筑防震水泥墩、废水池，卡车卸下发动机、各式导管套管……这些流程兔宝已经耳闻目睹了上百次，但父亲每次还都像第一次教他一样，不厌其烦地解释，并要求儿子时刻跟在他左右。“不要自欺欺人地以为凡事都可以找专业人士，如果你自己什么都不懂，怎么能分辨谁是真正的行家里手，谁是银样镴枪头？比如哪天你最倚重的技术组长不小心摔死了，或者太优秀被别人挖走了，你怎么办？所以，必须自己是专家！”

紧锣密鼓地忙活了三个星期，终于到了一个节点，拧紧最后一颗螺丝，钻井作业基础设施一切就绪，像即将出航的游轮，准备深入地下挖掘宝藏。当天朋友们都来了，白班夜班的全体工人都来了，还有许多看热闹的。父亲朝操作发动机的工人点了点头，他拉下手柄，随即响起了人们意料之中的轰鸣。大家纷纷过来与罗斯先生握手表示祝贺，包括班克赛德先生及其家人，也就是这块土地的所有者，晚上父亲和兔宝被他们接到家中，共进晚餐。席间开了一瓶香槟，举杯共祝：“罗斯一班克赛德一号井”万事大吉！

V

这里靠近海滩，夏天清爽怡人，而洛伯斯河那边一到盛夏热得要命，父亲决定在这儿租一所海滨别墅，让全家都过来住一阵。从做决定到入住，父亲用了极短的时间，时间太宝贵，不值得在琐事上浪费。他开车去了趟房地产经纪服务处，要一所家具齐全的海滨别墅，房产经纪带他去了一处面朝大海的宫廷风格建筑，里里外外看了一遍，回到服务处签下半年的租约，搞定。

房子的外部是带网纹的石膏，内部粉刷得雪亮，这点跟格罗迪太太家很像，不过里面的家具不是仿橡木，而是仿红木。进门的前厅很大，左边是会客厅、右边是餐厅，餐厅采用时髦的嵌入式厨房设计。房主还添置了一批永不过时的经典家具，法式细腿镀金描花的、中式硬木雕龙的、美国黑核桃木饰以玫瑰蓓蕾的、高抛光大理石裸女雕像，还有一座同样材质的长袍教士雕像。楼上有六间卧室，分别粉了不同的颜色。或许有人会说这房子少了点儿“家的感觉”，但兔宝从小就没感受过他们所谓“家的感觉”。打记事起，“家”的意思就是暂时租住的地方或作为投资买下的房产。如同哈得孙湾（Hudson Bay）的印第安人，冬天猎到了大个儿驼鹿，就把家搬到它旁边；父亲经营石油生意，哪里有油矿，家就搬去哪里。

最先抵达的是伊顿（Eaton）先生——兔宝的家庭教师。他已经习惯了接到电话通知就回去收拾行李，赶到雇主打到大个儿驼鹿的地方去。他的标准配置是两只手提箱和一只大号行李箱，然后搭乘火车或大客车，去给他的学生上课。伊顿先生是位很雅致的青年男人，低调而内敛，一双淡蓝色的眼睛，两只衣袋总是鼓鼓的，因为揣着书随时阅读。在与罗斯家签约时，他被明确告知：生意排在“文化”前，罗斯先生随时可以带走儿子，教他学做生意；没事的时候，伊顿先生再教兔宝文化知识。对于课程内容，罗斯先生没什么特别的指示，一方面他时常断言书上写的都是“屁话”，另一方面他又觉得自己是个粗人罢了，但儿子应该通晓更多。他时而对知识有敬意，时而又流露出敌意，这是有道理的，因为伊顿先生居然教育兔宝：这世上有比生意更重要的东西。

接着，家里的豪华轿车开过来了，兔宝的奶奶和埃玛（Emma）婶婶驾到。开车的是鲁道夫（Rudolph），身兼司机和园丁，举行宴会时黑礼服一穿摇身一变又是管家。他旁边的副驾驶位坐着中国厨师辛（Sing）小姐，好厨师非常宝贵，以至于不敢让她搭火车或客车自己过来。随轿车同来的还有一辆卡车，运载着五花八门的家当：兔宝的自行车、埃玛婶婶一摞摞的衣帽盒，还有奶奶的珍贵画作。

罗斯老夫人七十五岁高龄了，从年轻时就一直在农场过活，那是还没电话、汽车的年月。她奴隶似的劳动、生养孩子，眼睁睁看着一个女儿刚生下就死去，后来又一个儿子在美国和西班牙的战争中死于伤寒，之后又一个儿子死于酗酒。现在她只剩“吉姆”了，好在这个儿子大器晚成、有了出息，罗斯老夫人也跟着享上了清福。可谁也没料到她将以怎样的方式谱写夕阳红。某个风和日丽的午后，罗斯老夫人突然宣布，她要画画！六十年了，这句话终于得见天日。洗盘子、哄孩子、晒制杏干葡萄干……她在迫于生计的苦役中度过了大半生，始终珍藏着这个梦想。

所以，现在无论他们搬到哪儿住，奶奶都要一间独立的画室。曾经有个四处流浪的画家来教过她一些基本的技法和炫目的用色，画家的作品主要以旅途中所见的大漠夕阳、高山深谷、海岸风光为主。但罗斯老夫人从来不画她见过的事物，而是全心全意投入到对“高贵”的想象描摹中。她最得意的杰作是一幅6×4英尺的油画，永远挂在他们所居之处的餐厅里。背景是一幢宏伟的双层建筑，立着上下两排纹饰复杂的廊柱，前景是一个环形甬道，甬道中央有座水花四溅的罗马式喷泉，甬道上四轮大马车载着淑女和绅士，执马鞭的是个黑人，小狗追在马车后面跑，小孩子在道旁草坪上举着花环嬉闹，还有一座铁铸鹿雕……这幅画令人百看不厌的地方在于，好像每次看都能从里面发现些新的东西。家里来了人，父亲常把他们引到画前："我妈画的，天才吧？一个七十五岁的老太太！"来人一般是商议合同的经理人，要不就是办各种手续的律师，再不就是来接受工作指示的矿上工头，人们闻言，无一例外对着画作深深凝望一番，然后毫无保留地赞同罗斯先生的评判。

埃玛婶婶是罗斯老夫人那个因酗酒而死的儿子的遗孀。对于一个女人来说，她的富贵也姗姗来迟。父亲对家里人花钱从来不管，女人们爱买什么就买，甚至可以开支票，由他的账户付款。埃玛婶婶痴迷于逛商场购物，衣服鞋帽堆积如山。每到一个新的地方，罗斯家的财富实力基本靠婶婶的购买力证明。她还热衷社交，参加当地的女性俱乐部，听社区主题演讲，"提升心灵正能量"、"莎士比亚戏剧中的阴性质素"、"我们该为下一代做什么？"她和老夫人定期在家里办茶会，邀请许多人来，这时父亲总是"不巧正忙"。

埃玛婶婶最爱买化妆品，她能迅速跟当地商场导购和化妆品专柜的销售员混熟，用她口音浓重的英语说着那些美妆产品的法文名，"巨重烘木麻瓜粉"（剧终红幕玫瑰粉）①，她必须再详细解释人家才知道她要什么。她的梳妆台上堆满了瓶瓶罐罐，兔宝能清晰回想起的幼年记忆之一，就是婶婶像只大鹦鹉一样坐在梳妆凳上为出门做准备，她衣服还没穿好，

① 法文名："Rouge fin de théâtre"：19世纪末20世纪初法国流行的一种干粉腮红。译者为模仿作者嘲谑埃玛婶婶的发音而译作此。——编者注

压根不介意兔宝，那时他太小了。他看着她穿上铠甲般的紧身塑形内衣，套上裙子、系好吊袜带，然后开始仔细地描眉画眼，擦香抹粉。这时她不知是自言自语还是在对兔宝说，她死去的老公，其实是个好人，有很多优点，就是爱喝酒这点不好，死在这上面。心地特善良，知冷知热，而且对她从来不小气……“是啊，”埃玛婶婶喃喃说，“他是个好男人。我老想，他这会儿在哪儿呢?”说着，吧嗒吧嗒，粉红的脸蛋上滑下两行泪水，她赶紧轻轻拍干，重新把妆画得完美无瑕。

Ⅵ

“罗斯一班克赛德一号井”正向地下开掘，钻头啃食着坚硬的岩层，出于稳定井壁、平衡压力、冷却散热等需要，必须注入适量泥浆，井口和工人们的衣服都很脏，打进油层之后，泥污又换成油污。一口井在产油前要投很多钱进去，尤其加州不比东部，在那儿不用打太深就能见油，在这儿，你得做好打六七千英尺深的准备。机器白天黑夜不停转，两组工人轮番上矿，排满二十四小时。工地一刻都离不开人，有千百个可能出错的地方，任何一个都会花更多的钱，甚至让前面的努力都泡汤。父亲半夜三更随时会醒，通过电话下达命令，或者干脆穿好衣服去工地。翌日早餐时，父亲通常已经回来了，边吃边跟兔宝讲昨夜的情况。

父亲在商业区新开了个办事处，白天在那儿办公，雇了两个文书，帮助整理各地报送来的文件。经常有人登门造访，带来合作提议、推销最先进的井壁修整设备、介绍在巴勒马（Palomar）油田取得惊人效益的钻头模型……父亲来者不拒，都会聊上几句，因为“说不定真有什么新东西，谁知道。”但每当推销员在细节和数据上露出破绽，父亲便一声叹息，然后从抽屉里取出相关记录指给他看——父亲对自己的每个矿井都有详细的数据记录册。邮递员每天来送信、取信，得时刻跟进其他地方的生意，更多是通过长途电话。有天父亲从办事处回家吃午饭，气得冒烟：安蒂洛普矿上那个叫英皮（Impey）的家伙，又摔断了腿，管子掉下来砸的。“就是那个满脸络腮胡的家伙，记不记得？”兔宝说记得，父亲大骂过他一次。“对。那回我开除了他，后来看在他老婆孩子的份上，又心软了，叫他回来。他为了捡一截绳子，手指夹进齿轮，脑袋也被链子缠住了！这种连自己都顾不好的蠢货，我要他干什么？我都不知道他怎么全须全尾地活到了长胡子的岁数！”父亲经常为矿工的失误发脾气，好像对他不得不雇用的整个劳工阶层都很不满。当然他还有另一层用意，是在告诉兔宝，哪天当他指指点点发号施令的时候，必须意识到矿上工人们在冒着生命危险。

这天洛伯斯河的矿上又来电报，二号井出了状况。作业铁锹掉进油管造成堵塞，试了各种方法都捞不上来。父亲隔几个小时就给那边打电话，两天下来毫无进展。第三天晚饭时他宣布，看来不得不亲自去一趟了。兔宝跳起来，“带上我！”父亲说，“当然了。”奶奶照例重复了她对兔宝教育的担忧，父亲给出了他一贯的答复：石油比文化课重要！兔宝有一辈子的时间可以读书写诗，但有父亲手把手教他石油生意的时间并不多，他必须趁着一切都在，把该掌握的都掌握了。埃玛婶婶想让伊顿先生说点什么，争辩一下文化课的重要性。家庭教师笑而不语，他知道谁说了算。兔宝清楚伊顿先生不会介意，他最近正忙着写论文，准备再拿个硕士学位，得此空闲，高兴还来不及，他在专心研究伊丽莎白一世时代之前的剧作家们。

Ⅶ

于是兔宝跟父亲起程回他们上一个居住地去，来时的旅途历历在目，小饭馆、那个瘦瘦的服务员、加油站，还有一路上车速监视器和交警埋伏的位置。他们在夜间抵达了洛伯斯河，矿上还在打捞。工人们毕恭毕敬地站成一排，像小学生等着挨教鞭；而真正该受责罚的罪魁祸首，那个掉铁撬的家伙，早就连人带铺盖被踢出门了。有个器械店的销售员来兜售一种专利打捞器，他们试了，但铁锹卡得太紧。“那就用点炸药局部爆破，然后再收拾残局。”父亲说，“想听地下四千英尺的爆炸声吗？为了把堵塞物震松，必须得听。”就这样日复一日，兔宝在现场学会了很多事情。

问题解决了，他们返回海滩城，发现伯蒂（Bertie）也已经到新家了。伯蒂是兔宝的姐姐，比他大两岁。刚从无比时髦的伍德布里奇·赖利（Woodbridge Riley）那儿回来。兔宝跟她讲洛伯斯河矿上发生的事，可伯蒂一点不感兴趣，刻薄地说他是“石油小老头”、“指甲缝里一股腐尸臭”。伯蒂现在以石油为耻，她以前不这样的，以前她也喜欢到矿上去，喜欢跟兔宝争论问题，虽然也像大多数姐姐那样对弟弟呼来喝去颐指气使，但还是个好伙伴。兔宝起初不明白她为什么变了，后来渐渐知道是受那贵族女校的影响。

埃玛婶婶该对此负全责，她对小叔“吉姆”说：你可以把儿子往生意路上培养，跟你学赚钱；但女儿该娇养，不必为赚钱操心，她该学的是如何优雅地花钱。于是婶婶挑了一所学费最贵、名媛辈出的贵族女校，把伯蒂送去了。从那以后，伯蒂就很少回家。放假常去同学家小住，但从不把朋友带回来，因为家里没有像样的管家。“鲁道夫只能算乡下帮佣!”伯蒂抱怨。她还学会了不好好儿说话，比如不说“你错了”，而说“荒谬至极”。她会一面做芭蕾单脚转展示她的飘逸睡衣，一面兴高采烈地俏笑：“谁敢说我不是个拉风的小美人儿!”招来奶奶的瞪视和父亲纵容的大笑。她还向父亲抗议：“噢爸爸，求你了，别再说‘庚庚’（刚刚）了!”父亲笑着答：“可你老爸说‘庚庚’已经说了五十九年了!”不过被伯蒂纠正了几次后，他确实说的少了。文明就是这么从野蛮中发展起来的。

这天伯蒂屈尊地答应兔宝跟他到矿上看看，姐弟俩绕着山坡散步，碰见格罗迪太太，正从她那辆老福特车里下来。兔宝见到她就打心眼儿里高兴，坚持站住了介绍她跟姐姐认识，伯蒂冷若冰霜地应付了，走远些就责备弟弟：品位越来越低俗，干吗跟这种人来往！他爱交什么下九流朋友都随便，可下次别再让她跟他们握手！兔宝搞不懂她。他一辈子都搞不懂，怎么会有人对他人的世界漠不关心。

兔宝跟伯蒂说起了保罗，说他是多么好的一个人。伯蒂的反应和父亲如出一辙，还更激烈，她说保罗肯定是个“疯子”，兔宝找不到他了，再好不过。奇怪的是，后来在保罗一生的岁月里，伯蒂对他都是这个态度；而在这彼此还未见过的最初时刻，她就凭直觉表明了此后一以贯之的蔑视。不过这也没什么奇怪，她在学校里的最重要学业就是如何鉴赏财富，灵敏地判断一个人有多少钱，然后以此标准将他们按等级排列；而保罗却说除非靠自己劳动赚来的，其他钱财都是粪土!

伯蒂有直觉，兔宝也有。所有人都不理解保罗的好，这反倒让这个男孩在兔宝心里更特别了，孤独地占据着一个清冷的高处。时不时地，兔宝会去格罗迪太太家的兔子笼前转悠一下，向格罗迪太太打听她侄子的消息。有一回她给兔宝看了保罗妹妹鲁思的来信，小女孩的笔迹非常凌乱，大意说他们一家人已经很少对话，并且生活很艰难，不得不隔三岔五杀一只山羊。“这么下去他们很快就什么都不剩了。”格罗迪太太说。过了一段时间，鲁思又来信了，这回说保罗给她写信了。他去了北部，还没有固定的联系地址，在挂号信里寄了五美元钞票，并且再三叮嘱，一定要拿去买食物，别让爸爸给教会。因为年龄，他的工钱很低，好不容易才攒下这五美元，保罗信里说。兔宝心中又充满了感动和敬意，他从格罗迪太太处回去后，秘密做了件未必靠谱的事，拿出五美元放进一只信封里，写上“鲁思·沃特金斯小姐 收，天堂镇农场，加利福尼亚州”，然后把信投进了邮筒。

格罗迪太太特乐意见到兔宝，兔宝知道为什么，呵呵，她想利用自己打探信息。兔宝会礼貌地给她透露一点，比如他问了父亲，斯利普－维金斯公司怎么样？父亲的原话是“一伙屠夫”。兔宝把这意思转达给了格罗迪太太，但多数“中型土地所有者”压倒性地同意和这家签——等他们终于醒悟了，为时已晚。这家公司不久就宣布把合同转手卖给另一集团，这集团风风火火地派人来，在格罗迪家所在街区安营扎寨，铺天盖地到处宣传；随即大干快上，开始钻井——“鸿利集团（Bonanza Syndicate）一号井”，钻了大概有一百多英尺深。那段时间，格罗迪太太幸福得飘飘欲仙，又拿到了红利现金，去买了几百股山北“共合公司（CO-operative）三号井”的基金。蜂拥的人群踩烂了她的草坪，可她一点不在乎——等鸿利集团钻第二号井的时候，她就得搬家了。格罗迪太太对兔宝说，她已经看好了一处非常上档次的住宅。

然而，等到兔宝下次再去串门，格罗迪太太已是满脸忧容。他们不钻了。报纸上的说法是“正在努力打捞井下堵塞物”；但工人们的说法是“正在努力打捞他们的工钱”，鸿利集团的基金不卖了，宣传也销声匿迹了，集团被转让给一家什么控股公司。一切都不对劲了。格罗迪太太可怜巴巴地求兔宝问问他父亲，到底是怎么回事？可父亲也不知道，“鬼才知道！”大概过了半年，事件才浮出水面，那时“罗斯－班克赛德一号井”已经取得了巨大收益。某日海滩城报纸头版报道：大陪审团以欺诈发行石油股票罪名，对D. 巴科特·凯伯（D. Buckett Kyber）及其在鸿利集团的同伙提出起诉。父亲对兔宝评论说，这里面的猫腻多了去了，某些官员和报业人士很可能从这位凯伯先生手里敲了一笔，所以这么长时间捂得严严实实，现在捅出来了，但报道中关于诉讼的信息量很少，后续干脆再没消息了。与此同时，受害的街区土地所有者们找不到接这个集团烂摊子的下家，那个一百多英尺深的洞一直荒在那儿。雪上加霜的是邻近街区打了一口油井，日产量只有两百桶，这点毛毛雨几乎可以忽略不计。借用报纸上的评论，事实证明山南的地非常“边缘”。

兔宝在街上见过可怜的木匠邓普里先生，才给一座屋顶装了上千个木瓦钉，拖着疲惫的步子下公交。见过泥瓦匠萨姆先生，在他的小园子里拿塑料软管给豆子和玉米浇水。也见过格罗迪太太，在门口喂兔子和鸡，却再没见过她穿那件黄绸礼服。那座通往乌有之地的木楼梯还盘旋在那儿，《优雅女士实用指南》还躺在桌面上，蓝绸封面染了手指的油污，金字也黯淡了。目之所及都有股悲凉的意味，兔宝想起父亲的话：石油的游戏就像上帝派天使来敲门，敲了很多扇，只有很少人应门蒙恩。

Ⅷ

山丘上油井林立，工地间互相竞争。白天发动机喷出滚滚白烟，夜里矿灯闪烁如星辰。“罗斯一班克赛德一号井”是其中最引人瞩目的明星。报纸的跟踪报道吸引了望风而动的投机商和经不住诱惑前来试水的普通人，股价持续上升。

油井打到一定深度后，父亲便异常审慎。他常讲某人明明打到储油层却视而不见的教训。每钻几英尺就做一次“取心”分析岩样，兔宝会识别各种岩性和土质，会观测形态各异的背斜、断层、褶皱，看得懂含油混合物的化学分析。每一块油田都是不同的，都是一个构造巧妙的谜，等着有实力和能力的人来破解。

空油桶运过来了，三万个摞在一起，熠熠生辉，整饬待装。与此同时，钻头已到达地下真正的储油层。半夜兔宝被父亲叫醒，俩人急忙披上衣服，去看新的压力迹象，泥浆在翻滚冒泡！父亲下令赶紧准备好固井水泥，预备下套管。工人忙碌起来。还有什么事业比这更有趣、更激动人心？随时监测地底几千英尺的变化，见证人类战胜自然的伟力，看着一群人从这儿跑到那儿、从那儿奔向这儿；忙碌嘈杂中又有种确定踏实的安宁，他们熟悉自己的工作，也知道接下来会发生的事情。

固井工序持续十天左右，他们在几千英尺的井眼内伸入接箍连接的各层套管，在套管与井壁之间注入水泥固定。然后在井筒中注入洗井液循环洗井，将砂石岩屑清除出去，排入废水池。在井中先下油层套管，再钻开产油层。将井内液体逐渐抽汲出来，改变压力使石油入井。

产油了！在场所有人爆发出一阵热烈的欢呼。持续不断的油喷发出令人欢欣鼓舞的嘶嘶声，油柱越来越高，上下跃动。彼时正值黄昏，西天残阳如血。“熄灯熄火！”父亲一直喊，这时附近任何一丝明火都非常危险。矿上彻夜试油，导管末端连上了油桶。数据显示，每小时出油三万加仑！

“罗斯－班克赛德一号井”大获成功的消息如一朵祥云笼罩在海滩城上空，如雨露甘霖降下金粉铺地。它力证了整个山北地区的潜力，一直以来人们心中的希望显现为确凿无疑的事实。消息不胫而走，报纸的报道详尽具体，日产量一万六千桶，不久后管道还会进一步完善，届时“罗斯－班克赛德一号井”每天创造的收益将超过两万美元。如此激动人心的事情，人们很难不谈论它。更不消说人们看父亲和兔宝的眼神，走在街上会被指指点点，“那是罗斯先生，新油井的老板！旁边那小家伙是他儿子，小老板！想想，如果你每分钟都有十三美元进账，什么样的午餐不敢点！”

兔宝充满了成就感和自豪感，觉得自己非常特别、非常重要；不时有细密的电流在他全身血管里涓涌，走路都想飞起来。然而父亲却说，“冷静点儿，儿子。别乱讲话，更别冲昏头脑。记住，到嘴的鸭子也可能飞走。”他是个理性的人，毫无疑问。在安蒂洛普、在洛伯斯河，在一个又一个油矿项目上，他也曾有过兔宝这样的心情，意识到自己富有的感觉确实美妙，但你必须学会居安思危，于盛宴席上悬一骷髅；一面品尝胜利的佳酿，一面听它沉音低语：别忘了还有死亡！

第四章　农　场

I

这之后不久，兔宝该去母亲那儿了。他的母亲不像其他孩子的母亲那样随父亲的姓，她是朗（Lang）太太，住在天使城。根据协议，兔宝每半年要跟母亲住一个星期。他算着日子，每次去之前心情都很复杂。一方面母亲很疼他，兔宝想念她轻轻拍打自己后背的温柔，“亲亲小妈咪”——跟兔宝说话时她这么称呼自己。但另一方面，他每次去都免不了尴尬为难，妈妈打听父亲的事情，父亲明确表示他的事不愿意她打听。妈妈抱怨父亲给她的钱太少，一个月两百美元！虽然她离婚后又再婚了吧，可对一个年轻貌美的前妻就给这么点儿，也太说不过去！她的车库使用费总是欠付，她老对兔宝念叨，指望他回去能告诉父亲，但父亲从来不听。下次再去，妈妈就哭骂，抱怨吉姆简直残暴不仁、吝啬守财奴！

现在更是个令兔宝格外难做的时期，父亲刚开发了新矿区，巨额盈利都被登到报上了，她看了当然不甘心。于是循循善诱地对兔宝讲她的计划：让儿子去劝爸爸，给妈妈涨点钱，但不要说是妈妈教他这么说的……可是，兔宝才下决心不撒谎的！

谜一样的还有妈妈的朋友们，兔宝总能碰见一些绅士朋友来看望她，有些对他很友善，有些则不然。而等他从妈妈那儿回来，埃玛婶婶又会向他打听妈妈，她其实就想知道那些绅士朋友的事，但她又不想让兔宝知道她想知道这个。而父亲从来不闻不问，他压根就不提妈妈。婶婶也从来不当着父亲的面问兔宝。

这一切都潜移默化地对兔宝的心灵产生影响。正如父亲有一只私人保险箱，除了他自己没有任何人能打开看。兔宝也在心里设了一个保险箱，一个秘密之地。在外人看来，他是个爽朗大方的小家伙，有着跟年龄不太相称的成熟；然而某种意义上说，他过着一种双重生活。在世界的此处、彼处采撷信息和念头，把它们带到心里那个秘密之地藏起来，就像松鼠藏好过冬的坚果。然后等到适当的时候，把它们敲开一点点啃食。坚果有好有坏，兔宝学会了判断，把那些坏的扔出去。

有一件事是无法隐瞒的——男女之间的事。可他们结成同谋就是不想让你知道。那似乎是一个生命的幽暗角落，神秘而难以启齿。起初，兔宝出于对父亲的无限忠诚，有些事父亲不想让他知道，那就算了。但这种情形没持续多久，因为成长的内在机制本能地催动人向这方面探究，不只是鸡鸭猫狗会当街给你提供线索，不只是那些地痞男孩很难忍住不重口味传播，而且那些愚蠢的大人们当着你的面也控制不住自己可疑的言行。比如埃玛婶婶言之凿凿地说那些女人都对父亲“有意思”、朝他“抛媚眼”、跟他“打情骂俏”，婶婶在这个话题上有丰富的词汇储备。而父亲每次跟女人在一起稍有点不拘礼节了，就露出一丝窘态，生怕兔宝也会像埃玛婶婶那样想。事实上兔宝早就被婶婶的盘问搞烦了，他学会了回避那些问题，不告诉她父亲在洛伯斯河酒店里跟那漂亮女人说的话，以及那漂亮女人有没有跟他们一起吃晚饭。兔宝不得不掌握世故的艺术，让各方都相安无事。他隐藏了自己的反感，为什么这些人就不能打开天窗说亮话？为什么非得扭扭捏捏、遮遮掩掩，搞得你也不自在？

Ⅱ

“罗斯一班克赛德一号井”产油后，一个星期之内父亲便趁热打铁在附近开建新矿，各种机械又轮番上阵，将有四口矿井呈钻石四角分布。是时候请班克赛德一家另择住处，给油井腾地方了。他们可一点都不介意，班克赛德先生已经买下了一座宫廷式海滨别墅，就在罗斯家附近；还买了一整套家具、一辆豪华轿车、一辆运动跑车——他现在每天下午开车去野外俱乐部打高尔夫。班克赛德一家正在适应有管家的生活，班克赛德太太已经申请加入本地最高端私享的女性俱乐部。事实证明，在这片最讲效率的国土上，改变社会地位也可以雷厉风行。

兔宝跟父亲又去了一次洛伯斯河，二号井的破损已经得到修复，他们还将在那边再建两口井。石油生意就是这样，钱财取之于油、用之于油，这游戏的内在规则就是你必须跟别人赛跑，你不开采，其他人就会来开采；你在一块油田上打了一口井，如果不及时把它周围的地也占领，很快就有人闻着油香，来跟你在一个碗里喝汤了。另外还得考虑原油下一步的出路，要是有家自己的炼油厂该多好，完全独立自主！但独立的成本太高，你必须有持续充足的原油保证你的炼油厂不停工，还得考虑从炼油厂到各地加油站的终端销售渠道畅通……独立运营一个产业链非常艰难，一个人能做到的事是有限的，山外有山，天外有天。

不过父亲现在顺风顺水，事业正如日中天。他们抽空又去了一趟安蒂洛普，检查了十六口老井的状况，父亲决定拿其中一口做实验，现在的油层产量已经不高了，试试再往下钻探，看能否发现新的储油层。结果钻了不到一千英尺，真的又有油喷涌而出！这意味着十六口老井下面都是如此，老树开新花，每口只要花几千美元稍加改造，就能保证未来几年的高产量。可是还得建新的输油管线，需要联系承包商……就在这时，兔宝突然严肃地对父亲说："老爸，你忘了件事，马上就到十一月中旬了。"

"那又怎么了，儿子？"

"你答应过的，十一月中旬，我们去打鹌鹑！"

"噢老天，我是说过。但现在太忙了啊，儿子。"

"但你也太累了呀，老爸。埃玛婶婶说，医生嘱咐过你不能太卖命工作，肾脏会受不了的。"

"医生也嘱咐我多吃鹌鹑了吗？"

兔宝从父亲嘴角的笑意读出有商量的余地。"带上露营装备吧，"男孩恳求道，"我们从安蒂洛普回去的路上，可以顺便经过一下圣埃利多山谷。"

"圣埃利多？可那儿一点也不顺路啊。"

"他们说那儿鹌鹑多得铺天盖地！"

"也许，但咱们家附近就可以打鹌鹑。"

“我知道，老爸。可我从来没去过圣埃利多县，好想去那儿看看。”

“你为什么偏偏想去那儿呢?”

兔宝有点窘，他知道父亲会觉得他不可理喻，但还是说了：“因为沃特金斯家在那边。”

“沃特金斯家……谁姓沃特金斯?”

“保罗啊，就是我跟你说过的那个男孩，你们在格罗迪太太家谈合同的那天晚上，我在外面认识的那个男孩。”

“老天！儿子，你居然还惦记着他!”

“我前一阵见过格罗迪太太，她告诉我沃特金斯家的境况越来越糟了。他们可能会失去农场，因为无法偿付银行按揭。你知道格罗迪太太的石油梦白做了，没得到什么钱，拿红利买的基金也打了水漂，现在又只靠格罗迪先生当看门人的工资了。她救济不了他们。”

“那你想干什么?”

“我想你把他们的银行按揭偿清，或者其他什么，总之就是让沃特金斯一家能继续住在自己的农场里。他们没做错什么，无家可归这样的下场太惨了。”

“这样的人数不胜数，我的儿子。他们自己不争气。”

“但不全是他们自己的责任，爸爸?”

“要搞清是谁的责任得算十万八千笔烂账，银行的算法就简单多了。”父亲看了看兔宝不服气的脸，“总有一天你会明白，世上的苦难是无穷无尽的。而你能改变的却非常有限。”

“可是老爸，那儿有四个活生生的孩子，其中三个还是女孩，我们能帮他们为什么见死不救?保罗不在家，没有固定通信地址，他们联系不上他，无法告诉他这个状况。格罗迪太太那天给我看了他们的全家福，老爸，他们一家都是好人，能看得出来，他们是用力干活儿的。真的，如果不能帮他们，我不会开心的。你不是说以后要给我买辆好车吗，我不要车了，把这钱给他们还贷款按揭吧，也就几千美元，这对你来说根本不是钱。”

“我知道，儿子，但一旦出手，他们可能会缠上你……”

“不会，他们不是那样的人，他们很自重的。格罗迪太太说他们可能都不会接受她的钱。但如果你去银行把他们的按揭付了，他们是没办法的。或者，你把农场买下来，再租给他们家。保罗说过，农场地下可能有石油！至少他叔叔非常确定，还在山顶的土里发现过油迹。”

“加州有成千上万那样的农场，山顶土壤里有油说明不了什么。”

“可是，老爸，你不是一直想尝试自己找矿做预探井吗？你知道，要实现这个愿望首先得买地，大面积的土地全归你一人所有，钻出油来不用给任何人矿区使用费！也没人能插进来另布新井跟你分油！我们先去天堂镇农场看一眼吧，待几天打打鹌鹑，然后再判断地下有没有油。我们去帮这些可怜的人一把，也给你可怜的肾脏放个假。”

父亲说好吧。出门时心中自叹：“老天！这孩子真有意思！”

Ⅲ

圣埃利多山谷坐落在沙漠的边陲，举目尽是饱受日晒风吹的光秃秃石头和沙子，除了灰头土脸的沙漠植物，看不见多少绿色。路铺得倒很规整，但不知怎么让人感到旧日幽灵的出没，他们曾经赶着四轮马车、或是骑着搭挂驮袋的骡子在这地方艰难跋涉，最终埋骨在沙漠深处。即便是现在，每当你拐进一条荒凉的小道，还会感到那种此去再走不出沙漠的恐惧。

这儿可以打井取水，所以零星分布着一些果树农场和苜蓿田。经常能看到一条条灰白狭长的盐碱地带。“这边的骗局通常是这样，”父亲说，“会有些东部来的人，不熟悉这边的地理条件，被拉去参观一个漂亮的果树农场，然后听说土地价格非常便宜，一百美元一英亩，可能就会动心，等买下来种上树，就发现上当了，这种地方正常植物很难生长。他们只好把半死不活的树都拔了，抹去曾经种过的痕迹，然后雇用地产经纪，把地再卖给下一个傻瓜。”

兔宝双手握着两把猎枪，汽车右侧的宽踏板上绑着防水布包裹的露营装备。露营在男孩的意识里意味着野性的呼唤，体验祖先古老的危险和兴奋。他一路上都拿着枪，既是喜欢这手感，也因为不好把猎枪装在包裹或后备箱内，以免有“私藏武器”之嫌。

山谷口的一条土路旁，竖着一块木牌：“天堂镇（Paradise），八英里”。他们沿着小路盘旋而上，这里的石头山都大同小异。有几个果树农场，树上叶子稀疏，树干涂了白色石灰，小树周围还围了铁丝网，防止野兔靠近。这季的第一场雨已经下过，地上生出了新草，加州的春天总在秋天才来。

道路渐宽，开始有房屋错落散布，天堂镇到了。只有一条主街道，桉树掩映下有些商铺，午后的阳光让整条街都沉睡在长长的树荫中。父亲走进一处加油站兼小吃店：“请问沃特金斯家的农场在哪儿?”

“有两家姓沃特金斯的，一家是埃布尔·沃特金斯（Abel Watkins）……”

“就是他家!”兔宝叫道。

“他们有个山羊农场，在滑渠那边，挺远不太好找。你们今天就要去吗？到那儿天色会晚呢。”

“对。迷路也不要紧，”父亲说，“我们就是来露营的。”

那人给他们指了路，非常复杂。先沿着学校后面的小巷走，然后上几个颠坡，途中大概有十六个岔路口，沿着把水流输送到罗瑟维拉（Roseville）的那条木质滑渠往下走，过了塔克家的绵羊农场开始数，第四个河谷，胡椒树下有座小房子。于是他们依言而行，曲曲折折的土路上洋洋洒洒都是散步的绵羊，他们开出来太阳已经西斜，大团大团云朵，染成了粉红色。石头山太难爬，汽车不停换挡，一面躲闪大石块和深沟。没必要再问鹌鹑在哪儿了，整个山谷都回荡着鸟群翔集、入夜唤归的啼鸣声。

运水的木质滑渠四周绿草如茵，滑渠上有许多缝隙和孔洞，保证了草地生长的充足供水，这些草用来喂养羊群。他们在此遭遇了大群的绵羊，对汽车喇叭充耳不闻，“这些蠢东西！”父亲毫无办法，恨不得压它几只。这时来了个骑马的人，一个高大阳光帅气的小伙，围着条彩色方巾，戴着顶宽檐儿系带帽。他骑马赶着牛群，行进中马鞍和马镫发出有节奏的撞击声，在入夜山谷的宁静中格外令人悸动，男孩感到心头有电流传过。父亲停下了，那骑马的人也停下了，父亲问候晚上好，小伙答复晚上好，他有张热情的面孔，给他们指了路。等继续向前开了，兔宝说：“天啊，爸爸，我想住在这儿，每天像他那样骑马出门！”他知道这话会说到父亲心坎里，那人符合父亲的标准，他希望自己的儿子成长得健壮、有阳刚之气。嗯，要劝父亲买下农场并不是什么难事，兔宝想。

车灯的光柱沿途扫射，石头山、河谷、草地、颠簸的小路……终于看到了一栋小房子，依稀有灯光从窗户透出。这就是保罗·沃特金斯生长的地方啊！兔宝心情激动得像朝谒亚伯拉罕·林肯（Abraham Lincoln）的出生地，或者其他什么伟人。

突然，父亲开口道："听着儿子，这儿说不定有石油——万分之一的概率总有。你不要跟他们讲这些，如果想说你认识保罗也可以，但别提石油。生意上的事我来谈。"

这是一座加州风格的民居，由一英尺宽的长木板拼接搭建成的垂直结构，细"毡条"盖住木板之间的接缝，没有前门厅也没有后门廊，油漆很淡而且剥落得差不多了。远处隐约还有几间小棚屋，棚屋附近用木板圈出了东一块西一块的几处围栏，里面传来成群家畜的咕咕噜噜声。

这家人在院子里站成一排，盯着这辆陌生的汽车开进自己的领地。打头的是个男人，斜斜站着，后面矮些的是个男孩，两人都穿着褪色的蓝色无领衬衫和粗斜纹布背带裤，裤子上都打了补丁。三个女孩挨在一起，一个比一个矮，穿着毫无特点的素色棉布裙，门口有个鬼魅般随时可能淡去的瘦小女人，面色萎黄，充满倦怠。这六个人一动不动、一声不吭，站在那儿，看着车停在院子里，引擎熄火。

"晚上好。"父亲说。

"弟兄，你好。"那男人说。

"这儿是沃特金斯家吗？"

"是的，弟兄。"他的声音轻微颤抖、起伏不定，这让兔宝内心激动不已，这就是那个边跳神边叽里咕噜说方言灵语的声音！这一切说不定就要在兔宝眼前上演！

"我们是来打猎的，"父亲解释说，"听说这边很适合露营，有水源吧？"

“有啊！你们请自便吧，弟兄。”

“这儿有能遮阴凉的大树吗？我们想把帐篷搭在树下。”

“伊莱，领他们去那棵老橡树，给他们搭把手。”那男人朝男孩说。

这就是伊莱！被圣灵眷顾、见过异象的伊莱！兔宝记得关于这家人的每个细节，他们传奇得就像虚构故事里的人物，此刻一一成真。

Ⅳ

伊莱带他们来到一棵魁梧的橡树下，地面平坦干净。父亲把车也开过去了，他们用车灯照着，打开防水布包裹，里面奇迹般地滚出了许多东西：一张防水绸帐篷布、分段组合式帐篷支杆、一只野营斧、三条毯子、两个充气枕、一个充气地垫、装着小工具的帆布包、若干分格铝盒和杯罐。带着这些装备，无论在山顶、丛林还是沙漠，都能享受到入住酒店般的舒适。

沃特金斯先生叫伊莱帮忙，但父亲道谢说不必了，这很简单，他们一会儿就能弄完。于是沃特金斯先生派伊莱去给他们取一桶水来。之后，又问他们要不要喝些山羊奶，父亲说那再好不过。兔宝瞬间穿越到巴尔干半岛，还是其他什么地方，他在书上读到过，生活着一群只靠羊奶为生的人……沃特金斯先生叫鲁思去取奶，兔宝看着她又一阵兴奋，这就是鲁思！保罗最喜欢的小妹妹，有“理性”的那个！沃特金斯先生还让鲁思取些鸡蛋来，父亲说蛋就不用了，要是有面包就好。得到的回答令兔宝吃了一惊，沃特金斯先生说家里没有面包，因为没种谷物，他们只有马铃薯。父亲说马铃薯也行。他们要生火煮马铃薯吃，问去哪拾柴禾。友善的沃特金斯先生说，他们可以在他家灶上吃，这样又快又方便。父亲礼貌地谢绝了，说他们总要生火取暖，顺便煮马铃薯也不麻烦——难以跟沃特金斯先生解释，露营的乐趣就在于此。沃特金斯先生又让伊莱去帮他们拾柴火，这倒很容易，因为不远就是矮树丛，而且大片枝叶都干枯了。伊莱拽了些枯树枝拖到他们帐篷前，用膝盖把枝子撅成一段段，又搬来了些石头，这也很容易，石头俯拾皆是，不当心的话走十几步就有一块撞到脚趾。

一会儿工夫，火生起来了。煮马铃薯的锅欢快地冒着水泡，开了听罐装生肉，放在平底锅上，烤得吱吱响。等肉烤得差不多了，父亲又在锅边打了只蛋，煎成“睁眼睛的”的半面熟。父亲是主厨，兔宝打下手。山羊奶送来了，装在他们的户外铝杯里，黏稠而味厚。不过你肯定不介意，因为这就是要找的浪漫野趣呀！鲁思还送了些野生蜂巢蜜和鼠尾草蜜，灰褐色的，味道也很强烈。

沃特金斯一家一直在旁边帮忙，父亲请他们一块儿来吃，但沃特金斯先生推辞说不了，他们已经吃过了。父亲说那无论如何也在火边一起坐坐，聊聊天。于是伊莱和三个女孩，还有他们的母亲，都坐在石头上，离篝火保持着一定的距离，沃特金斯先生坐得稍近一点。父亲边吃边跟他聊这个州的天气、庄稼收成、农场的生活。等他们吃完了，沃特金斯先生说让女孩们帮他们去涮洗餐具，父亲道了谢，让她们去了，继续和一家之主攀谈。兔宝在旁边听着父亲不着痕迹地在闲聊中套出这家人的情况，并取得他们的信任。

突然，一个提心吊胆的时刻到了。谈话停顿了一下，沃特金斯先生以一种不同于日常的、神圣庄严而压抑的语调问道：“弟兄，我能问你一个问题吗？”

“当然，请问。”父亲说。

“你得救了吗，弟兄？”

兔宝暗暗倒吸一口凉气，他记得保罗说过，沃特金斯先生重视信仰胜过自己的生命，谁要说一句跟他宗教信仰相悖的话，他当场就翻白眼打滚、叽里咕噜祈祷“释放吧！”兔宝跟父亲说过这一点，显然父亲没忘，而且应对有方，他以同样神圣庄严的语调说：“是的，弟兄，我们得救了。”

“你们也受宝血洗净了吗？”

“是的，我们受宝血洗净了。”

“你们属于哪个教会，弟兄？”

“我们属于——真言教会（“the True Word”）。”

对方默然片刻，说：“我好像没听过这个教会。”

“哦，抱歉，”父亲说，“我很愿意跟您详细说说，但我们教会很秘密，不允许对陌生人谈论我们的信仰。”

“但是，弟兄！”沃特金斯先生被搞晕了，“《圣经》说主叫我们广传他的福音。”

“弟兄，”父亲道，依然是那种热切庄重的语调，“我理解，但根据我们的信条，我们要先与人结为朋友，之后再谈论主的福音。弟兄，我们得尊重彼此的信条。”

“当然，”沃特金斯先生说，声音弱了下去，不知道接下来该说什么。他朝妻子儿女看去，似乎在寻求支援，然而他们自始至终一句话都没说，除了沃特金斯先生对他们下达指令时回答“是，爸爸”。

还是父亲打破了僵局，“噢，我们是来打鹌鹑的，听说这边有不少？”

V

夜来凉意渐深，小小火簇已经难以提供足够的温暖。沃特金斯先生带领一家人起身告辞，父亲和兔宝开始安顿他们的寝具，兔宝把充气地垫吹起来，吹得满脸通红。满天繁星莹莹闪烁，父子俩干脆不睡在帐篷里，躺在露天盖着毯子看星空。寒气让兔宝缩成了一团，靠着父亲问道：“老爸，‘真言教会’是个啥?”

父亲呵呵笑起来，“可怜的老家伙，脑袋坏掉了。我得编个话把他的嘴堵上。”

他们安静不动地躺着，很快父亲就呼呼睡熟了。兔宝感觉很累，一时却睡不着。他对着夜空陷入沉思，父亲的行事准则和他想要遵守的不一样，父亲会撒谎，只要他觉得有必要。他还争辩，在某些情况下说真话反而对彼此不好，或者在某些情况下根本没什么对错真假，都是相对的。但是父亲并不想兔宝学他的样，通常需要欺骗对方的时候，他都叫兔宝不要说话，这样就可以不说谎话。“双重标准”不止在说谎这一件事上，还有抽烟喝酒，父亲以前抽烟、现在隔三岔五仍喝酒，但他希望兔宝能做到不抽烟不喝酒，至少二十一岁前绝对不许碰。兔宝的脸颊和额头凉凉的，但身子裹在毛毯里很暖和。飘荡飘荡，意识渐渐模糊……刹那间，他彻底醒了。怎么回事？床垫在摇晃！从左到右来回晃！“爸!”兔宝喊，“出什么事了?”

父亲也惊醒了，双手抠地保持稳定，“老天爷!”他叫了声，“地震了!”

地震了。感觉怪诞异常，你每时每刻无条件信赖的坚实大地突然撒起泼来，肆意颤抖。大树在他们头顶上嘎吱嘎吱作响，如遭风卷，他们赶紧爬起来跑出了树荫范围。远处传来喧哗声，围栏里大群山羊骚乱拥挤嘶叫，这些家伙没有任何人类理性和地质学知识，其纯粹的恐惧可想而知。喧嚣的另一声部来自奔出户外的沃特金斯一家，“无上光明哈利路亚！基督，救救我们！主啊，施于怜悯吧！”

父亲说：“已经震完了，回被窝躺着吧。他们看见咱们站在这儿，没准儿会跑过来为咱们祈祷。”

于是父子俩又躺下了。“天，怎么就地震了？”兔宝低声道，“老爸你说市里会不会震塌一大片？”

“应该只是局部范围内的，”父亲回答，“这样的山区地壳活跃，有地震也正常。”

“沃特金斯一家肯定会把它说很玄。”

“他们乐意胡编乱讲，平常日子里也没啥有意思的事。”

这就是父亲的结语，他没再说话了。父亲自己的生活里有足够多有意思的事，生意场上大风大浪，世事乱象……对一次小地震他没什么特别的兴趣，对跟信仰扯上的疯言疯语就更懒得理会了，他很快又睡着了。

兔宝可睡不着。他躺在那儿竖着耳朵听沃特金斯一家的动静。他们在“释放”，在清冷星光下进行着跳神，大喊大叫又哭又笑地祈祷，纵情歌唱着“荣耀啊荣耀”、“阿门”、“西拉”，除了这几个词，其他的兔宝一个字都听不懂，听起来很像希腊语或希伯来语。埃布尔·沃特金斯老先生的声音占主导，孩子们只顾扯着嗓子尖叫作为高音部和声，山羊群咩咩与之应和。兔宝在被窝里感到脊背发凉，他知道关于地震的地质学原理，地壳不断运动，岩层受到挤压或拉伸而发生破裂，会引起地面的震动。然而这套科学解释的出现其实只有一两百年的历史，这之前千百年的悠悠岁月，都是直觉、咒语和神谕的天下，牧师们引经据典以神迹诠释天灾，吸引大批信徒，使信者愈加深信不疑。而现在，不远处就有这样的人，双膝跪地，在空中挥舞双臂，摇晃着身体，高唱：“驶向荣耀！驶向荣耀！沐浴羊羔宝血向荣耀！”

兔宝不知什么时候瞌睡过去了，等他睁开眼睛，山的尽头已是一片朝霞红。父亲在穿衣服，换了身打猎的卡其布行头。兔宝揉了揉眼睛，钻出毯子迅速把衣服套上，空气凉入骨髓。

他爬到不远处的山坡上，拽了些灌木枯枝，准备点火做饭。这时男孩伊莱来了，给他们昨晚清洁好的餐具，问他们是要喝今早刚挤的山羊奶，还是昨晚挤的。刚挤的热，昨晚的凉。然后——“你们夜里感到神震没有!”伊莱问，“神震!”

伊莱有一头浅黄色乱发，相当一段时间没剪了，显然“神震”之后也没梳过。他的眼睛是淡蓝色的，有点突出，显得非常专注。长长的颈子上喉结明显。不知是腿长得太快还是裤子太旧，破裤腿下面露出一节，光脚穿鞋，没有袜子。他站在那儿，忍不住盯着这些城里人的露营装备看，与此同时又试图探查这些陌生人的灵魂。“你们真言教会是怎么解释‘神震’的?”

父亲正忙着烤肉、煎蛋，他说能不能先帮他把山羊奶拿来，要今早上的——希望能把伊莱打发走。可他很快就取了奶回来，杵在旁边看着兔宝和父亲一口口地吃。他没得到答案，于是自己讲起来，他们全家昨夜一直在礼赞“圣灵伟力”，“神震”意味着圣灵对世间的欺诈不仁、奸淫掳掠十分震怒，问他们有没有做过类似事情？兔宝不太了解“奸淫”的意思，但他想到昨晚地震前，父亲向他们说了那个关于教会的谎，这算得上“欺诈”了。

沃特金斯先生来了，看看他们是否一切无恙。他和儿子长得挺像，高高瘦瘦，喉结突出，淡蓝眼睛，只是脸上皮肤粗糙，皱纹很深。看得出来，他是个善良、诚恳的好人，虽然因信仰而疯狂。他一开口也是“神震”，说几年前也有一场，把罗瑟维拉的水泥房子都震塌了。还说两个小女孩米莉（Meelie）和萨蒂（Sadie）待会儿要去上学，如果他们想要面包的话可以让她们买些带回来。父亲给了他一美元，作为一天的伙食钱，两个人争执半天，沃特金斯先生坚持以零售店里马铃薯、鸡蛋和羊奶的市价收钱，多一分也不要，而且他们也不必为在农场里露营付费，一点都不打扰。他说很高兴有人来，他们一家孤零零住在山上挺寂寞的，如果没有主和他的福音，几乎没什么生趣。

Ⅵ

父亲和兔宝系上子弹带、扛起猎枪，向山上进军去打鹌鹑了。其实兔宝对猎杀这种小动物并不感兴趣，相反他挺替它们难过的，黑的棕的可爱小鸟儿，挺胸抬头的样子多么骄傲，跑起来小细腿灵巧得像在闪光，傍晚时分成群的啼鸣那么悦耳动听……可是兔宝从来不会这么讲，因为他知道父亲就喜欢打猎，这是唯一能让他离开办公室的户外运动，医生总是建议他多运动。父亲打起猎来精神抖擞，举枪的速度快如闪电，射击时好像压根不瞄准，但显然他瞄了。而且他从来不犯兔宝犯的错误——企图一箭双雕。父亲还得分神留意儿子的位置，告诫他时刻与自己平行着走，谁也不要走在谁的枪口前面。

他们在山上重重地踏步前行，让鸟儿从栖息中“呼”地惊起，朝四面八方飞去，盯住一个灰影，“砰砰！”不是没影了，就是没命了。他们不立刻上去捡，因为可能还有射击机会，没被射到的鸟儿飞一段会躲起来，跟着往前走又是新的一轮，等这块区域基本完成了，再集中回头捡。柔软温暖的小绒球，沾着血，有时候它们还没被打死，你得拧断它们的脖子，这是兔宝最难受的地方。他们打到装满一袋子就开始往回走，走到营地，又累又饿。噢上帝，伊莱来了！提出帮他们清理鹌鹑，父亲和兔宝高兴地答应了，并让伊莱留下一半给他们家吃，那男孩听了这话，双眼放出的饥渴光芒真让人心疼。人总不能只靠精神活着，尤其当你还没长大成人的时候。

伊莱把鹌鹑袋子拎到他们屋里清理去了。兔宝坐下歇歇脚，突然他坐直了叫起来："老爸，快看！"

"看什么？"

"我的鞋！"

"怎么了？"

兔宝把脚扳到眼前细看，"老爸，油迹啊！"

"真的假的？"

"真的，"兔宝站起来，单脚跳到父亲面前，把脚举起来给他看。"看鞋尖上。"

"你确定不是从咱们的矿上带来的？"

"当然不是，这油还软着呢。再说我怎么可能把这么脏的鞋打包带来。我猜是因为地震，地下的石油沿着岩缝冒出来了一点。"

兔宝把鞋脱下来，父亲举着它仔细研究，然后说先别激动，地表见油说明不了什么；但这个现象也不容忽视。午饭后他们再上山一次，沿着上午的原路走，看看有什么发现。

父亲说得轻巧，怎么能不激动呢！他太不了解儿子的心思了。父亲一直以来的梦想，就是有一块完全属于自己的油田。以17%的矿区使用费来算，那基本就是把一半的净利润拱手送人。不止钻井要花钱，保养、维修、采油、运输、经销每个步骤都要花钱，好不容易赚来的利润却要分出一半给一个什么也不干的人，就因为那家伙拥有这块土地！总有一天，父亲会不靠任何消息报道，自己发现一片油田，提前把那片地买下来，然后建造一个自己的石油王国，没人能跟他争抢。可怎么才能发现油田呢？这就是兔宝的梦想了。他梦想去世界各地探险，到了某处，他在地上凿一个洞，就有石油滚滚涌出，他把洞口掩埋好，回去告诉父亲把方圆十里都买下来，成功之后父亲将称兔宝为自己的合伙人。又或者兔宝在深山岩穴里探险，一脚踏空掉进了一个池子，池子里全是石油，他好不容易爬出来……总而言之兔宝幻想过成千上万种可能，帮助父亲实现他的梦想。但眼前这一种他倒从来没想过，在打鹌鹑的路上，踩到地震震出来的油！

兔宝沉浸在内心的兴奋之中，甚至都没意识到午餐的味道是多么好。烤鹌鹑、炸马铃薯条、煮萝卜吃完，父亲抽了根雪茄，他们上路了，一路上除了看路标，眼睛紧紧盯着地面，这么走了大概半英里，两只鹌鹑从树丛里腾空而起，父亲拔枪，一枪一个把他们都解决了。父亲走上去捡，“这儿呢，儿子！”兔宝以为是鹌鹑的落点，等他靠近，父亲抬起头：“你的油！”

就是这儿，没错。一条黝黑细流，流液黏滑柔软，六到八英寸宽，沿着地面上的一条裂缝蜿蜒淌出，裂缝里还不时地冒泡。父亲跪在地上，用手指蘸取了些液滴，举起来朝着阳光，仔细观察颜色和质地。他撅了根树枝，插进裂缝里探测深度，又观察了涌出速度。等他站起来，对儿子说：“确实是石油，毫无疑问。把这农场买下来肯定没错了。”

他们回到营地，兔宝忍不住要跳舞，从帐篷外跳到帐篷里，又从帐篷里跳到帐篷外。父亲盘算着下步怎么办。鹌鹑放在一旁，完全被遗忘了。“格罗迪太太有没有跟你说过这农场有多大？”父亲问。

“她说六百多英亩。”

“我们得弄清这里土地的走势。另外，儿子，千万别犯低级错误，从现在起，不准跟沃特金斯家提石油这个词，哪怕等我把农场买下来，也先别提。说不定可以在附近再买些地，反正也便宜。”

“可是，听着，老爸，你得给沃特金斯先生一个好价钱！”

“我会给他一个厚道的土地价，不能给太高，否则他起疑心，该不卖了。他不卖守着油也没有任何用处。再说，你觉得那神经兮兮的老兄拿着大笔钱能干什么？”

“我们不能占沃特金斯先生的便宜，老爸！”

“我保证他们一家不会吃苦，我会以固定的方式给他们钱，让那老兄没法转给教会。我会一直照顾他和孩子们，看着他们顺利长大。但我决不付他石油矿区使用费！如果他们问起我，就说我是个商人，买卖土地还有其他商品，跟他们说我有个百货公司，倒卖机械，还放贷。这些都是真的，曾经或现在。”

他们向农场走去，兔宝又在想着那个长期困扰他的道德难题。他没再说什么，因为知道父亲已经下定决心，他必须遵从。到了沃特金斯家，老伙计正在修整他的羊圈围栏，兔宝和父亲过去帮忙，聊了会儿打鹌鹑的情况，父亲说：“沃特金斯先生，咱们进屋谈点事。”沃特金斯先生答应了，父亲转身对兔宝说，“我去一下，你自己溜达溜达。”兔宝当即领会了他的心意，父亲觉得儿子待在外面心里会好受一点儿，不必眼看着他以手术刀般的手法设局欺骗可怜的沃特金斯一家。

Ⅶ

兔宝沿着河谷转了一圈，山羊在坡上吃草，他走过去想靠近看看，就这样认识了鲁思。她正坐在一块大石头上，眺望着远处的山巅。没戴帽子，也没穿袜子，洗得褪色的棉布裙缀着补丁，晒成浅棕的小脸上没有一丝血色，沃特金斯家的蓝眼睛，额头高而饱满，头发整齐地用一条旧发带束在脑后。她坐在这儿看顾羊群，像无数个时代、无数个地球角落的牧羊女一样。每三周轮到她放羊一周，每天十到十二个小时，接着换她的妹妹们。放羊的时候很少能碰到人，这时她有点惊讶地看到那个男孩顺着山坡爬上来，越来越近，她故意把视线移开，手指在掌心绞在一起。

兔宝有打破隔膜的通关秘语，他知道只需一句话就能进入鲁思的心。“你是鲁思，对吗？”等到面前的小女孩点点头，他说：“我认识保罗。”

电光火石间，他们已经是朋友了。“噢，在哪儿？”她双手握紧，热切地盯着他。

兔宝告诉她，自己怎么在格罗迪太太家认识了保罗——当然没提父亲和石油。鲁思如饮醇酒般品味着兔宝说的每个字，没有插话，她是那种感情深邃，不付诸言辞的人。但兔宝知道她完全沉浸在自己的讲述里，并且感觉到她非常崇拜哥哥。“然后，你就再也没见过他了？”她轻声问。

“对，再没见过了。”兔宝道。“你知道他在哪儿吗？”

“我收到过三封信，每封都是不同的邮戳地址。他每次都说不会待很久。有一回他说要来看我，只见我，他害怕见到爸爸。”

“你爸会把他怎样？”

“会狠狠揍他，骂他是撒旦之子。保罗说他不信《圣经》里说的，你信吗?”

兔宝犹豫了一下，记起父亲和他的“真言教会”。但他决定跟鲁思说实话，他说他不觉得自己有信仰。鲁思听了看着他的眼睛，问:“那，‘神震’是怎么回事?”

兔宝跟她讲解了地壳运动的原理。小女孩脸上惘然而思的神情令他暗暗猜想，这可能是她第一次听到对自然现象的科学解释。“所以……不用害怕咯?”她说。

接着，兔宝发觉鲁思在以一种异样的目光打量着他，叫道:“是你！是你寄的钱!”

“啊？什么钱?”他茫然问。

“我收到的第四封信，里面什么也没写，只有五美元纸钞，父亲说这是圣灵给我们的。但其实是你！对不对?”

当面对质了，兔宝只好点头承认。鲁思脸都红了，结结巴巴地向他道谢，说真不知道怎么报答，当时家里快揭不开锅了……兔宝打断她说这没什么，父亲的钱多得没处使。兔宝告诉她，他父亲准备买下这座农场，付清银行贷款，让她们一家人继续住在这儿，想住多久就住多久，只收一点点租金。鲁思眼中泪水盈眶，顺着脸颊扑扑簌簌地往下滴，她知道自己这样很窘，但控制不住，滑下石头侧过身去啜泣。兔宝在一旁如坐针毡，不仅因为她在哭，而且他的灵魂再次陷入了道德困境。他对自己说，当初提议来这儿的初衷，确实是为了帮沃特金斯一家；说地下有石油，只是吸引父亲过来的借口。这能给父亲一个买下农场的理由，但即便这个理由不成立，根本没有油，兔宝也能劝父亲把它买下来，纯粹为了帮沃特金斯家一把。这或许要费点力气，但最终他肯定能劝成。可……现在真有石油了，他想象着小屋里此时此刻正在进行的欺诈，而身边的鲁思还泪眼汪汪当他是恩人！

父亲说过，他们是神经软弱的人，大笔财富对他们有害无益。兔宝想这话也不是没有道理，她坐在阳光下，晒成棕色的小腿露在清爽的空气中，这样健康自在，比套进名贵的修身丝袜要好得多。但是……辩论的反方在心里叫开了，凭什么有些人能穿丝袜，有些人就不能？埃玛婶婶的衣橱里不只有名贵丝袜，还有进口的巴黎衣裳和香水。为什么不让她来接替鲁思的位置，坐在这儿光着小腿放羊？

Ⅷ

传来父亲的声音，在叫兔宝。他站起来说再见，跑下了山坡。父亲开了车子，“我们去天堂镇，”他说。“先把脏鞋换下来。”兔宝依言换了鞋，放在车后。父亲沿着小路离开河谷，带着愉快的笑容：“啊，儿子，我们拿下农场了。”

父亲对自己的把戏甚是得意，忍不住跟兔宝讲，全然忽略了男孩内心的冲突纠结。父亲先是巧妙地从家里没有面包聊起，沃特金斯先生就此打开话匣，倾诉家里的困境。这农场还有一千六百美元的按揭没还，加上三百美元滞纳金，他们已经收到银行的最后通牒，下个星期，止赎程序就要开始了。于是父亲接茬说，他一直想买个农场，每年夏天度假露营打猎，他希望儿子能偶尔换个成长环境，多体验些乡村生活。他觉得这农场不错，愿意以公道的价钱买下来。沃特金斯太太一听就哭了，说她是在这儿出生的，这是她祖上的老家啊！父亲向她解释，不用担心，他买农场不是要赶他们走，沃特金斯家可以一直在这儿住下去，种地牧羊都跟往常一样，只不过土地的主人换了，他们要交点租金，父亲说签合同，明确租九十九年，每年十美元。沃特金斯先生紧紧握住父亲的手，说他就知道主会派人来救他！父亲附和说是主派他来的，主对沃特金斯先生一直以来的虔诚言行非常满意，派他来看顾沃特金斯先生，有什么困难都要帮助解决。

现在，杰·阿诺德·罗斯先生来料理沃特金斯一家的事情了，井井有条一丝不乱，这是肯定的。他对沃特金斯先生有了发言权——是主，派他来告诉沃特金斯先生，必须用钱来解决衣食、抚养孩子、让他们受教育。是主，叫他不要付现款给沃特金斯先生，而是设立一个信托存储账户，每月可取出十五美元。还是主，叫他将信托受益人设为孩子们，兔宝的朋友保罗该谢谢罗斯先生，因为信托资金账户下也有他的名字。在这点上沃特金斯先生曾提出异议，说他那个灵魂污秽的不肖子不配得到主的恩典。但父亲坚持，说没有谁的灵魂污秽到不可救药的地步，主的恩典会把他洗干净的。沃特金斯先生听了心悦诚服。他和妻子在父亲拟定的土地合同上爽快地签了字，农场成交价三千七百美元。遵照沃特金斯先生自己的算法，石头山算五美元一英亩。合同保证了沃特金斯先生在靠近水源处保留一块两英亩的耕地，这基本就是农场里有收成的最主要耕地了。当然如果他还想在别的地方种，父亲也不会不容许。

他们在天堂镇签订一切，沃特金斯一家签好文件就回去了，父亲和兔宝没有立刻回去，而是在镇上租了一辆四人座的汽车，开车转了附近几个农场。父亲决定在天堂镇雇用一个地产经纪，帮他处理更多的地。“为什么不叫本·斯卡特过来?”兔宝问。父亲说“合同猎犬”是个下贱胚子，被对手买通了想吃里扒外，父亲抓到了，付给他更多的钱，又把他买通了回来。父亲叫兔宝等着瞧，好戏在后头。幸好他们带了足够的钱和支票，“我没指望露营到地老天荒。”父亲狡黠地开玩笑。

于是他们来到一家 J. H. 哈达克（J. A. Hardacre）房地产经纪公司。哈达克先生抽着烟，把脚架在办公桌上，等待猎物上门。他又瘦又长，看起来像只饥饿的蜘蛛。眼光老辣，一点儿没被父亲和兔宝身上脏脏的卡其布衣裤糊弄到，他知道，钱来了；赶紧把脚从桌上甩下来。父亲进屋落座，谈了谈天气，问了问地震，然后说他有个亲戚，想住在亲近自然的农场里安度晚年。他刚买下了沃特金斯家的农场，可想发展点儿畜牧业，地方不太够大，问哈达克先生，有没有可能买下与之毗邻的土地？哈达克先生立即回答，当然可能。接着取出一张本地地图，拿铅笔勾出了沃特金斯农场旁边的一块地方：这儿有一千英亩，班迪（Bandy）家所有，主要在后山，基本都是石头。父亲问这地怎么卖？哈达克先生说五六美元一英亩，接着又用铅笔画了一块。父亲说等等，他拿了张纸和铅笔，随着哈达克先生的示意和解说，在纸上记下位置、面积和人名。显然四周的地差不多都有意出售，哈达克先生没画出来的地方，父亲指着问，“这块地不卖吗?”哈达克先生便答：“哦，是拉斯卡姆（Rascum）家的，我相信完全可以商量。”父亲说，“好，咱们把这些地都列出来。”哈达克先生脸上浮现出诡异的神情——他感到自己迎来了职业生涯的巅峰。

“现在，哈达克先生，”父亲道，“让我们打开天窗说亮话。我想买这些地，仅在价钱合理的前提下。你知道会出现那种情况，人们知道你有兴趣，就会把价钱抬高。我先把话说明白，我只付公道价，如果有人抬价，你告诉他不卖就算了，我不介意。但只要价钱合理，请你把周围的地尽可能都给我买下来。你照业内常规从土地出售方那边收取佣金；而我这边会给你成交额5%的劳务费。这是什么意思呢，意思是你是我的人。你的工作是帮我买地，不是帮他们卖地，把价钱控制到最低。我想我不必多说，出手一定要迅速、悄无声息，别让人反应过来，互通消息、哄抬地价。明白了吗?”

“明白，”哈达克先生说，“但是我不敢保证能多大程度上封锁消息，您知道这是个小镇，低头抬头都是熟人，难免家长里短；而且谈生意要花时间。”

“如果你会谈，就花不了多少时间。不要提起我，说买主是匿名客户。若有人知道买主是谁，这买卖就立刻关张。”

“是。但这可要一大笔钱啊，”哈达克先生有点怯生生地说。

“这点零钱我还有，”父亲道，“而且带了支票本。你知道吗，哈达克先生，我特别喜欢打鹌鹑，什么地方有大群鹌鹑出没，我就去那儿打，不论在哪儿，我枪法都特别好——而且，从来不会让人把我当成鹌鹑。”

父亲从名片盒里取出了一封信，天使城银行行长的担保信：“兹证明：詹姆斯·罗斯（James Ross）先生是一位拥有雄厚资产、极为诚实可信的商人……”父亲有两封内容差不多的信，一封信上他叫詹姆斯·罗斯，另一封上是本名杰·阿诺德·罗斯；视生意类型和具体情况出具。通常出具第一封信之后，验明他真实身份之前，生意已经敲定了。

父亲的建议是：他与哈达克先生签合同，哈达克先生经他授权，与各土地所有者谈判、签合同，用现金购买10天期权，父亲在哈达克先生签下期权后的3天内付款购地。哈达克先生将得到每单成交价格5%的劳务费，购地完成后一并结算。哈达克先生在紧张焦虑和野心勃勃的双面烤灼下点头表示同意，说如果罗斯先生要了他，他就活不下去了。说着坐在生锈的打字机前，打出了一式两份授权协议和长长的购地清单，预计会花掉父亲六万多美元。他们把授权协议仔细阅读了两遍，哈达克先生用颤抖的手签上了名字。父亲签完字说好了，拿出一千美元现金放在桌上，让哈达克先生立即着手干活。父亲说车里有些空白的期权协议书，能给哈达克先生的工作带来很大方便，他这就去拿。

等他出门之后，哈达克先生看着兔宝，以一种轻松亲切的语调问："你父亲是做什么生意的啊，小男孩?"兔宝暗暗微笑，回答："噢，父亲什么生意都做，买卖土地，还有其他商品。""什么商品?""哦，他有个百货公司，有时倒卖机械，有时放贷。"这时父亲回来了，车里果然有些空白期权协议。兔宝又暗暗微笑，他还从没见过父亲需要什么东西而那东西在车里找不到的情况，无论是文件、工具、杀菌剂还是医药箱。

Ⅸ

他们回沃特金斯家农场去，又是一个绯红的黄昏，鹌鹑在山野间四处啼鸣。他们又遇见了那个放牛的帅小伙，他停下来，跟他们聊了几句地震，然后骑马走了，马鞍和马镫发出节律的撞击声。父亲对兔宝说，"说不定过了明晚，这个人的地就是我们的了，你可以借他的马骑骑。"又走了一段路，迎面看到一个徒步前行的年轻人，高高瘦瘦，后背有些弯，像是犁了太久的地，穿一身普通乡下衣服，戴着一顶草帽，走过他们身旁的时候脚步匆忙，父亲友善地问候："晚上好"，他只是点头致意，草帽下的眼睛灼灼地盯了一眼父子二人。等走开去，父亲评论了句，"怪模怪样的家伙。"兔宝眼前恍惚闪过一张黑暗中的脸，神色庄重、大鼻子、嘴角下垂。

他们回到露营地，赶紧生起火，烤了一锅鹌鹑和肉，煮了两杯热可可，还吃了米莉和萨蒂带回来的面包，外加一罐兔宝带来的蜜桃罐头，着实饱餐了一顿。饭后，兔宝看见鲁思在山羊围栏那儿立着，他过去和她说话。她胆怯地张望了一番，确保四周没人，然后低声说："保罗来过了！"

兔宝又惊又喜："保罗？"他脑海中猛然复现刚才的画面，"跟我们擦肩而过的是保罗！"他形容了一下那个人的衣着相貌，鲁思说没错，就是他。保罗一路搭顺风车回来看她了，就像他承诺过的那样。他省吃俭用又攒了十五美元交给妹妹。"我告诉他家里情况大大好转了，他自己留着用，可他还是把钱留下了。"

兔宝叫出声来，"噢，可他为什么不停下来跟我和爸爸聊两句？他就冲我们点了点头！"

鲁思露出尴尬的神色，似乎不愿意多说。但兔宝执意细细打听。鲁思这才吞吞吐吐地讲了，"保罗很生气，因为爸爸把农场卖了。他说我们不该卖。"

"为什么不该卖？你们还能怎么办？"

"他说我们应该先卖山羊，羊都卖掉就基本可以还清银行按揭，之后再在可耕种的地上种草莓，像现在一些周边农场开始干的那样。如果好好干，完全可以自给自足……"

"保罗太骄傲了，"兔宝感叹，"他不愿受别人的救济。"

"还不是，不全是这样。"鲁思说。

"还有什么？"

"哦……这么说可能很无礼……"鲁思欲言又止。

"到底怎么回事？告诉我，鲁思，我想知道保罗的想法。"

"哦，他说你爸爸是个石油商人，他告诉过你，这个农场可能有石油……"

一阵沉默。

“你爸是不是石油商人?”

兔宝用尽气力逼自己说出那段话：“父亲是个商人，什么生意都做，买卖土地还有其他商品。他有个百货公司，有时倒卖机械，有时放贷。”这是父亲教给他的答案，都是真的，我们知道，都是真的。可兔宝知道自己是个骗子，他在欺骗天真无邪的鲁思，睁着一双明亮、率真、善良的大眼睛信任地望着他。鲁思永远不能理解这些自私自利的尔虞我诈，她一辈子都生活在哥哥树立的信念之中。为什么，为什么要欺骗他们呢，兔宝懊恼地想。

他们又谈起保罗，他整个下午都坐在山坡上跟妹妹述说自己的生活。他现在的境况好多了，遇到一位老律师，听了他的身世后，不介意他离家出走，还愿意帮助他，给他提供藏身之处和一份工作。老律师是一位真正自由的思想者，保罗说，“他告诉我每个人都可以选择相信什么或者不相信什么。”保罗在他家打杂，老律师给他很多书读，保罗正在接受一种新的教育。这实在是件美妙的事情，也实在是件恐怖的事情，因为会读到从别样视角讨论《圣经》的著作，比方说《圣经》无非是一部希伯来民族历史和传说故事集，充满争斗、残杀和悖德劣行，根本不能说是“上帝的话”。这书对保罗冲击很大，他希望有天鲁思也能读一读。鲁思内心却萦绕着挥之不去的担忧，兔宝感觉到，她担忧的是哥哥的灵魂，而全然顾不上她自己的。

时候不早了，兔宝回去了。睡前他告诉父亲，傍晚在路上碰到的那个人，就是保罗。“哦?”父亲说，然后又重复一遍他的评判，“怪模怪样的家伙。”父亲不感兴趣，他远没有儿子那般迂回幽深的内心世界。他现在满脑子想的只有伟大的发现、他将买下的土地和地底的矿藏。他平躺在地垫上仰望星空，“有一件事我挺有把握，儿子，”他的话音里含着笑意，“要么你跟我即将坐上石油界的头把交椅，要么天苍苍野茫茫，咱们就要成为山羊国和绵羊郡的王！”

第五章 神 启

I

时光荏苒，兔宝该上高中了。奶奶、埃玛婶婶还有姐姐伯蒂费了许多唇舌，才把父亲说通。他将不再是紧随父亲学做生意的“石油小老头”，要开始像其他男孩那样，过校园生活，穿着球衣在绿阴场上挥汗如雨，和同龄人共度一段青春岁月。家庭教师伊顿先生为此做出了自杀式的贡献，给他的学生突击补习若干学科，兔宝顺利通过了考试，正常进入海滩城的市立高中。

学校位于城郊一座小镇里，中央广场三面环绕着校舍楼房，建筑风格矫饰精致，这所学校是海滩城的骄傲，也是财政投入的重头。来此就读的多是中产阶层或更优渥人家的孩子。学生们根据家庭的经济地位形成了自然的分层，老师们禁止这种“小社会”，但它的形成和衍生难以抑制。你被哪个阶层接受吸收，取决于从你本人的举止风度和衣饰用品等附属物中显露的财富信息。

年轻人们喜欢拉帮结伙，上课下课，各种文化知识每天以一定剂量向他们的脑子灌输。家长们付钱为了让孩子享有最好的师资和教育设施，然而在某种解释不清的程序进程中，本该用来提升教育设施的钱，最终都用来提升学生的娱乐设施了。他们对学习不感兴趣，热爱户外活动和体育。运动场、体育馆、露天游泳池、网球场、篮球场、舞蹈房……他们建起了一个自己的小世界，这世界有自己的标准和生活方式。他们戴各种徽章，说小团体的秘密口令，设定巧妙的表意暗号，拿了一朵什么花，领带是什么颜色，帽子的绸带样式，或者在信封上粘邮票的角度。

这是一种群居生活，部分像成人社会一样，建立在家庭经济地位的基础上；另一部分则取决于体育方面的素质和技能。从一场群体盛事到另一场群体盛事，你得为自己的队增光添彩，或者给对手嘘声拆台。这群男孩女孩被组织排练怎样大喊大叫，那群男孩女孩被组织排练如何以另一种方式大喊大叫，针尖对麦芒。事实上这一切都是排练，为升入学院和大学后更高规格的群体盛事做准备，届时会有各地财力和体力都出类拔萃的年轻人汇集在门槛很高的兄弟会，娴熟地以他们的社交魅力和体育能力来展示自己、结交彼此。

兔宝符合任何兄弟会的入会标准，盎格鲁一撒克逊人种特征、衣着入时、开着当年新款车上学。他很自然地被一个私密团会吸收了，他对任何事情都有强烈的兴趣和热情，在此前的生活里，兔宝从来没有认识过这么多同龄人，他几乎想结交每一个人。他来到学校睁大眼睛看、竖起耳朵听，无论是老师还是同学们说的话他都吸进脑子里，从不错过任何群体盛事，因为一切都那么新奇有趣。然而，总有一个东西占据他世界的中心，可能很多人觉得陈腐怪异，但兔宝却如此熟谙，当然这个中心就是石油。伯蒂那句冷酷的嘲讽，“指甲缝里都是油臭”，在一定意义上是正确的。他经常回家听父亲讲各地油矿的近况；同时父亲也对兔宝上学是否真的有益始终存疑，所以他总是认真地听儿子讲学校的事。父亲和兔宝都在心里时时比较着两种教育方式。

在开始新生活之前，兔宝被叫去进行了一场漫长的严肃谈话。首先，父亲给他买了辆车，命令兔宝发誓，决不超速驾驶，天地良心这真是“双重标准”。但父亲振振有词，他是有多年驾龄的成年人，能准确判断，兔宝刚开始开；另外他有重要生意要赶，而兔宝只不过是去上课。并且规定不许借车给同学开，兔宝轻松地答应了，“家父有令”倒确实是为他省去借车麻烦的好理由。

其次，父亲要兔宝承诺决不抽烟喝酒，这又是“双重标准”。但父亲同样有理有据，他很早就沾了烟瘾，后来一直后悔；成年后有段特别难熬的日子，差一点沦为酒鬼，每次想起来都后怕。所以，如果兔宝想要抽烟喝酒，那是他的权利，但至少要等到他真正长大成人，知道自己在干什么的时候才可以。父亲说：要想上大学，就必须遵守这项烟酒协定，否则不给学费。兔宝说没问题，他承诺不抽烟喝酒。这对他来说并不难，他倒想问问父亲差点成为酒鬼的往事，可又不太想问。父亲现在仍不时喝一点儿，但兔宝从没见他喝醉过，连试着想象一下都觉得不可忍受。

最后是女人的问题。谈到这个，父亲就不像先前那样现身说法、坦率笃定了。主要说了两点。第一，兔宝必须知道他来自非常富有的家庭，别人也都知道这一点，会有很多很多女孩为了钱接近他，诱惑他把钱花在自己身上，甚至使手段敲诈他。兔宝很可能对女人没有抵抗力，所以父亲严肃警告他。父亲准备了好几个可怕的故事，关于风流阔少栽在蛇蝎女人手里，最终身败名裂，家族蒙羞，一一讲给兔宝作为警钟。第二，兔宝必须知道，那些放浪的女孩很容易得各种脏病，一旦可怜无知的男孩被传染上了，出于恐惧可能会乱找小诊所和庸医。父亲说万一真摊上这种事，必须第一时间找最好的医生。这就是父亲的全部嘱托。兔宝认真收下，真诚谢过。但他其实还期望有更多别的，他很想问父亲一些关于女人的事情，但父亲明显对这个话题感到很不自在，甚至可以说畏缩。似乎男女之间有非常邪恶的东西，令他无法启齿。关于性，在兔宝的教育中一直是个黑暗的角落，并且始终没人跟他光明正大地谈论过。但他已经是一个少年，什么都知道了，他心里认为父亲在这方面的言论不太有参考价值，兔宝知道有些男孩会沉迷于和各种女孩厮混，同时清楚自己不是那样的人，也不可能变成那样的人。

很快，兔宝就认认真真谈恋爱了。学校里有太多年轻漂亮的姑娘，一个正常的小伙子很难逃出青春期的情网。而一旦你又帅又有钱，很难不遭到大胆泼辣的追求。害羞的兔宝对那些或张牙舞爪或忸怩作态的女孩子们避之唯恐不及，他喜欢上了一个比他还害羞的小姑娘。她给人一种娴静、舒服的感觉，这让兔宝感到安全，也为他的浪漫想象留出了空间。她叫萝西·泰恩特（Rosie Taintor），一头长长的金发，蓬松柔软，颈部以下松松地挽成辫子。她说话不多，非常善于倾听，而且懂得赞叹的艺术，你对她讲点什么，她便会发出那轻柔的赞叹：“哦真好！”那声音本身仿佛就有种魔力。兔宝喜欢跟她讲家里的事情、讲石油生意，她从来不厌倦，总会在兔宝讲完后发自肺腑地说，“哦真好！”萝西的父母都是牙医，这职业不太浪漫；所以很自然地，萝西觉得兔宝的生活很美妙，全国各地四处跑，从地下挖出沉睡的矿藏，看着那么多工人日夜忙碌。

兔宝常带她出去兜风，开到郊外，路上没有太多车的时候，兔宝就单手握方向盘，另一只手搂着萝西，两个人身上都有酥酥电流传过。有时他们就那么依偎着开几个小时，或者到山上去散步、采野花、看夕阳。兔宝很止乎礼，最大胆的举动也无非是亲一下这可爱姑娘的脸蛋。当天气不适合户外活动的时候，兔宝会去她家做客。萝西的父母有个特别的爱好，收集英国旧版画。有些装了框挂在墙壁上，还有成沓成摞平放的可以翻看。十八世纪的贵族打猎场景，酒吧里的红粉女侍给一伙拿着大烟枪的人倒酒……兔宝可以看这些看一下午。当你正青春年少，并且什么都有，世上的一切都显得“哦真好”。哪怕只是一时心血来潮，在街上买了顶新草帽，然后兴兴头头去找自己的心上人，让她瞧瞧，听她那声温柔的赞叹，也让兔宝觉得生活真如漫步云霄。

Ⅱ

以往父子同行的商务旅途，现在只有父亲一个人上路了，除了周末和假期。父亲不喜欢没有儿子相随的感觉，而兔宝也总牵挂着父亲和石油生意。每当父亲回来，兔宝都热切地问事情进展怎么样，不放过任何一个细节。

洛伯斯河现在有六口矿井，产油量都很稳定，父亲准备再打四口。安蒂洛普的十六口老井，已经翻新了十一口，新的输油管线也铺好了。“罗斯一班克赛德六号井”也已经开始产油了，班克赛德先生靠着这六口油井，已经得到了上百万美元的矿区使用费，后续还有新井投建。除了班克赛德家的地面，父亲又跟山北的另一块土地所有者瓦格斯塔夫（Wagstaff）先生签了合同，“罗斯－瓦格斯塔夫一号井”马上就要开钻。源源不断的财富正从四面八方的油井沿着管道流进父亲的银行账户。

海滩城郊外这片“希望之地”的变化真是沧海桑田，山丘上矿井林立，与此同时还有小块的卷心菜和甜菜田，绿莹莹点缀其间。在傍晚的魔幻时刻远远望去，高而尖耸的木井架，让人幻想是菜地里一队队巨型蜗牛的触角。如果有人开车经过，说不定会以为自己来到了一个童话王国。但这当然不是什么童话王国，你必须记住，那里有多少工人白天黑夜井上井下卖命干活，拖拉扛拽，每天工作十二个小时。这些工程背后又有多少合纵连横的阴谋诡计，而那些争斗中的失败者和上当受骗的人，他们的财富梦腾起又熄灭如泡影，这你也并不陌生。还有前仆后继的贪婪投机者，不远千里赶到这儿来分一杯羹……想过这些之后再看，童话王国俨然变成了屠宰厂，“多数”被榨成肉末、制成香肠，供“少数”享用！

父亲又把海滩城的办事处扩大了，现在他雇有一个经理和十二个员工。他是掌舵的船长，熟知海上的风浪，别人撞过的礁石，他不会让自己再撞一次。渐渐人们都知道他是本地最有实力、最可靠的石油大亨，带着各式各样的合作提议和企划书来找他，其中不乏闪闪发光的点子。但父亲基本都拒绝了，他对兔宝说，要再等等。等兔宝再长大一点，他们也积累了足够的资本，然后他们干件真正的大事。兔宝说好啊，他也想干真正的大事。兔宝希望这“大事”发生在天堂镇，因为那块油田对他意义非凡。父亲说当然，沃特金斯农场是他们的伟大发现，等有一天他们去实地钻井，那油井将被命名为“小罗斯号”。

他们迟迟没有在那块地方有所行动，因为购地出了问题。哈达克先生紧锣密鼓四处购买期权的那几天，跟沃特金斯农场毗邻的班迪家户主刚巧不在，等班迪先生回来，一打听知道除了自己家的地，周围的地全被买下了，大概就猜到有人要把整个区域包圆，于是立即把价钱翻了十倍。最可恨的是，班迪家的一千多亩地不是可有可无的，恰恰可能是最主要的石油储藏带，父亲不确定，但地震后他们发现油迹的位置已经非常靠近班迪家的领地，再结合石头山的走势，可能性很大。那就跟他耗。父亲说，让班迪先生在神经衰弱中过上几年吧！这就像猫盯着老鼠洞，看谁沉不住气。

他们耐心等着。传说中，匿名买主那位想亲近自然、颐养天年的亲戚，随时可能出现在这片广袤的土地上，在石头山上放牧几千只羊。但现实中，绝大多数农场都租给了原来的所有者，继续保持生产生活的原貌，只有三四个农场人去地空，父亲也不操心把它们租出去或怎样，荒着让鹌鹑称霸一时吧，他说。父亲还突发奇想交代哈达克先生，在他所买下的一万两千多英亩土地上，树立一千个“严禁擅入”的牌子，为了向孤零零的班迪先生致意。

Ⅲ

很多国家都在打仗，美国宣布中立。父亲和兔宝翻阅报纸的时候会看到各国的战报和伤亡情况，每天各方前线都有成千上万人死去。而加州阳光正好，万物宁静祥和。兔宝在学校听老师讲解战争，教育学生们应对战争各方保持客观中立的态度；在家则听父亲讲解这是个发财的好机会，协约国和同盟国都可以作为合作伙伴。

理所当然，油价飙升。对兔宝而言，这简直恐怖，父亲不断增长的亿万家产，竟与地球上其他地方的战乱和死亡紧密相关。但父亲说这都是屁话，又不是他让欧洲人民大打出手的。人家一定要打仗，打仗就需要机械和汽油，有需就有供，他不供也有别人供，他也只是按市场行价在卖。每当有投机商来找他，劝他倒买倒卖鞋子、轮船、蜡块，还有其他紧俏军需。父亲只有一个回答：他之所以能有今天，就因为只做一行他真正懂的生意，也就是石油。每当有参战国的采购代表来找他，父亲会回答，没什么比大宗生意更让他满怀合作诚意的了，但欧洲债券可不成，必须换成美元。有时他会把代表带到那个路边小饭馆，感受一下美国平民做生意的原则，"本店已与银行达成双边协议：银行不售粥汤，本店不收支票"。

在父亲财力雄厚的赫赫声誉下，兔宝被选为足球队的财务主管，这职务很吃香，比赛时可以坐在边席上，跟美貌的啦啦队员待在一起。而如果手指在地球仪上稍稍一挪，绿茵场离那硝烟弥漫的战场并不远，有人不知不觉间被击毙、有人在黑暗中被捅死、有人眼珠子被炸弹崩出来、有人在积雪泥地里行军累倒……阳光普照加利福尼亚。

兔宝带着比赛后的兴奋回家，嗓子喊哑了几乎说不出比分。埃玛婶婶总是微笑着听——他现在跟别的男孩一样，健康快乐；并且他和她都在通过自己的生活，让罗斯家以应有的姿态融入当地社交界。

又是一年圣诞节。父亲工作太拼命，家里人都说。兔宝不失时机地提议："去打鹌鹑吧！"跟第一次去不同，现在他们有一大片禁猎区了，兔宝把这图景跟父亲一描绘，他就跃跃欲试地同意了。他们带上露营装备，开往天堂镇。轻车熟路地在老地方安营扎寨，大橡树依旧，农场依旧，沃特金斯一家有了点变化，三个女孩儿都长高了些，也不再穿着不合身的旧裙子。家里的境况如同熬过严冬进入春天，现在他们每个月去银行拿钱，而不是去银行还钱。

父亲和兔宝清早上山打鹌鹑，半天就打满了一袋子。他们又去看了出油裂缝，那条细长油迹早已风干变硬，覆了尘土。中午回到营地，烤鹌鹑美餐一顿。鲁思来了，来取他们的餐具去洗。以前是伊莱来取的，鲁思说伊莱不在，镇里的帕福（Puffer）太太重病，非常痛苦，伊莱得圣灵眷顾，有治愈疾病的异能，被叫去了。伊莱已经有了这名声，很多人来找他“按手”，让伊莱把手放在患处，就能医治。兔宝问鲁思有没有保罗的消息，鲁思说，几个月前保罗又来看过她一次，他过得不错。

她看起来有点拘束，兔宝以为是因为父亲也躺在地垫上听着，于是提出跟她走回房子那边。路上鲁思告诉他，保罗带了一本书给她读，希望她知道，人不是一定要相信《圣经》上说的那些，如果心里有疑惑，就不必信。有天她爸爸抓到她看那书，把书扔进火里烧了，把她狠狠打了一顿。

兔宝吃了一惊，“他打你？”鲁思点点头。“他用什么打你？”鲁思说用马辔皮带。“打伤了吗？”鲁思说爸爸打得很重，一个星期后才勉强能坐起来。她对兔宝的愤怒感到有点惊讶，这对她来说已经习惯成自然了，而且附近像她这样十六岁的女孩子还遭爸爸打骂也是常事。但兔宝油然而生一种责任感，他要把她从这水深火热中拯救出来。他也看得出鲁思很怕她爸爸，是不可能自己反抗的。

“是本什么书？”兔宝问。鲁思说叫《理性时代》（The Age of Reason），是本老书，他可能听说过。兔宝说没有，但他肯定会去找一本读，然后把内容细细告诉鲁思。

他回到营地，跟父亲痛诉了他的义愤。但父亲的观念跟鲁思差不多。当然打孩子不好，尤其是因为看书而打她就更没道理了；但沃特金斯老兄是一家之主，他有教训孩子的权力。父亲说他听说过那本书，非常有名，是个叫什么汤姆·佩恩（Tom Paine）[①] 的人写的，是个无神论者。父亲没读过，但知道大概说了什么，并且理解沃特金斯先生发现自己孩子读那本书会气到发狂。父亲说如果保罗看这种书，他确实已经跟他们家有天壤之隔了。

兔宝坐立不安，这太没天理了，鲁思因为有脑子就要挨揍，她爸想让她一辈子蒙昧无知。兔宝一下午都在念叨，应该有法律禁止这种事情啊！父亲说有是有，但只有当父母体罚太严重的时候才会有法律介入。兔宝坚持让父亲做点儿什么，父亲大笑："你想让我领养鲁思?"兔宝说那倒不用，只是想让父亲利用他对沃特金斯先生的影响力，做点儿什么。父亲说跟那神经兮兮的老兄没法讲理，这种人你越跟他争论，他就越固执。父亲对他的那点影响力，完全建立在顺从他异常神志思维的前提下。

但兔宝大有种不达目的誓不罢休的精神，父亲肯定能做些什么，并且必须做些什么。父亲拗不过，想了想说："儿子，咱们得重新发明宗教。"兔宝从父亲的语气知道他在开玩笑，耐心地等着他往下说。"是时候跟他们详细说说咱们的'真言教会'了。核心教义之一就是，女子不应受男子打骂。这是一条新的启示录!"兔宝觉得可以一试，接着父亲向兔宝详细询问了保罗和鲁思的情况，关于信仰，他们分别都说过

---

① 应为托马斯·佩因（Thomas Paine）。

什么。

晚上回到营地，他们生起一簇篝火，吃了顿饱饭，父亲说，“走，去发明新教吧。”父子俩慢悠悠散步去沃特金斯家的小房子。父亲在沉吟构思，兔宝则满心好奇，他也不清楚父亲会跟他们说什么，你永远都料不到父亲恶作剧时会如何出招。许多年后，兔宝回忆起这一夜，不禁闭目冥想，如果他们知道自己的玩笑将会在整个加州宗教界产生怎样巨大的回声，去的路上是否会别有一番心情？

Ⅳ

沃特金斯先生热情邀请他们进屋，米莉和萨蒂把她们的椅子让出来，两人坐在墙角堆着的箱子上。这是兔宝第一次进到沃特金斯家房子里，一贫如洗的感觉扑面而来，令他心里有点难过。墙壁没刷没糊，跟外面一样是裸露的木板，没什么像样的家具，只有些木头打的桌椅和架子，架子上摆着些粗陶器皿，平底锅挂在墙上，煮锅坐在破灶上，还有一盏煤油灯。昏暗的灯光下，全部家什一览无余。除了这间，房子里还有两个房间，一个是沃特金斯夫妇的卧室，一个是三个女孩的卧室，她们仨睡在一张床上。房子后面倚墙又搭了个小木屋，里面只有木板架成的上下铺，伊莱睡上铺，下铺空荡荡，提示它的主人在远方流浪。

伊莱已经“行医”回来了。他今年十八岁，发育成熟的身板儿和低沉嗓音，让他看起来像个男人了。然而，他的腔调，会猛地抑扬起来的腔调，让没有信仰而有幽默感的人很难忍住不笑。他告诉父母和妹妹们，圣灵保佑他，赋予他神奇的力量，他已经解除了帕福太太的病痛。沃特金斯老先生大声赞道：“阿门！”回身向兔宝和父亲说：“主保佑我们的孩子们!”父亲说是啊，当然。接着他问沃特金斯先生，有没有听说，耶稣基督又有了新的启示降世？屋子里沃特金斯家六口都惊呆了，石化了一样盯着父亲。

父亲解释道：《圣经》有《旧约》和《新约》，圣灵怎么就不能再有新的福音传世呢？事实上，他们的真言教会一直致力于此。继《新约》之后的第三神启，将开辟一个新的局面，但遵循旧有信条的基督徒们一时还难以识别。就像主在世和使徒传教时也有不信他言的。这不是很合理吗？父亲问。沃特金斯先生答，是。父亲接着说，真言教会通过信徒与信徒间的交流传播新的神启，传达自由的讯息。圣灵让我们大胆追随他的精神，在信仰的路上无所畏惧，新的时代就要来临了。父亲用一种深沉庄严至极的语气说着这些。兔宝在一旁也听入神了，他做梦没想过，父亲居然还能像个牧师一样向人煞有其事地传教。沃特金斯一家听得更是如痴如醉，他们恳请父亲多讲讲新的第三神启。于是他对沃特金斯先生说：“你们有一个儿子，我听说了些他的言论，很符合新神启的精神。我曾经在路上见过他一次，被他的相貌所震惊，因为他的形象正是真言教会的信众们所描绘的使者形象。我想，你们的大儿子保罗，很可能在信仰之路上走在你们前面，把他逐出家门是不应该的。”

这家人仿佛在经受一场灵魂的地震。沃特金斯先生坐在椅子上张着嘴，像被雷击了一样望空发呆。沃特金斯太太的脸上写满狂喜之情，一双密布青筋和皱纹的手紧紧握在下巴前。鲁思差点滑下椅子跪在地上。看来大家对这个消息都感到既惊且喜，除了一个人——伊莱。伊莱瞪着父亲，突然从椅子上一跃而起，面目扭曲，颤抖着尖叫：“他能看见异象吗？”父亲正迟疑，伊莱又接着喊：“我问你他能看见异象吗？

他有异能治病吗？他能驱魔吗？他能让将死之人下床行走吗？你说！你说！”

这可把父亲难住了。他来之前考虑了许多，唯独没有把伊莱考虑进去。在他看来伊莱只是个农场里种地放羊的小屁孩，穿着不合身的旧衣服，每天来收脏盘子拿去洗。但现在他领教了，这位盛传有神异能力、以圣灵使者自居的年轻人眼中喷射出未被赏识的怒气和熊熊的妒忌之火。“我才是受圣灵眷顾的！我才是上帝选中的！看着我！我说看着我！我的相貌难道不像神的使者吗？”伊莱的声调又陡然降了下去，以低沉如长者的声音宣布：“小心黑暗中潜行的毒蛇，前来诱惑勤劳正直的灵魂。我们信仰‘四方福音’，我们一家都对自己的信仰坚信不疑。荣耀！哈利路亚！羊羔宝血洗净罪孽！哈利路亚！荣耀啊荣耀！”

伊莱猛甩手臂，开始跳神。沃特金斯先生从椅子上跌到地上，口里喊着“荣耀啊荣耀”，满地打滚。兔宝和父亲被眼前这一幕惊呆了。伊莱浑身打战，从肩膀到脚趾，都在抽搐，双眼圆睁，口吐白沫，以大得惊人的嗓门喷吐出一串串听不懂的音节。沃特金斯先生的叫喊里还有一两个能听懂的词，“释放吧！释放吧！”皮包骨的沃特金斯太太在椅子上跳摇摆舞一样扭来扭去。两个小女孩米莉和萨蒂也在跟爸爸一起打滚。鲁思坐在那儿面色惨白如纸，两只眼睛深渊一般充满恐惧。

就先这样吧。父亲带着兔宝赶紧离开了现场。父子俩摸黑回到营地，一路上父亲不停嘀咕：“天呐！神啊！”

V

第二天是星期天，父亲和兔宝吃了早餐，远远看见沃特金斯一家人驾着那辆破旧的马车去教堂。父子俩照常去打猎，不受礼拜观念的影响；下午开车去巡视了周围新买的土地，见了他们的邻居们，或者准确说是他们的租佃户。父亲带着地图，沿途熟悉各块土地信息，记下道路状况以及未来如何改善。毫无疑问最先开来的该是碎石机和压路设备！又遇到了那个骑马放牛的小伙，原来他姓班迪，就是钉子户班迪先生的儿子！他们停下寒暄了几句，猫和老鼠都彬彬有礼。

他们开到一个河谷，那儿的农场空了出来，他们颇感意外地发现，这农场里还有座很像样的房子，正门有前廊，墙壁至屋顶爬满九重葛的藤蔓，缀着一簇簇紫色花朵，非常清新怡人。“天啊，老爸!”兔宝赞叹道，“这就是我们该住的地方!”父亲也点头说这么好的房子不该荒着。院子里有口水井，稍加修整，这是个不错的居处。还看见一只猫，舒适地躺在那儿晒太阳。一看就是吃饱了老鼠，父亲说，这是我们跟班迪先生对峙游戏的好兆头。父子俩哈哈大笑。

他们下午到了罗瑟维拉，路过一个使徒教堂，从里面传出嗡嗡的人群低语，一个熟悉的声音响彻众人之上，兔宝说，这就是他们去的教堂，伊莱在布道！我们去听听！父亲把车停在一旁，两人站在门外树荫下，听里面的人讲话：

“罪孽深重的世人，我将让你们重获新生，我给你们带来新的讯息，新的启示！圣灵再一次向世人传出福音，一个新的时代即将来临。《旧约》之后有《新约》，《新约》之后又有新的第三神启，这难道不是非常合理吗？我就是圣灵派来传播新福音的使者……”

伊莱讲完之后，众人欢呼呻吟跳神，教堂的房顶差点被掀起来。父亲不让兔宝再看了，说这不成体统。他们坐回车里开走了。“天啊，听见了吗，老爸，”兔宝说，“他完全在重复你的话！……你说，他心里真的有信仰吗？”

父亲说这真的只有他那“圣灵”才知道了。伊莱神志不清，而且非常危险。但你不能把他关进精神病院，因为他有些本事，会说一套宗教话语。他还没聪明到可以自创一个教派，但他会利用道听途说的资源为己所用，比如昨晚父亲在他家说的话。这下好了，父亲随口编造的第三神启已经进入了教会的话语系统，就算有人拿着这空洞的指称去欺诈压迫无辜的信众，神也拿它没办法了。

第二天镇上来人，说有电话找罗斯先生，海滩城“希望之地”的新井出了问题。父亲得赶紧回去。临走之前兔宝找鲁思长谈了一回。他想出了一个好计划，父亲说拉斯卡姆家农场的房子很好，那家人卖地之后走了，房子荒着可惜，兔宝会劝父亲把那农场租给保罗，然后让鲁思去替保罗看农场，在那儿她想看什么书就看什么书，没人打扰，更不会有人打她。

鲁思听了很高兴，但旋即又说，保罗不会同意，他最不肯要别人施舍。可这不是施舍！兔宝争辩道，父亲和他确实喜欢拉斯卡姆农场那房子，确实想租给人去居住打理，这是个最正常不过的交易，保罗要付一点租金。然而鲁思又叹气说就算保罗同意，她爸爸也不可能放她走。伊莱本就对保罗又妒又恨，因为保罗比他懂得多；他老是对爸爸说保罗是魔鬼之类的坏话。以前就这样，现在更变本加厉了。爸爸信任伊莱。那天晚上之后，都叫鲁思不要跟“那些城里人”说话了，怕她丧失“四方福音”的信仰。

鲁思和兔宝同岁，都是十六。兔宝说，别怕，还有两年就成年了，到时候想去哪儿她爸爸都管不着。她可以去找保罗，跟他一起闯荡；或者也可以让父亲把那农场租给她。还有跳神，兔宝说不要理他们，他们跳他们的。他叫鲁思遵从自己的内心和理智。没什么可担心的，耐心等，就两年。

Ⅵ

三个月过去了。海滩城郊“希望之地”的新井又大获成功。父亲的医生再次提醒他，不要过度疲劳。赶上复活节假期，兔宝掏出地图研究了一番，提议说离天堂镇十英里，有个叫蓝山（the Blue Mountains）的地方，是钓鲑鱼的胜地，他们可以先去拉斯卡姆农场待一阵，然后去那儿钓点鲑鱼吃。父亲笑兔宝，一刻也忘不了天堂镇！兔宝答说那是他的伟大发现嘛！而且他想知道鲁思的近况、保罗的消息，还有伊莱和“第三神启”的后续。

就在此时，天堂镇的地产经纪哈达克先生来信了。说可怜的班迪先生在田地里遭一头公牛攻击，身受重伤。他儿子小班迪先生当家，似乎无意继续经营农场，想去城里。所以买地的事有希望了，如果罗斯先生还有兴趣的话。兔宝高兴得坐不住，恨不立刻去拿地；但父亲告诫他：别得意，沉住气，小老鼠比大老鼠好对付得多，他们还没玩够。父亲复信哈达克先生，说他对班迪家的地没什么特别的兴趣，但如果价钱和之前购入的其他土地持平，也不妨买下。过几天他正好要到蓝山钓鱼，届时过去看看再议。

接着，父亲又给沃特金斯先生写了封信，请他可否帮个忙，派一个孩子去打扫收拾一下拉斯卡姆农场的房子，这次他们打算住在那里。父亲叫兔宝和埃玛婶婶去海滩城的家具店逛逛，买几件家具和厨房用品，派卡车先运过去。还要运去些罐头食材和食品，这样一到那儿生活就能步入正轨。兔宝欢天喜地，乐意效劳至极，因为这不只是在布置他们的度假屋，而且是在给保罗和鲁思安排一个避难所，一个家！

如果你有幸身为一个石油大亨的儿子，梦想成真就变得相当容易。父亲和兔宝开着车，在夕阳西下时来到了拉斯卡姆农场。金色柔光中，小屋淹没在九重葛的紫色花瀑里，而站在紫色芬芳拱廊前的是头戴花环的鲁思。她旁边还站着个男人，兔宝和父亲远看以为是沃特金斯老先生，等慢慢驶近了，兔宝屏住呼吸，心跳到了嗓子眼里，那是个高高瘦瘦的年轻人，穿着蓝衬衫卡其裤，一头蓬乱的黄发，一张忧郁的面庞，大鼻子，嘴角下垂。他兴奋地低声说，“是保罗！”

是保罗。他和妹妹一起走上前来，鲁思正式向父亲介绍了哥哥。保罗说：“晚上好，先生。”等待父亲是否有意和他握手，才伸出手去。然后他和兔宝握了握手，后者内心百感交集，在这面对面的瞬间，兔宝失去了三四年来他做梦幻想可能成为亲密伙伴的保罗，取而代之，得到了一个看上去比实际年龄还大十岁的、成熟得他永远无法企及的保罗。

“家具运过来了吗？”父亲问。鲁思说已经到了，而且都摆放好了，一切就绪。他们不确定罗斯先生能否在晚饭前过来，要是知道会先把饭做好，鲁思说她这就去做饭。保罗帮兔宝把行李拿进屋里。哦老天！这真是他们见过的最温馨的居室了，到处收拾得纤尘不染，粉红灯罩多么可爱，窗前桌上还摆着鲜花。显然，鲁思很花了番心思。她有点羞涩地过来问父亲和兔宝，晚饭想吃什么。父亲说，有什么就做什么吧。很快，屋子里就飘荡着烤培根的香味。保罗把车里的东西都搬进屋安顿好了，站在外面，好像在等着，兔宝很快就过去跟他聊天了。

保罗解释他怎么会出现在这儿的，他昨天才到，来看望鲁思，这次他没偷偷摸摸了，他已经十九岁多了，不怕见到沃特金斯老先生。兔宝问他爸爸揍他没有。保罗笑了，说家父现在揍不了任何人，正饱受风湿痛的折磨，但火气和固执还跟以前一样，叫保罗去下地狱。兔宝敏感地觉察到，保罗不再称沃特金斯先生为爸爸，而且口音也完全变了，不像天堂镇这边的人那样含糊发音。他听起来就像一个受过良好教育的人，事实上他确实是。

开饭了。保罗和鲁思本来不肯上桌，但父亲坚持说一起吃。四个人团团围坐，像久违的聚会般，融洽愉快。兔宝连珠炮一样不停向保罗问这问那，还无意间告诉保罗，当年在格罗迪太太家，晚上散会时他回去找过他，他怎么就躲开了呢？他们聊了保罗的姑姑格罗迪太太，“石油皇后”如梦一场，合同黄了，基金也不值一文。保罗从鲁思那儿知道兔宝曾经给她寄过钱，保罗道了谢，并以他一贯的自尊态度承诺要还。他从来都这么骄傲固执，不愿欠别人的钱、也不愿欠别人的情。从来都这么被动自守，不会主动向人示好，更别提讨好任何人。

他讲了自己这几年的生活，那位厚待他的恩人老律师刚刚过世，遗嘱留给他除了法律职业用书之外的全部藏书，那是笔丰厚的精神财富，包括大量自然、历史、人文著作。将近三年来，他一直从老律师的藏书阁借书阅读，几乎每天晚上都读到凌晨一两点，这些书已经跟他的生命密不可分。白天他也有很多时光用来学习，因为老律师给他安排的工作实在不多。老律师没有子女，他同情保罗少年艰苦，更为这孩子强烈的求知欲所震撼，渐渐对保罗视若己出。老律师家里有一架显微镜，保罗经常拿它来研究，并且下定决心，再花几年时间深入研读科学著作，将来以自然科学为志业。去实验室工作，哪怕从门卫、清洁工做起，然后当实习生，一步一步坐到显微镜前。

保罗真渊博！他说到了赫胥黎（Huxley）、斯宾塞（Spencer）、高尔顿（Galton）、魏斯曼（Weissmann）、兰基斯特（Lankester）……许多兔宝连听都没听过的人物。他那点可怜的高中知识在保罗面前相形见绌。站在足球场边跟啦啦队员一起嘶声叫喊更是愚蠢得很。父亲也没听过这些，他这辈子见过形形色色的人，但还没见过一个搞自然科学的。他觉得保罗能在短短几年时间里从无到有学会这些东西，很有意思。保罗讲到研究者正在分析动物后天获得的性状能否遗传，魏斯曼做了一个实验，切断老鼠的尾巴，看它的后代是否还长尾巴，连续切了二十多代。保罗评论说，这实验很可笑，切断尾巴不会改变老鼠的本质属性，该研究的不是后代长不长尾巴，而是看后代也切掉尾巴后，伤口会不会愈合得更快。保罗还说，解决后天性状遗传的问题，应该从训练动物学习某种新技能入手，看它的后代再学这种技能时是不是会更容易。父亲立即听懂了，说可以研究一个血种的许多代马，训练它们学会驾车小跑的时间。保罗说，正是此理！父亲说这挺有意思的，保罗说他随身带了本有关的书，他非常乐意借给父亲拿去一读。晚餐时间过得真快，鲁思收拾餐盘去洗了，保罗去外面砍些柴火。父亲看看兔宝，说："是个不错的年轻人，儿子。"兔宝感到非常自豪，因为保罗是他挑中的朋友，是他的伟大发现，就像天堂镇地下的丰富油矿一样。

然后，父亲决定跟保罗谈谈生意。父亲希望有人能把这个农场利用起来，保罗说他听鲁思说了，也仔细考虑过。父亲问他有什么设想，保罗说这几年他攒了三百美元，可以买些山羊，种些豆子和草莓，他愿意将每年收入的百分之五十付做租金。他们争执了起来，父亲的意思是，雇保罗做他的度假农场看管，应该是他付给保罗工资。但保罗坚持按常规来租，并且罗斯先生来度假时，他会搬出去住帐篷。父亲说这完全不必，他想建个小木屋住住，比较有野趣，如果保罗可以帮他在这儿找些木匠和工人就好了，他还可以跟他们一起干活赚些工钱。保罗说他自己就可以帮他们盖一个，在农场长大的都是盖房种地不在话下的多面手。父亲问他鲁思是不是跟着他，保罗说他先在这边住下，鲁思会经常来，等到他们的父亲沃特金斯先生渐渐接受了这个局面，再让鲁思搬过来。现在比较好办了，因为伊莱基本不在家。

于是他们说起伊莱，自从他口说“第三神启”之后，外地教会派了代表来，说久闻伊莱的神异之名，如今又有新的福音，请他去传。伊莱去了，自此一发不可收拾，整个加州都有他传教的身影，被人用豪华轿车拉着四处讲演，车后面还坐着被他按手治愈的老弱病残。每次大型集会，这些人都要出来现身作证，并且数目不断增多。信众“奉献”的钱财源源不断涌到这位“神的信使”面前，他自称是基督第二次驾临前的使者。照目前的发展，“真言教会”俨然已经成为使徒教会的一个支派，不久就会有一所新的教堂。

“你说他到底是怎么‘治愈’的?”父亲问。

“哦，他确实能治病，”保罗说，“本地就有些人被他治好，这有目共睹。我读过一些关于心理暗示的书，通过精神上的暗示治疗生理上的疾病，已经有千百年的历史了。”

“他给家里寄过钱吗?”父亲问。

保罗冷笑，讽谑地说：“那钱是神圣的，属于圣灵，伊莱是他的财务主管。”

Ⅶ

第二天，父亲和兔宝出发去蓝山钓鱼，先去了天堂镇哈达克先生那儿，进门前父亲提醒兔宝，“别说话，也别露出表情。我来处理。”他们走进办公室。哈达克先生说他已经收到小班迪先生的回复，他跟他父亲商量了，愿意以两万美元的价钱卖掉农场。兔宝心跳加速，要不是父亲警告过，他真想叫出声来：“拿下！拿下！”但他坐在旁边努力装作若无其事。父亲说：“他把我们当冤大头么?”哈达克先生解释说，他们农场有二十英亩非常好的耕地。父亲说那就算这二十亩好耕地每亩一百美元，也只有两千美元，附属设施就算四千美元。班迪家出价两万，那是叫他花一万四千美元买那一千亩的石头山么!

“跟您实话说吧，罗斯先生，”地产经纪说，“他知道您是石油商人，他认为，您可能要在这儿钻井探油。”

“好吧，”父亲说，“你叫他先在自己家门口钻井吧，如果钻出油来了，我再在我的地盘上钻。对我来说打鹌鹑的地方已经够大了，再大恐怕要违反动物保护法。”父亲说他最多付一万两千美元。兔宝跟着父亲回到车里，低声说：“两万也不贵啊。”父亲说：“让他们患得患失吧。我已经有足够的地了。”

“可是……他可能找人钻井!”

“别担心。咱们想要那块地，因为发现过油迹；除了咱们，没人心里有这个底。小班迪过两招就会厌倦的。钓鱼去!”

他们去了一个山间湖泊，钓到几条闪闪发光的鲑鱼，快到晚上的时候才回到拉斯卡姆农场，保罗把鱼煎了，三个人吃了顿香喷喷的鲜鱼宴。饭后父亲和保罗坐在户外聊天，父亲抽着雪茄，问了他许多有关科学的问题。父亲感慨自己年轻时候没能受到好的教育，这是个憾事，有很多东西确实是值得学的。为啥兔宝不多研究生物、物理，而是整天学那些拉丁文、诗歌、历史，什么时代某个国家的老国王和他的情妇们，这有什么用?

第二天早上，他们跟保罗道再见，又去蓝山钓了大半天鱼，然后晚上直接回海滩城了。兔宝次日要回学校上课，父亲要处理工作。与此同时，欧洲战场战事胶着，报纸已经连续几个月全是战报新闻，油价继续上涨。

暑期到了，伯蒂叫弟弟听她安排。伯蒂现在是个十八岁的大姑娘了，明艳动人，衣服穿得比马戏团还花哨，细细的双腿裹在金闪闪的丝袜里，高跟鞋上没有一丝划痕。伯蒂特神的地方在于，如果新买了一条某种颜色的裙子，紧接着必然重配一套同色系的鞋子、袜子、手套、帽子和包。父亲说她很快就要在这配置里加上跑车一项了。他面对女儿每月大笔的开销倒真能保持幽默，有时也不失一点点困惑，这五彩缤纷的花蝴蝶真是他生的吗?埃玛婶婶替伯蒂辩护说：没钱也罢了，既然有，女孩子就有权花枝招展。于是他毫无异议地付账单，但无论伯蒂怎么劝他加入社交圈，父亲都坚如磐石不为所动。他害怕跟那些名流、特别是名媛打交道，觉得跟他们无话可说。一群连抽油机和钻头都没听说过的人觥筹交错，用这样那样的眼光打量你，他一想就头痛。兔宝也继承了父亲对社交的这种态度。美少女伯蒂不甘心弟弟如此不上台面，决定把他从石油污臭里拯救出来，到她光鲜靓丽的高端圈子里玩一玩，找个比那萝西·泰恩特更配得上他的姑娘。兔宝永远对新鲜事物充满好奇，跟姐姐周游了几次，也跟那些富家子弟打了些交道，觉得他们都很无聊，谈论的话题无非是这人那人的闲话八卦。而且说起话来简直像对密码，充满各种隐晦的指涉和外人摸不着头脑的典故，兔宝可没兴趣破译那些。有这功夫还不如换上工作服去矿上，看看有什么需要帮忙。他什么脏活都能干，有时会去帮着操作机器洗井、清理井底沉砂。

同时兔宝还牵挂着别的事，夏天还没过去一半，他便对父亲说："老爸，咱们天堂镇的小木屋建得怎么样了？"

"什么？"

"保罗来信了，说鲁思现在跟他一起，也住在拉斯卡姆农场了。我们现在去度假吧，一起去建小木屋！"

"可是儿子，那儿夏天比火焰山还热！"

兔宝不知道火焰山是个什么山，他说："保罗一家都能受得了，咱们怎么受不了。再说，医生说了，你该多流汗……"

父亲无可奈何地笑了，说好吧。接着自嘲，早知如此就该把沃特金斯兄妹收养了，一步到位，省不少麻烦。

于是他们又去了拉斯卡姆农场，带着帐篷，因为木屋还没开建，保罗坚持要给他们腾出房子，鲁思住帐篷，他睡柴草垛。保罗租了套马和犁具，种了好大一片菜地，有豆子和草莓，买了十二只山羊，能产足够多的奶，鲁思还养了几只鸡。一切都如此美好。保罗把老律师遗赠给他的书都装箱搬过来了，很多箱都没拆开，因为没地方放。保罗动手打了个小书架，摆上了赫胥黎、海克尔（Haeckel）、勒南（Renan）等一批重要作者的重要著作。鲁思说她爸爸已经接受现状，她仿佛一下子就长大成人了，而他好像一下子就衰老了，风湿痛越来越严重，再打不动她，伊莱按手也治不好。父亲说等买了建造木屋的木材，保罗可以多打些大书架，把书都摆上。保罗和父亲有了一项君子协定：父亲提供木材打书架，并允许保罗把房子内的格局随意布置；而保罗则允许父亲到这儿度假时借他的藏书看。学点东西总是好的，虽然已经这么老了，父亲说。

这是个其乐融融的大家庭，天堂镇是块好地方。父亲在这儿不会老想着他的工作，为各地油井的事务焦头烂额。不久订购的木材从罗瑟维拉运来了，保罗任“首席木匠”，兔宝任“助理木匠”，父亲就在旁边无所事事地晃荡，他汗流得太多了，经常要坐到九重葛的荫凉下歇歇，这时鲁思便会给他倒一杯葡萄汁，他们来之前特地带了好几瓶。每天傍晚他们开车去天堂镇收发信件。沃特金斯老先生有时会看一份本地小报，兔宝也在镇上拿了一份回来。边翻边叫道，“老天，快看！”整整一个版面都是讲伊莱的，像元首一样去各处访问、出席各种集会。

某天哈达克先生来了，他们就在大路上谈。他带话说小班迪已经不想拉锯了，想尽快把父母带到城里，做点生意。他问罗斯先生还是否有意购地，他们家同意接受上次提出的一万两千美元的价格。父亲说，好，可以签合同。法律和转账手续不久便办妥了。父亲和兔宝走出银行的那一刻，相视而笑：“好了，儿子，现在可以探索你的伟大发现了。”

兔宝当然想越快开钻越好，但父亲说先把木屋建起来再说，而且他还在思考。兔宝回去干活儿了，在椽子上铺钉木板，快乐的小木匠，只不过内心怀着一丝忧虑，怎么跟保罗和鲁思说，才能不让他们觉得父亲骗了他们？

命运之神再次眷顾了兔宝，出了一件事情，你永远也猜不到！在与班迪家的土地买卖完成之后，仅仅过了三天，父亲还没想好怎么跟沃特金斯家说呢，保罗和鲁思的小妹妹米莉顶着大太阳跑来，转告了一个惊人的消息：上午云卡姆（Wrinkum）老先生从城里回乡下，顺道来沃特金斯农场看望她爸爸，说起城里的新闻，有家“精益精石油集团”（Excelsior Petroleum），与卡特（Carter）农场签了合同，就在天堂镇山谷的那一头！米莉是对坐在门口九重葛荫凉下的父亲说的，父亲听了腾地站起来，冲小木屋那头的保罗和兔宝大喊：孩子们，快过来！两人跑了过去，鲁思也从厨房里出来，以为出了什么事。米莉又说了一遍，兔宝惊呼：“精益精啊！老爸！五大集团之一啊！”这群人你看我、我看你，都在消化这消息。父亲说：“老天爷，他们公司可从不打没有把握的仗！那边八成有石油！我想，可以在咱们的地上也钻井试试？”

“噢，罗斯先生！”鲁思叫道，“你该试试——我叔叔埃比以前就说过，我们这儿可能有石油！”

“真的？那好，我就赌一把，没有也无所谓，就当玩玩了。”说罢，他看了眼兔宝，眼神里笑意一闪。兔宝心领神会。父亲想了很多，他知道兔宝为难，担心沃特金斯兄妹不再把他当朋友。父亲就这么机智地帮他解了围，现在一切自然而然。最最亲爱的父亲，体谅儿子的小小担忧，愿意为他费心，甚至为他撒谎。对一个男孩来说，还有什么道德伦理问题不会雪融冰消？

第六章　初　探

I

父亲经过深思熟虑，决定立即开钻“小罗斯—天堂镇一号井”，给精益精集团一个冲击，不能让他们觉得自己一家独大。他致电地质学家，过来勘察，又雇了个打井队，在附近增补水源。地质学家班宁（Banning）先生第二天便乘车赶来了，给兔宝兜头泼了盆凉水，他说罗斯先生说地表油迹不代表地下有矿藏这一点是正确的，也许二三百英尺下有薄油层，但并没有大储量。大储量的油层都在地下深处，真正打进去之前没人能确切预知到底有没有。不过他又说这个地区的地貌不错，值得一试。接下来的几天，地质学家随父亲和兔宝走遍了他们名下的每寸土地和石头山，研究山地岩层背斜构造。最终确定了第一口井的位置，在沃特金斯农场的牧羊区，差不多就是兔宝和鲁思第一次交谈的地方。

父亲和兔宝照例拜访了本县道路交通部门的主事人凯瑞（Carey）先生，他们在凯瑞家里会面，夫妇俩热情地招待了这位石油大亨，给兔宝倒了杯柠檬汁，大人们抽着雪茄闲聊起来，父亲讲起他在海滩城“希望之地”的工程，班克赛德先生今非昔比跃身富豪的变化，现在那地方发展的繁荣景象……凯瑞夫妇听得眼睛都瞪大了。父亲说，天堂镇的前景比“希望之地”还要好，他设想不远的将来，这里也会矿井林立、遍地流金；而这一切都取决于一点，运输道路。虽然大片土地都是他的，但道路是公共的，他不能擅自铺设，而且这样做成本和税务都是很高的。凯瑞先生表示赞同。父亲说如果新修路的话，地方政府需要讨论投票、发行公路债券集资等等，许多宝贵时间都耽误在这上面了，有没有可能以维修旧路的名义来进行？凯瑞先生说，有这个可能，他们确实有专项资金用来维修旧路，具体数目他不太清楚，要问下相关同事。父亲又聊了几句，便带着兔宝起身告辞，凯瑞先生送他们出门，在门口父亲掏出一只信封：“凯瑞先生，刚说的事可能要占用您许多时间，让您白忙实在过意不去。这个希望您不要误会，我只是想为您代付一点鞍马之资。”凯瑞先生犹豫着，说这不妥吧。父亲说，没什么不妥，这纯粹是为了补偿凯瑞先生付出的时间，绝不是要影响他对公事的判断决策，公事还是公办。以后彼此还有很多交道可打，他很可能要来凯瑞家的地面上钻井呢！凯瑞先生收了信封，让父亲等他消息。

兔宝在学校有门课叫“公民学”，他知道了这个国家政府部门的运转机制，以及各种行政违法行为，他们要做许多课堂讨论。兔宝对“公务官员腐败”这条深有困惑，他以最事不关己的纯客观姿态，去问了老师：如果商人认为官员付出了额外的时间和精力，愿意给予一些经济补偿，这怎么说呢？老师对这个问法感到吃惊，说这毫无疑问是贿赂。现在兔宝把老师的话跟父亲讲了。父亲解释说，理论和实践之间隔着十万八千里。你老师没有工地，她的事业也不靠机器和运输，她只不过坐在窗明几净的教室里，说些理想主义的漂亮话。“教做生意可不能在教室里进行，教出来的都做不成事，对社会现实根本毫无认识。”

他们面对的现实只有一个，想不想在天堂镇钻井，想不想等个十年八载再钻，这期间什么都可能发生。你不拿钱疏通，等着跟你抢食的人去疏通了，你就完全被动了。多数情况下官员收了钱都吃人不吐骨头，哪怕只是无视你的要求、让项目推进不下去，也够受的。所以，要想干成事情，就得出钱。父亲对兔宝说，公家事和私家事不同，在自己的公司和行业，你是老板你说了算，事情进展可控；但涉及官方政府，内部的叠床架屋、移花接木、错综经手、资源浪费、行政低效，简直能把你折腾得作呕。现在占据权位的这批官员都令人失望，有某党的人，宣称要推翻一切重获公平，可一旦他们当权了，跟现在这批官员没什么两样。你要做件事照样还得填二十张表、经百来号人。

几天后，凯瑞先生来电话，说他们开了会，另外几个对此事有发言权的人都不赞成，看起来要动用这笔旧路维修资金的由头已经有不少了。下周还要开会，凯瑞先生说如果这几天父亲能设法施加一些影响力，他在会上或许就少些阻力。父亲又对兔宝说教一番，本来他应该再去一一打点那几个人，多发些信封；但这次他想毕其功于一役。父亲说，“得抓紧，不能等精益精集团反应过来，我有个主意……”

父亲来到地产经纪哈达克先生处，向他打听门路，如果是哈达克先生自己要修路，他会去找谁？哈达克先生大笑道："那要找杰克·科菲（Jake Coffey）先生啊！"找了他，就可以回家睡大觉了。科菲先生是圣埃利多县各镇的粮草经销商，他还是本县共和党的幕后大佬。父亲说：好，谢谢。出门上车，直奔圣埃利多县城而去，父亲对兔宝说："公民学下课了！"

Ⅱ

科菲先生经营粮食谷物干草、石灰水泥石膏……正坐在他仓储库房后的办公室里，桌上散着扑克牌局，这个人气质坚毅，肤色黧黑，嘴紧抿着，包着一口金牙。他见到父亲和兔宝，站了起来，互通姓名后，对父亲说："我以为您会打电话。"父亲回答："我刚刚才知道您，就以五十英里的速度赶过来了。"一问一答间，两人似乎达成了某种默契。科菲先生接受了父亲递的金箔雪茄，双双落座开始谈生意。

"科菲先生，"父亲说，"我是个独立油商。五大集团所说的'小家伙'，但我想在这儿，他们很快就要知道不该这么叫了。在天堂镇，我有一万两千亩土地，希望能从地下打出石油。一旦打到，将有上百口油井、上千名工人、亿万的资金流动，附近的房地产及各项贸易也都将大不相同了。现在五大集团之一的精益精石油集团已经在本县签了合同，他们必然要排挤我、排挤任何可能跟他们争利的人。有一点我想提醒您，可能您也知道，这五大石油集团除非迫于无奈，很少资助党派，就算捐钱也基本是流向州级政府。竞争是个有益的机制啊，可以化硬为软。我们这些'小家伙'，自然到哪儿都要付出些；但我想应该让'大家伙'们也付出些，甚至更多。希望我没想错，我是在跟懂这游戏的人说话。"

“您没想错。”科菲先生简洁地说，“您直接说，想要干什么？”

“目前只有一件事，从我的农场通向天堂镇的路。道路畅通才能保证油矿开发顺利进行。您自己也是做实物贸易的，自然理解运货不能走羊肠小道。”

“我理解，”科菲先生说。

“那当着行家不说废话了。我需要修一条路，并且需要略过政府部门那些繁文缛节，十天之内立即动工，这样我才能尽快把机械运过来钻井。或许这在本县没有先例，但这确实是当务之急。我来问问您这值多少。我说清楚了吧？”

“非常清楚。”他坚毅的脸上微微现出一丝笑容。看来他欣赏父亲做事的方式。

他讲了他这方面可能遇到的问题。兔宝明白，他这是在讲价，故意把能摆平的障碍夸大，尽力高估风险。县政府最近几年棘手事情不断，有人偷了公款，这很愚蠢，科菲先生说，光明正大赚钱不好吗，偷公款！道路运输方面，也一直饱受监督和责难，县里有群没事干的家伙专门办了份监察周报，净刊登些大胆的指控。目前最快捷的方式就是动用旧路维修的资金来给罗斯先生建造新路，他们肯定不会放过这消息啊，肯定会大肆渲染利用舆论，影响下届县内的选举。精益精集团签下的地有现成的公路，并且如罗斯先生所言，他们不会愿意有人帮竞争对手修路的，万一跟州政府什么人告一状，他就吃不了兜着走了……

父亲礼貌地听着，得允许人家讲价。他说他非常体谅科菲先生的这些难处，肯定要加以合适的补偿。捐五千美元的选战资金怎么样？科菲先生吐出一团烟圈，没说话，仿佛看着空中的计算器在考虑。

“哦您知道，”父亲追加一句，“这只是党务上的，不包括您个人的。”

“再说说你的想法。”科菲先生轻声说。

于是父亲又高谈阔论了一番他对合作的推崇，每到一处都有一个“小集团”同心协力，讲他对朋友的重视，讲当时在海滩城围绕“罗斯—班克赛德一号井”成立的那个公司，朋友们都持股分红，光是当地木材公司的老板就能从这口矿井的净收益中拿 2%，作为对朋友的照顾，因为当初他曾为第一口井的基建木材而奔忙。现在也是一样，如果这条路顺利修成，他便能立即开钻“小罗斯—天堂镇一号井”，一旦有所收获，也会让科菲先生持股 2%，那可能是三四万美元或更多。他觉得一起做事就是朋友，如果有其他需要也当然相互照顾。

科菲先生又望着眼前空气吹了七八个烟圈，开口说他觉得跟父亲很投缘，也满意他的安排，不过他觉得竞选资金罗斯先生给两千美元就够了，然后五千美元给他本人。父亲盯住他的眼睛，问道：“您能保证那条路吗?”科菲先生说可以，请他不必担心。父亲也不讨价还价，取出支票本把两份钱付了。他问科菲先生正式的办公地址，后者回答他没有办公地址，就是一个简简单单的生意人。父亲说好，那协议上就只写科菲先生的名字。父亲把持股协议写好，科菲先生看后收下。父亲起身告辞，开玩笑说：“收好啊，别叫监察周报看到。”科菲先生笑了，拍了拍兔宝的肩膀：“这年轻人也不要犯低级错误啊。”父亲叫他放心，儿子学做生意很长时间了，第一课就是不乱说话。

他们上车开走后，兔宝才叫出来：“老爸，我一直以为你是民主党人!”父亲大笑，说这个国家的食品药品关税不归他管，菲律宾岛[1]独立问题不归他管，但从沃特金斯农场到天堂镇的路归他管，现在拿下了。兔宝问："有件事我不太明白，科菲先生这样的人物怎么可能没有办公地址?"父亲回答，这不奇怪，就因为他是这样的人物，才没有固定的办公地址和政府职务。凯瑞先生可能因为收了父亲的钱而被送进监狱，但这种事完全伤及不到科菲先生，因为他没有公职，只是大佬。那些站在台上的领导者，父亲说，愿意到处演讲、拉选票、让自己的照片贴满大街小巷，他们满足于这浮华虚名倒也求仁得仁，不过真正的权力不在他们手里，你不可能在街上看到杰克·科菲的大头照，他在仓库后的办公间里工作，悄无声息把决定做了。

兔宝当然记得"公民课"的讲解，问父亲，全国各地的政府都这样吗？父亲说大同小异。这其实没想象的那么糟糕，只是民众太多效率太低的必然结果。当然有无数的政治演讲，但选民都是什么人？圣埃利多的选民都是什么人？兔宝和父亲见过的一大群都在伊莱的教堂里跳神，他们能对公共事务做出明智决定吗？决定父亲是否可以修一条路通往他的油井？科菲先生能提供决策和效率，也不失为这一行政体系的补充。

Ⅲ

打水井的钻井队开始工作了，安装电话线的施工队也来了。父亲说该给工人们建临时宿舍了，先搭些简易棚屋，等真的打出油来，再翻盖像样的房子。父亲对保罗说还种什么豆子草莓呀，父亲想让保罗也参与进来，和他多年的首席木

---

① 小说中此时应为 1915 年左右，菲律宾为美国殖民地，1946 年独立。

工一起负责宿舍建设，付给他每天五美元，比他干农活的收入要多五倍不止。保罗同意了，他们晚上坐在院子里，制定建筑方案。“这肯定比以前好多了，”父亲说。由于这是兔宝的井，他参与具体决策，并显露出小社会改革家的潜质，坚持把宿舍建成一格格的小间，而不是一般工地的大通铺；每个小间都有扇小窗，小间里设上下铺，安排一个夜班工人和一个白班工人同住；公共浴室要足够大，另外除了餐室和储藏室，还应该有一个起居室，工人们可以看看书和报纸，还要放台留声机。这些都是兔宝的主意，他要一个文明模范矿区。

父亲和兔宝去了趟城里，买了些家具，他们的小木屋已经建好了。父亲在街上买了份当地的“鹰派”报纸，兔宝从没看过他干这事。父亲一翻开就爆发出哈哈大笑，兔宝也瞄了眼，头版讲了一个农场主，就住在天堂镇附近，三个月前马车在路上翻了，摔坏了锁骨，现在状告县政府，索赔一万五千美元。不仅告了县政府，而且还告了道路交通部门的每位负责人，说路况如此糟糕，充满安全隐患，主管人员不及时维修，属于玩忽职守。报纸的社论版长篇累牍地历数了居民对头版所述的天堂镇滑渠旁那条路的诸多不满。人们说那边有很好的矿泉，早有人提议应该修路，但一直被拖延，如今那边又可能成为石油产地，再不修路将严重影响圣埃利多县的发展和声誉。报纸还登出，现有一位热心公益的农场主乔·利马谢（Joe Limacher）先生已经向大家发起请愿号召，呼吁政府立即修好天堂镇滑渠旁的那条路，希望广大居民和纳税人们积极在请愿书上签名。

第二天，热心公益的利马谢先生就来了，开一辆脏兮兮的老福特，来请父亲在请愿书上签名！父亲露出深思熟虑的样子，说：呀，这可要花掉他纳的好多税啊。利马谢先生跟父亲解释了半天这个请愿的重要意义——事实是杰克·科菲先生付他每天三美元的报酬——最后父亲说好吧，在众多人名旁签了自己的名字。第四天，报纸报道，政府相关部门主管人员高度重视，召开特别会议，当即举行投票，表决结果立即修路。第六天，大批工人、铲土机、挖掘机、卡车、马车就来了。

保罗一直在负责木料的采办和本地木工的招募。他从天堂镇和附近镇上招了十二个木工。如果有人觉得在一个十九岁毛头小伙手底下干活是种羞辱的话，那么罗斯先生的工资相当能补偿这种不平衡。沃特金斯老先生，保罗的父亲，现在也对“不肖子”的成长和作为刮目相看，再不说魔鬼、下地狱之类的鬼话了。这一切都发生在他的农场里，木工每天叮叮咣咣地凿，还有打水井的，自河谷引来的新流，一队队到未来矿址的人马……对沃特金斯一家来说，感觉好像一夜之间整个县城都浓缩到他家农场里来了。所有这些也都给他们带来了收益，因为这么多人，食物供不应求。到底还是忍不住为这繁荣场景而激动，虽然知道它是撒旦的游戏!

鲁思也变得开朗明媚了，为哥哥保罗而骄傲。她每日给兔宝和父亲收拾房子做饭洗衣，也帮哥哥做这些事。她脸色越来越红润，也有钱买两套素雅的裙子和鞋子了。兔宝突然才注意到，鲁思其实是个非常秀丽的姑娘。她和兔宝一样觉得他父亲是个了不起的人。总是热心烘烤美味诱人的奶酪派和布丁给他们吃，虽然父亲喊了无数遍他要减肥！一天忙碌后他们四个人一起吃晚餐，吃完坐到房前九重葛下乘凉，紫花依旧香，月亮好大。

Ⅳ

兔宝该返校了，这之前他又去看了妈妈，遵照半年一度的约定。他从报纸上看到安德鲁·朗（Andrew Lang）的太太正在以遭到遗弃为由，起诉离婚。现在妈妈亲口告诉他，她的第二任丈夫基本算是抛弃了他，离开两年了，毫无音讯。她看起来孤独又忧伤，眼角总是湿湿的。对于她的痛苦，兔宝难以真正感同身受，他不知道有多少人来占这无依无靠女人的便宜。兔宝倒是感到“亲亲小妈咪”的泪水在向他暗示着什么，果然妈妈说她又离婚了，要改姓，她希望能改回姓罗斯。这意思很明显了，她想跟父亲复合！妈妈问父亲最近怎么样，他是不是很孤单呀？有没有女人缠着他？兔宝最烦这些问题，他不愿有人刺探父亲的情事，并且他对此也真是不太清楚，也不太想搞清楚。他对妈妈说她应该给父亲写信，他也不知道父亲这些事情，而且父亲命令他不许对妈妈谈论他的任何事情。妈妈一听泪如雨下，说罗斯家的人简直屏蔽了她，连亲生女儿都不来看看她！这到底算怎么回事！兔宝只好安慰妈妈说，伯蒂是个自私的人，她只想她自己，一门心思扑在上流社会，花枝招展当交际花，家里的其他人她也没空搭理。

但兔宝回来后，伯蒂倒是拨冗找弟弟谈了一次。说兔宝已经长大了，该知道一些他们妈妈的事了。伯蒂很早以前从埃玛婶婶那里知道的，现在她把这些传给弟弟。于是许多未解之谜都解开了，不仅关于妈妈，还关于父亲。父亲四十岁时娶了妈妈，那时候他正在老家经营一家百货商店，娶了村庄最漂亮的姑娘，当时这姑娘心满意足觉得自己算嫁到富裕人家了。但过了几年，她就不满足于村庄生活了，她也劝过他一起去城里，但最终还是跟别人跑了，那人是天使城来的债券销售员，他把她带到城里，跟她结了婚，没多久就厌倦了，如今彻底消失了。

妈妈的离开产生了惊人的冲击力和她做梦也没料到的结果，她之前劝父亲离开村庄，事实上父亲当时心里已经松动了，出去有赚大钱的机会，不出去一辈子就这样了；人们归根结底追求的还不是金钱。妈妈出走后，他就寡言少语闷头做事，他要证明给人看他不是窝囊汉。有几个朋友跟他说钻井采油是极赚钱的生意，他们还有点门路，父亲就跟他们去了。果然没有白去，掘到了人生第一桶金。很快父亲就在这行上道了，开始单干。

现在兔宝知道了这些前尘往事，再看父亲，以前难以理解的言行举止如今都变得可以理解了。比如高强度的拼命工作，他要向朗太太证明她一生最大的错误，他比那债券销售员要强百倍千倍！比如他对女人的躲避提防，她们没一个有真心，都是为了你的钱！比如他在兔宝身上寄托的希望，儿子要幸福快乐，继承他的全部能力，没有他的毛病，不会有他的悲凉坎坷遭遇，而是拥有一个正大光明的美好人生……兔宝一想到父亲经受的创伤，便会生出满心柔情，胳膊搭着父亲的肩膀，劝他不要工作太累，并表示想早点帮他分担一些生意上的事。

兔宝找了个时机委婉地提了妈妈，说她欠着债务，又离了婚，请求父亲能否把她每月的例钱加一点。父亲把自己的观点表述得很明白，她骨子里就是欠债过日子的人，你给她金山银山，她也很快又不满足。不是他小气，或者想要惩罚她，当初她嫁给他的时候，父亲基本就是每月两百美元这个收入，现在还给她每月两百美元，这很公平合理。她走了之后，他飞黄腾达，辛苦赚到的财富跟她一点关系没有，她没权利来摘桃子。如果她以为可以靠兔宝得到额外的钱，那就是在坑她儿子。父亲早就交代妥当，任何人打着他儿子母亲的名义在外借钱欠债，尽管来打官司，不会从他们父子这里得到一分钱。他希望兔宝能明白，固定限额的钱对他母亲未尝不是好事。并且提醒他，女人为了钱，是不惜以婚姻为手段的！

兔宝没说什么，他觉得父亲对人类的那“半边天”偏见太深。兔宝知道女人不是都这样，他就找到了一位——萝西·泰恩特。他俩的恋情已经持续一年多了，萝西总请求他别为她花钱，说她花他的钱不公平。除了喜欢搭他的车，什么也不要。萝西真是个心地纯良的好姑娘。只是——两人的恋爱关系其实并不让兔宝觉得十分幸福，他自己不想承认这一点，但也很难否认自己的感觉了，他觉得很无聊！他们已经把她家的版画收藏翻得烂熟于心了，萝西对任何事情的评论都是一式一样的“哦真好！”兔宝有许多新鲜事，他希望能有些不同的声音和对话，哪怕跟他见解完全相反，哪怕说得很毒舌，他就想听到除了“哦真好”之外的评论！所以渐渐地，他不太带她外出兜风了，偶尔还会跟别的姑娘一起去舞会。萝西姑娘还是一如既往的娴静无争，甚至都没有当着他的面哭天抹泪。兔宝觉得有些惊讶，但也初次体会到了每个男人都会在感情生活中体会到的，一场爱恋烟消云散后的自由！

V

从沃特金斯农场通向天堂镇的道路已经铺好，保罗跟父亲的首席木工一起边学边干，搭建井架。不久机动车队运来了钻井机械，保罗又帮助卸载和组装。兔宝在学校，错过了这些有趣的事。但父亲每天都跟天堂镇方面通电话，晚饭时会跟兔宝一一转述。

矿井的基础施工完成了。兔宝的大日子来了，他向学校请了假。有一口以他名字命名的预探井要开机破土，这样的请假事由并不多见，老师答应了。兔宝和父亲清早出发，下午抵达，出天堂镇开上了那条新铺设的水泥路，心里倍感自豪，这是他们的路！到了沃特金斯农场，没见什么人，所有人都聚集到矿井那儿了，“小罗斯—天堂镇一号井”！

工头上前迎接老板和小老板，说一切都准备好了，兔宝看见了保罗，跟工人们站在一起；还看见了鲁思，和她的家人们一起。兔宝上前问候，他真高兴又见到他们一家，甚至高兴见到沃特金斯老先生，虽然一想到他那恐怖的跳神还心有余悸。附近农场的邻居们都来了，兔宝已经差不多都认识了，一一跟他们打招呼。这些人怀着复杂的心情，一方面羡慕随喜这工程，另一方面也为自己当初怎么把地卖了而懊恼悔恨。但人们都喜欢小罗斯先生，这个幸福的年轻人。就在他们喊开机之前，一辆光亮夺目的豪车开了过来，人群分出一条小道，天，是伊莱！“第三神启”的使者、先知，身着白衬衣、黑领带、黑色绒面呢西装，不太合身但看得出价钱不菲。车里接着出来一位老富翁，两位美女搀扶着，很可能是伊莱刚治愈的改宗教友。四邻们都敬慕地看着，有那么一两分钟，大家几乎忘了油井的事，精神的力量占了上风。

父亲上前和“先知”握了手，相逢一笑泯恩仇。兔宝有点惊讶地看到父亲示意要说话，通常除非被迫，他都不做演讲的。但罗斯先生有一股邪性的智慧，不知什么时候会冷不防冒上来，让局面戛然为之一变。父亲面对众人，清了清喉咙，扬声道：“女士们、先生们，我们今天在这里打井，非常荣幸，因为这里是伊莱·沃特金斯先生的出生地，我想此时此刻他一定有话要说，让我们欢迎……”一阵热烈的掌声中，伊莱面带笑容，上前两步，双手在胸前握住，以表示祈福，抬头半眯着眼，以沉厚的嗓音说：“兄弟姊妹们，在这座山上，我曾放牧牛羊；就像古时的先知们那样，谛听到了圣灵的呼唤。他在风雨雷电中呼唤我，对我说话。兄弟姊妹们，上帝以多种方式显现他的旨意，赐福给众生。我们脚下这片土地中埋藏的宝藏就是这样，这是他的恩典！物质最终服从于精神，财富最终也要服务于主。让我们祈祷矿井取得成功，它的主人和所有工人都得到保佑，阿门!”人群中响起一阵“阿门”的和声。于是，为了这口井的诞生而犯下的所有欺骗和贿赂，都被赎清洗净了。兔宝握住发动机手柄，父亲说，“开始吧!”他往下一扳，一连串的机器部件和人都运转了起来。

Ⅵ

钻到二百英尺的时候出现了薄油层，这就是兔宝发现的地震油迹的来源，但产量很低。他们继续向深挖掘。保罗现在对矿上事务都很熟悉了，帮助干了很多事情。“老爸，咱可以把保罗培养成我们的总经理!”兔宝有天当着父亲和保罗的面说。保罗笑了，说他的志向是当科学家，而且他可不觉得当他们的总经理是个轻松的职业，他还是朝九晚五过普通人的日子吧。这话微有恭维之意，听在父亲耳朵里格外受用，对保罗的评价又上了好几个台阶。

感恩节来临，兔宝感到很为难，假期有一场高规格的校际足球赛，埃玛婶婶希望他参加，兔宝左思右想后决定：他要跟父亲去天堂镇，现在正是打鹌鹑的好时节，父亲该放松一下了……他这么跟埃玛婶婶解释。这位犀利的中老年妇女回答：就算兔宝骗得了自己，也骗不了她。

这次他们没带多少东西，因为拉斯卡姆农场的小木屋里什么都有了，而且还有鲁思帮他们料理一切。她一下厨做点心，父亲第二天就得在山上来回走好几英里（减肥）。最先当然是去看油井，地质很硬，钻得很慢，又有了含油层，但父亲仍叫继续向深挖掘。

某天他们又去巡视矿井，还没到边上就觉着不对劲，工头跑过来报告："罗斯先生，出了意外情况……"

"什么情况？"

"有人掉进井眼里了！"

"什么？！"父亲喊起来，"天呐，谁啊？"

兔宝整颗心都停摆了，他第一个想到保罗。

"一个叫乔·岗达（Joe Gundha）的工人，刚来的您不认识。"

"怎么掉进去的？"

"不知道。我们在换班，没人注意他。"

"你确定他掉进去了？"

"确定，我们用吊钩捞到他的衬衫。"

兔宝脸色煞白："老爸，他还能活吗？"

"多长时间了？"

"一个多小时了。"

"有声音吗？"

"没。井底是泥浆，如果不是头朝下掉进去的应该会有叫声……"

"我的天，我的天！"父亲嚷道，"我真不想干了，这都是些什么蠢人！"这话兔宝听了千百遍了，有时候工人笨手笨脚的失误确实气人，但这么严重的还从没发生过。

“他有家人吗?”

“他跟保罗·沃特金斯说过，他妻子和孩子都在俄克拉荷马州（Oklahoma），他以前在那边做事。”

父亲瞪着眼，一动不动，没人再说话了。大家都知道罗斯先生骂归骂，心里还是很在意给自己干活的工人们。能照顾这么一大群人是他尊严骄傲的一部分。兔宝非常难受，天呐，在他的井里！他的第一口井！这完全毁了他欢欣鼓舞的好心情，就算打出油来也不会高兴了。

“那么，”父亲终于开口了，“你们在干吗？还在用吊钩钩吗？这能把人弄上来吗？赶紧下三叉抓斗。”

“我想那可能会把他抓坏，所以……”工头迟疑着。

“我知道，”父亲说，“但没别的办法。活的可能性不大了。把他捞上来要紧，工人们都参与，吸取教训。”

父亲说完拉着兔宝回到车里，对他说鲁思还在家等着他们开饭，得告诉她这消息，说不定她还认识那人。兔宝明白父亲是不想他在现场眼睁睁看着尸体被捞上来。他在现场也确实干不了什么，于是跟父亲回去了。然而在车里，他脑海中想象的画面更恐怖。黑洞洞的井底，尖利的抓手钩可能扎进乔·岗达的大腿、可能抓在他的胸口，还可能直穿他的脸部……啊！

父亲躺在木屋里歇息，电话通知，人捞上来了。接下来几天，验尸官和调查人员来到矿上，一些工友录了证词，随后接到安葬许可。保罗去收拾了死者的东西，整理成箱准备寄给他妻子。父亲在装箱前拿了几封他的家信去看，看完觉得有必要让兔宝也看一看，不要以为赚钱很容易，或是觉得生命是场游戏。兔宝躲到一个安静的角落里读了，他妻子歪歪斜斜的笔迹写着；苏西（Susie）自从得了流感，心脏很弱；小宝宝又长了两颗牙，最近显得特别烦躁；玛丽（Mary）姑姑刚来看过她，说威廉（Willie）在芝加哥过得很好……信的署名处有妈妈、苏西和宝宝献吻的可爱画符。信里有一句话让父亲和兔宝深感欣慰："你老板这么好，我真高兴。"

整个感恩节都弥漫着忧郁的气氛，鲁思准备的很多，但大家吃得很少。生活真是说不清道不明的东西，如果兔宝没来天堂镇而是去参加足球赛，那么当可怜的乔·岗达一不小心跌进他的命运时，他可能在绿茵场上大声欢呼庆祝，而现在他会在一场衣香鬓影的舞会上，可能跟姐姐伯蒂一起，她永远不会错过感恩节期间的各大舞会。在意念之眼中，他仿佛看见了她穿着柔软微微发光的丝绸礼服，露着光洁的肩膀，带着美丽精致的妆容，或小口抿着香槟，或在阿什利·马修（Ashleigh Mathews）的怀里翩翩起舞，那是她最近爱上的年轻人。埃玛婶婶也会好好打扮一番，去参加各种聚会和牌局。奶奶会在家里创作各种贵族题材的画作，穿着白色长筒袜的公爵在舞会上亲吻贵族小姐的纤纤玉手……生活真是奇怪，而且残酷。你很可能闭缩在一个舒适的小圈子里，君子远庖厨，但凡能引起刺痛的异物，都不会出现在你的世界里。比如欧洲战场上那些正在死去的人；在心理上感觉他们离你非常远，比昨天杀死的那些鹌鹑还要远。

出事后父亲给乔·岗达的妻子发了电报，遗憾告知她丈夫的死讯。并给她寄了张一百美元的支票，帮助度过这段艰难的时期。最后又给她写了封信，详细说了这边处理后事的经过；告诉她，她丈夫的遗物已经整理成箱，不久就能寄到家中；父亲给每个工人都买了保险，岗达太太可以从保险公司那儿取得一笔钱，名目为“因公意外死亡”，数目大概在五千美元左右。父亲建议她，如果不放银行，最好买政府公债，有保障，不要被那些石油股票或者任何“高回报”的投资骗术把钱套了。就这样了。父亲在打鹌鹑的路上把这些跟兔宝讲了，他们只能帮到这些。兔宝点点头。他越发不喜欢打鹌鹑了，那些带血的小生命让他忍不住想起可怜的乔·岗达，还有战场上大批死伤的战士们和他们血肉模糊的肢体。

Ⅶ

感恩节后，转眼圣诞节又要到了。兔宝早做好计划，这次他要先带父亲去看他们校队的足球赛，然后第二天去天堂镇农场，待到新年再回海滩城。油井已经打到两千英尺，进入软泥页岩，一切正常。离圣诞节还有两个礼拜，兔宝从学校回到家，埃玛婶婶说：“你爸来电话了，说有了精益精集团的新消息。”

“什么消息?”兔宝叫道。

“他们打到油了。”

“在天堂镇?”兔宝冲向电话，又惊又喜。没错，父亲说，“精益精—卡特一号井”已经产油好几天了，消息一直瞒着，但现在开始水泥固井，瞒不住了。

兔宝开车奔向父亲的办事处，大家都很激动。晚间报纸也刊出了消息，商界的朋友们纷纷打电话来了解情况。“精益精”的喜讯意味着一片新油田的出现，天堂镇马上就要火了。大家现在才见风望利而去，父亲早已占尽先机，他在那儿拥有一万二千英亩土地！朋友们都赞叹加困惑，怎么看得这么准？父亲就笑答，其实是无心插柳啦，他只是想让儿子高兴，买些地教教他怎么做生意。不过看起来是儿子给他上了一节找矿课!

学校还没放假，兔宝根本无心上课，想请假，父亲说不行。兔宝说那圣诞节前的校队足球赛，就不去了吧。父亲说他一大把年纪从没去看过什么足球赛，也活得挺好！于是兔宝释然，立即给鲁思写信，告诉她他们圣诞前夜就会到，一起共进晚餐。

“小罗斯—天堂镇一号井”已达到2300英尺深度，开始进入紧张时期了，因为“精益精—卡特一号井”的产层在2437英尺深度。圣诞节前的两三天，他们成功打到储油层，父亲电话传令准备固井完井。兔宝一放假就赶回家收拾行李，跟父亲赶往天堂镇。

路过圣埃利多县城时，父亲说，“咱们顺道去跟杰克·科菲先生道声谢。”他们停在那所仓库前，里面的职员说，科菲先生不在，他去“精益精—卡特一号井”那边了，发生了大井喷，石油淌得到处都是。兔宝和父亲坐回车里，父亲大笑道：要是淌到公路上，遇明火烧起来，能一路烧进沙漠。交警肯定都在那儿集合了。他们飞车很快到了天堂镇。

Ⅷ

他们先去矿上看了，秩序井然。父亲幸灾乐祸地想他们一定比“精益精”干得好，给那目中无人的“五大集团”一点颜色瞧瞧。然后去拉斯卡姆农场，跟鲁思和保罗一起吃晚饭，他们聊了些最近的新闻，伊莱搞了很多钱，要建自己的教堂……

饭后又一同散步到了矿上，似乎那地方有磁铁，吸引着他们前去。当晚夜空繁星熠熠，一轮新月悬于中天，空气有些凛冽，兔宝感到自己是如此幸福，他将拥有的财富会使一切童话故事和阿拉伯传说黯然失色。

突然，传来一声震耳欲聋的巨响。兔宝从没听过如此骇人的声音，从头到脚感到一阵排山倒海的冲击波。他目睹套管头和井口整个儿飞上了天空，接着井下的钢管像糖果棒一样撒了出来。当然，兔宝和所有人一起都连忙逃命，向四面八方狂奔，他跑着跑着又回头望了一眼，油柱像特快列车从地底冲向天空，黑色洪水不断向外漫延，最恐怖的是这洪水燃烧了起来！一如火山爆发，赤焰和浓烟迅速笼罩了整个山头，火球热浪沿着地面翻滚乱窜，吞噬所有障碍物，井场设备全部烧塌，火光中依稀可见他们精心打造的木井架熊熊燃烧的骸骨。

父亲在混乱中集合工人，不停喊："有人受伤吗?"一遍遍地清点人数，谢天谢地，大伙都没事。他叫保罗赶快回农场叫他们一家出来，待在房子里不安全；让兔宝也跟保罗一起去。等他们奔到沃特金斯农场，发现他们一家早不在房子里了，正露天跳神。兔宝告诉他们疏散地点，"别拿东西了，快走!"保罗跑到羊圈那头去给山羊开门，没想到山羊早就挤破围栏、纷纷逃下河谷了。

兔宝回到父亲身边，父子俩坐进车里。黑暗中他第一次感到父亲对局面彻底失控。兔宝对"油矿火灾"这个业内梦魇早有耳闻，不能简单用水灭，高温条件下水会分解，提供助燃的氧气使火情更猛烈；必须用持续大量的密集水流去压，还要在井喷口罩引火钢罩。他听说过有一场大火，足足烧了十天才得到控制，大量原油就那么浪费了，至少烧掉几千万美元。

父亲考虑后决定铤而走险，用炸药结束这个噩梦，炸塌井口堵塞封闭井喷。密集水流和引火钢罩眼下都不具备，炸药倒可以火速运些来。父亲独自驱车去取炸药，叫兔宝跟着保罗。与此同时，工人们顶着热浪辐射，以矿上的水泥槽为屏障，沿着风向，从尽可能靠近井口的位置，在一条水柱的保护下挖掘地道，准备稍后去安放炸药。高温浓烟中，每个人只能挖几锹，就被熏烤得退下阵来，他们排成一排轮番上阵，保罗跟他们一起，兔宝也要去，工头大声叫他回去，他只好手足无措地站着，看自己的第一口井付之一炬。他们把战壕一点点向前推进，冒着生命危险继续靠近井口。兔宝突然想到父亲，他运着一车炸药，不能走新修的水泥路，那儿已经着火了，只能从砂地和石头山上开过来，在这黑乎乎的夜里！他想到种种不堪设想的危险，再也站不住了，去路口迎他父亲。

问了很多围观的人，都不知道父亲回来没有。正担心疑惑着，啊回来了！父亲和另一位兔宝不认识的先生匆匆走下车来。父亲把炸药取下来，叫兔宝去把车停远些。等兔宝回来，工人们已经去安装炸药了，炸药上有电子定时装置。等所有人都撤回安全地带，那个陌生人拿起机器扳了一下扳手。井口随即又是一声震耳欲聋的巨响，终于结束了。

山上还有油在淌，河谷附近还有火烧，那儿没什么，等它自行熄灭罢。所幸没有人受伤。但兔宝心里很受伤。他远远望向自己魂牵梦萦了多少个日夜的矿场，一蓬蓬跳跃未熄的余火，满目焦土、黑油和横七竖八的坍塌物。沃特金斯家的房子也烧毁了，什么都没了。如果兔宝还是个小男孩，恐怕早已痛哭流涕；但现在他只是悲伤地看着。父亲走到兔宝身边，一眼便猜出了大概，哈哈大笑："怎么了，儿子？难道你没意识到，你有自己的油田了？"

说来奇怪，兔宝确实还没意识到这一点。父亲给了他一个有力的拥抱："高兴点，儿子！没事，这只是个玩笑。你现在是亿万富翁了。"

"我的天，"兔宝喃喃道，"还真是。"

"咱们脚下有一片石油海，而且全是咱们的，没谁能抢走。还在乎烧掉这么点？"

"可是老爸，辛苦了那么久……"

父亲又笑了："别记在心上，我们会从头开始的。就当放了把圣诞节篝火，庆祝我们的大油田！"

第七章　罢　工

I

一年又过去了。从天堂镇通往郊外的公路旁，树满大大小小的广告牌，棚屋帐篷随处可见，承包开采、土地买卖生意蓬勃兴旺。伊莱那神圣宏伟的教堂建起来了，旁边就是一口油井，投建机构也很神圣宏伟，“第一国民银行”。放眼整个山谷，最寻常的风景便是雨后春笋般的高耸井架。石油业带动了地区的方方面面，“最好的矿物质泉”水畔也盖起了度假酒店。

沃特金斯农场及河谷附近已经立有十四口矿井，大批油桶摞在石头山下，还有新的工人宿舍和办事处。父亲给沃特金斯一家重新盖了房子，他们把山羊都卖了，一面种蔬菜和草莓一面养鸡，蛋肉果蔬卖给工地上的食堂，另外还设了个小摊子，出售沃特金斯太太和女儿们烤的蛋糕点心和自制小吃。生意极好，矿工们常来狼吞虎咽，边吃边灌些廉价的软饮。只有一点不方便，买不到烟，据说违背“第三神启”的教义；不过别的工地上都有卖。

新的工人宿舍坐落在一排桉树下，有六间大浴室，非常充足。但让兔宝感到遗憾的是，矿工们很少去他执意设立的阅读室，哪怕那屋子被鲁思的巧手布置的格外怡人，那些高水平的文化杂志几乎无人翻阅。兔宝问保罗这是为什么，保罗说，工人们工作时间太长，他自己每天工作八小时做木工活儿，还能抽出时间看书；但大多数矿工都是两班倒，每天工作十二个小时。不难想象他们下工之后除了吃顿饱饭、躺下睡觉之外，什么都不想干。这问题应该解决一下。

保罗现在是首席木工了，主管工人住房的建造，集体宿舍是暂时的，石油开采可能要持续多年，得让成家了的工人们把老婆孩子接来过日子。如今已经建成了四十所工人住房，每所的成本在六百美元左右，面向工人的租金是每月三十美元。住房配备水电燃气，这些不另收费。没人知道这些家用服务设施实际算起来要多少钱，所以没人能判断这租金是否合理。父亲觉得合理，因为工人们携家带口住进新房都很高兴，作为一个生意人，租赁双方都高兴就是合理。

还有一件事，兔宝非常想改变。为什么油矿工地的里里外外一定要那么粗陋呢？至少工地的生活区应该整洁美观些。他和鲁思一道开车去了圣埃利多县城里，事先没跟父亲打招呼，到园艺苗圃处订购了一百棵盆栽相思树，还有两百株藤本蔷薇。现在工人宿舍被年轻的相思树包围，输油管上爬满蔷薇花。鲁思的新工作是侍弄花树，每月抽一天叫一个工人来集中灌溉。兔宝也终于找到理由，强迫鲁思收下每月十美元的工资。兔宝坐在自己设立的阅读室里，观赏户外的绿意，感觉自己是块社会改革家的料，正致力于改善劳资关系。

兔宝十八岁了，身材偏瘦，但体格很好，而且颇有跑步的天分。依旧是晒得棕棕的皮肤，头发自然卷儿，嘴唇仍像女孩那样柔软红润。他是个外表活泼内心严肃的年轻人，准备好操控巨额资本、指挥千百工人。他在学校很用功，教材上的知识哪怕只有十分之一有用，也应该掌握。每当兔宝学到与自家生意有关的内容，回家便会与父亲讨论，听听他的意见；到了天堂镇又会与保罗讨论。比如他在书上读到，劳资双方并无本质的矛盾都是工业社会必不可少的组成部分，是互相合作的伙伴……父亲对此没什么异议，只不过照旧说这又是些理论空话。他说大多数工人都很无知，他们不知道自己提的某些要求是雇主实现不了的，否则工厂整个垮了，谁也得不到好处；工人和雇主难免有矛盾争吵，这没办法。父亲没空先天下之忧而忧，思考这论题的解决之道，他太忙了，这片广袤的土地上，还有太多新井等着他建造！

这有些讽刺，原先父亲来放松休息的地方，现在成了他最不能放松休息的所在。每天都有大堆常规事务要处理，另外，父亲开始考虑更上层楼，开自己的炼油厂了。有几个大资本家在同他联系，希望成立一个大集团公司，立足这块油田打造一个石油帝国，集开采、精炼、输送、销售于一体的庞大产业。父亲在斟酌要不要现在做，还是等以后留给兔宝去做？儿子很快该接手生意了，要不要一下子把这么重的担子压到他肩上？或者可以请人帮他分担一些？他会像保罗那样愿意学这么多新东西吗，包括从未接触过的石油蒸馏加工？

Ⅱ

兔宝对劳资关系的思考可不止停留在理论探讨，他在天堂镇过圣诞节，发现保罗好像有什么严肃的事。果然保罗问他，罗斯先生对工会有什么看法？天堂镇的木工业里有一位工会组织者，保罗和他进行了接触，认为他所说的非常有道理，决定加入工会，他手下的一些工人也秘密加入了。但保罗觉得，以罗斯先生的为人，不应该向他隐瞒此事。兔宝说父亲对工会没什么特殊的好恶，应该不会反对保罗加入工会。当晚，他们在饭桌上把这个话题正式提了出来。

父亲说，他相信“组织”能够带来力量和效率，他做事向来重视群体合作，工人们团结起来没什么不好，至少在理论上说得通。但在实际上，父亲说，据他的观察，工会往往成为滋生另一种特殊阶层的温床，工会里掌握权力的人脱离原来工作，渐渐就忘了本，不真心为工人们谋福利，而是为他们自己谋福利。本来工人们没什么不满意，但这些工会领导者出于这样那样的目的，喊话煽动工人抗议，有时完全就是为了证明自己作为工会领导者的存在和权力！

保罗说，这不失为一种看问题的方式。但事情也可能以另外一种形式发展，工人们自觉地感到不满，工会是帮助双方解决矛盾、进行理性的程序化沟通的协调者。这就像在马市上，买马的和卖马的讨价还价；在工业上则是一方在出售劳动力、另一方在购买；讨价还价的权利是双方的，不能一方说了算，应该有相应的组织来代表工人与资方谈判。

父亲露出不爱听的神色，因为这种观点让经营者面临更多麻烦，生意人不喜欢麻烦。他再次对“代表”这个动词提出质疑。他不看好工会，最主要的原因是它实质上剥夺了一个美国公民的个人选择，把他变成了一台机器里不由自主的一部分，而操纵机器的无非是些官员政客贪污受贿者，这他见得多了。这个国家富强兴盛的根基是工商业，应该得到保护、不应被随意破坏。

保罗指出，几年前，罗斯先生会付比一般行价更高的工资，为了招到最好的工人。但自从他开发了天堂镇油田，加入了那个“石油商会联盟”（Petroleum Employers' Federation），规定就不允许他这么做了。这可不能说是给劳资关系的另一方带了个好头。父亲承认确有此事，随即争辩说他并没有少给任何人其所应得的工资，他的产业发展得太快，老工人都被提拔到了更高的岗位，招进来的新工人，能力没法跟以前的比，就值一般水平的工资。

不过在保罗的穷追不舍下，父亲也承认，加入那个“石油商会联盟”确实对他的个人决策产生了限制，但他还是自愿加入，因为各大石油开发商和运营商之间确实需要一个组织，保障良性竞争，而不是自相残杀。他也承认，如果他处在工人的位置，或许也会觉得有组织工会的必要。

保罗称赞说，如果所有雇主都像罗斯先生这么明理就好了；但遗憾的是事实并不如此，一些资本家除了金钱和权力无所顾忌，工人们如果没有组织就没法保护自己。为什么木工每天只工作八小时？因为这个行业在全国范围内有很好的行内组织和规范，就算有人付更多的钱，也很难集中一批木工让他们额外多干。而矿工就松散缺乏组织，因此在工作时间等各个方面都没有保障。每天工作十二小时是很不合理的，这也是兔宝的阅读室形同虚设的原因。保罗说这话时面带善意的微笑，希望他们不觉得太刺耳。

父亲说，现在就算他想，也没法给矿工安排八小时工作时间，因为“石油商会联盟”要求步调一致。他们收去了他的个人选择权，也收去了他对工人表示这份尊重和善意的机会。保罗回答，相信过不了多久，“石油商会联盟”就不得不正视这个问题了。因为天堂镇的矿工们如今已经组织了起来，“天堂镇石油工人联合会”（Oil Workers' Union），罗斯先生可能也有所耳闻。父亲说他听说了，并且还说“石油商会联盟”给他发了统一告示叫他贴上。他觉得不必这么大惊小怪地防范，如果他的工人们要加入工会，那就加入好了，他自信能跟他们和平相处。他了解他的工人们，他的工人们也了解他。

保罗说，罗斯先生他们应该理解，物价在上涨，工资却没涨，工人们难免有怨言；把工会当敌人是非常短视和不明智的，因为工会提供的是理性的抗争渠道，而如果没有这样的渠道，客观上就把工人赶向了非理性的 IWW① 那边。父亲吃了一惊，他知道这个组织，非常危险，几乎是群无政府主义者，教唆工人破坏工地、砸毁设备甚至纵火。他问保罗：IWW 已经渗透到天堂镇了？保罗说他无法讨论这方面的事情，因为在工人一方看来属于告密。但可以说的是，哪里有密集的劳工，哪里就有 IWW 的人；很难甄别、排除他们，唯一能做的就是建立公平的对话机制，让他们破坏性的影响力难以施展。

保罗一如既往地好学，读了很多关于劳资问题的书；他还与天堂镇工人联合会的领导者探讨过许多问题，受益良多。那天饭后，兔宝对保罗所知道的非常感兴趣，他想见见那人。父亲是不是也想见？得到的回答是：事太多了，等有空再说。自从进驻这片油田，这话就成了他的口头禅，父亲总自欺欺人地以为他过一段就会“有空”。但他不介意兔宝去见那工会

① 世界产业工人联盟（Industrial Workers Of the World），简写 IWW。

领导，多见见吧，估计以后且得跟这些人打交道呢！

那人名叫汤姆·阿克斯顿（Tom Axton），前两天刚被“精益精石油公司”正式开除，整个天堂镇的油矿开发商都知道他在四处拉拢矿工加入工会。他很愿意和兔宝见面，不过事先声明会面丝毫不会影响他对罗斯先生矿上工人的组织工作。阿克斯顿邀请兔宝，早上在罗斯矿区的那间阅读室里会面。此次会面在工人中引起的轰动堪比那场大火，工人们都趴在窗户外向内窥探：这就是那个组织工会的！按理他应该神出鬼没、刻意掩饰行踪，悄悄出现在工地，秘密找工人谈话；可此时此刻他大摇大摆地来了，大老板的儿子也愿意跟他坐在一块儿说话！

汤姆·阿里斯顿是个结实的大块头，说话很慢，嗓音温和，有点南方口音，他看起来很有气魄。据他推断是“石油商会联盟”前阵刚派打手揍过他，差点把他打残；他在南加州好几处地方组织工人活动时都有过这种遭遇。兔宝听了很惊讶，他没想到会到这种地步，不知如何应答，只好说，他敢担保他父亲跟阿里斯顿先生挨打一事无关。阿里斯顿笑了，他已经跟保罗谈过，了解了很多情况：“您父亲以为掌控工会的都是贪污腐败之徒和自私自利的寄生虫，我希望他对自己所属的‘石油商会联盟’能有更深的认识，认清掌控商会的都是些什么人、都干些什么事。据我所知，您父亲很少关注他所属商会的事情；就像多数工人很少关注自己这个群体的事情。”兔宝承认此言不虚，父亲从来不参加商会的例会。

就在昨天，天堂镇的维克多石油集团又开除了十四个工人，就因为他们加入了工人联合会，有奸细告密。阿克斯顿说：“就目前的整体局势看，我可以坦率地告诉您，不久就会有一场大罢工。争取每天八小时、三班倒的工作制，以及其他诉求。您父亲需要考虑清楚，到时候，是单独和他的工人一起协商解决问题，还是跟他的商会联盟一起，让那些大头头说了算，把他拖进这场劳资对抗的困境里。”

Ⅲ

这是1917年的冬天。欧洲战场上，“协约国”控制了主要海域，对德国的海上封锁异常严密，德国展开无限制潜艇战，并罔顾与美国的事先协定，不加警告击沉商船客船。国内舆论大哗，群情激奋，人们普遍预测，美国即将对德宣战了。

对油商们来说，在此关头，工人们为争取“八小时工作制”和涨工资而举行罢工，简直是不爱国的卑劣行径。国家要打仗了！比任何时候都更需要石油！罢哪门子工！但工人的观点是，既然雇主们不会主动让步，只会被迫让步，那没有比这更好的罢工时机了。战争会让物价飞涨，也会让油价飙升。老板们财源广进，工人们没钱买米。涨工资是对工人唯一公正的对待。油田的大小矿井工地上都是矿工们集会的身影，工会曾在二月底向各大石油公司首脑致信，请求召开劳资协商会议，遭到无视，于是工会决定组织罢工。

三个工人代表来见父亲。一个是他的旧手下，另两个是新招的，都相当年轻，矿工这行很少有三十五岁以上的。他们把帽子拿在手里，有点不好意思、然而态度非常坚定。他们都很敬爱老板，罗斯先生很公道，希望这次他能明白，工人们的诉求是正当合理的。他们请罗斯先生做个表率，实行新的“八小时制—三班倒”时间表，这样他的矿上就可以不受影响。一旦罢工开始，必定扩散持续；原油供不应求，价格肯定涨得更高，罗斯先生赚的要远远多于他给工人们涨的工资。如果罗斯先生和“石油商会联盟”保持一致，那他的工人们也不得不选择和“天堂镇矿工联合会”站在一起。但父亲说，他既然加入了商会联盟，就不得不遵守商会规定，如果这个时候他背弃自己的队伍，招来的敌意和恶名可能让他以后再混不下去。他能做的，是在商会联盟内部劝说他们与工人和解。他个人认为八小时制一三班倒工作制很合理，也愿意根据物价上涨幅度适当提高工人工资。三个工人代表对罗斯先生的态度和答复都很满意，轮番上前握手。

凭罗斯先生的心而论，他其实不愿意给予这种态度和答复。他珍视自己的财富和事业，还有太多事情等着他干，工人们完全在添乱，他跟商会联盟的同道们没有分歧。但是他得考虑兔宝，这个小理想主义者特别关心工人们，工人们也非常喜欢小老板。他对此感到骄傲，因为儿子与工人之间建立的这种情感纽带是他都不可能做到的。另外还有保罗，保罗明显站在工人们一边，而兔宝几乎把保罗当作家里人看待。出于这些内因，父亲不得不向工人代表承诺，在商会内部帮他们做工作。

他破天荒去参加了商会联盟的例会，这次会议从晚上一直开到凌晨一点。第二天是周六，兔宝从学校回到镇上，问了情况。原来多数独立石油公司的老板都跟父亲一样，不管事、听将令，商会的核心决策都掌握在五大集团的领导层手里，商会主席就是精益精集团的老总，还有一伙跟屁虫，亦步亦趋跟着他表决投票。几乎就是独裁天下，父亲说。

兔宝询问每一个细节。会上，父亲已经旁敲侧击向他们传达了和工人对抗的弊端，并发现了两个跟他立场一致的油商，虽然他们表现得很委婉。但五大集团的人视他的言论为怯懦变节之辞，虽然当面说得比较含蓄。根本没法跟他们讨论工会，还不如去拿头去撞墙，父亲说。他转述了决策层冲他喷射的连珠炮，工会意味着什么？意味着失控、移权、敲竹杠、罢工、骚乱、社会主义。

“那他们想怎么办？”

“一句话，要把工会扼杀掉。”父亲道，“我在会上半开玩笑说，是咱们商会要罢工啊，不赚钱，去对付工会。主席弗雷德·瑙曼就瞪着我，这是你说的！可以这么说，他们罢工，我们就罢工，击垮他们的组织。维克多集团的副总拍桌子说。然后本·斯卡特插话……”

“本·斯卡特？”

“没错，他也在。他现在是商会联盟的‘调查员’，就是监视各方动向的探子。他探听到我跟工人代表说的话，当堂质问我，知不知道这些话是长他人志气、灭自己威风！工人们听了深受鼓舞啊！我回敬他，我这个人向来怎么想就怎么说。就算报社记者来问我，我也那么说！瑙曼先生嘿嘿冷笑嘲讽，说恐怕没有报社记者会去问您啊，罗斯先生。”

当然没有，报纸根本不给工人一方发声的机会。五大集团领导层提供了一个事件官方版本，所有的报道、评论都不越出这个范围。商会同仁意见高度一致，众志成城，值此战前非常时期，全国各界应团结一心，努力在自己的岗位上为国奉献，切勿滋事。

“那怎么办啊，老爸？”兔宝问。

“我能怎么办？”父亲黑着脸说，他看起来很疲惫，会开得太晚，散会后可能也睡不着了。

“就任由那些人操纵我们的事？”

“没办法啊，儿子。我没势力跟商会联盟对抗。”

“可你有那么多钱、那么多油！”

父亲不得不再次跟兔宝解释现代商业的运转法则，他有很多油，但大都还藏在地底；他有千百万美元在银行里，但那是干这行生意所需的资本。没有一个商人会说他的钱够多了，因为生意像滚雪球，越滚越大。某种意义上，商人们一直在做“未来”的生意，他们把钱放进银行，银行贷给他们更多的钱，去做更大的生意。父亲现在开发这片油田，花的钱早就超过他以前积累的资本，正常运转依赖于下个月、下下个月、明年……的预期产油收益。他对这个预期收益有把握，银行根据既往信誉和评估，相信他的预期。整个链条运转下去的基础，是未来的钱会来。但倘若他去跟商会联盟对抗，就意味着自绝于加州各大银行，自绝于自己苦心建立的一切。相关行业之间互相连锁渗透，圈子并不大，弗雷德只要打十几个电话，就没一家银行会贷款给他；至于其他供货渠道，哪怕拿着现金都可能寸步难行。

兔宝听了非常失落，他以为父亲富可敌国，并且独立自主、说一不二。“为什么我们连自己的生意都不能做主？我们连自己的灵魂都不能做主！”父亲不得不再次重申，生意有生意的法则，跟茶叶党那套不一样。另外，总有人想夺走你的钱！光脚的比穿鞋的危险，有钱人不得不抱团。这听上去可能很残酷，但社会生活的本质就这么残酷；跟欧洲战场一样残酷。

直到离开人世的那天，父亲也没能弄懂儿子奇特的思维方式。父亲能自然而然加以顺应的东西，兔宝总郑重其事地琢磨。父亲的头脑分成两个区间：“正确的”和“实际存在的”。既然存在了，那就得接受、服从它的规律，哪怕不情愿也要捍卫它。但兔宝的头脑只有一个区间，“正确的”。如果“实际存在的”不是正确的，那就应该把它变正确；否则区分正确和错误还有什么意义?

Ⅳ

父亲去矿上，跟工人代表说了情况，当然不是全部，只是告诉他们，他已经劝过商会同盟与工会和解，但那些人不听。他不能违背商会规定，只能祝工人们好运。如果他们要参加罢工，他也只有承受停产造成的损失。他说工人们可以把罢工当作一次假期，等结束了就回来。他不会为此开除赶走任何人；工人们依旧住宿舍，前提是保持秩序，不破坏任何东西。他能做的只有这么多了，希望大家理解。工人代表说，他们理解，并且非常尊敬感激罗斯先生；三个工人在大老板面前都露出不好意思的谦恭神色。

大罢工很快开始了。工人们唱着歌儿列队游行。只有十分之一左右的矿工参加，但已经足以停滞生产了。大军很快聚集到天堂镇镇上，当地居民和农场主们也加入了，他们都同情工人。汤姆·阿里斯顿做露天演讲，申明矿工对现状的诸种不满和与之相对的若干诉求。并强调，罢工必须有序进行，不能造成混乱、更不得出现违法暴行，失去广大民众的支持。这并不容易，因为“石油商会联盟”不断企图挑衅激怒工人们，诱使他们动粗；维持秩序的警卫中有不少人背负这一秘密任务，他们很多是临时雇佣的地痞流氓。

街上扎满了露宿帐篷和小棚屋，显然大多数石油老板拒绝给参与罢工的工人提供住处。所幸多数工人还没来得及把妻儿接过来，他们通常得先攒一段时间的钱才能办这事。兔宝周六早上开车从学校回镇上，彼时第一波抗议热浪已经退潮，天下着雨，工人们挤在街边的商户门廊下，或是成群躲在小棚子里，看上去很惨淡，罢工开始显现出浪漫激情的反面。他发现各个矿区都有警卫武装把守，开到自家矿上也是同样场景，兔宝感到一阵刺痛，进门就问父亲：有必要这么防范自己的工人吗？

“当然了，儿子。”父亲正色道，“矿上设施价值三百万美元呢，能不保护吗？”

“这些警卫从哪儿雇的？”

“不用我们雇，商会联盟统一雇的。”

“我们不能雇些自己的工人来当守卫吗？”

“雇工人当守卫？别开玩笑了。保险公司会立即跳起来把意外险的单子扔回我面前。然后只要再来一场火灾，你老爸就玩完了。知道吗？”

是的，他知道。他知道整个世界是一个精心编织环环相扣的残酷体系，对抗正义与友善。他和父亲都是这体系的一部分，并且别无选择必须维护它！

父亲继续埋头处理文件，兔宝一言不发地坐在那儿思考。他知道父亲操心的事非常清晰明了，这块油田现有十一口产油井，每天产油三万七千桶，也就是每月两百万美元的净利润。父亲以前每天规划在这些收入的基础上如何发展壮大，现在每天规划在没有这些收入的基础上该怎么运作，父亲并不好过；他的儿子还心向罢工者。

V

保罗也去参加罢工了。罢工队伍主要由矿工组成，木工群体并没有参与。但保罗认为他有责任和矿工们一起，他们中受过教育的人不多。他向罗斯先生递交了辞职书，暂时或永久的，视情况而定。罗斯先生只好尊重他的选择，并说保罗可以在罢工结束后随时回来。

兔宝去拉斯卡姆农场看望鲁思，她不在，也跟哥哥去镇上参加罢工了。他们仍然住在那所房子里，鲁思仍然负责给罗斯先生收拾小木屋。他们把矿上的小摊撤了，在家把蛋糕点心馅饼等食物做好，沃特金斯老先生套车，送到镇上卖给罢工工人们；他们不卖给警卫，拿钱买也不卖。米莉喋喋不休地讲着。兔宝听了有点窘，说他也很讨厌那些警卫。米莉说矿上警卫的头儿还不错，但他手下那些人就坏多了，整天醉醺醺的，口袋里随身揣着威士忌。她爸爸担惊受怕，不准女孩子单独出门。

厨房里飘来姜饼的香味，兔宝还没吃午饭，米莉和萨蒂留他在这儿吃。他们仨围坐在一张小桌前，吃了炒蛋、马铃薯、黄油面包、姜饼，又吃了些草莓。保罗建议种植的那片草莓地，主要是鲁思在照料。她和兔宝同岁，如今也是个十八岁的大姑娘了，女孩总比男孩更显成熟。金发高高绾在头顶，她在厨房忙活的时候尤其美丽动人，脸颊散发红润的光泽，露出在自己领地游刃有余的从容，会告诉你老实到外面坐着，别进来帮忙，那是添乱。一双清澈的蓝眼睛总那么真诚地看着你，让人忘记这世上还有欺骗和敌意。

对了，兔宝又谈恋爱了。这次是跟一个富家女。尤妮丝·霍伊特（Eunice Hoyt）是个复杂的姑娘，有时很难猜透她的心思，让人又是欢喜又是愁。而鲁思……鲁思是个简单的女孩，她的存在总能给人带来抚慰，像安息日的清晨。鲁思没什么纠结的人生思考，她知道只要相信哥哥保罗就好。比方说现在哥哥要支援罢工，她就给工人烤面包、做蛋糕，有钱买的就卖给他们，没钱的就白送。

兔宝又开车去了镇上，目之所及的景象无一不令他感伤。他碰不到保罗，因为保罗主要在罢工工人总部办公，兔宝不能去那儿，别人会以为他是资方的探子。如今他不再是众人艳羡追捧的石油王子，而是遭斜目而视的敌人。他如同明知自己身属不义之师的士兵，却无力倒戈。

星期天早上，雨过天晴，阳光灿烂。天堂镇街上人山人海，“先知”伊莱向罢工者布道了。大意是如果工人们皈依圣灵，就不必为工资这些问题而忧虑，自会有奇迹发生，正如主曾用五饼二鱼喂饱了五千人……真有工人当场改宗，高呼“阿门”。其他人对此冷嘲热讽一番，然后去学校操场集合，工人们每天在那儿开大会。兔宝把车停好，也混在人群里去了，正好听到保罗在演讲，兔宝感慨万千。这简直是足以写进天堂镇历史的奇观，沃特金斯家一门两领袖，同时搭台演讲，宣传两种截然相悖的信条！

其实伊莱不是有意压制罢工，也没想过帮助“石油商会联盟”。他的妹妹们在厨房里满头大汗用实实在在的手揉捏实实在在的面团，做成食物给工人们吃。伊莱则轻轻松松站在台上，大讲“五饼二鱼”的神迹。“那你倒是变啊！”台下有人不无讥诮地喊。伊莱回应说，众人没有信仰，而这是神迹显现的前提。底下又有人说，干吗一定要这样开始呢？如果先显现神迹，哪怕只变一片面包，众人立马都有信仰了。

保罗的声音沉着有力，讲得很慢，条理清晰，令人听后印象深刻。他从未受过演讲方面的训练，但思想成熟，言之有物，句句落到实处。保罗就目前局势咨询了许多律师，他告诉工人们，哪些是他们有权做的，哪些是他们绝对不能做的。罢工中如果出现一点点违法现象，都会授人以柄，让商会揪住大做文章。他们的未来、他们妻子儿女的未来，都取决于大家理性的坚持。八小时工作制意义重大，如果争取到了，工人就有更多时间学习、思考 、自我教育、提升社会地位，陪伴子女，进而让孩子们以后接受更好的教育。空谈民主、爱国是无用的，他们所进行的抗争是最大的民主、最大的爱国……工人们爆发出热烈的鼓掌欢呼，兔宝也忍不住想叫好，然而他悻悻地离开了。

Ⅵ

兔宝回学校了，从报纸上遥遥关注天堂镇的罢工。报纸上的说法也并不令他好过，称这是一起极其恶劣的对国家的犯罪。不仅长篇累牍地谴责罢工工人，还编造渲染了许多骇人听闻的罢工暴行。比如疯狂的罢工者拥堵在石油公司门口，咒骂一群协调员，其实是伙工贼，但报纸上可不这么称呼。又比如维克多石油集团报出的，派出的谈判代表遭罢工暴徒袭击，向他们扔砖头，多人受伤。“石油商会联盟”呼吁州长调遣民兵，前来保卫地方安宁。

百分之九十的人看过之后会相信报纸上说的，兔宝在海滩城的家人和朋友都是如此，他们觉得兔宝对此抱有怀疑简直不可思议。埃玛婶婶说这些人天生就是坏蛋，德国人也一样，说不定罢工是德国奸细在暗中操纵。女人们在俱乐部里聊此事的内部消息，只言片语都来自她们举足轻重的先生们那里，埃玛婶婶为自己能听内部消息而骄傲，这份尊荣是凭她小叔的财富才享有的。伯蒂还是老样子，和一群势利小人混在一起，众星捧月当公主。她屈尊去过一次天堂镇，也到了父亲办公的矿上，被那群脏兮兮的矿工盯得很不自在。她承认有勤劳朴实的工人，但不理解弟弟为什么对他们这么有感情。兔宝提醒她，“别忘了，我们也是骡马车把式的后代!”伯蒂争辩说，他们的父亲凭着杰出的智慧进入社会上层，跟那些工人可不一样，从骨子里就不一样。说不定祖上有好的血统，只是没法追溯罢了。

兔宝和伯蒂一见面就吵架，常吵不衰的话题之一便是保罗和他们一家。伯蒂坚持认为，保罗是利用兔宝的忠纯，摆出清高的姿态，像个长辈似的企图对兔宝施加影响。伯蒂在天堂镇的时候，听见他叫兔宝“小子”，完全在学父亲的腔调，多厚脸皮！听说保罗去罢工了，她好像得了证据，言之凿凿道：“看吧，我早说不能相信这些人！”等她渐渐发觉弟弟居然也向着罢工者，叛徒、小内奸、白眼狼……一连串指控都喊出来了。怪不得父亲冒着生命危险还待在那乌合之众聚集地，其他石油公司的老板早撤到天使城里了。原来是被宝贝儿子影响的，伯蒂说，要是父亲在那儿有个什么三长两短，兔宝要负全责！

父亲不久回家来，告诉家人，他财务上捉襟见肘，家庭成员必须削减开支，直到罢工结束一切恢复正常。这自然令伯蒂更不高兴，讽刺兔宝说，为什么不卖了他的车帮父亲渡过难关？父亲讲了矿上的最新情况，前几天夜里几个工人和警卫打了起来，事情说不清谁对谁错，但警卫总指挥威胁父亲，如果不把他的工人从宿舍和家属房中清走，他就把所有警卫从天堂镇撤走。最后双方折中的方案，是在工人宿舍家属房与矿上工作区之间架设一道八英尺高的铁丝隔网。伯蒂又嘲讽说，兔宝和“他的鲁思”又有地方种爬藤蔷薇了。这让兔宝感到非常刺痛，因为伯蒂的话一针见血，在劳资关系中他一直都在扮演着这样的角色——在铁丝网上种蔷薇。

父亲斥责了伯蒂，说工人们不是暴徒，只是眼下情势非常，罢工群体受到某些宣传鼓动者的刺激。伯蒂冷笑，难道他们的保罗不就是宣传鼓动者之一吗？她劝父亲赶紧回来住，别待在矿上，让沃特金斯家的姑娘给他做饭吃。她听说有些餐馆工因为不满意雇主，会在汤里下毒！多恐怖！父亲和兔宝哈哈大笑。伯蒂说就算沃特金斯家不会下毒，矿上还有那么多人呢，知人知面不知心。再说了，沃特金斯家又要给罢工工人做饭，又要给罗斯先生做饭，这让人家也很难做啊！罢工双方再搞僵些，父亲很可能自取其辱，没饭吃。兔宝反驳说鲁思是最善良的姑娘，绝不会让这种事发生的。伯蒂嘲讽地打断他："啊，你的鲁思，当然了……"

兔宝出门去不听她的奚落。他得承认，在姐姐自己的圈子里，她还是挺可爱的，漂亮、时髦、聪明、慷慨，有时心肠很软。她对朋友特忠诚，拿他们的事当自己的事；谁要有了麻烦，她能帮就一定会帮。平时常花心思攒局叫朋友一起玩。她的圈子里全是有钱人，她觉得这些人是跟她一样的生物，值得她平等真诚对待，也愿意进入他们的世界，分享他们的喜怒哀乐；而矿工或者其他什么工，则是另一种低级生物，属于另一个世界。他们给父亲干活，产油盈利，财富供她玩乐消遣，天经地义。她懂得如何优雅高贵地花钱，有那么一群人跟她有同样的能耐，她明里暗里得跟他们竞争，说话、行事、买东西。伯蒂每天凌晨两三点才睡，通常午饭之前都起不来，除非上午有约会。钱是用来换美好时光的，不然有钱还有什么意义？伯蒂如是说。她希望弟弟能懂这个道理，别一天到晚像个小老头似的。轻松点！愉快点！有个年轻人的样！他们都这么说，包括他的新女友尤妮丝。干吗背上那么多沉重的思想包袱，事实上你什么也做不了，世事运转自有定法，不容撼动。

Ⅶ

美国正式对德宣战。全国进入战时状态，报纸上都是从首府华盛顿、纽约以及欧洲各参战国首都传来的消息。天堂镇的罢工淡出了人们的视线。时不时地“石油商会联盟”会发出一两则短消息：警察逮捕了三名企图在矿上纵火的罢工者，德国奸细可能与此事有关。

父亲仍在天堂镇矿上，兔宝每天通过电话了解最新情况。五大集团的一些矿区开始复工了，他们加付工资雇了一批新人，基本都没什么技术，隔三岔五就出小事故，但无论如何，有些矿井恢复产油了。罗斯矿区仍处于停工状态，父亲每天都在损失大笔大笔的钱。同时还在商会联盟遭到排挤，同行们要么觉得他脑子坏掉了，要么觉得他是叛徒，或者兼而有之。五大集团当然乐见一个颇具威胁性的独立油商在空耗中倒掉，一面公开谴责他言行的恶劣影响，一面暗中不断给他找麻烦。兔宝的心被撕成两半，他知道罢工再持续下去父亲的境况就更艰难；可上千工人争取更好生活的艰苦抗争不该白白付诸东流。

罗斯矿区的工人与警卫冲突不断。兔宝每到周末都会去天堂镇看看，已是早春天气，山上绿意盎然，他种的蔷薇绽出蓓蕾。景色多么美……然而美景中的人却并不惬意。工人罢工，国家准备打仗，去对另一群人展开屠杀。这不是兔宝想要的世界。他的阅读室现在有人去了，工人们不仅看文化杂志，连广告都翻烂了。兔宝去看鲁思和米莉，米莉跟他滔滔不绝地讲各种乱象和闹剧，瞪圆眼睛很是兴奋，以前从没经历过这么多事。她们的面包现在卖得极便宜，因为工人们快买不起了。兔宝问到保罗，他现在进入罢工委员会领导班子了，还主编了一份油印小报叫《劳动捍卫者》（*The Labor Defender*）。兔宝从米莉那儿拿到一份，上面对罢工的报道跟他在海滩城报纸上读到的完全两样。

兔宝在哪儿都不高兴，除了在沃特金斯家。他常去帮鲁思和妹妹们做面包和各种吃食，也算为罢工尽一点绵薄之力。在厨房里，他们有时谈论认识的工人们，更多时候边揉面团边嬉笑打闹，年轻人凑到一起总是这样。然后等沃特金斯老先生赶着空车回来，他们给他装满一车食物，有时米莉和萨蒂会陪爸爸去送货，兔宝和鲁思留在家里。

星期天，罢工工人在学校操场集会的时候，兔宝常常夹在人群中去听。某天他看见了保罗，保罗也看见了他。等人群散开后，他叫住兔宝："我想跟你谈谈。"他们沿着一条僻静的路慢慢走。

保罗没时间拐弯抹角，上来直奔主题："是这样，我想请你跟我妹妹保持距离。"

"保持距离？"兔宝叫起来，停住脚步瞪着保罗，"什么意思？"

"米莉说你最近常去家里。昨天快晚上了，你还跟鲁思在一块儿……"

"她一个人在家不安全！"

"我们都能照顾自己。希望你明白，我不愿意我妹妹跟任何富家子弟厮混。"

"可是，保罗！"兔宝震惊而忧伤地解释，"我跟鲁思没什么，不是你想的那样。"

"我只想表明一点，谁要让我妹妹受到一丝伤害，我保证会杀了他，没商量。"

"可我真没往那方面想过！听着，保罗，我跟你说，我现在正谈恋爱呢，真的，跟学校里一个女生，我在认认真真谈恋爱呢！"兔宝的脸一下子羞红到耳根，看起来不可能是撒谎。

保罗语调温和了些："听着，小子。你已经不是小孩子了，鲁思也不是。我不怀疑你在谈恋爱，你自然会在上流社会找个门当户对的姑娘。但你不往别处想，不代表鲁思就跟你一样。她可能会爱上你，那怎么办，所以你得跟她保持距离。"

兔宝一时不知如何回答，这他倒是没考虑过。"我想了解罢工的进展，"他解释道，"我也没什么机会跟你说话，我心里不好受，也不知道怎么办。"这都是他的心里话，兔宝说得很快，简洁能掩饰伤感。

保罗的声音又变得干硬，"你父亲在支持着这片矿区的黑警卫。当然，我理解。"

"他确实要给商会缴费，如果你是说这个。商会成员都得缴，这不能怪他，他签了协议。"

"没有任何协议可以支持人犯法，那群家伙每天至少犯一百条法，你不知道吗?"

"我知道。可是父亲跟其他油商绑在一起，他脱离不出去，否则一切都垮了。他已经为工人们做了他力所能及的……"

"我明白，我们很感谢。但现在他为了让工人复工，也开始用工贼了，叫他们从内部瓦解工人的决心和意志。"

兔宝无语。保罗继续冷酷地说，"我知道，他的财富岌岌可危，他输不起。而你，会服从他的意志。"

"但是，保罗！我不能反对父亲，你想让我反对父亲?"

"曾经我父亲百般阻止我自由思考、学习真知，我反抗了他，对吧？当时你还鼓励我。"

"那不一样。我不能在这种事情上反对父亲，会很伤他心的。"

“那时我父亲可能也很伤心。问题在于，你父亲是在助纣为虐，你明明知道他做的事是不对的。”

两人沉默片刻。兔宝内心觉得难以接受，这跟保罗当年的情况完全不可同日而语。

最后保罗开口道：“我了解你，小子。你不会反对罗斯先生的。你太软弱，”保罗顿了顿，好像在把更尖刻的词咽下去，“你含着金汤匙出生，想要什么就有什么，优渥的环境让人软弱。你有一副好心肠，也能明辨是非；只是不敢做对的事，因为怕伤人。”

就这么结束了，保罗再无别话，兔宝无言以答。他眼里有泪，强忍着，扭过头不让保罗看见，真是软弱啊。

“我还有事，先走了。罢工总有一天会结束，一切会步入正轨，你父亲会继续赚钱，但愿你会快乐。再见，小子。”

“再见。”兔宝低声说。

保罗快步离开了，兔宝一个人继续朝前走。他的灵魂在发烧。既为保罗如此冷酷无情不理解他而气结，同时内心又有个声音在叫：没错！没错！你就是软弱！这是姐姐伯蒂对弟弟最痛心疾首的地方：兔宝老是觉得保罗有道理，哪怕他有亿万身家，而对方只是个无名小卒而已！

Ⅷ

兔宝返校上课，工人们咬紧牙关继续坚持。国会连续出台了一系列新法案，包括全国征兵。战争对国内风起云涌的罢工局势产生了影响。不久，铁路工人的罢工队伍开始有传言：政府出面干涉了，抓紧解决国内劳资冲突，铁路运输对战争至关重要，政府可能已经在与工会协商。铁路罢工的成败关系到全国其他行业罢工的命运；华盛顿工会总部嘱咐天堂镇工会，一定要挺住。

仿佛一出乡村剧场的老套情节剧，女主角身陷险境，眼看要遭坏人毒手；男主角快马前来，劈开门板，千钧一发之际解救了她。或者比喻得更高端一点，好比希腊悲剧里众人物的命运都悬于绝望崩溃的边缘，突然神灵从天而降，惩恶扬善，正义得到伸张。然而这些毕竟只是虚构，很难想象加州上层利益集团、天使城商界政界显要、石油商会联盟以及天堂镇的上千武装警卫……这些也只是一幕大剧中的小角色而已，如今被一只巨手扼住咽喉、扭转乾坤了！山姆大叔起来宣告：石油工人也是人、也是美国公民，有权得到人道的对待和法律保护！

正式声明最先从华盛顿工会总部发出：天堂镇油矿工人实行八小时工作制，并根据物价水平增发工资补助。政府将派专员前往监督执行；同时请工人尽快回矿复工。总统发表讲话：美国投身战争是为了结束战争，给全世界、全人类带来正义、民主和秩序……学校操场上集合的工人们欢呼庆祝胜利；那些警卫灰溜溜地撤走了；父亲早上接到消息，着实松了口气；兔宝兴奋得在屋子里上蹿下跳，比赢了任何一场重大赛事都激动。他说不上学了，请假一天，跟父亲一起去矿上，重新跟工人们握手言欢！

第八章 战 争

I

尤妮丝·霍伊特是“托米”·霍伊特（“Tommy” Hoyt）的千金，“霍伊特—布雷纳德”（Hoyt and Brainerd）投资证券是天使城各大报纸财经版的宠儿。人们常在跑马赛和拳击赛上看见托米，身旁年轻靓丽、浓妆艳抹的女人不重样地换。托米的夫人，本市最出类拔萃的沙龙女主人之一，从不跟丈夫看赛马拳击，热衷参加艺术活动，家里常出没年轻英俊、解风情、知画意的文艺男青年。仆人们对此见怪不怪，尤妮丝也早已司空见惯。

她肤色偏黑，身材纤细，充满活力，敏捷而急躁。在学校，她跟兔宝有两门课重合，发现这个严肃的年轻人很与众不同。她经常对兔宝出言不逊，说些尖酸刻薄的话。这让兔宝无所适从，不知道她的敌意是真是假，也不敢问，一问又会被她狠狠奚落一番。而且尤妮丝身边总有那么六七个小跟班，兔宝觉得还是不惹为妙。

一个周六下午，兔宝代表校队参加 220 码短跑比赛，得了第一名，像个凯旋的英雄，沐浴荣光接受朋友们的拥抱拍打祝贺。之后他独自去冲了个澡、收拾好东西，准备开车回家。尤妮丝开着敞篷跑车横在他面前，说："我送你。"兔宝说："我开车来了。"对方道："噢，你那辆破烂！上车，立刻，先生！"兔宝遵命上车，感到有些惶惑。她又笑他："怕人偷你那老破车啊？"兔宝不知道是不是该替他的车辩解下，它可既不老也不破。

"兔宝，"她也叫他的小名，"我爸妈现在正在家里大吵，特别可怕。"

"哦……那你怎么办？"他同情地问。

"咱们找个地方吃点东西吧——离他们远远的。"

他们开了大概一个小时，沿着公路攀上了一座山的顶部，那儿有家咖啡馆，颇有意大利风情，阳台对着远处的海岸线。他们吃了晚餐，海阔天空地聊学校的事和她家里的烦心事，有人给她妈写信，说她爸在外面给了某个女人一大笔钱，她妈气死了。

夕阳沉到了海底，海港的灯光依次亮起，群山之上圆月初升，咖啡馆里暗暗的，尤妮丝说："兔宝，你有没有一点点喜欢我？"兔宝说，当然。她笑道："可我怎么看不出来呢。"兔宝解释说："我不知道怎么跟你相处，你老挖苦挤对我。"尤妮丝听了，说："我知道，是我不好，我又刻薄又讨厌。但事实是……我那样是为了壮胆。我挺怕你的，因为你是个严肃认真的人，而我，我喋喋不休，爱出风头，其实挺傻的。"

他们回到车里，开下山去。路过一片连绵的沙丘，尤妮丝叫道："喔，这儿好美!"又向前开了一小段，开到较为平坦的地带，她把车停下，对兔宝说："我们下去看海吧！后备厢里有毯子。"兔宝下车取了毯子，两个人爬到一座沙丘上，铺开毯子坐下，听月下起伏的潮汐声。尤妮丝点上一支烟，叼在嘴里嘲笑身旁烟酒不沾的"清教徒"。这时有个男的沿着海滩走来，看了看沙丘上的他们，继续向前走。尤妮丝问兔宝："你带枪了没?"兔宝回答没有。她说："这年头晚上出来约会得带枪。"兔宝这才意识到这是个约会。

她告诉兔宝，晚上歹徒常在路边守着，看有人停车就上去招呼，有些禽兽会欺负姑娘。尤妮丝问，要是这些人突然出现，他会怎么办？兔宝说他没遇到过，不知道，但他绝对会保护好身边的女士。"可我不想你挨枪子儿，"她说，"我们家的花边新闻够多了。"说着她站起身来，"兔宝，我们消失吧，从这个世界消失。"兔宝卷好毯子，随她走进沙丘深处。

他们在一个隐蔽的沙穴前停住，又铺开了毯子。两个人依偎着，远离人世烦恼。幽深的天宇、金黄的圆月、无边的夜色、无边的沙地……这世界亘古如一，纯净无欺。

尤妮丝问："你有没有一点点在意我?"兔宝回答说当然。可她不信，说他一定觉得她很讨厌。兔宝向她保证真的没有。她便问："那你为什么不吻我?"他们接吻了。然而她不满足——他不是发自内心的。她轻声道："我猜你从来没有真正爱过一个女孩。"兔宝承认他好像确实没有。尤妮丝说觉得他有点不对劲，怎么了？兔宝说他不知道，他在发抖，从没面对过这种情况，内心有好几种复杂的感觉纠缠翻涌，他不知道该遵循哪一种……"让我教你，兔宝。"女孩在他耳畔低语。他还没来得及回应，女孩又把唇抵在他的唇上，给了他一个目眩神迷的长吻。他含糊不清地说接下来发生的事可能会让她有麻烦。她叫他不用担心，她有预防措施。

Ⅱ

一夜之间，兔宝步入了成人行列，再不是那个握着萝西·泰恩特的小手就很知足的青涩男孩了。“握小手”如今导向欢愉与疼痛交织的深渊，兔宝对自己身体里那股强烈的激情之浪感到恐惧，同样让他感到恐惧的还有怀里女孩的疯狂震颤和叫声，听起来像哭又像笑。他必须以同样的疯狂迎合她，否则她得不到快感。在这场黑暗的仪式中，他服从着她的意志。第一次后，女孩趴在他身上说：“噢，别觉得羞耻。不要，不要，我们够大了，有权享受这快乐。”兔宝答应着。要尽量快乐啊，他心想。“哦兔宝，你真是个温柔的爱人。我们以后会有很多美好的日子。”春夜月光下，她轻声哼着歌。

深夜寒意渐沁骨髓，他们紧紧拥抱着一路从沙丘回到车里。回海滩城的路上，兔宝没什么话说，他没有与刚才发生的一切相匹配的任何语言。倒是尤妮丝，谈论着家长们在性的问题上如何说教，不要早食禁果之类，大套的道理，但他们自己说一套做一套。干吗受那些愚蠢的约束？爱是很自然的事情！她说，接着阐述自己的婚恋哲学：如果没打算生养孩子，干吗费事结婚？大多数婚姻都是灾难，双方都很无聊甚至痛苦。如果年轻一代可以找到一种快乐的生活方式，那就照着那条路走，何必在乎那些老顽固怎么想。她问兔宝怎么看，觉得有什么不对吗？兔宝说挺对，他以前可能像个“老顽固”，那是因为没接触过她这样的女孩。尤妮丝说男人通常都不真心在意主动追他的女人。所以……她带着一丝顽皮的笑意：以后该是他追她了。兔宝明白，说他相当乐意，事实上他现在就想追，可她的跑车开得太快了。

兔宝问尤妮丝，学校里还有哪些女孩可以和她分享这种秘密。她说有好些呢，随口举出几个名字。兔宝很吃惊，这几个人平时看上去很端庄，学习也很优秀。尤妮丝还告诉他女孩子们分享私事的方式，她们会聊天但严格保守秘密；大一些的、阅历丰富的把某些知识传授给更小的、什么都不懂的，比方说，怎么才能不搞出小孩，万一被抓到怎么办，以及许多关于“爱”的学问。她们还传阅很多书，偷偷买的或是从爸妈抽屉里搜的……尤妮丝为兔宝打开了一个新的视野，他一路问这问那，不时被女孩实事求是的回答弄得面红耳赤。

兔宝两点多才悄悄溜进家门，没人疑心。可第二天、第三天……接连几天都是如此，家里人很快明白过来了，每个人的反应都饶有趣味。埃玛婶婶和奶奶属于保守派，她们只能在回避敏感词的前提下欲言又止；她们去跟父亲讲，也只是委婉地重复，每天都这么晚回来，可能有害健康……父亲觉得他对此也无能为力。有一天，兔宝说起要开车去接尤妮丝·霍伊特兜风，父亲不失时机地问起，这姑娘怎么样？兔宝回答：她是学校女子篮球队的财务主管；她父亲是证券界的霍伊特先生，父亲认识的；她有自己的跑车，甚至一起吃饭都不要他掏钱，所以请父亲放心，这个女孩不是为了他的钱。父亲没再说什么，只是意味深长地嘱咐：“悠着点，儿子。”

姐姐伯蒂好奇极了。她不肯透露自己的信息源，但兔宝猜很可能跟他学校里那些女孩子有关系。她说：“我很高兴你终于找到石油啊罢工啊之外的人生乐事了。”兔宝从她的话音里读到了渊博的弦外之意。现在他脑子里增开了一条思考线路，伯蒂每天那么晚回家，也是同样的缘故吗……伯蒂爱跳舞不假，但她是跳完舞就回家呢，还是……她会不会也像尤妮丝一样，开到僻静处把车往路边一停……兔宝在傍晚开车去天堂镇的路上想这个问题，猛然发现，路旁停的车真不少啊！

Ⅲ

那时罢工已经快结束了，同时全国征兵也开始了。情场初涉云雨的兴奋与战场为国尽忠的激情在兔宝青春荷尔蒙的搅拌下混在了一起。这二者之间确有直接的关联，因为成千上万 21 岁以上、30 岁以下的年轻人要奔赴战场，可能一去不复返，因此男女之间的防线便松弛了。女孩子们普遍心软，男孩子们则意识到人生无常须尽欢。

兔宝不够年龄，但他参加学校的预备队训练，也算沾了战士的荣光。学校里有警卫和民兵自卫队，操场上布满拉练的队伍，“嗨，嗨！嗨，嗨！向左转！向右转！”一张张年轻的面孔，就算被踩掉了鞋也一脸严肃。很快男生们就发制服了，参加护士预备队的女生们也有统一训练和服装。学校定期召开大会，男生队伍和女生队伍一起，满心热忱合唱爱国歌曲。

没错，这是战争！美国派出货船和舰队前去海上支援英国和法国，建筑师和劳工队伍也整装待命。总统的动员讲话总是那么鼓舞人心，令人血脉贲张。邪恶的德国人在挑战和威胁世界文明，民主的美国将以所向披靡的强大威力前去消灭他们，让世界恢复安定祥和。这是一场民主之战！必胜之战！这个国家每个小时都会新鲜出炉千万份报纸，重复这些热烈的呼声。

罗斯一家人看报、谈论、争辩，像绝大多数美国家庭一样。兔宝心悦诚服地接受这些宣传，这是他愿意相信的、他喜欢的精神食粮，爱国，献身，正义，理想主义。而父亲则永远那么冷静、半信半疑，当然我们要打赢，因为我们既然参加了就得努力打赢，跟那些大话没关系。石油市场需求增大，油价持续上升。政府敦促钻更多的油井，没有剩余利润哪有钱钻井？政府购油付账很慷慨，这个产业拜战争和政府所赐正迅猛增长，这就是父亲爱国主义的源头。

埃玛婶婶觉得小叔这样教育孩子很不好，她在女性俱乐部里听了许多摧人心肝的战争人道主义演讲。比利时的婴儿被剁掉手指，军需品仓库被德国奸细炸毁，德国军队犯下的累累罪行。伯蒂的情报来自各个方面，曾经带她去参加爵士派对的一个年轻人，如今任职国防机构，知道德国奸细的名单和他们的许多阴谋。她神秘兮兮似乎也掌握了一手黑暗线索，却丝毫激不起任何责任感和使命感。最难以理解的是奶奶，从小在农场里长大生活，晚年投身油画创作，如今竟成了野蛮德国佬的同情者。她声称这场战争毫无意义，德国人并不比任何其他国家的人更邪恶，大家都半斤八两满手血污，种种关于暴行和奸细的故事无非是拿来刺激民众、激发敌意和仇恨的宣传手段。无论报纸、广播、埃玛婶婶和伯蒂怎么摆事实讲道理，她坚决不仇恨任何人。为表明态度，她创作了一幅大尺寸油画，描绘一群德国人穿着旧式帝国宫廷服装，手举彩绘酒杯畅饮啤酒。她要挂在家中餐室里，遭到全家人的一致反对。

兔宝从每个人身上学到一些东西，比如父亲那种不计较空谈和人性缺点的务实商人精神。归根结底，打赢战争要靠子弹和装备，父亲开采的石油给货船、舰队、卡车提供运转燃料，让各大制造厂的机械润滑无阻地生产，这是实实在在的贡献。父亲在天堂镇又钻了十几口新井，令他不快的是南加州的银行和五大集团狼狈为奸地钳制他，不提供足够多的贷款，不然他还可以打更多的井。有两种战争，生意上这一种总统讲话也没用，父亲对兔宝说，告诫他别太天真。

Ⅳ

天堂镇的工人们都复工了，每日工资比原来增加了一美元。保罗也回到罗斯先生矿上，继续做父亲的首席木工。很快征兵令就下来了，保罗在征召范围内，但被免除了。父亲帮他运作了一下，油矿正常运转需要一大批技术工人，他将保罗也放入此列。这对父亲是小事一桩，因为免除应征事务的委员会主席是凯瑞先生，当初为天堂镇修路一事收了父亲好处的那位官员。保罗知道后，谢绝了罗斯先生的好意，他说还有那么多有妻有子的工人，这样的名额应该给他们，他愿意入伍参军。

保罗和兔宝恢复了友谊，又添了许多争论。保罗并不像兔宝想象的那样对战争充满激情，兔宝有些失望。保罗赞同必须赢得战争，因为参战就该以取胜为目的，但他质疑美国参战的必要性。兔宝向他宣讲学校里听到的那些激昂澎湃的演说内容。拉斯卡姆农场的房子里热闹得很，年轻人们说个不停。有趣的是，鲁思的观点竟跟素未谋面的兔宝奶奶不谋而合，她也认为所有战争都是邪恶的，所谓正义的理由都不成立，她不想跟这种事产生任何关联。兔宝很容易读出她的真正心声，她只是不想战争夺走哥哥。当保罗拿着第一批征兵名单读到自己名字和编号时，鲁思简直要抓狂，她抱住哥哥说别去，万一他阵亡了，她也会伤心致死的。保罗劝慰妹妹别傻了，他必须要去的。最终鲁思意识到多说无用，脸色苍白地默默躲去了厨房。

保罗先被送去训练营，他走了之后，鲁思就一直保持苍白沉默的样子。她搬回到沃特金斯农场，和爸妈一块住。礼拜天跟他们一起去教堂，咬着嘴唇听"先知"伊莱以《圣经·旧约》的腔调布道，祈求上帝与我们同在，带给人间正义，灭尽一切罪恶。伊莱不需要上阵拼杀，他作为神职人员，被免除兵役。叽叽喳喳喋喋不休的米莉嫁人了，嫁给了矿上的一个工头，请罗斯先生帮忙也免于参军。她劝鲁思也赶紧找个牢靠人嫁了吧，说不定兔宝……

V

1917年夏是兔宝生命中一个燥热的季节，夹在战争与尤妮丝之间。他多数时间都在海滩城度过，既因为要参加学校的军事训练，也因为女友的热情要求。两人之间甜蜜关系的第一道裂痕，便是兔宝频频去天堂镇。她现在跟伯蒂异口同声，叫兔宝"石油小老头"，常忍不住抱怨，"上帝啊，你忙着赚那么多钱干吗用呢?"她说，"如果真要用钱，我可以从爸爸那儿拿给你!"托米·霍伊特先生在战前购入了一批旧货轮，开战后已经稳稳赚了三百多万，报上登了好几篇饱含赞誉与歆羡的报道，这是这个国家很多人的梦想。

兔宝没法跟她解释，他不是为了赚钱。国家打仗需要石油，他不能上战场，希望能在后方贡献一分力量。尤妮丝会吊在他脖子上叫他选，是去那沙漠边陲的矿上还是带她去舞会?总得有人陪她一起，如果兔宝不愿意，她就只好找别人了!

尤妮丝永远不懂知足，如饥似渴地追求享乐，从来不会适可而止。不论哪种乐趣，她总请求你再来——"再跳一支舞，就一支!"然后一支接着一支。或者"再来一个吻"，然后一吻再吻。她总劝诱兔宝跟她一起喝酒，每次他拒绝，她都很不高兴。他老是这样，跟她圈子里的朋友格格不入，像个盛宴席上正襟危坐的骷髅！

没过多久，她就不满足于月下沙丘的私密嬉戏了，她更喜欢光天化日，喜欢和兔宝大摇大摆到处招摇。她爸爸有的是钱，他们开车去海滩城最豪华的酒店住，那儿有宫廷般华丽的餐厅、配有爵士乐队，还有三五成群、举杯谈笑的用餐者。酒店装饰着所有协约国国家的国旗，服务生也穿着战士风格的制服，乐队不时奏响《星条旗永不落》（Star Spangled Banner），对尤妮丝来说，战争便意味着在这样新异的环境里随众人起立，等爱国歌曲奏罢，《亲亲我，小宝贝》（Kiss me Honey-baby）响起，飘进舞池，旋转至深夜。她跳舞时极放得开，两只手臂牢牢焊在舞伴肩上，身子紧紧贴着对方。兔宝觉得大庭广众这样亲密不太得体，但真没人介意，尤其是舞会开始一两个小时后，大家都喝得有些醺醺然了。

尤妮丝玩起来就不愿回家，哪怕她其实已经很累了。有时兔宝几乎是半搂半拽地把她带了出来，出来后一坐进车里她就枕着他的肩睡着了。兔宝也很累，他能坚持开车全靠一个故事撑着。一起玩的人里有个哥们儿，喝多了开车，路上打盹儿，出了车祸，不仅在班房里蹲了十天，从此还得顶着个歪鼻子过一辈子。大多数派对都给必须开车的人准备了特别饮品，杜松子酒，不是因为这玩意不醉人，而是喝了之后嘴里没酒味儿测不出来。尤妮丝也不想跳完舞大老远开车回去，她更愿意找那种可以随意登记姓名的小旅馆，和兔宝以史密斯夫妇的名字入住，第二天回去跟家里人说在同学家待了一晚。

兔宝发生了一些变化，他以前脸色没这么红润。父亲终于忍不住直言警告："你这是在作，儿子，不能这么晚回来了！"兔宝也想少去些舞会派对，可尤妮丝粘着他，说不去她就扑到他怀里哭泣，扭来扭去，用肢体的柔软、香水的味道、嘴唇的温度、薄纱衣服的触感、楚楚可怜的嘤嘤声……窒息他的五官。他必须努力保持清醒，才能跟她讲理。有时这种场景就发生在尤妮丝家的客厅里，当着她父亲或母亲的面。他们对女儿毫无办法。从小她要什么就给她什么，家里的钱随她花，有六七个仆人供她使唤，眼下她就要兔宝，叫他带她出去玩，每到尤妮丝闹得凶时，她可怜的老爸托米就瞅着兔宝说，"别这么硬心肠，孩子。"搞得好像是兔宝的错似的！托米·霍伊特一把年纪了还长得像个老男孩，红红的娃娃脸，每当目击女儿滚到兔宝怀里撒娇撒痴，他就面露惊恐的神情，转过身不忍直视。他这一辈子，无数次处在兔宝的位置，经受同样场景的折磨。有一次，他和兔宝单独在一块时，说了句意味深长的话："这世上没有一个女人不是神经病！"

Ⅵ

暑假快结束了，开学之前，兔宝冒着女友的愠怒去天堂镇和父亲住一个星期。正好保罗也在休假。看起来他不必派出海外作战，他的履历上有建筑技术，军队派他在美国本土修建营房。保罗穿着军队制服，英姿飒爽。看到哥哥安然无恙，而且不用上前线，鲁思高兴极了。父亲也有高兴事，他又在另一座较远的农场打了井，钻到产油层，确证他的大片土地下都是石油；现在银行的贷款额度已经抑制不了他的发展了，油田的产油利润本身就能支撑他自我壮大。

每个人都很高兴，除了兔宝，他身在天堂镇，心里知道尤妮丝肯定在家生气，他说不定会就此失去她。她警告过他的。在兔宝之前，她有过男朋友；他既不是第一个，也可能不是最后一个。这种视欢愉高于一切的女孩，你不满足她就会失去她。学校里的富家子弟圈有一种约定俗成的玩法，两个男孩结伴，开着跑车四处转，上去跟女孩们搭讪，如果碰到两个女孩也有意思，就上车一道去什么荒郊野店。倘若途中双方产生异议，开车的男孩可能会把女孩赶下车，抛在出城的公路上，让她们自个走回去。兔宝不敢想象尤妮丝出现在类似情境里。他想睡觉，又睡不着。兔宝好几次犹豫着想对保罗倾诉一下，但最终羞于启齿。保罗在他心里像个神一样圣洁无瑕，这种事向他坦白简直是对他的不敬。兔宝到底还是提前回海滩城了，他开着车奔驰在路上，耳畔回荡起保罗的评语：你太软弱了，兔宝，太软弱！

Ⅶ

这个季节的第一场雨。兔宝到家时已经晚上了，他还是去看了尤妮丝。姑娘没去找别人，也没出去玩，乖乖在家看书，从她妈那儿拿的心灵魔法书，正照着书做实验。这是一种“心灵感应术”，安静坐好，闭上眼睛，集中精力，将全部意志汇聚于一念，让某人做某事，然后你的念力就能穿透一切，在他身上产生效果。尤妮丝正试着，突然听到走廊里响起兔宝的脚步声。她惊喜得浑身一震，叫了一声冲出来扑进他怀里。告诉他这个神奇的实验，还真灵！“噢兔宝，我就知道你不会对我这么残忍！我一个人在家，孤单死了。妈妈去给塞尔维亚孤儿募集善款了。跟我来，兔宝！”她拉着他上楼梯。兔宝没想到，他只想过来看看她，他往后退了下，但她拉住不放，还一阵暴风骤雨地狂亲：“真是个傻子，外面下雨呢，我们去哪儿约会?”

“可是你母亲，尤妮丝……”

“她的事，我知道，她也知道我知道。现在她知道我的事，也没什么大不了。走，我们上楼。”

“可我怎么出门呢?”

“我叫你出门的时候你自然可以出门了。我保证，你在这儿会受到贵宾级款待。”

“但是，尤妮丝，我觉得这样不太好。”

“噢，兔宝，你听起来比你奶奶还老!”

“仆人们怎么办?”

“见鬼，你考虑得真周到!”尤妮丝说，“我们雇仆人不是为了看他们脸色过日子的。”

为了让兔宝免于尴尬，她一直让他待在卧室里，直到早上，她独自下楼先跟妈妈打了招呼，才叫他出去。母女二人有无争吵，兔宝不知道，但塞尔维亚孤儿的资助人只好在卧室吃早餐，(让他们俩在餐室吃饭。)独自看报纸上关于自己义举的新闻了。

一回生二回熟，这个季节阴雨绵绵，他们出去玩很不方便。只要一蒙召唤，兔宝便去尤妮丝家过夜，她家上上下下都习以为常了。现在只剩一个小环节了，兔宝有天说：“尤妮丝，要不咱们去登记结婚吧，这样一切都正当了。”

女孩的反应让他感到吃惊。“哦，兔宝，我们现在不是很快乐吗？为什么要毁掉它呢?”

“为什么结婚就是毁掉快乐呢?”

“所有婚姻都是坟墓，我知道，因为我守在墓边看了好多年了。我爸妈情愿拿出一百万，哦，也许要少一点，情愿拿出几十万，如果可以悄无声息地结束他们的婚姻，不必搞得满城风雨，让记者挖光老底登在报上，被各界议论得体无完肤，还得上法庭，还有对生意的影响……事实上他们早就过不到一起了。”

“亲爱的，我们可不会像他们那样。”

“你怎么知道呢？如果我们结婚了，你就会觉得自己是一家之主，觉得拥有了我，我说什么你也不会听了。我会过得不开心。哦，天，想想就是不归路。我们不是非得照着世人都走的路子走，我们可以有自己的生活方式。没谁可以强迫我做我不喜欢的事，就连你也不行，兔兔熊。”她发明了一大堆以他小名为词根的专有名词，比如“兔兔亲”、“兔兔抱”之类。

兔宝心中无限感慨。倘若一个人误打误撞进入上流社会，浮光掠影游历一番，他可能会觉得一切都如此雅致、恰当、彬彬有礼、合乎宗教对人世美德的定义。然而如果他从表面进入到深层，便会发现去除伪装后的人性，发现他们过得不快乐，夫妇之间如合作伙伴般住在同一个屋檐下，各自自由地来去，带回不同的情人爱侣，有时秘密跟别家互换合作伙伴。当孩子们懂事起来，就掌握了向父母施压敲诈的权力，新款跑车、皮草大衣、珍珠项链……一切能使家丑不致外扬的补偿，都不在话下；这其中最珍贵的，就是选择自己生活方式的自由。

Ⅷ

就在美国参战前夕，俄国人把他们的沙皇推翻了，建立了一个新的共和国。这让大多数美国人很高兴，毕竟都是协约国成员，跟一个共和国并肩作战感觉更好些。没想到这年秋天，出了件可怕的事，又来了一场革命，这次领导革命的不是政治家、知识分子和商人，而是狂热主张财产充公、消灭不平等的布尔什维克。情况立刻昭然若揭，协约国要遭殃了，布尔什维克的俄国肯定会背弃他们，东线无牵制，德军势必将大批兵力集中西线，西线的英法军队旧战已疲，形势非常不利。同时苏维埃政权很快对欧洲诸国显现出强大的意识形态宣传攻势。

俄国的政局是谁在操纵？据说他们的领袖先流亡于瑞士，接着被德国皇帝派火车秘密护送，投到俄国境内，造成一系列骇人听闻的动乱。列宁和他的拥护者游走于黑白两道，而且肯定跟德国脱不了干系。俄国人现在斥英法为“帝国主义联盟”，跟德皇威廉二世一个声口。俄国新政权从沙皇政府文件中披露了协约国内部签订的秘密条约，各协约国报纸普遍斥其为伪造。

父亲认为，“布尔什维克革命”是他这辈子所知道的最可怕的政治事件了，每次谈到这个话题都为之色变。美军要到明年春天才能抵达法国境内，德国已经有上百万军队向那里集结，他们本土离西线战场也只有咫尺之遥。法国人和英国人可能顶不住了，轮到我们了。如果德军占领巴黎、甚至法国全境，美军也要把他们再驱赶出去。这场战争可能会很持久，但愿他和兔宝都能活着看到胜利，父亲说。

父亲在报上读到俄国正在发生的恐怖事件，有时会念一段给家里人听。屠杀了上百万人，都是受过教育的、有思想的社会精英，有些段落描绘施加酷刑的残暴细节，简直不忍卒读。不久之后，俄国革命者又将“共产”理论与妇女结合起来，她们也是“公有”的国家财产，强奸在那儿几乎不是罪。列宁发誓要杀托洛茨基，托洛茨基扬言要把列宁送进监狱。俄国社会从上到下乱成一锅粥，人类的野蛮兽性暴露无遗。父亲希望兔宝知道，理想主义的美好设想和空谈在现实世界是行不通的，比如天堂镇的罢工，为了争取权益，工人变成乱民，工地变成警戒区，一切生产陷入停顿。“你认为这样真的好吗?”父亲问。兔宝不得不承认，回想起来罢工确实像一场噩梦。

父亲跟兔宝讲，这是高中最后一年了，听说征兵法案将要下调年龄，明年兔宝可能就在应征之列了。父亲已经帮着豁免了好些人，他觉得把自己唯一的儿子疏通出来无可厚非。兔宝说他不希望这样，他想去参军。父亲便摆手，这件事到时候再说。但他劝兔宝，现在国家和整个世界都处在危机中，任何有责任感的年轻人都该把心思放在严肃的事情上。即使不上战场，也可以好好学习，这也是爱国和为延续文明做贡献；不要沉迷于寻欢作乐。兔宝一听脸就红了，垂下眼睛说，没错。

Ⅸ

他带着复杂的心情去尤妮丝家，一本正经地向她解释国家的重担已经落到了他们肩上。她回答是的，是的，她已经意识到了。她妈妈前两天也和她进行了一次严肃谈话。国家现在面临着物资短缺，食品、衣物、日用品都供不应求。俱乐部的女士们决定，为国分忧是她们的责任，从今以后她们只购买最贵的食品、衣物、日用品，把便宜的白菜土豆猪油之类让给广大民众。她妈妈已经花了一大笔钱，四处搜罗奢侈品。尤妮丝个人觉得这挺好的，只是有点困惑，因为她姑姑爱丽丝（Alice）反其道而行之，主张艰苦朴素，囤积了一大堆便宜东西，说要为民众做个表率。她不知道谁更有道理……

尤妮丝没严肃几天，又回到了逍遥玩世的老路上。她被邀请参加妈妈主办的比利时孤儿募捐舞会，兔宝坚持要在家看书，她便威胁兔宝，如果他不去，她就跟比利·查默斯（Billy Chalmers）一块去！那是个高大英俊的前足球队队长。兔宝说可以。舞会后，尤妮丝挽着比利招摇过市，学校里谣言四起，有人说看见他们俩把车停在路边……兔宝气得七窍生烟。一两个星期后，到底心痛难忍，给尤妮丝打了电话。两人见面轰轰烈烈用鼻涕眼泪和狂野激情弥合了裂隙，她对他说自己从没有爱一个人像爱她的“兔兔熊”这样深。她怪他怎么可以这么坏，不带她玩、让她伤心难过？

转眼秋天过去，又要到圣诞节了。谋略过人的父亲运筹帷幄、精心安排了一系列“天堂镇诱惑”，鲁思下厨烹制火鸡大餐、又有两口新井正在开钻、黄昏时分成群鹌鹑叫得山鸣谷应……兔宝说他一定来。尤妮丝狠狠哭闹了一场，她揪住兔宝的头发在客厅里转圈，她妈妈无能为力地在一旁观战。尤妮丝叫兔宝是骗子、卑鄙小人，她要给比利·查默斯打电话，他们今晚就开车出去，干什么谁也管不着！说不定过完圣诞假期再回来，说不定再也不回来了！

兔宝去了天堂镇，跟进新矿井的进展，还有父亲终于建起来的炼油厂。父子俩傍晚在山上散步、闲聊、打鹌鹑。夜里当他独自一人躺在床上，痛楚一波接着一波地涌来，他被淹没，缩成一团。他感觉自己正在变成一个老人，明天清早对镜一照，就能看到满头白发。他的失眠越来越严重，每晚的睡眠时间比和尤妮丝跳舞到凌晨时还要少。一切都有什么意义呢？学校里教的那些东西，生物、物理、历史、十九世纪英国诗歌，能把德国军队从法国赶出去吗？尤妮丝那么脆弱、敏感、漂亮，总是因他而伤心！她和其他的女孩子不一样，心性无常难懂，不是每个人都像兔宝，下个男朋友可能对她就没那么温柔了……夜深人静撕扯兔宝的和令欧洲陷入血战的，是同一个世界，黑暗混沌盲目愚蠢没有答案。或许奶奶是对的，无论你站在哪一边，怎么选，怎么做，都是残酷。

白天有父亲在那里，兔宝可以依赖的人。父亲身上有某种踏实笃定无疑的气息。还有他们的矿区和各式机器，那些也是确定的东西。父亲也是从这样的年纪走过来的，不需兔宝多说什么，他感受得到。他只能以巧妙的方式多安排些有意思的事情，让儿子心情好点。兔宝觉察到父亲的关怀，他忍不住想跟父亲开诚布公地谈谈，以两个男人的身份谈谈爱情这回事，但又不好意思。兔宝已经一年没去看他的“亲亲小妈咪”了，她现在人在纽约。兔宝猜测父亲可能给她加了钱，为了让她远远地待在那边。

过完圣诞，兔宝回到海滩城，没有去找尤妮丝。有时在学校碰上了，他的心就咯噔咯噔跳得很痛，转过身装作没看见，然后再走很长一段路，消化刚才的剧痛。学校里都传开了，那一对儿分手了。有些活泼大胆的女孩听说石油王子恢复单身，主动出没在他身旁频送秋波。可兔宝视而不见，他觉得自己整颗心都死了，简直不想看见任何女孩。十九世纪英国诗人拜伦（Byron）的诗，特别符合他的心境，看来学校的课还是有点用。尤妮丝和她的前足球队长出双入对，平滑过渡，显然没有兔宝想象的那么痛苦。

第九章 胜 利

I

又一个学期结束了，兔宝期末考试成绩不错，计划过一个充实愉快的假期，第一站天堂镇。每当他透过林立的井架看到沃特金斯家的房子，都会感到一丝愧疚。他们当初买这块地，欺骗了他们；不然他们一家如今也该拿到上百万的矿区使用费了。父亲跟兔宝一样良心不安，想多为沃特金斯家做点什么，可又怕热心过头了，把他们“宠”坏了，以后事事黏上他。父亲想到的方案是带孩子们坐一辆加长轿车，给沃特金斯夫妇另雇了辆汽车，一块儿去保罗服役的地方探望他，顺便参观一下军事基地、游览一番当地的著名景点。

姑娘们欢喜极了，她们还是头一次出远门度假。兔宝先跟鲁思说，鲁思告诉了妈妈和妹妹，妈妈再跟爸爸说。并且说好，在外面当着人尽量让圣灵不要随便莅临。不过其实不必担心，因为“先知”伊莱前一阵刚刚宣布，根据“第三神启”，打滚跳神、说方言灵语的圣灵仪式已经完成了其在世的使命，即将封存不用。“先知”没有再具体解释。但有传言说，资助伊莱新教会的一些富人对跳神很反感，也不认为“大天使”的语言对增强信仰有积极意义。这些人中包括一位闻名遐迩的大律师和一个连锁便利店的老板，他们的夫人手把手调教伊莱的举止言谈，如何文雅地享用大餐，上哪儿量体裁衣，总之就是要彻底抹除他出身乡土的痕迹。

军事基地让兔宝他们仿佛身临其境，感到战火硝烟的气息，到处是帆布、波纹铁皮、木质防护墙板，满眼身穿卡其军装的年轻战士，成群结队，秩序井然。保罗有几个小时可以自由活动，和家人们见了面。听说伊莱也在附近布道，沃特金斯太太和两个小女儿见过了保罗又去看他。父亲、兔宝和鲁思三个人留在宾馆，跟保罗坐在临街阳台上，闲聊天堂镇的矿区和欧洲的战局。

苏维埃俄国已经与德国正式停战，退出战争。父亲重申了他对危险的布尔什维克的态度。保罗说他最近正在读这方面的书。“兔宝，”他说，“记得天堂镇罢工吗，设想一下如果你从没去过天堂镇，也不认识任何工人，全从天使城的报纸上了解事情，会是什么印象？我们现在看俄国也一样，那里发生了世界历史上最大的‘罢工’，并且工人取得了最后的胜利。某天或许我们会知道俄国真正发生了什么，但不是从协约国的报纸上。”保罗的话让父亲很激动，他跟踪阅读相关报道已经三个多月了，并且相信报上的每一个字。他问保罗，难道革命派杀害那些上层阶级的消息都是假的吗？保罗承认当然有这种情况，但不要忘记他们原来的沙皇统治有多残酷；我们应该以他们的政治标准和强度来衡量这次革命，而不是我们自己的标准。保罗开玩笑说，罗斯先生向来对工人极好，不像是支持鞭打农工的沙俄旧贵族的。

这话让父亲稍微好受一点，但他没有改变观点，并且指出俄国革命党跟德国人勾结在一起，列宁就是德国皇帝派过去的代理。保罗说，从德俄和谈内容上看，德国人现在也很怕布尔什维克，战争双方的统治阶级都是俄国革命党要讨伐的对象，而且他们的宣传机器很强大。

父亲想不到那么复杂，他坚称如果俄国人想要维护世界正义与和平，就该跟协约国并肩作战，而不是在这个时候撤出战争。保罗问父亲，看过披露出来的协约国内部秘密条约没有？父亲说，他没看。保罗告诉他，这些条约暴露了各国参战的真实目的，他们事先约定好如何瓜分占领的土地和利益。各国民众都被蛊惑人心的表面说法蒙蔽了。父亲说那些所谓的秘密条约都是布尔什维克捏造的。难道保罗的意思是我们的总统也在撒谎吗？美国政府公布的情报和从德方截取的文件都证明，列宁他们跟德国脱不了干系，他们所有的举动无非是要抹黑瓦解协约国而已。有朝一日历史真相大白，保罗该为自己曾经怀疑协约国的正义性而感到羞愧。

兔宝坐在那儿听他们你一言我一语地辩论，他觉得此事万分复杂，但他心里支持父亲，这才是一个优秀美国公民应有的态度。而听一个身穿军装的士兵大谈对政府的怀疑则有些不可思议。他觉得有责任鼓舞一下保罗，把他从这些乱七八糟的思想里拯救出来。兔宝把他听过的那些激动人心的慷慨陈词、爱国言论对保罗集中轰炸了一番，保罗笑着拍他的后背说，这些他在军营天天听！

Ⅱ

伊莱在军事基地附近的教堂布道，听众中有不少士兵和他们的家人。他本人打扮得像个占星术士，配有唱诗班和乐队。伊莱说圣灵已经向他彰显，德国人是邪恶的，将在今年年底被正义之师降服，圣灵将使所有阵亡者永得解脱。台上特意建了一个水池，这是伊莱“第三神启”专有的仪式：伊莱站到水里，一排穿着白色浴衣的人走上去，被先知抓住后脖颈按到水里，罪孽从此洗净，疾患从此治愈。当然不是没有这种可能——共用圣水会传染某些显然由于“罪孽”所导致的疾病，如果真染上了也不要紧，只要多洗几次，圣灵自会治愈它。

三月底，旷日持久的西线战事，一场又一场的战役，其中一场，战线绵延数百英里，持续了几个星期，这次壮烈的战役不是以村庄或城镇命名，而是以省份命名——皮卡第（Picardy）战役，德军冲垮了英军防线，英军全线溃退三四十英里，被俘十万多人。看来父亲所说的要应验了。然而无论是协约国还是德国，都不知道在遥远的美国加州天堂镇，散布着果园农场与矿井的偏僻土地上，一位“先知”正隔空做法。他看到报上消息后，预言能够助协约国联军一臂之力的唯有天降大雨，于是信徒们在教堂匍匐跪地、山呼海啸大声祷告，为法国皮卡第大区祈雨。雨没有来，援军到了，英法军队的防线转败为胜。正是春深时候，天堂镇农场里阵阵虔诚的“和撒那”（hosanna）声，震得梅李树的花朵簌簌飘落。

Ⅲ

兔宝毕竟年轻。某天在从天堂镇回海滩城的路上，碰见了同学妮娜·古德里奇（Nina Goodrich），开着车，穿着游泳衣，披着一块披肩。她见到他招呼说：“一块儿去游泳！”

他们很快到了海滩上，兔宝也去租了身游泳衣。妮娜是那种加州常见的丰腴健壮的姑娘，粗粗的四肢、饱满的臀部，足以哺育一群孩子的胸脯，皮肤是在沙滩上待久了的古铜色。两人在海里游了很长时间，手拉着手在沙滩上嬉闹，回到休息区，各自冲完澡出来，妮娜说："一起吃饭吧，兔宝。"他答应了，坐进车里等她收拾好，脑子里回荡起十九世纪的英国诗歌，不过不是拜伦了，而是：

"阳光拥抱着大地，月光轻吻着海波；这般柔情有何意义，若是你不吻我？①"

他们来到一家自助餐厅，加州特色的鱼、水果和蔬菜沙拉，品种丰富、分量充足地陈列在眼前，姑娘显然在控制食欲。他们坐在靠窗的位置，边吃边观赏海景。再回到车里的时候两人已经手挽着手了。兔宝开车，在记忆中搜寻附近曾经去过的巢穴，猛然记起尤妮丝，她以前说起过妮娜和她的情人巴内·李（Barney Lee），他一年前参军了，现在应该在法国。

他们找了个僻静处停下，妮娜凑近他说："你有没有一点点喜欢我？"兔宝说有的，接着他吻了妮娜。一个绵长的吻，兔宝发觉自己学会了很多，好比有了一个电影样片，拍出的激情之吻势必能点燃欲火；投放到不同地区时，根据审查制度因地制宜，将它裁剪成不同的长度，日本，零秒；阿根廷，一百秒。缠绵之际，兔宝仍然没有忘记尤妮丝。他突然停了下来，觉得不应该这样。同时那些十九世纪英国诗人雪莱和拜伦也在起作用，他从诗里知道了另一种灵魂之爱的存在。他知道自己并不爱妮娜，她几乎是个陌生人。他熄灭了热吻，

---

① 出自：雪莱（Shelley）的诗《爱的哲学》（Love's Philosophy）。

妮娜问他怎么了，兔宝有点不知所措，突然来了灵感。

“妮娜，”他轻声说，“这不太公平。”

“怎么?”

“对巴内，不太公平。”

他感到她浑身一缩，“可是巴内已经走了，在法国。”

“我知道，但他会回来的。”

“是……可去了那么远，谁知道战争什么时候结束？或许他已经在法国找了别的女孩了。”

“也许，但你怎么知道他不是对你忠心耿耿呢？他是去打仗，为国家冒着生命危险在前线作战，我不能在背后夺走他心爱的姑娘。”

于是兔宝对她讲前线的情况，美国军队的增援肯定会扭转局势，把德国人从法国赶出去；讲等到毕业了他也要参军去；讲他的朋友保罗对苏维埃俄国的看法；讲他父亲的不同意见……妮娜仍然躺在他怀里，但那种亲密越来越像兄妹之间的，直到夜雾渐寒，他们开车回去。送到她家门前，妮娜搂着他的脖子，狠狠亲了一下：“兔宝，你真是个怪人，可我真喜欢你这个怪人!”

Ⅳ

接下来的弗兰德斯（Flanders）战役和在埃纳（Aisne）、瓦兹（Oise）省发生的一系列战斗，都令人提心吊胆。前线上连劳工和运输司机也拾起武器上阵了，保卫铁路干线不被德军占领。美国军队大量投入到贝露森林（Belleau Wood）战役中，虽然只经过了几个月的军事训练，但小伙子们没有让国人失望，取得了一场大捷。举国振奋，白宫发出的演说愈发豪气干云。

兔宝毕业了，他和父亲长谈了一次。父亲几乎恳求他不要去，但兔宝说："老爸，如果不去参军，我一辈子都会感到悔愧的。"父亲说他现在的担子太重，已经很难一个人支撑，以目前的原油产出规模，开炼油厂是势在必行，如今还要考虑出了炼油厂之后的销路，卖给政府军方这只是非常时期的需求，得有一批稳定合作的终端加油站，这才是长久之计……这些事他一个人做力不从心。况且生意本是要交给兔宝的，他要是去参军了，万一有个三长两短，做大还有什么意义？他觉得战争至少还得持续三五年，现在派去的那些人多半都有去无回了。父亲喉咙哽了一下，估计再说下去他们两个男子汉就得掏手帕了。兔宝无言以对，但他是铁了心要去。

最终父亲妥协了，几个星期后，兔宝去训练营报到。埃玛婶婶哭得他满身都是眼泪，奶奶抿紧褶皱的双唇，咬着一口不太服帖的金牙，愤愤说战争是犯罪，她真是活够了！伯蒂帮他安排了一个告别派对。父亲告诉兔宝，他正准备和弗侬·罗思科（Vernon Roscoe）开启谈判，这个人是加州海岸地区最大的独立产油商，弗洛拉—墨西哥（Flora-Mex）公司和中心石油公司（Mid-Central Pete）的老板，他有意与父亲成为合伙人，组建一个规模不凡的"罗斯统一集团"（Ross Consolidated）。

V

兔宝和父亲开车去天堂镇，再看看矿上，跟熟悉的人们告别。保罗正休他的探亲假，归队后即将被派往海外。父亲感叹这场战争就像油井上突然燃起的火，谁也不知道它往哪个方向烧。曾经在这儿建房子的保罗，他们的首席木工，如今要被越洋轮船载着，运到西伯利亚（Siberia）的海参崴

（Vladivostok）了。

俄国的布尔什维克夺权后，发现自己有一群庞大的战俘，其中一大部分是誓与德国人血战的捷克斯洛伐克人。苏维埃政府决定把他们遣送到西伯利亚，让协约国看着办，想把他们吸收为战友，去对抗德国也可以。然而在去西伯利亚的途中，捷克斯洛伐克人与当地的布尔什维克打了起来，占领了一处铁路交通要塞，释放了大批战俘。于是协约国派出队伍前去增援这支捷克斯洛伐克军团，以免他们被苏维埃军队围剿歼灭。报纸对此事做了充分解释，布尔什维克是一群疯狂的暴徒，他们所谓“人民的革命”其实是由雇佣兵、逃犯和流氓组成的队伍拿枪炮抵着老百姓发动的。俄国现在的政权不会持久，协约国应该给俄国人民中值得尊重的社会精英和政军界人士以信心。

保罗得偿所愿，去了他想去的地方，现在他不必依赖报纸、可以实地去看看俄国发生的事情了。兔宝想，自己要在训练营里多努力，说不定会被派往同一个地方，说不定表现优秀晋升军官，保罗倒成了他手下的兵！

Ⅵ

兔宝回到海滩城的家里，整装出发前，奶奶把自己关在画室里，连饭也不出来吃。兔宝不得不去敲门，跟奶奶说再见。她还是开了门，让他坐在一堆杂乱的画布和颜料前，叫他“小家伙”，兔宝在她心里永远都长不大，“小家伙，这是那些老家伙对人类犯下的罪行，如今把你也连累了。你现在不明白。可能许多年之后，那时我早死了，你会明白的。”

她吻了吻兔宝的额头，他默默出去了，脸上淌下两行泪水，他忽然觉得，自己确实是去参与犯罪了。几个星期后这种犯罪感更达到无以复加的地步，他在训练营里接到加急电报，奶奶去世了，非常平静地睡在床上，只是没再醒来。他请了三天假回家奔丧。

训练营在南部，气候炎热，阳光炽烈，待在户外常汗如雨下。整个加州的适龄年轻人都集中到这儿参加集训，多数是高中毕业生和大学生组成的新兵，还有少数有作战经验的老兵，在参加军官训练营。战友们来自各式各样的家庭，橘子园、葡萄庄、梅李农场、核桃农场、牧羊人、养牛户、伐木工、店铺老板、职员、经商者以及城市里各行各业，他们的儿子都汇聚到这里了。兔宝喜欢跟不同的人打交道，了解他们是如何看待战争、生活和爱情的。

自由活动时间，他常找个同伴一起去郊外漫游，或是到城里去四处观光。他喜爱陌生的城市风景，但没有兴趣找女人，这是绝大多数士兵得了空闲要去干的头等大事。军营附近就有许多妇女开张营业，穿着丝袜在门口走来走去，媚眼迎人。兔宝对她们没兴趣。但长官们认为士兵在自由时间外出如何“活动”是不言自明的，因此安排了定期“卫生”检查，于是兔宝不得不排在长队里，听前前后后嘻嘻哈哈讲他们去了哪儿，姑娘怎么样，什么价钱。

兔宝填的志愿是学习炮兵，但上级鉴于他有油矿业背景，派他去学军事运输。兔宝不知道，父亲在背后替他说了话，他可不希望儿子被派往海外冲锋陷阵。既然已经在军中了，他希望兔宝能了解军需物资的分配供给方式，而且兔宝在这领域内接触的上级和战友，将来也可能对生意有所助益。

Ⅶ

父亲的商业谈判进展顺利，兔宝收到一封长信，说明了现在的情况。他看完信在帐篷里坐立不安，真想立刻回去。不久轮到他休假，当时天使城的报纸上已经刊出一些小道消息，一家超大型石油企业正在本地筹划组建。

他们家如今不住海滩城那边了，搬进了天使城时尚区的一所别墅。外墙是浅粉色含砂纹理灰泥，周围种植着修剪成球形、钟形和星形的葱绿灌木。门外游廊宽敞，摆设着大贝壳为底座的蕨类盆景，还有架铜链秋千。室内的橡木家具沉得无法挪动，不过父亲也无意挪动它们。他坐任何椅子、任何位置都无所谓，真正让他感到舒适的永远是他的私人办公间，里面有一把旧旧的大皮椅，跟了他很多年，藏有几箱雪茄烟，一张巨幅天堂镇地图贴满整面墙。餐厅里，奶奶的重要作品全部挂上了，包括那幅德国人喝啤酒的油画。老太太的其他东西都装箱封存在地下室里。现在埃玛婶婶是家里的女主人，料理日常事务。伯蒂一回来就指手画脚，嫌一切都不够新潮。

父亲的办公桌上摞了一英尺高的文件，都是关于新企业的。兔宝一份份地读了，询问他不清楚的细节。父亲解释说罗斯统一集团将是资产七千万美元的企业，父亲将控有百分之十四的优先股和债券，同时持百分之十四的普通股。弗侬·罗思科（Vernon Roscoe）先生将与父亲旗鼓相当，他已控有父亲名下海滩城“希望之地”及洛伯斯河矿业的相应股份。另外还有几位银行家加入融资。将有约百分之三十五的股份向社会公众发行。他们将建成南加州最大的炼油厂、油桶生产基地、新的输油管线，遍布加州的系列加油服务站……

兔宝意识到，父亲和这位弗侬·罗思科先生要达成一种长久牢固的合作关系。并且在他们原来采油生意的基础上将有一系列控股子公司、租赁公司、银行家和社会公众股……整个机制都精致复杂起来，比如在各种企划书和广告上，天堂镇的大面积油田属于这个“罗斯统一集团”，但实际上这片油田被承包给了“小杰罗斯开采运营公司”，这个公司的股份则只归罗斯先生、弗侬·罗思科先生和那几位银行家持有。兔宝对此表示了一点异议，看得出父亲很不高兴，他说大生意就是要这么做，我们不是开小餐馆的。钱和决策权要控制在有能力的人手里，他和弗侬都是久经风雨、饱受五大集团排挤存活下来的独立油商，他们决策不会出错。持有“罗斯统一集团”股份的其他人会得到好处的，股价第一年就能涨到两百美元，等着瞧吧！

Ⅷ

西线战事依旧紧张，德军和协约国军队又进行了一场惨烈的遭遇战，这次又是在法国境内的马恩河（Marne），1914年这里已经发生过一场鏖战。如今已经有上百万美军到达法国，并且仍在以每月十万人的规模源源输送，另外还有大量精良武器支援。英国和法国坚持了几年已经非常疲倦了，美军是战争的新鲜血液；面对德军的急战攻势毫不示弱。

第二次马恩河战役后的两个星期，振奋人心的消息传来了：协约国联军转入反攻！虽然反攻的战役都不大，但他们确实在一小步、一小步地取得胜利！美国上下都有拨云见日的畅快感。只有参加军官训练营的“未来长官”们感到有些担心，可能没等派回去上任，战争就结束了。

铺天盖地都是战事的消息，可保罗一直没有消息。兔宝收到鲁思悲痛的来信，“你说他出了什么事？我每周都给他写信，寄到他留的地址，到现在一封回信也没收到。他要是活着，一定会回复我的……”兔宝劝慰她，可能是邮政线路不畅，从西伯利亚到美国加州，收回信大概要一两个月，还有军内信件审查。况且在战争期间，信寄丢了的情况也很常见。如果保罗牺牲了，军方肯定会发通知给家属。所以说“没消息就是好消息”。兔宝还给她做了剪报，把他在天使城能搜集到的关于西伯利亚局势的报道都汇总在一起，可以看到那边基本没什么战事，所以报道也很少。

1918年7月底，美国军队和日本军队进驻海参崴，并未遭遇苏俄阻击，与捷克斯洛伐克军团会合，把守住了穿越西伯利亚的铁路。协约国联军帮助捷克军团推翻了从伏尔加河到海参崴铁路沿线的地方布尔什维克政权，把他们限制在俄罗斯内陆。报纸报道了那边政权更迭的新动向，比如某个将军宣布自治，以及俄罗斯亚洲各邻国的反应。在这些碎片组成的大图景中，有一个人保罗·沃特金斯，正在西伯利亚的荒原上建造营房。他不久就会回来的，给我们讲那边的故事。兔宝在信中这样告诉鲁思，叫她耐心等待。

Ⅸ

联军全线推进，德国军队在节节败退，威尔逊（Woodrow Wilson）总统发表演说，提出“十四点原则”，并分致协约国各国，作为德国放弃战争、进行和平谈判的基本纲领。有传言称，德国方面在考虑请求休战协定。几天之后，协约国联军向柏林挺进，德国别无选择，只有投降！

官方消息还没有发出，但美国媒体总要抢先一步，报纸的各大版面已经提前宣告胜利了。整个国家都沸腾了，这场世界历史上空前残酷的战争终于结束了！人们跑到街上庆祝狂欢，大声歌唱，吼到喉咙哑掉，报童和推销员随机搂在一起，银行经理和打字员接线员们在门口列队大跳康康舞，车主把罐头盒穿成串儿挂在车尾制造庆祝声……等到政府发表了正式声明，大家再次涌上街头，重新来过。

兔宝的训练营自然解散了，他回家去跟进“罗斯统一集团”的成立进展。发行的B级股每股价值在几天之内就从上市时的开盘价108美元升到了147.75美元。事实证明，父亲的合作伙伴弗依·罗思科先生在金融方面非常在行，集团股票被他运作于股掌。他可以说是父亲在生意场上遇到过的最聪明的人。因为有了弗依和他的团队料理资金和销售方面的事务，父亲身上的担子轻多了。他最感兴趣就是做原油开发，现在他可以集中精力来做钻探了。他是带年薪的董事会副主席，在钻探开发事务上有决定权，除了天堂镇，他现在四处出差去考察新的油田，选址建矿，顺利产油后再交给集团的其他部门运作。父亲建议在他手底下给兔宝安排一个职位，以便学习生意，也让董事会成员能看到他的成长。兔宝说这听起来不错，只是他刚结束为战争做准备的生活，想过渡一下，再想一想。父亲说当然可以。可兔宝觉察到父亲有点刺痛，因为儿子没有自然而然地答应下他认为最天经地义的安排。

X

他们去天堂镇小住，鲁思来做饭，整个人憔悴得一塌糊涂。脸色灰白，笑容勉强，头发草草地打结系在脑后，裙子拖在脚踝，比普遍流行的款式长一大截，她身上看不到一丝年轻女孩的魅力。“姐姐要像个老女仆一样郁郁终老了，”米莉说。

“我知道，他死了!”鲁思喃喃道。“已经五个月了，如果他还活着，该写多少封信了！”

这的确很奇怪，父亲沉吟了片刻，对鲁思说：“等得够久了，我们得做点什么。”

“做什么？”鲁思叫起来，双手握在胸前。

“我们托人向西伯利亚军方打听一下。”

鲁思脸色更苍白了，她恐惧地摇头：“噢，我怕，我不想知道，我不想亲耳听到他死了……”

“听着，孩子，”父亲说，“事情总是这样，想象的总比真实发生的更糟糕。我也想知道我的首席木工怎么样了，现在就办。”

父亲去打电话给圣埃利多的粮草商科菲先生，问候了一下近况，说了说共和党的选举，提起本地区产生的那位国会议员，父亲忘了他的名字，但想请科菲先生作为中间人，请议员帮忙打个电话。他报上了保罗·沃特金斯的名字和所在部队。告诉科菲先生，车子要加油了就随时到他的新炼油厂去提货，笑着问了他最近一期股利支票收到没有。电话两边言谈甚欢。

提心吊胆地等了两天，科菲先生回电话了。兔宝去接的，很快转身朝大伙宣布：“保罗在伊尔库茨克（Irkutsk），他很好！”鲁思听了，一下哭出声来。她正靠餐桌站着，边哭边扶桌子，还是瘫倒了，兔宝赶紧扔下话筒。应该是一时激动晕过去了，大家七手八脚把她在地上放平，朝脸上撒了些凉水，鲁思渐渐苏醒过来，像个孩子一样放声大哭。兔宝这才想起电话还没挂，又跑过去捡起话筒，向科菲先生道歉，衷心感谢他的消息，这一家人都担心死了。兔宝努力让自己听起来镇静，但事实上他和父亲担心保罗的程度远比他们愿意承认的多。

等到鲁思冷静下来，不再哭了，脸上开始露出幸福的笑容。父亲说，“伊尔库茨克？那是什么地方？”这姑娘立刻回答：“西伯利亚中部偏南，靠近贝加尔湖（Lake Baikal）。”父亲颇感惊讶：“孩子，你地理怎么这么好？”原来保罗有一些关于俄国的书，包括一本地图集，自从他离开后，鲁思就天天看，早就对西伯利亚的所有城镇村庄烂熟于心，对每一条铁路都了如指掌。父亲觉得很有意思，让她说一条铁路从起点到终点的各站名，那些发音复杂的名词她真都记得，流利程度让人觉得要是地图上附了列车时刻表，她也能背出来！

鲁思不明白，战争不是结束了吗？为什么保罗还不回家呢？兔宝向她解释，停战也不是一瞬间的事，有许多复杂谈判，局部地方撤军要慢一些。但无论如何我们胜利了，保罗或早或晚都会回来的。兔宝开玩笑说，我们总不会停战了还继续把守人家西伯利亚的铁路吧？鲁思也微笑了。加州农场里的两个孩子，怎么会懂世界政治的微妙复杂。

Ⅺ

兔宝跟父亲在天堂镇打了一个星期的鹌鹑，在山上边漫步边思考，有时一个人出去溜达。最后他想好了，跟父亲坐下来谈。

“老爸，你听了可能会失望，但这确实是我真实的想法——我想去读大学。”

“大学！老天，儿子，为什么？”父亲表情复杂，有一点惊讶，可也没那么惊讶，他心里知道儿子在考虑这个，他自己也深思熟虑过很多次。

“我觉得自己应该受更多的教育。”

“你还想知道什么？”

“嗯，这很难讲。可能只有到了那个环境里，才能知道想要知道什么。但我有这个感觉，还有很多我想知道的东西。”

父亲看上去有种被遗弃的凄凉：“也就是说，你对石油生意不感兴趣。”

“噢不，不是这个意思。我只是觉得，我还太年轻，知道的太少，所以没法判断什么是我最感兴趣的。这并不意味着我不会选择生意。事实上我可以一边上大学，一边熟悉生意上的事……”

父亲比兔宝更清醒：“儿子，如果你读了大学，就看不起石油生意了。你高高在上，知道那些抽象的东西；但不知道我们这些搞石油的在做什么。如果你想成为油商，需要你学的东西都在这儿。”

“哦，老爸，我现在真没想好。但假如，假如我不接着做石油生意，咱们赚的钱也够多了……”

“这不是钱的问题，是这份职业。我希望你能在我身边……”

“我不是要远走高飞，”兔宝急忙插话道，“南加州有好多大学，我可以在家附近选一所。我们周末和假期还可以来天堂镇，或者外出探矿，就跟以前一样。我不是对石油生意没兴趣，只是想在投身一个毕生事业之前，有机会了解更多。”

父亲没再说什么。他一生中某些时候，内心也有过类似的好奇和遐想。他从未丧失对渊博学识的敬意、对高雅教养的歆羡；虽然大器晚成，可他这辈子是永远失去了习得这些的机会。一部分的他愿意儿子能够得其未有，然而他更害怕这些东西会把兔宝夺走，把他变成另一种人，满脑子理想主义不切实际的抽象思考和空谈，最终难以胜任千万资产大企业继承人的角色。

第十章 大 学

I

南太平洋大学（Southern Pacific University）是由一位加州地产大亨投资创办的卫理公会教会大学，所聘教授都有卫理公会背景，并且设有宗教必修课。继建校的地产大亨之后又有一位石油界巨擘，因自己多年来行贿美国和墨西哥政界要人以及车载斗量的其他亏心事而深感不安，捐献巨资给这所教会大学，希望为“筑造人类灵魂的事业”做一份贡献，减轻他灵魂上的罪孽——为保万全，他把天主教和新教各教派的学院都捐了个遍。如果父亲了解这段校史，知道兔宝是在石油界前人所栽的荫凉里受教育，估计会感到一丝有缘千里来相会的亲切。

父亲去儿子的大学参观了一番，离天使城不远，是一座围绕大学形成的小镇。建筑风格很古典，给父亲留下了不错的印象；更令他印象深刻的是竟有五千多年轻人聚集在这儿做同一件事——读书，看起来应该不是什么坏事。在会见过校长阿朗索·T. 考珀（Alonzo T. Cowper）先生之后就更放心了。考珀先生是神学博士、哲学博士、法学博士，既满腹经纶又世事洞明、能屈能伸，与校董会、赞助人和家长打交道的能力一流，因此才被选为校长。他知道面前这位石油大亨如果对儿子所受的教育感到满意，很有可能让他给学校捐赠一个实验室，至少资助设立一个石油地质学的教席。父亲完全知道他的算盘，并且认为这是再恰当不过的合作态度。说到底这世上每个人都是生意人，校长的生意文雅些。

兔宝一头扎进选课修学分的狂热中，英国文学、西班牙语、社会学、现代历史……光教材就厚厚一大摞。除了上课他还去听各种讲座，认真做笔记，连细节也不放过。他经过了很长时间才发觉，“英国文学”真是无聊，教这课的老师自己都无聊得想要上吊。“西班牙语”的老师有一口浓郁的法国口音，而且似乎私下酗酒，以解他住在这蛮荒国度的忧愁。“社会学”是一系列理论先行、按图索骥的分类课。至于“现代历史”，教材上的白纸黑字经过了千百双审查之眼的打磨，苦心孤诣不让学生了解到现代历史的一丝真相。

Ⅱ

兔宝同时也热衷参加校内社交活动，姐姐伯蒂的闺蜜的哥哥，是高年级的学长，也是本校最上档次的兄弟会的核心成员。伯蒂叫他关照兔宝，他很快就被吸收进去了。那是一群自信心爆棚、争强好胜、满口俚语、热衷讨论各项赛事的哥们儿，兔宝因为擅长短跑而顺利被他们接纳。

这是一所男女兼收的大学，于是兔宝面对的另一刺激就是如云的美女。五彩缤纷的飘逸裙裾、修长的双腿纤细的脚踝、顾盼神飞的眼波、如涟漪般荡漾迷离的笑容……在这空气中飘荡着丁香和茉莉花芬芳的校园里，任何刚结束了大半年军营生活的青年男子，想不恋爱都不容易。没过多久就有女生探听到兔宝的背景，开始对他展开攻势。兔宝接到了许多舞会、派对、出去兜风的邀请，他的反应让学校里传言四起，这个石油王子不爱玩儿！渐渐有人在朋友圈里下注，赌小杰·阿诺德·罗斯会最先吻学校里哪个姑娘。自然有兔宝的高中同学义务把他跟尤妮丝的情史传播开来，于是大家很快知道了，原来石油王子怀着一颗破碎的心！这愈发增加了兔宝在女生心中的罗曼蒂克指数。

事情往往是这样，想方设法让王子爱上自己的总白费心机，而那些云淡风轻全不在意的却得到了王子的心。汉丽埃塔·阿什利（Henrietta Ashleigh）出身世家名门，几代都是有钱人，这份沉淀让她真的对钱视若浮云。兔宝知道自己的钱是多么“新”，这让他感到谦卑；倒是伯蒂，在这点上很坦然，永远那么自信而嚣张。兔宝在阿什利家族发现了他所渴慕的东西，完美的举止礼仪、训练有素的仆人、宅邸内如同博物馆，充满文化的吉光片羽异宝奇珍。

汉丽埃塔高挑纤瘦，气质端庄，嗓音柔和。她母亲刚去世，她依传统服丧，穿了一年黑色衣服。每个礼拜天，她都戴着长手套，拿着小开本黑皮的赞美诗与祷文合集，去教堂做礼拜。兔宝有时跟她去，这才知道原来去教堂可以不必是坐听圣经上希伯来人故事的通俗版，还可以是由一位白发苍苍的英国绅士讲解经文的奥义。

汉丽埃塔吸引兔宝的正是她贵族气与宗教感融合的气质。在她那儿，痛苦、骚动和欲望都归于平静。兔宝投向她如同投向圣母，可以在校园里真实见到的圣母。她从不涂脂抹粉，全然是清水出芙蓉的美。他幻想过吻她，但那更像一个遥不可及的梦。在彼此相识后的半年多时间里，她都叫他“罗斯先生”；之后她叫他的中间名“阿诺德”，可能是因为马修·阿诺德（Matthew Arnold）① 的缘故。

Ⅲ

兔宝回天堂镇过圣诞节，保罗终于有消息了。寄来一张卡片，上面有美国远征军的邮戳，但没有地址。卡片上写着：“亲爱的鲁思，我在军中一切安好。收到过你的三封信，保持联系。这里公务很忙，但我不觉无趣，收获颇丰。向全家人、兔宝和罗斯先生问好。诚挚的保罗。”

鲁思把这张卡片当宝贝一样收藏着，看了无数遍。但兔宝觉得这来信未免太简略冷淡了。他不能对鲁思这样讲，只对父亲说了。父亲说军队里信件审查很严密，保罗这样写可能是以最简单的信息来换取最快的审查通过。欧洲都不打仗了，那边还审查什么？兔宝不满地问。父亲回答，现在仍是动荡不安的时期，军队需要自我防范，特别是防止苏俄意识形态宣传的传播。

父亲最近读了一些刊物，了解目前的世界局势。德国和奥匈帝国已经一蹶不振，这是民主的胜利。现在民主国家最大的任务是与布尔什维克这头野兽斗争。值得尊重的俄国精英们已经在俄国边境各地建立了新的政府，协约国各成员国会帮助他们对抗内陆的苏维埃政权。在西伯利亚地区，高尔察克（Kolchak）将军，一位能征善战的军人和领导者，推翻

---

① 马修·阿诺德（Matthew Arnold），19 世纪英国诗人、评论家。

了当地苏维埃政权，在协约国支持下成立了独立政府。美国援军至今在帮助他驻守铁路线，保证供给畅通。布尔什维克们当然会提出抗议，编造各种谣言，这也是军队信件审查的原因。父亲向兔宝解释。兔宝毫无疑问地接受了，他在训练营里也听到过差不多的说法。然而他万万没料到，他会在自己那所保守的教会大学的课堂上听到苏共意识形态宣传。

丹尼尔·韦伯斯特·欧文（Daniel Webster Irving），南太平洋大学的年轻讲师，一位名望卓著的卫理公会老牧师的儿子，战时曾在萨洛尼卡从事难民救济工作。谁能想到这样一个人会跟政治恐怖扯上关系？欧文老师表达思想的方式很巧妙，没有什么确凿的罪名可以指证他。他只是追根究底、提出许多启发性的问题，让学生们自己去思考。如所有学校一样，每个班上都有那么一两个“激进分子”，兔宝班上有一个公然宣称自己认同俄国红色政权的，还有一个是俄罗斯裔。老师需要做的只是提出问题，或者叫这几个学生来提问题，大家分组讨论；某些日本政府称之为“危险思想”的种子就已经播撒下去了。

欧文先生在“现代历史”课堂上不讲课本内容，而是讨论现在正在进行的欧洲和谈会议。威尔逊总统已经抵达欧洲与协约国各国首脑会晤，而他的论点跟此前提出的“十四点原则”有出入，最明显的是海上航行自由这一点。另外更令兔宝错愕的是，战争中被苏维埃政府公布出来的协约国内部秘密条约，并非布尔什维克恶意伪造，确实是真的，现在战争结束，拿到桌面上来讨论和争执了！兔宝回家把这些告诉父亲，父亲也很有挫败感，当初他跟保罗讨论时，力争那些条约不可能是真的，美国总统更不会欺骗民众，看来他错了。很快这些消息就不再是揣测，而被政府的文件所证实，被各大报纸所评论，一时间，成千上万的美国人跟兔宝和父亲一样，醒悟了这场战争激情挥抹之下的真实底色。

Ⅳ

德国莱茵兰（German Rhineland）归法国，德属非洲地区（German Africa）归英国，德属南蒂罗尔（German Tyrol）归意大利、美国控制了亚美尼亚（Armenia）局势……就在协约国各国瓜分胜利果实之际，兔宝还得挖空心思跟鲁思解释西伯利亚独立政府的意义，保罗为什么还不能回来。为了做好这份解释工作，他几乎练就了大使馆外交人员的本领。

兔宝坚持了一个多月，但一封来信让他此前所有精致的辞令都付诸东流。信是从西雅图寄来的，收件人是兔宝，信中写道：

> 罗斯先生：您不知道我是谁，我是刚刚调回国内的军人，参战前在加州的萨利纳斯山谷（Salinas valley）放牛。保罗·沃特金斯叫我写信给您，因为他在军队寄出的每一个字都要经过审查。我现在残疾，还患有严重的痢疾，已经便血三个月了，所以，请您读完信后好好洗手，说不定有细菌传染。我现在在医院隔离，这封信是托人偷偷捎带寄出的。看在上帝的份上，请不要向任何人告发，说我给您写了这封信，否则他们会把我关进大牢。保罗说您父亲说不定能做些什么，帮我们这些可怜的军人调离西伯利亚，如果他知道那是怎样一座人间地狱的话。那里冬天气温零下四十度，时常有暴风雪肆虐，夏天被苍蝇一般大的蚊子咬得浑身是血，日本军队

本应是我们的同盟军，却朝我们射击，为争夺当地利益和控制权……为什么我们要留在这儿？这到底有什么意义？那些俄罗斯难民军人和官员，我们得到命令应该帮助他们建立新政，可我们上校说给他们钱也是白给，半夜我们得把他们从妓院娼窝里拉出来。这些人扬言要杀掉所有工人阶级；还有女人，他们折磨她们……罗斯先生，我亲眼见过的那些事，您连读到都会恶心。光是我们团就有十多个战友发了疯，穿着约束衣被遣送回国进精神病院。更多的战友半年多一封信也没寄出去，他们的家人肯定都急疯了。为什么全世界都停战了，我们还要待在这儿？保罗说不要告诉他妹妹这些，让她担心，他自己的情况还好，军营需要木工的地方很多，他被调来调去，一直有事做。但大多数战友整天无所事事，指挥官不得不让我们把物资从东挪到西、从西再挪到东，好让我们有点事做。如果您收到这封信了，请给我寄一包香烟，作为回音；如果您还想从我这儿了解更多情况，就寄两包。杰夫·考比提（Jeff Korbitty）敬上。

V

兔宝把信拿给父亲，他看了之后也愁眉不展，却也无计可施。他手上有三口井刚刚钻成，其中一口的井喷污染了两百多英里的石头山，漫山遍野漆得乌黑。他还得跟罗思科先生掌舵风云变幻的股票市场，战争刚刚结束，但各国的石油需求还并没有跌下去。加州的石油简直供不应求，他们的连锁加油站已经限购了，每次限五加仑以内。罗斯统一集团正大赚特赚。兔宝给杰夫·考比提寄了一箱香烟。他很担心保罗和西伯利亚的军队。父亲无心管这事，他自己来。兔宝给那位国会议员莱瑟斯（Leathers）先生写了信，陈述他所了解的西伯利亚现状，请求国会调查美国继续在西伯利亚驻军的原因和必要性。这封信预计在五天后寄到国会议员处。

七天后，一位身着正装的先生出现在天使城的罗斯家门前，介绍说自己拥有西伯利亚的石油特许权，想跟罗斯先生谈合作。父亲不在家，去了天堂镇，兔宝接待了他。这位来客友善、诚恳、健谈，兔宝跟他热烈谈论起西伯利亚目前的局势，谈到他在西伯利亚服役的朋友保罗，还把杰夫·考比提的信拿出来给他看了。这位先生说我国既然没有与俄国宣战，干吗要在西伯利亚驻兵？兔宝说他完全同意。来客又坐了一会儿，就彬彬有礼地告辞了。两个星期后，兔宝又收到了一封杰夫·考比提的信，信中大骂兔宝出卖了自己，军方已经找上他了，他托人捎出这封信就是要告诉兔宝，叫他去下地狱，永世不得超生！

兔宝真想找个人倾诉一下，说说这荒唐黑暗的一切。某天他开车去南太平洋大学上课，路上看到一个熟悉的青年人的身影，步履微跛。他认出那是欧文老师，他顿时觉得很羞愧，自己做学生的开着新款跑车，老师跛着脚还要走路去上课。他减速靠近，问道："欧文先生，我送你一段，可以吗？"

"要是顺路的话，"对方回答。

"当然顺路。"兔宝说，"其实，我一直想跟您好好谈谈，只是没有机会。"

欧文上了车，说了要去的地方，然后问："说说你想谈什么？"

"想问问您，我国驻军西伯利亚的原因。"

丹尼尔·欧文先生相貌不凡，骨骼清拔。脖颈很长，让他的头明显高出肩膀，头部和面部时而会出现某种敏感警觉的微动作。留着一点络腮胡，灰眼睛，会突然目光锐利地看向你，如果你说了什么蠢话或者特殊的东西。

“你为什么对这感兴趣?”

“我有个朋友，参军后被派往那边，一年多了，还没有回来。我有些担心，不明白那边是怎么回事。”

欧文先生说，“那么，你问我这个问题，是以学生的身份，还是以朋友的身份?”

“怎么，”兔宝不解，“我很愿意作为朋友和您对话，如果您也愿意。但这跟我作为学生来问有什么区别?”

“区别就是，”对方慢慢道，“后者可能让我被大学解聘。”

兔宝脸一下子红了，觉得很尴尬。“任何可能导致这种后果的事，我都从没想过，欧文先生。”

“那我可以给你一点提示，罗斯。欧洲战争时，我倾尽家产去做救济工作，带回一条残疾的腿。我有一个妹妹，我要负担她的学费。南太平洋大学给我这个教职和每年一千三百美元的工资。今年还有合同到期、续约的事。如果有人告发我，向学生宣扬布尔什维克思想，我就要失去教职了，不仅在这儿，如果有这样的事，别的学校也不会要我。”

“噢，欧文先生，我是绝对不会去告发您的!”

“你不用去告发我，只需跟你的家人或朋友们聊聊，说出我对你这个问题的见解。他们都会认为向有关部门举报我是他们义不容辞的责任。”

“有这么严重?”兔宝说。

“就这么严重，”欧文先生说，“我可以回答你，如果你承诺，这是我们朋友间的私密谈话，并且不会对任何人说起。”

兔宝同意了。可见他是多么地想知道。一张布尔什维克的网已经悄然向他张开。

Ⅵ

欧文先生认为，美国军队之所以驻扎在西伯利亚，因为在战前和开战后，美国许多大银行家和商人向沙皇俄国提供了巨额贷款。布尔什维克党夺权后，拒绝偿还沙皇政府的债务。因此美国商界在幕后怂恿必须对其加以惩罚，这不只是赖账不还的问题，而且要杀一儆百，不能开这样的先例，如果任何一个国家的政府垮台了，其债务就都不算了，国际间信贷还怎么进行下去？美国不仅要讨回那至少数十亿美元的钱，而且要维护国际间的经济信用；通过支持西伯利亚反对苏俄表明立场、发出警告，世界上任何想要赖债不还的政府都会遭到强硬对待。

这个观点让兔宝觉得耳目一新，他追问了许多问题。欧文先生又说，战时华盛顿有一位俄国驻美大使，主要经管我国对俄国的贷款，购买军需物资。布尔什维克夺权之际，大使得到一笔约十亿美元的贷款，我国政府让他用这笔钱建立一套宣传机器，对抗苏维埃的意识形态；同时还有一张秘密情报网。报界要人、新闻工作者、政府官员、立法机构人员……统统在大使的工资单上。另外还有一个影响因素，我国的某些高官以及协约国其他国家的上层社会，有与沙俄贵族通婚这层渊源，这些妻子们的作用也不可小觑，她们的显赫家族在俄国革命中丧失了一切，当然痛恨苏维埃政府。苏俄的赖账行为让很多大银行家和财政官员身陷困境，此外还有以其他方式援助过俄国的企业，有些甚至面临破产。因此美国与苏维埃俄国的敌对是根深蒂固的，这就是我们驻军西伯利亚支持其独立政府的原因。

欧文先生说他只是做客观分析，对布尔什维克并无特殊的情感倾向。单纯的兔宝自然相信缜密的欧文老师，他不知道“危险思想”的传播者在没有充分把握前，都不会贸然暴露自己。欧文先生说，俄国正在进行的是一场史无前例的社会实验，由劳工阶级掌权的国家会是什么样子？所谓的“民主”在我们这种国家体制中真的能实现吗，或者只是一个徒有其表的幻象？然而现在，我们不是派遣各界专家学者去研究、分析他们的社会实验，而是与英法等国联合起来去扼杀它。在充满军事和政治干扰的情况下，即便苏俄的实验最终失败了，也说明不了什么。

兔宝全神贯注地听着，浑然不觉这是赤色宣传。他说是啊，俄国的事应该由俄国人以他们自己的方式解决，我们也应该多了解他们史无前例的社会实验，而不是去干扰它。事实上他现在就想多了解一点。于是水到渠成地，欧文先生给他推荐了一些书和文章，并告诉他去哪些杂志上找。对于一个好奇心旺盛的学生来说，思想导师已经指给了他迷宫的入口。

兔宝回去后发现，很多刊载那些文章的杂志都在南太平洋大学图书馆里找不到，在天使城各学校的图书馆里都找不到。兔宝以个人名义订阅了一批这种杂志，当这些刊物在他的抽屉中落户之时，一份新的档案也落入了国家情报部门的文件夹。

兔宝在这些思想资源里摸索了一段时间，抑制不住发声的冲动，给南太平洋大学的校报投了一篇稿子，阐述他对西伯利亚局势的看法，当然，他谨慎地没有提到欧文先生、杰夫·考比提和保罗的名字。稿子被编辑退了回来，连同退稿一起寄到兔宝手里的，还有一则留言，谴责他的观点是对国家的背叛。消息不知怎么传了出来，兔宝遭到同学朋友们的围追堵截，想看他的反动稿子，继而想跟他辩论。一个名叫比利·乔治（Billy George）的高年级学长声援了兔宝，称俄国人有权决定自己国家的事务。比利的父亲是一位从事钢铁管道制造业的富豪，兔宝很高兴能有一位志同道合的朋友，很快同他熟悉起来，让他看了自己的稿子和杰夫·考比提的信，同他掏心窝子地讲了自己最近一段时间的思考和困惑。

于是，天使城、纽约、华盛顿的各个情报机构的秘密档案又充实了一点。鉴于参阅过这份秘密档案的人也不是一两个了，在此不妨披露出来，供世人一睹究竟。

姓名：小杰·阿诺德·罗斯；又名兔宝。年龄：20。身高：5英尺9英寸。体貌特征：正常，见照片。家庭住址：加利福尼亚州天使城梦多奇诺大道679号；加利福尼亚州圣埃利多县天堂镇。父亲：杰·阿诺德·罗斯，罗斯统一集团董事会副主席，另有其他独立油矿产业，净资产约两千五百万美元。毕业于：海滩城市立高中(1918)，成绩优秀，高中期间曾有性行为（汇报者编号11497，见档案）。天堂镇石油工人罢工（1916—1917）中，对罢工工人表示同情。密友：保罗·沃特金斯（见档案1272 W17），天堂镇罢工委员会成员，领导者之一。与保罗妹妹，鲁思·沃特金斯过从甚密。1917—1918年受训于亚瑟训练营（Camp Arthur），表现优秀。在杰夫·考比提（见档案9678 K30）的来信刺激下，给国会议员H.G.莱瑟斯写信（两封信件内容均见档案，汇报者编号23672，见档案）。现就读于南太平洋大学，KGT兄弟会成员，短跑运动员。丹尼尔·欧文（见档案

327118）的学生。布尔什维克的同情者。订阅杂志：《民族》（Nation）、《新共和》（New Republic）。后续信息源：汇报者编号 11497，其同学；汇报者编号 9621，其姐姐伯蒂·罗斯的密友。

Ⅶ

兔宝父亲和他的同事们对美国政府也不满意，但理由大异其趣，因为威尔逊总统和政府没有利用战胜国的身份谋求更多利益，尤其是与石油贸易相挂钩的利益。法国和英国得到了土地和赔偿，我们从战胜中得到了什么，帮助亚美尼亚从土耳其魔爪中摆脱出来的人道主义任务！父亲更对兔宝的教育不满意，他觉得儿子最近冒出的那些怪想法都是大学教坏的。兔宝能够觉察到老辣的父亲在不露声色地迂回试探他，套他的话，认为有人在影响他儿子的思想。在父亲看来最可疑的地方，就在于兔宝从没提起这么一个人的名字。兔宝觉得也隐瞒不了多久，不如将计就计，利用这一点，开门见山地把自己的思想导师引荐给父亲！父亲在家里会见了欧文，就不可能举报他了，否则他自己也说不清。

"老爸，我想邀请一位老师去天堂镇看看。"父亲很高兴，他当然乐意有大学老师到他的地盘做客，而且可以深入了解一下兔宝在学校的情况。父亲一直担心，那些文绉绉满嘴大话的知识分子会真心瞧不起，或者假装瞧不起他这个搞石油的粗人，哪怕他有千万美元的身家。而他更害怕在这些知识分子的影响下，有一天兔宝也会瞧不起他。

暑假，兔宝邀请欧文先生去天堂镇度个周末，欧文欣然同意了。六月的早晨阳光明媚，兔宝去接他，他们在车上又讨论了苏维埃俄国、西伯利亚、德国战败后的处境。同时兔宝委婉地提醒欧文先生，他父亲在政治上是个保守的人，并且喜爱争论问题，欧文先生最好以保守派比较能接受的方式来表达某些新观点。

Ⅷ

父亲在天堂镇的住所，早已从小木屋扩展成一个庄园式的大庭院了，院中有一座喷泉，四围种了枣椰树香蕉树，房子墙壁上爬满青藤和九重葛。新雇了一个日本裔厨师兼仆人，还有一个小伙子当杂役兼园丁，鲁思则是总管家。别墅里有六间客房，因为常有地质学家、工程师和重要经理人来天堂镇工作或拜访，来了便是父亲的客人，大家住在一起，其乐融融。客人多的时候他们在楼底下打扑克、喝威士忌、抽烟、闲扯一整个下午，讲各种荤的素的段子，哈哈大笑。父亲的双重标准是，在他们享乐闲聊的时候，叫兔宝在自己房间里好好看书。

但这次的格调可不一样，没有打牌喝酒了，这回是一个教授来拜访他！父亲坚持称欧文先生为“教授”，并且为他的到来感到荣耀。父亲带欧文先生参观了矿区，看了正在钻探的井和已经产油的井，参观了炼油厂，近距离接触最新的精馏技术。罗斯炼油厂占地面积约等于一个小村庄，除了核心的炼油车间外，还有外围的油桶生产和储备库房。厂区绿化很好，厂房周围不是草坪就是小树林。晚上他们在庭院里吃了一顿丰盛的晚餐。欧文先生举止优雅，谈吐得当，对父亲提出的上百个关于世界政治的问题都给予了回答，聊了很多他在欧洲的救济工作和在法国使馆的见闻。欧文先生有些政界上层人士的亲戚，知道许多事情的内幕消息，这让父亲和兔宝非常感兴趣。

父亲高谈阔论，现在的政治家都不懂得商业才是一切的根本，应该得到最大程度的保障。他有个朋友，在巴库（Baku）有大单石油项目，眼看就要打水漂了。政府还忙着反布尔什维克，折腾人家的事何必呢，他朋友说必须得支持能干实事、重视商业的人主政，最好选一位商人当总统……兔宝和欧文先生进行了一次饶有意味的目光交流，正说到兴头上的父亲根本没注意到。等欧文先生回房休息了，父亲对兔宝说，这真是个优秀的青年人！

兔宝在假期跟姐姐伯蒂出去玩了几次，去了一个叫“木桥”的山林俱乐部，这片隐秘的世外桃源只有绝对精英才能得到入场许可。划船、游泳、骑马、晚宴、舞会……一天换好几套衣服，晚上喝得醺醺然，跟各路人交际闲聊，晚上睡得很晚，次日还要在午餐前起来赶下一轮。

兔宝结识了埃尔登·伯迪克（Eldon Burdick），此人追求伯蒂已经两年多了，伯蒂也蛮中意他。父亲半开玩笑地说他已经做好准备参加婚礼了，伯蒂却叫父亲别急着做什么规划，她的婚事她要自己做主。兔宝发现这一对儿最近在闹别扭，伯蒂泪眼汪汪地怪埃尔登只陪她一个星期就要走，埃尔登则气伯蒂为了惩罚他跟别的男人跳了好几支舞。俩人都没来找兔宝诉苦泄愤，兔宝也乐得耳根清净。埃尔登出身于大地产世家，他们家族拥有天使城外的大片开发区和闲置土地，每个开发区都发展得很繁荣，附近空地价格也水涨船高，虽然这一家上上下下四十来口都极能挥霍，但钱是永远花不完。埃尔登长得高大帅气，战时曾任军官，颇有军人风度，并且也有一副军人的头脑。他不知是从伯蒂处还是从别人那儿，听说兔宝似乎有些思想不正确，特地约他一起出去骑马，试图拯救兔宝于异端邪说的悬崖边缘。

因为姐姐的关系，兔宝没有把他当外人。在漫长的骑行中，前任军官谆谆说教；兔宝耐心听完后，进行了振振有词长篇大论的反说教。最终，埃尔登意识到他中毒已深，从强压怒火慢慢转到态度冰冷。很快兔宝发觉，俱乐部里一起玩的人都对他冷淡起来。伯蒂目露凶光地来找他算账，控诉他一举毁了自己的社交前程。

Ⅸ

兔宝回到天使城，去拜访了汉丽埃塔坐落在蔚蓝湖畔的宅邸。和大多数人一样，她对布尔什维克深感厌恶。兔宝猜是因为听说了“共产共妻”的传言，他想同她商榷那些恐怖故事的真实性。但这样的话题，他实在难以启齿跟自己的圣洁女神谈。他从汉丽埃塔处回来，越发觉得心里憋闷如鲠在喉，而最佳的倾诉对象当然是灵魂导师欧文先生，后者对症下药，又给他推荐了几篇文章。

保罗又寄来了一张卡片，和上张一样，以简洁冷静的语调报了平安，说他很忙，他又收到了一封鲁思的信，祝全家安好，并祝罗斯一家安好。现在兔宝知道了更多卡片背后的重重帷幕，他甚至能感受到保罗写下这寥寥数语时，内心压抑的苦涩。兔宝觉得自己该给保罗回一张卡片，他也以简洁冷静的语调说这边都很好，大家都很忙，然后写道“我最近做了很多思考”。转念一想觉得这句话还是可能引起审查官的怀疑，于是把这张扔了重写。最终他认为自己机智地找到了绝对审查不出来的表达方式：“我最近越来越认同汤姆·阿克斯顿了”。写好之后兔宝洋洋得意地想，西伯利亚的审查官总不可能对这个天堂镇罢工的领导者也有所耳闻吧？

人的心路变化真是难以预料。七个月前，他在训练营里是表现优异的士兵，满腔热血对国家无限忠诚；而现在他居然希望自己的国家遭到挫败、撤军。他依然记得许多个在训练营的清晨，起床号响起后，迅速洗漱整装集合，望着晨光微风中飘扬的国旗，从心脏涌到全身的激动。那时的他看现在的自己，不折不扣是个黑心叛国者。

X

世界各国都没有料到，俄国布尔什维克的政权竟能持续下去。联军取得了一些胜利，占领了几个重要城市；但广大乡村的情况是，农民在联军进攻时都安伏不动，专等在战线后部掀起暴动，迫使他们打完了又后撤。布尔什维克的意识形态宣传机器太强大。高尔察克将军横扫西伯利亚，邓尼金将军一度逼近莫斯科，眼看就要占领，又出乎意料地被击退了。没有一场胜利笑得足够久。

夏去秋来，秋去冬来。这是协约国联军在俄罗斯的第二个冬天，气候的苦寒加重了战士们厌战思归的情绪，法国舰队在黑海发生兵变；英国本土的一支海军队伍，拒绝上船派往海外；倒是德国，声称要以帮助联军消灭布尔什维克的方式赢回战败国的尊严。美国军队中也发生了叛乱，一队由密歇根伐木工和农场工组成的队伍，被船运到靠近北极圈的某个地方，接到英国统领的命令，枪杀一群饥寒交迫的苏俄工人，他们不干了。联军在十月又进行了几次军事行动，尤登尼奇将军向彼得格勒外围进军，最终被苏维埃红军的反攻击退。国内民众反对驻军的呼声越来越高，部分地区有群众大规模集会游行，要求把我们的孩子们撤回来。

总统四处演说，增强民众对政府的信心。到天使城的时候，父亲带兔宝去市大礼堂听他演讲，现场听众要遵循礼仪指挥，何时站起、何时坐下、何时鼓掌。总统看起来状态很不好，面色潮红，声音乏力。不久之后传出消息，总统中风了。躺在床上，意识严重受损，工作全靠妻子和秘书辅助。

终于，在圣诞假期的某天，兔宝在天堂镇，早上邮车来送信件和报纸，他翻开一看，头版消息，美国政府宣布从西伯利亚撤军。他大叫一声，冲出门去告诉鲁思，“保罗要回来了！”

第十一章　反　叛

I

大学里，多数盎格鲁一撒克逊人种特征、家境富裕、打扮入时的公子哥儿都过着相似的生活。满脑子“异端思想”的兔宝跟他们不一样，这让他很难交朋友，除了一些敢冒不韪的怪人。比如四处宣扬反宗教迷信的斗士彼得·内格尔(Peter Nagle)，在一所全部教职员工都属于卫理公会的大学里，其境遇可想而知；比如气质阴郁、口音怪异的格雷戈尔·尼古拉夫（Gregor Nikolaieff)，学生们普遍认为他的长相是布尔什维克的标准像，事实上，他的父亲在俄国因反抗布尔什维克而入狱，可谁又能对这群无知的少男少女解释明白呢，他们连社会主义、共产主义、工团主义、无政府主义的概念都分不清。再比如瑞秋·明茨（Rachel Menzies)，犹太人，个子很矮，遭到一些女生敌意的嘲笑，瑞秋其实长得挺好看，是那种异域风情的美，不是所有人都欣赏。她穿着毫不性感的黑棉袜、颜色完全不搭的衬衫和裙子，像随手摸出两件套上就来上课了。据说她家境不好，父亲在一家服装厂干活，哥哥靠给人熨烫衣服赚学费。

石油大亨的儿子、大型企业的接班人兔宝，频频被看到跟这些人混在一起高谈阔论，而且还想把这些新朋友介绍给兄弟会的哥们儿认识。此举让他里外不是人，兄弟会的一位学长郑重警告兔宝，他不想认识这些莫名其妙的家伙。而瑞秋·明茨则说：“听着，别再把我介绍给那些徒有其表的花花公子了。”兔宝抗议道，人们应该多了解一些跟自己不同的人。“罗斯先生，你可能不知道遭人冷眼是什么滋味，但我们犹太人早就学会了一条，自己不受欢迎的地方，就知趣离远点儿。”

“可是，”兔宝说，“明茨小姐，如果你相信一种思想，就该传播它，让更多人了解它……”

“我相信自己的思想，但不好为人师。”

兔宝说他自己就从明茨小姐这儿学到很多，说不定他的那些哥们儿也跟他一样呢？瑞秋·明茨说，兔宝这样的人凤毛麟角，他能超越自己的阶级局限，能接受与自身利益相冲突的东西；总是在寻找值得学习的人、值得吸收的思想。他自己可能并不觉得，但这非常难得。

事实是，兔宝在汉丽埃塔那里学到的，跟他在瑞秋·明茨这里学到的，二者之间异常矛盾龃龉。极其雅致得当的贵族风范与更合公理正义的革命魅力，兔宝左右为难。汉丽埃塔认为瑞秋·明茨简直是不可理喻的存在，只要有瑞秋在的场合，她都冷若冰霜。而瑞秋则把“你跟汉丽埃塔真是天生一对”作为一种对兔宝的侮辱性表达。

Ⅱ

学长比利·乔治给了兔宝许多安慰和鼓励，这位钢管业富商之子与兔宝惺惺相惜。比利跟兔宝商议组建一个苏俄问题研究协会，志同道合的朋友们可以定期安排些活动。兔宝觉得这主意不错，可以请欧文先生做指导老师，组建协会还是要有指导老师为好。兔宝去请欧文先生，但欧文先生拒绝了他，说这会危害到他的教职。但他不反对兔宝他们办，并建议他们把名字起得含蓄点，比如“自由协会”、“社会问题研究会”之类。

于是兔宝他们自己办了，比利对欧文先生的胆小怕事嗤之以鼻；瑞秋说这也不能怪他，欧文先生有权拒绝他们，让自己远离麻烦。大家七嘴八舌讨论起来，有人提议办一份小报纸，传播他们的观点，比利·乔治来做主编。比利摇头摆手说他可不行，他在协会不能担当职务，否则他老爸会把他从学校带走，押回公司去做会计。于是大家的目光自然齐齐汇聚到了兔宝身上，他脸一下子红了，他觉得聚会讨论问题还好，办报纸，这动静太大了。汉丽埃塔听了会吓坏，从此跟他老死不相往来；父亲也很可能大发雷霆。于是兔宝只好硬着头皮拒绝了。瑞秋·明茨说：好吧，看来大家都有不便之处，谁也别说欧文先生了。

Ⅲ

过了一段时间，报上公布了一批从西伯利亚调回的部队番号，保罗所在的队伍也在其列。兔宝打电话告诉鲁思，让她做好准备，有什么消息及时通知他。几天后，鲁思来电话了，保罗回到天堂镇了！刚好是周五，兔宝放下电话，翘了下午的课，开车直奔天堂镇。父亲在洛伯斯河那边，错过了久别重逢的场面。

快二十个月了，保罗变成什么样了？兔宝第一眼见到吓了一跳，保罗整个人面黄肌瘦，军装都不合身了，松松垮垮地披着。“你身体怎么这么差！”兔宝叫起来。

“哦，”保罗说，“我没什么大事。”

“说说在那边怎么过的？”

“相当不好过。”保罗似乎想轻描淡写地不提了。

鲁思做了一桌子大餐，他们在拉斯卡姆农场的小木屋里吃，就跟从前一样。保罗还吃不下太多东西，他说现在吃这么好都不敢相信是真的。保罗席间讲了回来的途中路过马尼拉，遇到暴风雨……仍然一句没提西伯利亚。

兔宝当然不会放过保罗，饭后他对保罗说：“我想知道俄国的情况，这段时间我跟无数人争论过，就指着你告诉我真相了。”

保罗靠在椅子上，虚弱憔悴，头向后躺着，嘴角下垂到一个悲伤的弧度。“发生了什么……”他缓缓地说，仿佛在努力逼迫自己回忆，“发生了什么，小子，我告诉你，我被绑架了。”

“绑架！”兔宝和鲁思异口同声喊出来。

“没错，我参军的时候以为自己是去击垮德国皇帝，结果却被华尔街银行家绑架着，去给他们当工贼。”

兔宝和鲁思都没怎么明白，坐在那儿大眼瞪小眼。

“记得天堂镇罢工吗？记得那些装备精良、有枪有酒的警卫吗？我们就是华尔街银行家雇去平乱的警卫。只不过天堂镇的警卫一天工资十美元，想不干就可以辞职；而我们一个月工资三十美元，想不干就会被枪毙。”

保罗停了停，闭上眼睛，似乎在脑海中一幕幕浏览，该先讲哪些事情。

“联军去攻占海参崴时，那座城市已经被工人的政府领导着，很安定有序，我们去了都没遇到太大抵抗，因为他们对我们的行为感到震惊。我们奉命射杀了一些固守港口机构的工人，他们举行了隆重的葬礼，送葬队伍到我们的领事馆门前抗议，当天正好是 7 月 4 日，我们在庆祝独立日。他们质问：为什么你们可以庆祝自己的革命，却要镇压我们的革命？我们无言以对，后来才一点点明白过来。”

保罗又停下歇一歇，兔宝追问，“明白什么？”

“城外铁路附近有一大片军火库，占地面积约二十英亩。囤的都是枪支炮弹，一部分装在箱子里，还有些就用防水布盖着，还有机车和运输设施。我们负责守卫它。开始我们以为那是政府的，后来才知道，是英国政府有偿卖给沙皇政府的，还没有运进内陆，革命就爆发了。美国参战后，摩根公司接管了英国政府在这笔军火上所持的债券，这批军火就是摩根公司的担保品了。我们为了不让它落到布尔什维克手上，必须保卫海参崴。摩根（Morgan）公司专门派了一批人过来，工程师、发报员、线务员、运转铁路的技术工，这些人和我们穿着一样的军装，但军衔都在中尉以上，工资用支票付，数额高得惊人。”

“为什么呢？”

“为了摆平罢工，有史以来最大规模的罢工。俄国工人反抗地主和资本家，而我们要把前者打压下去，把后者重新扶上马。为了帮那些落魄的旧贵族和他们的散兵游勇，我们得射杀成千上万的工人，这难道不恶心吗？”

“保罗，你杀人了吗？”鲁思面带惊恐地问。

“没有，我是技术兵。唯一一次交火是跟日本军队，我们所谓的盟军……”

保罗、兔宝和鲁思聊了大半个晚上，接着第二天、第三天……这个话题似乎永不枯竭，关于俄国革命，有太多他们闻所未闻的事情。

Ⅳ

“记得咱们矿区跟我一起去参军的矿工曼德尔（Mandel）吗？那个俄裔犹太人，参加了罢工，没事喜欢弹着他的三弦琴唱俄罗斯民歌。我们两支军队出发时在同一个港口，他们发现他可能是个布尔什维克，把他扔下船，什么都没剩，他随身带的三弦琴也没给他留下。我借了他五美元。几个月后他来伊尔库茨克找我，在当地又弄了把三弦琴，经常到我的营地弹琴唱歌，《伏尔加河的纤夫》《国际歌》……他用俄语唱，也没人能听懂。后来上面下令说把他抓起来，我赶紧帮他逃走了。不久之后，他就成了苏维埃红军的一员。后来被高尔察克的军队抓到，给活埋了。我们的人发现他时，眼睛已经被虫子食掉大半了。”

兔宝瞪大眼睛听着，脊背发凉，满心恐惧。

“比这可怕的事还有很多，遍地都是。每天看到的一切都不能让你良心好过。我没亲手杀人，可我帮着埋了几百具尸首，都是我们的人杀的。有女人，也有孩子。好些士兵受不了，疯了。”

保罗所说的跟兔宝在报纸新闻和社会各界接收到的信息太不同了。这样聊了几天后，他终于忍不住问保罗：“这么说，布尔什维克不是坏人？”

保罗回答：“记着，你是怎么理解天堂镇罢工的，就怎么去理解俄国革命。他们都是工人，和我们的工人没什么区别。只不过，他们比我们更清醒，走得更远。”

兔宝吞吞吐吐地问：“那，共产共妻是……”

“噢老天！”保罗说，“你脑子锈了，真信那些鬼话？”

“我们又不了解情况，怎么知道该信什么？”

保罗笑起来：“我倒是见过一些被‘共产’的女人，她们被‘共产’当老师，到工厂和军队教不识字的人读书写字。这是个很重的任务，除了女人当老师，他们还有‘小老师’制度，刚学会一点的教完全不会的文盲。我可以告诉你，布尔什维克的所作所为中唯一称得上残酷的，就是提出了一个观念，工人有权利统治一个国家。”

兔宝开车带保罗逛了他们的矿区和新开的炼油厂，他离开太久了，天堂镇的变化日新月异。炼油厂环境美观，蔷薇花开满园，厂房造型如数只巨大的烤盘对着青天，天使在为整个世界酿制焦糖，充满专利特许的、凡夫俗子难以消受的气味，驱走了方圆十里的鹌鹑。夕阳的柔光中，烤盘上方冒出的白烟与淡紫晚霞相融相接。

矿区的电灯依次亮起。兔宝一直对当初骗取沃特金斯家的土地而心怀歉疚。保罗有理由感到嫉恨不平，这片地如果还是他们家的，早有百万美元入账了。而现在，兔宝好像换了一双眼睛，他以全新的目光看待这一切，觉得自己长久难以释怀的那种歉疚真是狭隘过时了。保罗不会觉得损失进而嫉恨，因为他首先就不会认为，这片矿区是属于沃特金斯家的。没错，它不属于沃特金斯家，也不属于罗斯家，它是属于工人们的！

眼前的炼油厂如同一只丰满成熟的桃子，挂在树枝上等着被摘取。只要有人振臂一呼朝它一指——如果保罗不是如此虚弱，他就可以承担这个任务——炼油厂和整个矿区的工人们就会觉醒，把这只桃子摘下来，他们自己当家做主运作这个产业，跟苏维埃俄国的工人们一样有力量！

V

兔宝回到学校，跟朋友们谈起保罗，感叹他这几天来灵魂受到的震撼，思想更充满了激进的火花。比利·乔治建议让保罗到他们协会来讲讲，他们也想听他的故事。消息不胫而走在全校迅速传开了，一个曾在西伯利亚服役的亲布尔什维克的木工！当天的讨论非常热烈，不时被激愤的质询打断，但总的来说有趣极了，大家意犹未尽。兔宝成了一个小小的苏维埃宣传中心，连接着学校异端分子组成的协会和访苏归来的布尔什维克派工人；他成了人们口中的“千万富翁的红色后代”。

保罗带了些家做的点心，去天使城看一位朋友，兔宝随他一起，见到了又一个传奇，哈里·西格尔（Harry Seager）。他比保罗年长十岁，是一所商学院的高层，战争爆发后把工作全部移交出去，参军后和保罗做同样的工作。也被派往西伯利亚。他沿着西伯利亚大铁路去过很多地方，回国后不顾官方的阻挠施压，以讲出俄国事实真相为己任。

父亲忙得手脚朝天，刚在沃特金斯农场毗邻的班迪家土地上打了几口预探井，正是紧张的时候。他叫兔宝跟他一起去天堂镇，可兔宝说他一定要去见那西格尔先生。父亲只好随他，他有太多事要操心，而最令他担忧的是儿子似乎正在落入布尔什维克思想的魔爪。

西格尔先生身材高大，长得有点像北欧海盗，头发如老年人般的灰白。兔宝见过一次后钦佩不已，硬拖着父亲同去参加了一次有西格尔先生演讲的集会。一座大礼堂被两千多人填满，父亲看着周围一张张异域的、严肃的、阴郁的、激奋的脸，昂着头的知识分子、剪短发戴厚眼镜片的女人，或愠怒愤懑或一脸苦大仇深的工人……父亲觉得他一辈子见过的“危险分子”加起来也没这次见的多。台上的西格尔先生像一个激情的指挥官，话语的凌厉鞭风抽向哪儿，群众的疯狂就被引向哪儿。

他讲在西伯利亚铁路上看到的“死亡列车”，两千多男女老少像沙丁鱼一样被塞进罐头车，白军不知怎么处置这些囚犯，就把这趟列车开来开去，有时在岔道口上一停就是好几天，车里的囚犯们没有食物和水，细菌疾病蔓延……而美国军队就驻守在铁路线上，无动于衷、无所作为地帮助实施这场屠杀！现在美国虽然撤了军，还有波兰人穿着美国的军服、拿着美国的武器，在继续着屠杀俄国工人的暴行。我们该说什么？

整个礼堂响起了海啸般的叫喊。杰·阿诺德·罗斯在这震耳欲聋的声浪中感到一阵寒战，他知道这意味着什么，没谁能在他面前打马虎眼，这不是俄国的问题，当这些美国人举着拳头高呼列宁名字的时候，他们不只是在为俄国革命叫好，更是在为美国的“列宁”们加油打气。“放开苏俄！放开苏俄!”，这呼声的真正意思是“抓住罗斯集团！抓住罗斯集团!”

眼角余光中，父亲看到他的儿子，跟全场的疯狂民众一起呼喊，满脸兴奋的光彩。“放开苏俄！放开苏俄!”他大声喊着，浑然不觉身旁父亲入骨的恐惧。也许，他还没有意识到“放开苏俄”的意思，也许，更令人难过的一种可能是他知道，却不在乎。

Ⅵ

协会中的彼得受到一系列演说的鼓舞，将办报重新提上日程，并毛遂自荐做主编。这份每周一期、每期四版的《调查者报》，一经公告就收到了很多订阅请求。瑞秋·明茨就苏俄问题采访了西格尔先生，两千多字的采访稿刊在第一期头版。另有一篇文章讨论南太平洋大学体育特招基金的秘密去向。兔宝和彼得也都就各自感兴趣的问题写了文章。比利·乔治鼓励他们，应该给广大师生振聋发聩的一击。

写稿、编辑、校对、做版、付印……第一期报纸新鲜出炉了，柔软的纸张散发着墨香。怎么发放出去呢？大家讨论半天，兔宝主张免费发放，瑞秋不同意。她的父亲，服装厂工人，同时也在天使城社会党的宣传部工作，有此类事务的相关经验；她说报纸不能免费，必须有一定售价，否则人们把它当传单广告，不会予以尊重严肃的对待。“报非买不可读也。”明茨老先生曾以犹太人的商业洞见如是说。明茨小姐补充，“如果我们对这份事业真的有信心，就不在乎有人说风凉话。”最终大家同意了。

第二天早上八点半，南太平洋大学的主楼前添了一道惹人注目的风景，小杰·阿诺德·罗斯，石油大亨的儿子，抱着一大摞报纸叫卖：“《调查者报》第一期！五美分一份！”大家几乎是拥上去抢购，里三层外三层团团围住，兔宝只恨自己找钱太慢；一个人拿走一份挤出去，旋即有人围着他扎堆，三五个探过肩膀跟他同看，六七个在他前方看反面。热闹的场面一直持续到男生教导主任斯奎奇先生出现，他熟练地穿过人群，不多废话把兔宝带到了他的私人办公室。“在这儿等着！”说罢教务主任又出门，从学校其他地方把彼得和另几个卖报人全都带到了办公室。

他们手里没卖完的报纸统统被堆在教务主任办公室的墙角，但散发出去的份数已经足以让整个学校的人争睹热议了。大家在路上碰见，彼此这样打招呼："看过了吗?"他们以五美分卖出的那些份《调查者报》，当晚便以一美元甚至更高的价格被私下买卖。

这份小报的诞生还上了另一份大报的第二版新闻，颇受天使城大众欢迎的《晚间消息》，标题是一行大黑体："学院赤潮——南太平洋大学中的布尔什维克宣传活动"。这篇占满两栏的报道避重就轻，将焦点放在《调查者报》披露的学校体育特招基金暗箱和彼得的那篇反宗教文章上。而对有关苏俄的问题则轻抹淡写。稍晚一些，《晚间消息》的对手《呼啸新闻》为了更胜一筹，喂给读者更多《调查者报》的台前幕后、主要创办者背景的丰富报道。石油大亨之子，小杰·阿诺德·罗斯理所当然被挖出来作为最大的噱头，报上还登出了他的照片。

照片是怎么来的呢?《呼啸新闻》为了抢独家，派人呼啸赶到罗斯宅邸，埃玛婶婶接待了他，来人说兔宝刚刚荣获了南太平洋大学最佳学业奖，该奖是学校的最高荣誉，本届奖学金更是创了十年来的新高……天真的埃玛婶婶大喜过望，提供了照片，整个下午在焦急等待中度过，等着晚上报纸刊出侄子获奖的喜讯!

Ⅶ

通常新闻的热度只有二三十个小时，哪怕再大的事，也会被第二天的头条以各式各样的方式刷新、清除出人们的短时记忆。电影明星与体育冠军离婚、巨商妻子与警察私奔……然而兔宝他们不走运，第二天的爆炸性新闻是：一辆装满炸药的马车，经过华尔街摩根公司总部门前时引爆，大爆炸造成大量平民伤亡，十多个人当场死亡。银行家雇用了知名大侦探，调查后宣称，这是布尔什维克的阴谋。

华尔街愿付大价钱搜集与这起恐怖袭击有关的任何线索。于是天使城各大报纸发现了赚钱的好时机，如果把南太平洋大学的布尔什维克活动跟这起爆炸放在一起，至少也能多几千份销量。“华尔街爆炸背后的红色推手：警察在我市搜捕苏维埃代理人”，头版的编辑写下这行标题的时候露出一丝微笑，他是在赌运气钓鱼。结果他钓到了，当天晚上就有一位老兵到编辑部提供情况。这位老兵不久前在一个公共场合听到哈里·西格尔说：“等着瞧吧，摩根公司会为他们的罪行付出代价的！”西格尔先生商学院的大大小小各扇门早就被侦探和情报搜集员们撬松了。而报道刊出后，愤怒的爱国者们改用斧子，西格尔先生早上来上班，发现不仅自己的办公室，连同事和学生们的屋子都一片狼藉。

Ⅷ

南太平洋大学校方并不真的认为校内这份小报跟华尔街爆炸有什么关系，但确信无疑的是，办报的这群学生受到了危险的布尔什维主义者的蛊惑，而蛊惑他们的人说不定就与爆炸事件有关了。更何况他们让学校蒙受了如此糟糕的名声，彻查和处罚是免不了的。涉事学生被一个一个叫进会议室接受审讯，不仅有校长和教务主任，还有校方律师、市检察官和其他身份不明、一脸严肃的先生们。

兔宝对这样的场合不陌生，他从小上法庭，知道自己有什么权利。

“谁引导你做这些事的?”

“听着，罗斯,”教务主任说,“有些邪恶的家伙，企图危害我们国家的安全和利益，谁都不该包庇他们。你要对我们老实交代。”

“这取决于‘邪恶’的判断标准，如果所谓‘邪恶’是讲出真相，我认为应该保护他们。”

“说说保罗·沃特金斯是谁?”

“是我的好朋友，我们认识七八年了。他是我所见过的最正直的人，没有之一。他在西伯利亚服役一年半多，健康受损，我认为他有权向政府申请补偿津贴，但他自尊心太强不愿意这样做。他跟我讲了他在西伯利亚的见闻，我相信他所说的每句话的真实性；并希望更多人知道我所知道的。我认为这毫无不当之处。”

他们就这么让他出去了，找更好对付的下手。彼得·内格尔,《调查者报》的主编，最有罪的一个。彼得被命令发表声明，收回之前报上的反宗教言论，并向上帝发誓不会有下次。保罗后来苦笑说，没什么，大丈夫能屈能伸，他立志要报复社会，投身商海狠狠赚钱，等赚够了就自己办一家报纸，每天拿上帝开涮，让他们等着瞧。

瑞秋·明茨也被攻下了。他们说她父亲是波兰人，根据新的移民法，他的入籍可以被取消，接着被驱逐出境。她们家没有任何关系和资源，一旦发生了，就只能认命。而被贴了红色标签的人只要踏上波兰国土，只有被推到墙根枪决一条路。瑞秋吓哭了，说她父亲是民主社会主义者，不是布尔什维克——她不知道她面前的这些人不认为这二者有任何差别。连现在的总统候选人在竞选中都不加区分地认为社会主义也是红祸的一支。

瑞秋打电话给兔宝，向他求助。兔宝当晚就去校长考珀先生家里拜访了他。答应在校期间不再进行布尔什维克宣传；但如果明茨小姐的家人因为一篇文章就被驱逐出境，他保证将从南太平洋大学退学、并动用父亲的资源让校方难以收场。考珀先生听了气得脸色通红，这是赤裸裸的威胁。“年轻人，驱逐出境是政府部门的事，跟我说没有用。”兔宝接着谦逊地对这位神学博士、哲学博士、法学博士详细说了他所认识的明茨父女、保罗·沃特金斯、哈里·西格尔，都是什么样的人；他们在战争中亲身经历和目睹了什么。考珀先生很乐意听，其实他一直很好奇，不明白到底是什么让这些学生如此着迷，甚至吸引了千万富翁的儿子。兔宝跟他讲了两个多小时，关于布尔什维克和社会主义者的区别。等兔宝起身告辞的时候，考珀先生拍了拍他的后背，说明茨先生如果没有违法犯罪，应该不会被驱逐出境；同时他严肃告诫兔宝，新思想是一种武器，成熟的头脑能够控制运用它，但到了不成熟的人手里，则会变得非常危险。

丹尼尔·欧文老师被学校解聘了。他干涩地笑着告诉兔宝，反正他也厌教了，准备离开学院，尝试新的职业。他不知道能不能找到合适的，因为他已经上了政府的黑名单。兔宝问他们怎么发现他的，兔宝发誓自己没有提过。欧文先生说这是早晚的事，学校里探子眼线太多了。他告诉兔宝，他们协会的学生中就有。“谁?”欧文先生提示道：“谁是你们中的激进分子，经常提议煽动大家干这干那，但自己从不实际行动。探子都是这样，想找出向上汇报的东西，总要想办法引蛇出洞，同时又不敢真的深入参与进去……”“噢，老天!比利·乔治!”欧文老师笑了，说这也是一课，能让兔宝更好地理解世界历史和政治。

汉丽埃塔找兔宝说清楚了，她隐藏了自己的痛苦，冷静克制地表达了对兔宝的失望。兔宝没有争论或是道歉，他内心也对汉丽埃塔感到失望，那种特殊的感情不知不觉已经烟消云散了。人总不能老活在对某个异性的浪漫幻想中。

伯蒂回家，见到兔宝简直想杀了他。她前一阵收到邀请要去一位上流人士家里做客，现在她没脸去了，怕人问起她的同情布尔什维克的弟弟。每次都是这样，每次都是这样！伯蒂绝望地抱怨，每次只要她在社交界取得了一点成绩，赢得了些许美名，兔宝就跳出来，搞出一坨臭事，把人熏得掩鼻而去！这次的事是最恶心的，这说明什么，嗯？说明兔宝天生就是个低俗的家伙，就该滚到社会底层的烂泥堆里！伯蒂和兔宝骨子里非常相亲相爱，所以他们的对话总是异常野蛮，是那种兄弟姐妹间才有的放肆直率。

父亲不说也不问。兔宝想向他解释，但父亲打断他："我都知道了，儿子，不用说了。"是的，他知道保罗、西格尔和兔宝那个协会。他也知道人生的悲剧套路，每一代人都有他们要犯的错误。

第十二章　魅　惑

I

白驹过隙，转眼又是一春。兔宝已经上大三了，对南太平洋大学里的陈腐课程感到厌倦。唯一令他受益的就是知道怎么找书，一本追着一本地读。在家读还更清静些，于是学校他渐渐懒得去了。

保罗重新当起了父亲的首席木工，战后国家各项建设争相上马，技术工人普遍供不应求，保罗薪酬很高，攒了一些钱。他也开始看书学习了，不过不再是自然科学，而是各种关于劳工问题的书籍和杂志。战时去参军的天堂镇老工人们，有些陆续回来了，他们跟保罗一样，经过这场历练，开始思考问题。矿上的战友们定期在拉斯卡姆农场的小木屋聚会，一起读书讨论。鲁思长久地沉浸在哥哥平安归来的喜悦里，矿上至少有三个工人爱她，却得不到她的心。

父亲一直希望儿子能早点正式介入到罗斯集团的工作中来。兔宝体谅父亲的心意，阅读每月的生产报告、财务报表、定价表、工程安排……几年前，开钻一口井能让兔宝紧张激动好久，而现在，142 号井年产油收益六十万美元，143 号井年产油收益四十五万美元……打一口新井出不出油都无甚紧要了，如果不出油，那就换个地方再打一口。兔宝觉得父亲就像一匹被牢牢套在车上、奋力向前跃进的老马，日复一日不知疲倦，晚上梦里还在拉车。你万不能把他从车上解开，他不会感到自由，他会失去活着的理由。

兔宝意识到这一点，学会了把自己的激进想法掩藏在心里，不说出来惹父亲生气、动摇他的生存根基。他经常带父亲去钓鱼、打猎，在大自然的怀抱里稍事放松。然而事实是那份野外闲游的轻松愉快更多是父亲装出来的，他的腿脚快经不起翻山越岭的折腾了。

Ⅱ

兔宝在天堂镇过复活节，父亲的合作伙伴弗依·罗思科也来了。他以前也到天堂镇小住过，兔宝都刚巧不在；他和罗思科先生的交往仅限于办公楼和家里客厅的简短问候。兔宝对他的总体印象是一个大块头、一张大脸，还有一副大嗓门。父亲说弗依还有大胸怀，但兔宝没看出来。

跟他前后脚到的还有从沙漠刮来的大风，天堂镇每年都要刮几次这种风，像被一只滚烫的巨手扼住喉咙。这风不分昼夜地刮，白天工人们出工，得不停灌水解渴；晚上屋子里像熔炉，热得人睡不着。

石油巨头弗依·罗思科晚上从天使城出发，将近午夜到达天堂镇。父亲和兔宝在家等候他。他的车一熄火，大嗓门就嚷起来："嗨，杰！嗨，小杰！老天爷，怎么这么热，明后天都这样吗？我真想掉头回城里去！"

他沿着甬道走进屋，大脸圆似银盆，半秃的头顶反射着月光。进屋就脱了外套、衬衫，只穿一件粉色背心。

兔宝问候道："好久不见，罗思科先生，您还好？"他小心翼翼地上前跟巨头握手，因为这位巨头的握手总有让人骨折的危险。据说他年轻时在俄克拉荷马州放牛，独自徒手抓住了一个墨西哥盗马贼，差点把那人打残。现在虽不比当年，身材也发福了，但仍力大过人。

"热死了！"他回答，"杰，你说，我是待在这儿还是回城去？"

"你得留在这儿，"父亲说，"我们一起去看班迪那块地的进展。"

"啤酒，我要喝啤酒。"日本厨师兼仆人笑着过来听吩咐。"我车里自带了一桶，帮我拿来。对了，听说了吗，奥莱利在车里装了一大箱威士忌要过边境，可怜的蠢家伙，罚了他每品脱五十美元。天啊，你是怎么忍的？"

"喔，我喝柠檬汁，不喝啤酒。"父亲笑着说，这是兔宝坚持叫父亲养成的好习惯，他现在对此很自豪。

"我可不行，"弗依说，他又脱了鞋子和长裤，穿着背心和内裤坐在电风扇前面，"这玩意儿怎么吹热风啊？"然后他看了看兔宝，说："哈，我们的小布尔什维克，怎么没打着红旗？"兔宝已经听了太多类似的奚落，何况他现在是主人，只好对贵客微笑："哦，您看报纸了。"

"我说，孩子，你上头条挺好啊，我在一些谈判上的进展还得谢谢你！改天来办公室找我，我引荐你认识几个身份机密的苏俄代表，他们想卖给我乌拉尔（Urals）的石油特许权。'那是啥地方?'我问。不过确实有这么个地方，除非他们给的那地图是伪造的。他们谈着谈着就开始扯什么兄弟啊同志啊，我说:'没错，咱们是兄弟，瞧，这是我们集团的小公子!'我把那报纸给他们看了。生意很快谈成了，大家从此是同志了!"

Ⅲ

罗思科同志早上被叫醒去看班迪的矿区，回来不想吃早餐，只要喝啤酒。户外热风肆虐，他们关门闭户，在客厅里待着。罗思科先生提议用水管冲屋子，兔宝告诉他那样会更不舒服，潮湿加炎热，如同刚果河。罗思科先生说那在屋顶窗外冲水怎么样，于是他们随他心意，让园丁上房，用一排水管在屋檐前设了一道水帘瀑布。罗思科先生仍不满意，他叫来一伙人给他做一个大冰箱，从冰厂运来大坨大陀的冰放在双层金属大箱里。"巨头"时不时钻进去解热，发出满足的叹息。没多久，就传来一个响亮的喷嚏。父亲和兔宝哈哈大笑。

吃过午饭，罗思科先生又午睡了很长时间。等他睡醒了缓过来，他们三人坐在客厅里聊天，兔宝从罗思科口中知道了很多高层事情的内幕。

"杰，"弗侬·罗思科说，"给我二十万美元。"

"你的枪呢?"父亲笑道。

"你现在出的钱，将来会翻很多倍。我、彼得·奥莱利(Pete O' Reilly)和弗雷德·奥潘(Fred Orpan)正在募集一笔资金，我们对外不能透露太多。"

"那是做什么?"

"为共和党代表大会做准备。不能再让什么面慈心软的博士、知识分子当政了！要选一个你我这样的人，杰。”

“有合适人选了吗？”

“我们在跟俄亥俄州的共和党党魁巴尼·布罗克韦（Barney Brockway）接触。他希望筹集二三百万，支持参议员沃伦·哈丁（Warren Harding），相貌堂堂、演讲口才好，并且值得信赖，做州长时从来没让支持他的商人失望。布罗克韦先生承诺，内政部长将会是我们的人。”

“明白了。”父亲说，不需再多解释。

“我看上一块地，留意很久了。精益精集团在那儿钻了两口预探井，捂得严严实实，若无其事地撤出来。他们得上报政府，但报告没有任何副本可寻。我叫政府内部的人偷出来给我看了，两口预探井均见油。四万英亩的地，可能都是油田。”

“就算知道，又怎么拿呢？”

“那块地是政府的，准确说是海军的预留地，是他们的军方战略能源储备。”

父亲笑了，这才是他的关切点。“光内政部长是我们的人不够啊，司法部长怎么办？”

“司法部长将会由布罗克韦本人出任。”罗思科先生忽然意识到兔宝的存在，“哦，我们的小布尔什维克不会就此事搭台演讲吧？”

“放心，”父亲说，“兔宝从小跟着我。好吧，你会收到我的支票。”

Ⅳ

太阳落山了，罗思科先生晚上就回城里。晚餐之后，他吃着冰淇淋、抽着雪茄，仰坐在椅子上发出享受的声音。他看着桌对面的兔宝，说："小杰，我知道你的问题在哪儿。"

"您说。"兔宝随和地笑着。

"你是个好孩子，问题是太严肃，把一切看得太重，生活不轻松。你和你老爸，都不懂生活。你这么大的年轻人不应该。有女朋友吗？"

"没有。"兔宝有点不好意思。

"我猜也没有。你得找一个，没事一起出去玩，开开心心的多好。我不是说那种光会跳舞的妞儿，要找既能叫你快乐又能关心照顾你的，像我的安娜贝尔（Annabelle），你知道吧？"

"当然，我见过，但没正式认识。"

"安娜贝尔照顾我，比我妈照顾得都好。什么时候你来我家，让安娜贝尔给你物色个好姑娘，她特喜欢做媒，把两只小爱雏儿关进一个笼子。要不，你现在跟我一块回去？"

"哦，我后天得去学校。"兔宝说。

"好吧，那你有空来，把你老爸也带上。他也该找个女人啊！我都说了一百八十遍了。杰！杰！你找女人了吗？瞧他那脸红的！要是我把你那点事当着孩子抖出来，你还不羞到爆血管！"罗思科过去拍打父亲的后背，俩人爆发出一阵粗鲁的大笑。

弗依·罗思科走后，兔宝问父亲，是不是真的要给他钱。

"当然了。为什么不？"

"老爸，你们这是要买一个总统啊。"

"不能这么说。我们只是为了确保自己的利益不受侵犯而已，如果我们羊羔一样无所作为，你知道有多少人想挤垮罗斯统一集团吗？我们不支持一个人出来，东部的伦纳德·伍德（Leonard Wood）将军就可能上台，你是他的拥护者吗？"

兔宝知道这是诡辩的反诘，他没回答。“这真是个肮脏的游戏。”

“没错。不过你没得选，只有这个游戏，要么玩，要么退出。我还没有进山养老的念头。”

V

兔宝回到南太平洋大学，应付他这学期的课程。同时通过报纸关注芝加哥的共和党代表大会。一千多名代表和候选人，及全国各大报刊的记者和政治评论员，为这项国家大事齐聚芝加哥。会上发表了无数场振振有词的演讲、代表们吞吐了无数箱烟草、在住处喝了无数瓶违禁私酒，而决定投票结果的大佬们则在一所秘密酒店里谈判、交易。所有关于此事的报道都不会出现弗依·罗思科的名字，他住在秘密酒店的套房里，见对的人，开出对的条件，给出对的支票。最后激动人心的时刻到了，大会庄严宣布：沃伦·哈丁参议员险胜伦纳德·伍德将军，成为共和党提名参加总统选举的候选人。

假期开始，兔宝在学校的朋友们各自去打工，格雷戈尔坐船去阿拉斯加湾捕鲑鱼、装箱运到食品厂做罐头。瑞秋和她哥哥，还有两个犹太裔同学开着辆老福特车，去乡下做采摘临时工，走过一村又一村，白天帮农场摘杏子、葡萄、梅李、桃子……累得浑身酸痛，夜晚在星空下露营酣眠。兔宝是朋友们中唯一不用去打工的，也是唯一无所事事、倍感空虚的。

当兔宝还是孩子的时候，总到矿上去帮忙，工人们也喜欢带着他；现在他是成年人了，举止被要求合乎身份，与工人之间那种客观的隔膜，不是说想抹除就能抹除的。更何况矿区早已今非昔比，更新了自动化程度更高的机器，工人也像齿轮一样各司其职，没什么需要别人帮忙的地方。兔宝连侍弄院子里的花花草草都被身旁侍立的园丁盯得好像越位。

世事如此，有人注定是没有一点空闲的劳碌命，有人生来是没有一点活干的逍遥玩主。整天工作令人疲惫，这不难理解；但终日玩乐其实同样累人。尤其当你觉得身边的玩友都言语无味、乏善可陈的时候。因为没有正经事，他们拿休闲娱乐当正经事，态度严肃地大加谈论，像一个职业高尔夫球手那样眉飞色舞地说着昨天打出的高分，精心挑选各种场合该穿哪套衣服，热议当季新款……在兔宝看来，如果是累了玩玩放松一下，没什么不好；但一群成年人把玩儿作为终身事业，对这个世界毫无实质贡献，就如同活在自我催眠的泡沫里，他们必定非常努力，才能错觉自己幸福。

Ⅵ

伯蒂出手，屡败屡战地试图把兔宝拉进花花世界，她觉得这是出身赋予他们的权利。她早就跟埃尔登·伯迪克分道扬镳了，说他是个“闷蛋”；新的恋曲已经奏响，伯蒂似乎很投入，也不在乎声张。新男友名叫查理（Charlie），已故的西洋钢铁集团创始人奥古斯特·诺尔曼（August Norman）的独生子。富有、迷人而狂野。从小到大缺乏女性关爱，他母亲是个社交名媛，现在一把年纪还打扮得像二八少女，定期做面部手术去皱。他们家在港口有艘超大的豪华游轮，邀请伯蒂和弟弟一起去那儿玩，伯蒂想和兔宝联袂登场，帮她加点印象分，无论如何他也是个风度翩翩美少年。

兔宝想，姐姐这次难道是认真的，连他这么不善交际的家属都被起用了。他当然愿意成全她。在去港口的路上，伯蒂面面俱到地嘱咐他什么该说、什么不该说。尤其关于布尔什维克，一句也别提！要是他们提起了，就开个玩笑自嘲一下蒙混过去！兔宝都一一答应。到了之后他发现这次拜访还挺轻松，查理·诺尔曼是个聪明的年轻人，谈吐幽默，时不时爱拽双关语；但没说什么让兔宝尴尬的。

“塞壬号”（Siren）是一座漂浮在水面上的壮丽别墅，外观漆成耀眼的雪白，饰以黄铜围栏；内部则布置着雕花红木和手工染绘的丝绸帘幔。托盘上满是晶莹的玻璃杯，侍者们表演杂技一样在人群中穿梭。被邀请来的客人们在舞厅里跳两个小时舞，船就开到了沙滩浴场，大家可以下去打排球，然后回“塞壬号”上梳洗打扮一番，参加晚宴。晚宴的规格是大使馆招待外宾级别的。夜里游轮甲板上亮着彩色的灯光，乐队演奏爵士乐，客人们翩翩起舞，海潮轻拍着船体，遥远海岸线上的灯火，和繁星一样熠熠闪烁。

人们谈论着共同认识的熟人，样子有什么变化、脾气秉性有多好或多坏、最近又去哪儿旅行了……如果你不是他们中的一员，几乎很难插话。那些彼此一点即通的暗语，外人完全摸不着头脑，他们觉得这愈发有意思。服装和体育是长盛不衰的话题，还有各自的私酒供应商，谁的货好又值得信任……

兔宝坐在甲板上，想着最近读到的伏尔加大饥荒，粮食大面积知歉收，饥民们在吃草根树皮、甚至吃死人。逃荒者成群迁移，尸体散了一路。报纸上称，饥荒是苏维埃政府无能的最有力证明。兔宝和哈里·西格尔先生讨论的时候，他认为饥荒是由旱灾造成的，不是布尔什维克的错。伏尔加地区的旱灾饥荒在历史上发生过很多次了，之前怎么没人说是沙皇无能？俄国苏维埃政府要长期应付外侵内乱，难以解决饥荒问题也是情有可原的，我们这些出钱出兵侵犯过他们的人怎么好意思去指责苏维埃政府？不难想象，脑子里苦思冥想这种问题的人，很难融入眼前光影流动的盛宴中。他已经尽力表现得和大家一样，但人们还是察觉到他与众不同。查理的母亲坐到他身边："兔宝"——混这个圈子，只要跟他们在高尔夫球场上打到第九洞，再共用某人口袋里的便携酒壶同饮几口酒，就可以直呼彼此小名了——"兔宝，你在读大学，对吗？我想你肯定学了很多。"

"没学到什么，我想。"

"我想请你帮我出出主意，怎么才能让查理也学点有用的东西，他成天不是玩儿就是跟女孩们混。"

兔宝想说"把他的零用钱断了"，但他知道这么说回去肯定会被伯蒂骂，于是他以外交口吻说道："哦，这确实是个问题。"

"现在的年轻人太令人头痛了。"查理母亲说，"一年到头打仗似地办宴会舞会、各种派对，自己疯还不算，还要拉上你，我已经被他们折腾够了。"

兔宝替查理母亲感到一丝难过，原来她并不享受自己的生活。他看了看她，穿着蓝白相间的海军式衣裙，身材略丰满但有型，一头蓬松的棕发，夜风吹着，不时扑上她的蓝眼睛，兔宝偷瞄了好几眼，她的面部手术一定非常成功，因为看不出任何痕迹。

"我这辈子都倾注在儿子身上，"她说，"可他一点不领情。你付出的越多，别人就越不当回事，觉得理所应当。我明天就罢工，你支不支持我？"

次日，打高尔夫的队伍出发时，查理高声宣告："妈妈不来了，她迷上兔宝了！"大家嘻嘻哈哈笑起来，顺着舷梯下船去高尔夫球场，为终于摆脱了那个每次非要跟着的老女人而倍感轻松。

Ⅶ

“塞壬号”甲板上，兔宝和诺尔曼夫人坐在大遮阳伞下的两张帆布椅上，喝着果汁，随意聊天。她兴趣盎然地打听他家庭和生活的方方面面。兔宝以为这是“妈妈们”的惯伎，设法通过他来审查伯蒂，未来儿媳候选人。于是兔宝净挑好的说，从各个角度暗挺伯蒂。他提到当年自己和父亲怎么发现了天堂镇油田，怎么在此基础上建立了罗斯集团，各地油井的产量都很稳定……末了诺尔曼夫人说，“噢，钱钱钱，我们有太多的钱，就是没有快乐！”

她说自己是个相信神秘主义的通神论者，她告诉他，人们能够在圣人的指引下，学会在一个与现实截然不同的星光界层面生活。她发现兔宝昨晚站在灯火阑珊的暗处，散发出一种独特的光晕。——没有人告诉过他吗？这意味着他蕴含强大的精神力量，注定要做非凡的事情。

她听说了一些他的“异端思想”，问了他许多问题。兔宝只是含糊地对她解释，他认为当今的社会秩序不合理，财富分配不公。诺尔曼夫人斜躺在丝绸靠枕上回答：“噢，但那都是物质层面的。太多人是物质的奴隶。而快乐，快乐建立在更高的精神层面上。”

这是个宏大的问题，兔宝避而不答。诺尔曼夫人自顾自地说下去，她的一生是悲剧的一生，早早就嫁了，太年轻，什么都不懂，只知道惟父母之命是从。她那死去的丈夫是个坏男人，对她不好，不知包养了多少情人。生下查理后，她的日子就围着儿子转，可他还不待见她。查理总在谈恋爱，今天跟这个，明天跟那个，但他其实没有爱的能力，他太自私了。兔宝觉得什么是爱？

这又是个宏大的问题，兔宝不知如何作答，只好坦白说他不知道，他看到很多人为爱所苦，但他仍在等待，试着慢慢学习如何去爱。诺尔曼夫人孜孜不倦地告诉他，她关于爱的梦想，真切而深沉的爱，在彼此的灵魂深处永生……那些玩世不恭的家伙说不相信这种爱的存在，他们是不敢，因为这会反衬他们的现实是多么不幸福。爱是世上最伟大、最神圣的。诺尔曼夫人继而说，她很高兴，在这群吵吵闹闹的年轻人里，有兔宝这么一个人，值得她倾诉心声。

就在这时，吵吵闹闹的年轻人们回来了，踏上“塞壬号”的甲板，打断了这暗流涌动的对话。诺尔曼夫人再次出现是在豪华的宴会厅里，墙上挂着华托（Watteau）风格的画作，山林水泽中的仙女和牧羊人，十七世纪的法国贵妇摆出挑逗情欲的姿势……女主人诺尔曼太太不再穿着海军款了，换了一套淡蓝色的闪光缎子礼服。这位光彩照人的“钢铁寡妇”头发染成金色，雪白的胸脯和肩膀在荷叶边处若隐若现，戴了串圆润的珍珠项链。这一前后反差鲜明的变化，让兔宝想起埃玛婶婶在化妆台前旷日持久的辛勤工作。

诺尔曼夫人让兔宝坐在她身旁，当舞曲响起的时候，她问兔宝要不要和她跳一支。兔宝自然同意，随即发现诺尔曼夫人舞跳得极好，而诺尔曼夫人也称赞兔宝，说他真是个好舞伴，她还想和他再跳几曲。兔宝答应了，他也没什么特别想邀舞的对象。她喷了淡得似有似无的香水，兔宝从埃玛婶婶那儿了解到一些香水知识，不过他觉得女人们好像天生闻起来就很香。诺尔曼夫人的礼服是露背的，一直露到他跳舞时放手的腰际偏上。

查理在嘲笑他们，惹得身旁的人都咯咯直乐。等到第二天，兔宝发觉这群人真是什么都能迅速消化、见怪不怪，新鲜事儿没两天就习以为常了。于是，诺尔曼夫人跟兔宝一起出去兜风、打高尔夫、跳舞。同样出双入对参加这些活动的还有查理和伯蒂。除了兔宝之外，另外三人泰然自若，一点不觉得别扭。

Ⅷ

有天晚上，兔宝惦记着新到的杂志，舞会还没散就溜回自己的房间，在堆着刺绣靠垫的镀金大床上舒舒服服地躺下，拉亮头顶镀金基座上的灯，开始阅读关于俄国饥荒的特稿文章。兔宝随着文字的描述，完全进入到千里之外的悲惨世界，浑然不觉房间的门悄无声息地开了，也没意识到一双柔软的手又将它用钥匙从里面锁上了。兔宝最先觉察的是一缕似有似无的香气，他放下杂志抬起头，床前立着一个身穿紫色底印大朵芙蓉花日式和服的身影，有些羞怯地双手交叉握在胸前，轻声对他说："兔宝，我们能说说话吗？"

当然兔宝答应了。紫色芙蓉花移到近前，低身倚在他膝旁，握住他的手说："兔宝，我太寂寞了。我不快乐。不知道你明不明白，一个女人的寂寞是多么难挨。我等了很久很久，才等到一个我愿倾心托付的人。噢兔宝，我知道我不该这么贸然进来，可男人和女人之间难道不应该坦诚相待么……"

兔宝想不出什么理由否决她。而坦诚相待的结果则是热烈的爱的表白。她叫兔宝不要看轻她，这是她第一次做这样的事。应该是真的，因为兔宝看到，说这话的时候她眼中噙满了泪水。她说她只想在这苦闷的生活里要一点点快乐，爱的快乐，可值得爱的人太少了。"兔宝，告诉我，你心里爱着别的女人吗?”她说如果有，就慈悲地告诉她。兔宝从没遇到这种情况，不知道撒谎，诚实地回答说没有。她听了脸上浸透四月的阳光，沙哑而微微哽咽地低语：“这可能有点傻，可是我要哭了，女人哭起来都很丑，所以，我们把灯熄了吧。”说着她伸手拉住小灯绳，灯光熄灭的瞬间，映照她嫣然而笑的脸，一点也不丑。

她拉着他的手靠近他：“兔宝，你可不可以爱我?”

“诺尔曼夫人，”兔宝不得不说话——她打断他，“叫我西尔玛”——兔宝结巴着说，“西西尔玛，我没想过……”

“我知道，我年纪比你大。可那些无知的小女孩有什么意思啊！相信我，我会关心你，照顾你，你要的一切我都会给你。”

兔宝知道，他只要伸出双臂抱住她，接下来的事，尤妮丝早就教会了他，他会让她欲仙欲死；然后过了今夜，她就成了他的俘虏，对他言听计从，她的一切都将属于他。哪怕他以后对她不好了，她仍旧是他的俘虏。女人就是这样。发生在他眼前的这一幕，会让某些人为之疯狂，他们想要荣华富贵，不惜名誉、处心积虑地去引诱豪门贵妇，有人叫他们小白脸、吃软饭的、罗密欧、夜半情郎。诺尔曼夫人被俘虏了这么多年才得解放，拥有了钢铁企业的股权、巨型豪华游艇、海滨别墅及其他丰厚的遗产。如今，所有这些都浓缩在这副女性的肉身里，只要他占有她，他就占有了这一切。

她的紫色和服已经褪掉大半，里面薄如蚕翼的睡裙几若无物，肌肤之外只有缕缕暗香。“兔宝，”她柔声说，“我可以和你结婚，只要你愿意。我的一切都属于你。”

兔宝从尤妮丝那儿学到，如果你真爱一个人，与其贴近时，嘴唇会充满渴望。现在他从诺尔曼夫人这儿学到，如果你不爱一个人，嘴唇会代你表示拒绝。

“西尔玛，”他请求道，“西尔玛，我不想要任何东西。”

“哦我知道了，你肯定觉得我是个荡妇，看不起我，觉得我恶心……我已经尽力了，希望你知道我是真的爱你。”

这让兔宝掌握了主导谈话的机会，他耐心向她解释，他不是看不起她，更没有觉得她恶心。只是一直把她当朋友看待，他不讨厌她，只是不爱她。

她慢慢松开了他，颓然坐在地板上，啜泣说他肯定再也不想见到她了。

兔宝说怎么会，没什么难堪的，彼此相爱是少见，不相爱是正常情况，有什么不好意思呢？她看上去很可怜，兔宝伸手去安慰她。但他立即后悔不该，因为她抓住他的手又吻起来。一位十八世纪英国诗人曾说过，怜悯和爱只有一线之隔；他不禁有些心软。

一个人在这种情况下如果能坚持住，必定事先做过足够的思考。兔宝曾思考过并下定决心，这辈子他只会和自己心爱的女人缠绵，绝不做那种一时冲动的事。现在这份决心在警醒他保持冷静，他不爱诺尔曼夫人，即便现在遂了她的心意，他们也不可能得到长久的幸福。于是他温柔地说，时候不早了，她该回去了。

诺尔曼夫人哀伤地拾起她的紫色大芙蓉花和服，站起身来。“兔宝，人们听到风声，会想得很不堪。”

“放心，我不会说的。”

他听见房门轻轻打开、又轻轻关上了。他赶紧开灯，锁住门——从此再忘不了，在外暂住晚上锁门！他在屋子里来回踱步很长时间，消化这一惊险艳遇。

第二天早上，诺尔曼夫人第一眼见到她的阿多尼斯（Adonis）男神，脸上露出了多年来从未有过的自然羞红。但她很快恢复正常，两人像朋友一样打招呼，谈了谈通神论的话题，完完全全的精神层面。兔宝仍叫她西尔玛，查理听见了，都没拿这开玩笑。倒是伯蒂在回去的路上不停追问，问他们做爱了没有，做过几次？兔宝脸红不说。伯蒂更有把握了，他们肯定有秘密情事！她说这没什么，“塞壬号”上的秘密情事多得很呢。晚上走廊的灯很暗，出这门进那门，谁也看不清。“不过你可别指望她会跟你结婚，”伯蒂贤明地奉劝，“别看她总把什么灵魂转世之类的玄学挂在嘴上，她可清楚自己这一世得靠西洋钢铁的股份活着！”

Ⅸ

几天之后，西洋钢铁的股价出现了大幅下跌，伯蒂很担心，她还没嫁过去就已经在替人家操心了。她问父亲这是怎么回事，父亲叫她不要紧张，一般的操盘而已。然而很快多支股票都持续下跌，包括罗斯统一集团。这不是一般的操盘了，父亲说哪儿来这帮赌徒，迟早还得把股价抬起来。但情况越来越严重，已经扩大到全国范围，连一些银行都有了麻烦。恐慌情绪在群众中蔓延。父亲和弗依做了很多咨询和讨论，决定暂停一切业务拓展，裁掉了几百名人员。银行其实有足够的钱，父亲说，只是五大集团勾结银行家，借机扼制他们。等他们撑不下去了又没有贷款，五大集团就出手，拿个五六百万把罗斯统一集团收入囊中！

兔宝找欧文先生询问，他说这是联邦储备系统在起作用。美联储虽然构成复杂但背后真正的决策者就是一群华尔街银行家。他们察觉危机就大量印发货币，通过银行保障他们必须保障的那些大企业不倒闭。无论什么样的危机，大企业都会得救，小企业就遭殃了。眼下最遭殃的还是农民，他们把辛辛苦苦收获的庄稼作物以甩卖价出售，估计要有几百万农民在今年破产了……兔宝把从欧文先生那儿听到的分析告诉了父亲，父亲又跟弗依·罗思科讲了，弗依说正是这样，他认识美联储的人。

伯蒂的车撞坏了都不能换新的，父亲在餐桌上抱怨经济状况，埃玛婶婶给他们端上了隔夜剩饭。走到哪儿都能看见面色惨淡、满腹忧虑的人，他们想掩饰，却掩饰不了。报纸上不断有破产和失业的消息。就在愁云密布之时，却发生了件有趣的事，伊莱驾到。

伊莱早已练就了大主教的风度，和他们握了手，寒暄一番后，请父亲单独一谈。父亲带伊莱到他的小办公间，半个多小时后，伊莱微笑着出来。等他走了，兔宝才问父亲，他来干什么。父亲嘴角渐渐勾起，旋即大笑出声："老天，伊莱在搞房地产！"他在天使城郊区看了一块地，宣称那儿就是上帝命他建教堂传播福音的圣土，然后和开发商合作打造一个大教区，街区建得差不多了，锦上添花该建教堂了，但上帝忘了提醒他这次经济危机，他'卡住了'，像所有毫无神圣背景的房地产开发商一样，欠贷逾期，无力偿付。上帝启示伊莱，赶紧想法筹钱。

"他找你干什么？"

"找我重复抵押借贷。我说上帝没告诉你吗，我经济上也不宽裕。我给了他五百美元，算是一点心意。"

"老天，你还给他五百美元？"

"哦，伊莱说他为天堂镇矿井祈福，我们才得到那么多石油。我要是一口否认，有点亵渎神明了不是？"

"伊莱的话你也信？"

“我知道，但这家伙有一大帮身份显赫的追随者，说不定我们有用得着他的时候。谁知道呢？比方说我们想赢某次竞选，如果有伊莱帮着拉票，这点钱就不算什么了。”

X

兔宝想了想，鼓足勇气对父亲说：“听着，老爸，你为了一句荒谬的笑话，就给伊莱·沃特金斯五百美元，那我也要五百美元，为了严肃的事情。”

父亲警惕地看着他，“什么严肃的事？”他后悔跟兔宝提到给伊莱钱。

“我最近去看欧文先生，他境况很糟糕。找不到合适的工作，因为上了黑名单，而且他简历里有在南太平洋大学任教的经历，人家一了解情况，就都不要他了。”

“这不奇怪，”父亲说，“可这不是你的错。”

“是我的错！是我主动找他讨论这些问题的。也是我们办协会把事闹大，让探子抓住把柄告发他的。”

“哦，他向你借钱了？”

“没有，我说要借给他，他拒绝了。我和哈里·西格尔先生还有彼得·内格尔聊过，他们说应该在天使城建立一所工人学校，我们一致认为由欧文先生来主持最好。”

“工人学校？”父亲道，“这倒挺新鲜的。”

“让年轻工人有机会接受教育。”

“他们为什么不能去普通的学校？”

“普通学校的教学内容并不适合工人。他们不教工人如何保障自己的权益。工人学校将会培养出工人运动的领导者。”

父亲沉思片刻，“儿子，你的意思是，建一个学校让你们传播共产主义或者什么社会主义思想？”

“不能这么说，老爸，不是要教工人任何理论教条，而是着眼现实，教会他们自由思想。”

父亲心明眼亮，这种话蒙骗不了他。“听着，儿子，五百美元不算什么，但我希望你明白这对我来说很难受，我用一辈子时间辛苦赚钱给你，而你用我赚的钱去教育工人们我不配有钱。”

第十三章 桃 源

I

兔宝对劳资问题兴趣不减，他认为现行的体制不可能长久持续，整个国家的资本和资源都集中在一个小小的舞台上，供少数贪婪者攫取争夺。而唯一能打破现状、促进社会变革的力量就是工人。个体的工人受制于知识和博弈能力的局限，而工人群体团结起来则有可能在反剥削中取胜。这是一个非常简单的、强调团结和兄弟情谊的信条，兔宝非常乐意接受，接受它便不必思考复杂的重商主义经济学。然而现实本身就是复杂的，工人怎么从资本家手中夺得权力呢？就这个问题分出了多个派系。然而小理想主义者对其中的明争暗斗毫不关心。

俄国革命给激进分子们极大的鼓舞，虽然资本主义国家的报纸杂志不遗余力极尽抨击之能事，但是苏维埃俄国并没有崩溃，它的存在就是最好的证明，工人阶级可以运转一个国家！看，工人们可以！俄国革命后，世界工人运动风起云涌，但对于是否应该复制俄国模式，各国的共产主义者、社会主义者、无政府主义者有相当大的分歧。对兔宝来说，明茨一家就是这些宏大社会问题的缩影。

明茨家有六个孩子，明茨老先生是一位民主社会主义者，积极参加服装制造业工会的事务。明茨太太是一位地道的犹太教徒，安息日必待在家里，常为丈夫和孩子们在周六白天出门而抹眼泪。两个女儿随妈妈；瑞秋和哥哥雅各布（Jacob）随爸爸，还有两个儿子是激进的共产主义者，鼓吹无产阶级专政。

兔宝收到了一封瑞秋的信。“亲爱的罗斯，”她一直这么称呼他，虽然其他朋友们都叫他兔宝，瑞秋似乎在以这种礼貌的方式维护她的自尊感。她告诉他，他们在加州各处农场采摘水果的愉快经历。最后说几天后有一场社会主义讨论会，她和父亲及几位兄弟都会去，也欢迎他参加，并和他们碰面。兔宝去了，散会后请明茨一家共进晚餐。他特地带他们去了家一流餐厅，希望他们感到礼遇，全然忽略了这种地方会让他们别扭，自惭形秽于衣着，餐桌举止也不自然。显然，要富人了解穷人的心事，比让骆驼穿过针眼还难。

瑞秋在农场露天忙碌了快一个月，肤色也没怎么变，大概因为她皮肤本就像东方人一样偏麦色；回来后整个人精神了许多，双颊红润，神采奕奕。兔宝今天才发现，瑞秋长得蛮特别。她讲他们一路的见闻经历，兔宝觉得真是罗曼蒂克极了。绝大多数人的白日梦，都是坐拥千万家产、开着跑车四处招摇、有美艳贵妇投怀送抱；而兔宝的白日梦，则是跟一伙年轻的朋友们，开着故障不断的老福特去乡下，跟墨西哥人和日本人一起摘果子，半夜起来追被风刮走的帐篷，每周辛苦赚得十几美元……明茨老先生身板健壮结实，只是多年劳累，后背佝偻了。他从波兰来美国很多年了，但有些音还是发不出来，或者发不清楚，“介个关于四界革命的话题……”他的大儿子雅各布，在兔宝印象中一直是个脸色苍白、缩肩膀的书生，干了一假期的活儿看起来好多了。两个激进左派弟弟，非常自我中心，言谈滚滚说个没完。让兔宝十分反感，他自然体谅不了，这两个年轻人生平第一次见到富豪，充满过度防卫的紧张。更何况，这家人还有不可调和的政见分歧，在下午的讨论会上，两个儿子和他们的父亲分庭抗礼，吵得极凶，“愚蠢”“内奸”之类的词不绝于耳。那天后不久，两个弟弟便从家里搬出去自立门户了。

Ⅱ

一个星期六，弗侬·罗思科打电话来找父亲，是兔宝接的。电话中传来那愉快的大嗓门儿：“哈喽，小布尔什维克最近怎么样？我以为你会到我家来呢！有空吗，要不要现在过来？安娜贝尔正好在家，她肯定高兴见到你。星期天这儿挺热闹的，薇·特蕾西（Vee Tracy）、哈维·曼宁（Harvey Manning），好多人来呢。”

父亲和弗侬通完电话，兔宝告诉他，自己接受了罗思科先生的邀请。父亲给他大致介绍了下罗思科家的聚会，女主人是安娜贝尔·艾米斯（Annabelle Ames），电影明星，虽说是所谓的二奶，但跟了罗思科很多年，朋友们都知道，算是跟夫妻差不离。正牌的罗思科夫人带着四个儿子也住在城里，也参加社交活动。有时也去“修道院”——他们在乡间买了一座修道院古堡——当然是在安娜贝尔不在那儿的时候。父亲猜他们肯定有一套什么约定体系，避免这两个女人碰见。安娜贝尔也有自己的房子，“修道院”主要的用途是显摆，办聚会、招待朋友们小住。

兔宝驾车出发，沿途经过一列绵延起伏的山脉，灰色水泥绸带般的公路在前方延展。山中吹来清爽的风，马达轻轻喘息，路上没什么障碍，想开多快就开多快。兔宝早已过了父亲命他“限速”的年龄。

眼前分出一条岔路，路牌指示通往海岸。又开了十多英里，来到一扇大铁门前，四周围着铁栅栏。标识上写着：“私人领地，禁止入内”。门前大片空地，似乎专供你乖乖掉头绕行。铁门开了，兔宝继续行驶，又攀过了一座山丘，然后——哇，太美了！一个植物葳蕤、橙黄橘绿的幽静山谷尽收眼底，四面环山，一处豁裂朝向大海。山谷中心矗立着一座灰色石头堡垒，修道院！真是美得令人窒息！

继续向前，百年老橡树的浓荫下，一个岔路口立着两个指示牌：“货运”、“宾客”。如果你有幸是宾客，道路会把你径直引向那堪称壮丽的大门前，宽度足够六辆大巴并肩而过。会有侍者出现为你引路，叫司机帮你去停车，你被护送到城堡，带有尖塔和雉堞的巍峨建筑，一路游目于哥特式拱门和屋顶装饰，仿佛置身于羊皮卷记载的神秘世界。这真是绝妙的讽刺，如果你想到这所修道院如今的主人！

显然为了适应新主人的生活，古老的修道院内部被重新加以改造了。耳堂后面装了电梯，兔宝走进去，再出来便见到一位身穿柠檬色雪纺裙、柠檬色丝袜和高跟鞋的纤细倩影，戴着一顶画中古代牧羊女的宽檐帽。不用介绍了，兔宝和百分之九十的西方世界男人一样，或许还要加上百分之七十的东方男人，都曾被这位电影明星的举手投足一颦一笑迷得神魂颠倒，她的酒窝和眼泪都能溺死众生。她演过钢铁大亨的狂野千金，饱经坎坷后返璞归真，成为笃信上帝的贤妻良母；演过法国国王的情人，为了赎净高贵的罪孽而高贵地死去；演过格鲁吉亚庄园里惨遭虐待的女继承人；还演过光着脚的山间野姑娘，“嘿！哪儿来的，干什么的？”……这些是电影，眼前是安娜贝尔本尊。

“嗨，罗斯先生！”她的声音有点像美声花腔，“老爹经常说起你！”“老爹”是她对弗侬·罗思科的昵称。“真高兴你能来，随意吧，就当自己家一样。这儿没任何约束。”兔宝心中滚过一行与此相似的台词，忘了是《铁石心肠》（Hearts of Steel）还是《庄园女仆》（The Maid of the Manor）里的。

“噢，这是哈维，”“庄园女仆”介绍，“哈维，来，认识一下，小杰·罗斯。罗斯先生第一次来，可要代我好好招待，我还想叫他以后多来呢。罗斯先生在读大学，懂得很多东西，我们都太无知了。”

哈维慢悠悠地踱过来，说话也慢悠悠的，似乎永远不会感到急迫。他出身于本州的世家望族，相貌奇特而丑，脸上有许多细小皱纹。兔宝无法判断他的年龄。

“你好，罗斯，”他说，“幸会啊。我有个叔叔，曾经为你花了十万美元，想要把你送进监狱。”

“噢，是吗？”兔宝有些惊讶。

“是啊！他以清除赤色污染的斗士自居，在他看来，粉色比赤色还更可恨。我当时很担心你。”

“不必担心，”兔宝说道，当它是个有钱人闲极无聊的玩笑。“我父亲会用二十万美元再把我赎出来的。”

“那是自然。我猜弗侬也会凑份子的，对吗，安娜贝尔？”

“我的客人可不会蹲监狱。”明星回答，“老爹给警察局长打个电话，犯了什么事也得立刻放出来。”她不带笑容地正色说。

“你瞧，安娜贝尔有副务实的头脑。”

Ⅲ

没错，梦幻大银幕背后的真相就是这样，兔宝发现，安娜贝尔的确很务实。那些角色赋予她的浪漫诗意都是观众自作多情的想象，其实她只为角色贡献了一幅美貌皮囊，其他都是导演和摄制组的创造。她将演绎这些角色作为一项工作，谈论的都是电影的制作成本、票房收益、海外销售收入……就像讨论开发一口矿井一样，这也是为什么她会跟罗思科惺惺相惜，两个人都很务实。一枝娇黄晚樱草在兔宝看来只是一枝晚樱草，而在安娜贝尔眼中，则是能用作室内装饰的好材料。

兔宝还发觉，安娜贝尔可以说是事业型的女人，相比于大佬的情人，她对电影演员这份职业更有热情。“老天，”弗侬有时会对朋友们感慨，“可花了我八百多万，才把这宝贝儿捧成一线明星！”这位三十多岁的宝贝儿相信自己有一天将拍出一部旷世杰作，到时老爹的八百万不但稳稳收回，而且她将凭借影片芳名永存。安娜贝尔还以她对弗侬体贴入微的照料“分期偿付”老爹在她身上的投资，安娜贝尔对弗侬关怀备至，在上流社会广为人知、传为美谈。如果石油巨头当初以为找个电影明星就意味着过一种狂野放荡的生活，那他可失算了；因为安娜贝尔把他变成了乖乖听话的妻管严。

“好了，老爹，”安娜贝尔会说，“你就能喝这些，把杯子放下。”她会在大家落座餐桌前、晚宴还没开始时说。“我的天，宝贝儿，我还没开始呢！”

“结束在开始之前，挺好。记得威尔金斯医生说过什么吗，你的肝！”

弗依就大嚷：“肝？去他的肝！”

安娜贝尔循循善诱：“老爹，你说过让我看好你，别让你在众人面前出丑的。”

“出丑？我看看谁能让我出丑！”

“好吧，老爹，记不记得你上次喝醉后说的胡话？要不要我现在就告诉大家？”

弗依停下来回想，酒杯悬在半空。大伙儿在一旁纷纷起哄，“说说！说说！”

“我要不要告诉他们呢，老爹？”其实她不过是在虚张声势，安娜贝尔向来注意谈吐，绝不会学说那些粗话。但她的虚张声势总能达到效果，末了石油巨头放下酒杯，“罢了罢了，我投降！把这杯子给我收走！”众人便欢呼鼓掌。晚宴有了一个愉快的开始。

听起来可能有些奇怪，但安娜贝尔还是一位虔诚的天主教徒。她非常热心慈善，天主教孤儿救济院及其他机构都接受过她的捐助。安娜贝尔还非常迷信，如果你吃饭时不小心弄撒了盐瓶，她不仅提醒你，要越过肩膀上方朝身后撒出一把，甚至会亲自动手帮你撒。有一回午餐，她硬是劝桌上最年轻的女孩独自去坐一张桌子，不然桌上是十三个人，而那女孩是第十三个，会有邪魔上身。

安娜贝尔是个好人，她喜欢你就会经常带你玩，如果她打电话说盼望你过来，那肯定是真心的。而且她从不在朋友背后说他们的坏话，甚至包括她的演员同行。她是为数不多的、你可以当着她的面称赞其他女明星的女明星。她早就超脱了睚眦嫉妒，会以文艺得有点夸张的调子加以评论。安娜贝尔很喜欢兔宝，尊敬他读过很多书、知道很多事情、有自己的政治见解。事实上，兔宝作为危险的“粉色分子”登上报纸，已经令他成了某种意义上的“剧中人”，他在很多人心中激起的浪漫想象，一点儿不比电影明星安娜贝尔逊色！

Ⅳ

“哈维，”安娜贝尔说，“晚餐开始前，你带罗斯先生四处转转。”于是兔宝跟着这位哈维·曼宁先生游览了修道院古堡的里里外外。遗憾的是哈维不是个好导游，有点对不起这专供显摆的所在，好导游必须有一双懂得欣赏美的眼睛和与之相配套的语言。而哈维或许见过太多类似的地方，已经毫无感觉。

哥特式古堡中并未设什么神龛礼拜堂，外面也没有前任修道院长的墓穴；倒有一个体育馆，绿色大理石砌成的游泳池、九洞高尔夫球场、网球场、壁球场……一切你能在顶级乡村俱乐部体验到的项目。马场里驯养的马主要是马夫在骑，图书馆里的书只有电影导演们偶尔会读。这是哈维的说法。

这儿居然还有一个物种丰富的动物园，起初是这里的雇员们发现抓来小动物很能讨主人欢心，于是他们就把当地的鹿、山羊、野猫、土狼、灰熊、狮子通通引进来建了个动物园。还有老鹰，翱翔在蔚蓝天宇的老鹰带给诗人们无限激情与遐思，而关在笼子里的老鹰，看起来那么忧郁。“像你狱中的赤色战友”，哈维·曼宁经过时评论说。

然而兔宝很快发现，即便看似最无欲无求的人也有他的嗜好。哈维看了看表，说六点半了，他们该回去了。他看起来有些迫不及待，他们往回走，哈维对兔宝说，他每天戒酒到这个点儿，时辰一近便有望眼欲穿之感。进门后，一位华裔侍者已经在恭候他了，手上端着一个托盘。哈维端起两杯酒一饮而尽，发出满足的叹息，精神为之一振，语速也没那么慢吞吞了。

等兔宝下楼来，已经有好些人聚在一起了，有些穿着晚礼服，有些穿着高尔夫球衣，有些穿着西装——正如女主人所言，这里无拘无束。男主人弗依正在和弗雷德·奥潘谈政治方面的事，如何击败民主党人。都是他一个人在说，弗雷德是个不爱说话的怪人，又高又瘦，一张长脸，像一匹直立行走的瘦马；一双灰蓝色眼睛显得异常空洞，如果有人认为眼睛是心灵的窗户，其头脑想必也空无一物，那他就大错特错了。父亲说弗雷德是石油界数一数二的领头人物，比捕鼠夹还要敏捷锋利。陪在他身旁的是贝茜·巴莉（Bessie Barrie），也演过几部电影，现在是在以身报答弗雷德的投资。他们可不像弗依和安娜贝尔那么美满，贝茜爱着一位导演，导演今天也被邀请了，女主人特地费心将两个男人在餐桌上的位子分得足够远。哈维喝了不知多少杯，状态跟下午判若两人，八卦协会负责人似的不停给兔宝扫盲。

他们聚集在古老修道院的餐室里，兔宝被安排在女主人身旁的贵宾席位，后者已经换了一套纯白丝绸晚礼服，公爵夫人般高贵。她的左边坐着一位导演，佩里·杜查内（Perry Duchane），在谈论一部新片的剪辑，他已经剪好了两卷，待会儿放给大家试看。他旁边有一个空位，看来某位女士迟到了。兔宝在这个圈子里阅历太浅，他不知道这意味着多大的个人荣耀；有时候不出场比出场还更有戏。

V

记得《伊特鲁利亚王国》（The Emperor of Etruria）里从

野蛮部落抓来供骄奢淫逸贵族享用的那个女奴吗，当一伙胖宦官上前碰她的时候，她怎样怒气如虹、迅疾有力地把他们打得落花流水！她的衣裳在打斗中被撕成半裸，展露着柔韧而充满爆发力的身体，展露程度依不同国家的审查尺度而定。这部片子当时成为公众瞩目的大热门；制片人们纷纷争抢女奴的扮演者薇欧拉·特蕾西（Viola Tracy），接下来的一部《贞洁荡妇》（The Virgin Vamp）再次印证了她在打斗上的才华，此后从未在任何千钧一发的惊险场景中失过手，最近她主演的《埃及艳后》（The Bride of Tutankhamen）更红遍了天使城各大影院。人们叫她薇。

她来了，从法老王的宫殿中走出来，款款步入修道院的餐室。穿着一件抢眼的纯黑天鹅绒小礼服，巴黎新款，戴着一串珍珠项链。侍者为她拉开椅子，她一只手扶着椅背，却没有坐下，女主人引荐："特蕾西小姐，罗斯先生"——安娜贝尔笑着看向兔宝，兔宝对特蕾西小姐微笑致意。薇站着的姿势令人印象深刻，跟她合作的导演汤姆·佩雷（Tommy Paley）就坐在桌子对面，突然喊了声："开机！"大家都笑起来，薇笑得最开心。

安娜贝尔从不讲别人的不是，薇可和她不一样。跟电影中的打斗风格近似，她伶牙俐齿地炮轰看不惯的人和事。席上第一个话题是关于某个交际花，刚从国外来到这儿，得到的评价毁誉参半。"她穿衣打扮的品位还不错，"安娜贝尔温和地说。"噢，是啊！"薇说，"可完美了，她的狗跟她的脸超级配！"接着话题转到了一个百万美元成本的片子《陈年橡木桶》，讲的是多莉·迪恩（Dolly Deane）出演的乡下女仆被旅行商人引诱的故事。"多莉挺单纯的。"安娜贝尔说。"是啊，单纯得和制片人、两个投资者、导演和导演助理都睡过。”

同样有叛逆基因的兔宝，自然不会忽视谈话中薇的犀利机锋。薇当然也不会忽视这位英俊的石油王子。眨着熠熠的黑眼睛打量他。侍者给她端上了一碗汤，薇瞟了一眼便叫起来，“哦老天，有淀粉！安娜贝尔，你想把我喂胖、被他们赶出电影圈吗？”接着她对兔宝说，“他们说没人能坚持一个月只吃一种食物；可罗斯先生，你知道吗，我平常每天只吃两块羊排加三片菠萝，坚持了七年。”

“我想问，这是埃及的还是伊特鲁利亚的秘方？”

“是一位好莱坞导演的秘方。大家以为我们这些公众人物肯定过得特奢靡，其实我们只有一个梦想，在好莱坞购置足够多的房地产，然后退休，好好吃顿饱饭！”

“你真的都没偷吃过？”兔宝同情地问。

她回答：“脂肪从不撒谎，我也不。你可以问汤姆·佩雷，要是电影里那些魁梧男士扯烂我的衣服一看，发现我长了一斤肉，会是什么下场。说不定让我去演喜剧，像个水桶一样滚来滚去。”

Ⅵ

晚宴上的谈话总是如履薄冰，你早晚都不免掉进去，一旦掉进去就出不来了，只能潜在水里从一个话题游到另一个。“罗斯先生，”安娜贝尔以女主人的姿态说道，“你怎么没喝酒啊，放心，我们的酒都是战前的存货。”接着大家谈论起禁酒令。两年多前颁布的这个禁令给上流社会造成了极大不便，虽然有钱人不愁搞不到酒水，也不在乎价钱飙升，但购入途径变得麻烦又不可信，每家都有自己信任的私酒商，制造贩卖私酒的商人们编造各种来历故事，信誓旦旦保证酒是从墨西哥走私的，或者从加拿大偷运的。兔宝观察到一个有趣的现象，禁酒令后，哪怕疑心最重、从不轻信的人，也对各自的私酒商的话深信不疑。

他们接着说到电影界巨头之一柯斯基（Koski），可怜的老家伙把自己别墅的地窖修得固若金汤，装了银行保险库的门，还是被一伙大盗趁其不在家硬闯进去，在房子里面大拆特拆，地窖上方的地面全掀了起来，东西用卡车统统运走。柯斯基藏了好多酒，也被运走了。于是私酒商们最爱讲的故事就是，这是从柯斯基家地窖里偷出来的酒！全加州的人都在喝柯斯基家的酒。薇突然开口说："噢，听着！我有一个，关于柯斯基的。你们听过电影界的祈祷吗?"

一片安静，没人听说过。

"让我们握紧双手，像个好孩子一样，"薇下令，"低下头。"接着，她以庄严的语调缓缓领祷：

"我们在艺术天堂的父，好莱坞尊你的名。愿柯斯基降临，他的旨意行在摄影棚，如同行在床上。"

大家又憋了几秒，薇领祷完了，才爆发出一阵狂野的大笑。无须解释，大家都知道那位好莱坞帝王的后宫充斥着几百位演员嫔妃。于是话题又转到了她们身上，接着又转到犯罪，谁收到了恐吓，谁被枪击了，谁差点被下毒。同一个故事有无数个版本，每个版本都很精彩。

Ⅶ

众人宴罢，成群结队去一个更宽敞的礼堂，灯光被调得极暗，圣坛上安装了一块大荧幕。房间后面是放映机，大家随意散坐在躺椅上，等着看安娜贝尔新拍的片子的前两卷，放映结束后同行们就剪辑讨论交换意见。

薇和兔宝坐在一起看片，“噢老天，”她悄声对兔宝说，“安娜贝尔演这种十八岁无知少女恐怕都演了十八年了。她就没接过什么有思想的片子，故事情节也就适合十二岁的智商。别以为我在开玩笑，你知道她的导演佩里·杜查内怎么改剧本吗？找一帮十几岁的中学生，给他们讲一遍，他们说哪儿不满意就删掉。”

等见到了安娜贝尔，薇说：“体现了业内水准，我亲爱的，票房会很好。”然后单独对兔宝解释，“安娜贝尔有一点特别好，她很知足，她不会问你‘这是不是艺术杰作’这样的问题；但好些人会问。我拉了很多仇恨，就因为在这个问题上坦诚不撒谎。我说：别谈艺术，亲爱的，我们制造的都是垃圾。大家也都知道。”

华裔侍者端着托盘，幽灵一般四处出没，为客人们奉上粉的、黄的、紫的、绿的酒水，换回他们的空杯。从没有人听见他发出声音。安娜贝尔和薇都不喝酒，“幽灵”早就被指示过，不许靠近弗侬·罗思科；如果弗侬靠近他，便会隔空传来安娜贝尔的警告声。但大多数人都喝得醺醺然，聊兴渐渐高起来。连弗雷德·奥潘都焕发了生机，用腹语术似的假声说：“你们知道弗侬这个老家伙怎么起家的？”大家都听他说下去。“你们看过他游泳吗？我打赌没有。在露天他跟你说水太凉，在室内说水太脏，为什么呢？因为他缺一只脚趾，怕人看见。他钻第一口油井的时候，中途没钱了，他就先去买了份意外险，然后出去打猎，自己用猎枪射了一只脚趾，拿到保险金，把井钻完了。没错吧，老兄？”众人笑着起哄，叫弗侬确认，弗侬大笑回答，他不介意弗雷德讲他的故事，但他不告诉大家这是不是真话。

Ⅷ

修道院内有一架巨大的管风琴，现代风格的新玩意，只要按一个电子按钮，就能播放最新的百老汇爵士乐。人们随着音乐纷纷起舞，薇走到兔宝面前："我想我要一个清醒的舞伴。"兔宝自然乐意从命。愉快的时光过得飞快。兔宝跟女主人安娜贝尔和弗雷德的女伴贝茜·巴利也都跳了舞，不跳舞的时候便和身旁的人闲聊。汤姆·佩雷，著名导演，英俊潇洒，脸上稍有皱纹和潮红。"罗斯，"他说，"我想听你说说。"

"说什么呢?"

"所有这一切。"

"哦，佩雷先生?"

"生活！我们现在为什么在这儿？将来去向何处？这一切都有什么意义?"

"如果我知道的话，"兔宝道，"我肯定告诉你。"

"可你不是在读大学吗？我没受过什么教育，从小当报童，还有许多诸如此类的工作。我以为读了很多书、又上了大学的人应该……"

"我还有两年毕业呢，说不定这期间会懂得多一点。"

"你要是有什么心得，请一定告诉我。还有性，人们没它活不了，有了它活不好。这到底是怎么回事?"

"确实是一个谜。"兔宝承认。

"是魔鬼啊，"对方叹道，"我愿意拿出十年积蓄，只要有人能教我怎么把性这个鬼东西抛到九霄云外，让我再也想不起它。"

"哦，"兔宝说，"那你还拍什么?"

导演看着他，愣了愣，旋即豁然大笑："老天爷，还真是！这话不错！呵呵呵！”接着他起身走开了，应该是把这话向同行传播去了。

一会儿，他空出的位置被哈维·曼宁摇摇晃晃跌下来坐了，他喝得站都站不稳了。以一种深受内伤的语调说：“我想……想知道，谁，谁，在说我！”

“说你什么？”兔宝问。

“我就，就是问你啊，他们说我什么？”

“我不知道你在说什么，哈维。”

“好好！你不知道？还是不愿意告诉我？要我，再再说直接点儿？你觉着我醉了，嗯？我没醉！我想知道，他们说了我什么；我想知道，你你为什么不愿意告诉我；我我想知道，我要维护我的名誉，你不说，我就问，整个晚上。”然后他又回到开头，“拜托，伙计，他们说我什么？”幽灵般的华裔侍者经过他身边，哈维要扑他，没扑到，碰倒了落地台灯的灯柱，兔宝箭步上前扶住。哈维大叫：“当心点！”这时有趣的事发生了。一位衣着体面、不引人注目的先生，修道院产业的主管，悄然出现在哈维身旁，夹住他的胳膊，哈维显然习惯了这一招，发出一阵极不情愿的哭叫：“我不想回屋上床！见鬼，安德森（Anderson），放开我！现在睡觉，我早上就会醒，要挺一整天才能到晚上！我会发疯的！”哈维拼命挣扎也是徒劳，安德森先生的燕尾服下可不是酒囊饭袋之躯，夹着哭闹的哈维消失在电梯里。

“罗斯先生，”薇不知什么时候出现在他身旁，“好莱坞派对上通常有两种发自内心的叫声，第一种是，我不想回屋上床；第二种是，我想。”

Ⅸ

次日清晨，兔宝走出房间，整个修道院好像只有他一个人。他吃早餐、看刚送来的报纸、出门散步，遛到动物园去看了笼子里的老鹰朋友。之后向海的方向走去，沿着一条跑马道下去，走了几英里才到海边，跑马道尽头有扇门，门上安了弹簧撞锁，周围都用铁网围了起来，门外挂着牌子，禁止公众入内。但门的这边有一块木板，上面放着些钥匙，并且提醒你带着钥匙出去，回来还要用它开门。兔宝拿了一把开门出去，沿着海滩散步。天地之间只有他一个人，背后是孤独的群山，面前是无尽的海水。

兔宝一路走到了一个荒弃的临海花园，应该是属于它背后山上那座欧式古堡。花园里筑有喷泉、错落的雕塑，还有一条“新娘面纱”瀑布的痕迹；然而喷泉和瀑布全都干涸无水。显然，古堡的主人已经离开了，远远可见所有窗子都帘幕低垂。花园雕塑上都厚厚地裹了白床单，一些有基座，一些鹄立在石墙上，头顶挂了电灯。兔宝受好奇心的驱使翻墙进去，解开了一座雕塑上的床单，顿时觉得好窘，因为赫然是一座大理石裸女，感觉风格是德国的，可能雕的是女妖罗蕾莱（Lorelei）。她梳理着满头金发，唱起歌，“歌声曼妙无比，听者如痴如狂”①，船夫受其魅惑，被大海的漩涡吞没。如今这迷思也吞没了兔宝这陌生的来客。他不禁想，曾经这座花园的景致是何等美妙，尤其是夜晚，灯光亮起来。此处私密远离尘嚣，花园里宾主欢宴时，或许只有伏在海滩上的海豹能看到。它们现在就趴在一丛礁石上，仿佛在等兔宝掀开所有雕像上的白布，重启过去的美好时光。

兔宝离开了，太阳已经升得很高，他下海游一会儿。加

---

① 原文为德文：Das hat eine wundersame gewaltige melodei. 出自海涅的诗《罗蕾莱》，此诗后被谱上曲调，成为广为流传的德国民歌。

州的海水总是偏凉，但阳光照在身上却很温暖。礁石上的海豹们都密切注意着这个陌生来客，他每走近一步，就有一只小家伙跳进海里。大的小的，灰的黄的，都特别肥。等到兔宝也跃进海里，它们礼貌地给他挪了一片区域。在不远不近的几码外围成一圈儿，翘着胡须望着他。兔宝发觉它们的眼睛跟人一样有灵性。他朝哪儿游，它们就给他让地方，一点都不计较。蓝绿清澈的海水浸透了他，海面之下是另一座花园。天上流云飞逝，海面上有变幻的阴影。

世界如此美好，时时充满奇遇，能活这一生是多大的乐事！若是没有生而为人，做一只海豹会怎样？它们能看见那古堡花园吗？还是眼里只有要捕食的鱼？它们怎么知道见了人不扑上去吃呢？兔宝尴尬地想，假如海豹群中有一只“赤色分子”，决定颠覆一下陈规，他就完蛋了。兔宝内心仍是八年前瓜达卢佩山上惦记受惊小地鼠的那个孩子，他上了高中，又上了大学，可没有一所学校告诉他，那些他真正想知道的东西。

X

年轻的哲学家游得差不多了，开始向岸边靠拢。发现海滩上有人策马而来。远远看去像是个男人，穿着灯笼裤，头上没戴帽子。等靠近了才看清，是薇·特蕾西。她也看到他了，朝他招手。勒住缰绳说：“早上好，罗斯先生。”

“早上好，”他喊道，“这也是保持身材的秘方？”

“是啊，还包括游泳哦。”她脸上带着狡黠的笑意，猜到他现在的窘境。“为什么不请我一起游？”

“让海豹们多不好意思，”他慢慢地游近，站在水面齐胸的海浪里。

“早晨是世界之初，多宝贵啊，快上来，别把光阴都浪费了。”

“特蕾西小姐，”他解释说，“我没想到会有人来，所以……我也是世界之初的样子。”

“人啊，”她唱诵道，“你们将我的尊荣变为羞辱，要到几时呢？”① 接着她对兔宝解释，“我演过一部宗教电影《所罗门王》（King Solomon），记得那剧组搞来三匹真骆驼。我演《圣经》里的书念女子亚比煞（Abishag）。电影里的所罗门王对我唱：‘起来，我的佳偶，我的美人，与我同去。因为冬天已往，雨水止住且已过去。地上百花齐放，百鸟鸣叫的时候已经来到。斑鸠的声音在我们境内也听见了。无花果树的果子渐渐成熟，葡萄树开花放香。起来，我的佳偶，我的美人，与我同去……’②”

他游近了一些，看到薇的神色像个小顽童，黑眼睛里跳跃着调皮的光。

“我说姑娘，”兔宝大声道，“我向你正式提出警告。我已经在水里待一个小时了，冷得很，我要上岸了！”

薇不理他，继续唱诵：“你的颈项好像大卫建造收藏军器的高台，其上悬挂一千盾牌，都是勇士的藤牌……”

兔宝又往前走了几步，现在海水只到他腰际了。

“水中出来的那是谁？‘我的良人，白而且红，超乎万人之上’③，‘他的头像至精的金子。他的头发厚密累垂’……”

“最后通牒！”兔宝喊道，“一，二，三！”

---

① 《圣经》，诗 4：2。

② 《圣经》，雅歌 2：10～2：13. 下面薇所唱的均出自《圣经》的雅歌。

③ 《圣经》，雅歌 5：10～5：11。

薇一点儿没有屈服的意思，他硬着头皮走上岸来。

“他的腿好像白玉石柱，安在精金座上。他的形如黎巴嫩，且佳美如香柏树……”

他站在她面前，波浪在脚底翻卷。

“我的佳偶阿，你美丽如得撒，秀美如耶路撒冷，威武如展开旌旗的军队……”

“既然是《圣经》上的话，我想没什么。”兔宝说。

“我就会背这一段。《所罗门王》后来资金不足，停拍了，我就演了一场。不过我想，我要是演过希腊剧，背他们的台词会更合适，听说古希腊人都裸体赛跑。是真的吗？”

“书上这么说。”兔宝回答。

“那，咱们做一回古希腊人吧！听说你是跑步健将，有坚持训练吗？”

“差不多。”

薇笑道：“我的良人冷得嘴唇发青，如何是好。我们赛跑吧！你跑，我骑马！”

“在下从命。”

“预备，开始！”她大喊一声——与此同时，令他大吃一惊的是，薇从夹克衫里掏出一把小手枪，朝天“砰”地开了一枪。这是来真的！

兔宝撒腿就跑，听得见身后的马蹄踏沙声。他不知道终点在哪儿，不知道要跑多久，于是换成了长跑的节奏。身上暖融融的，头顶是蓝天白云，沙子凉凉的闪着晶光，薇说得没错，早晨确是世界之初。

他们一路跑到了有人迹的地方，几艘渔船停在岸边，渔夫们坐在船上休息，看到一个赤身裸体的小伙子和一个骑马的姑娘在海滩上追逐，远远秀出一口白牙。他们知道修道院里住着些无所事事的有钱人，看来又发明了新玩法。再往前就有公路、帐篷和遮阳亭了。那些民众会把他们当疯子或是以伤风败俗之名抓起来！可薇在后面紧追不舍，兔宝只好继续跑，应该她先喊停。被抓被围观她也逃不了，真愿意共享这污名？想想看，天使城报纸头条：《电影明星纵马狂追赤身裸体赤色分子》！离前方的一簇帐篷越来越近了，远远看到有人在朝他们张望，不出所料，身后响起薇的声音："我认输！回去了！"兔宝掉头飞奔，比来时的速度还快；薇的马转过来跟上，两人在世界的早晨洒下一串笑声。

XI

希腊人不穿衬衫和裤子，他们穿袍子的过程好像也没什么特殊的美学意义，因此兔宝穿衣服的时候，薇继续先前缓行，等他穿戴整齐赶上来，他们便不再是古希腊人，而是两个彬彬有礼的现代美国人了。

薇牵着马，兔宝走在她旁边。"看见那些梦魇似的白影了吗？"她说，他们正经过那座欧式古堡前的花园，一群包在裹尸布里的"罗蕾莱"们。薇告诉他，"这儿曾经是汉克·撒切尔的甜梦窝，听说过加州葡萄大王汉克吧？"

"噢，是他的地方？"兔宝叫道。

"汉克沉迷淫乐，妻妾成群，太太坚决不离婚，作为对他的惩罚。汉克·撒切尔（Hank Thatcher）死后，他太太把这儿封起来，变成现在这个样子；把裸女雕像都裹起来，也是对公众的一种姿态。"

"没人能看到啊，除了海豹。"

"噢，有一阵报纸上铺天盖地都是，这种新闻他们不会放过的。报社派记者来，撒切尔太太放狗咬他们。没人敢靠近那地方。”

“哦天，”兔宝倒吸一口凉气，“我刚进去看雕像了!”

“算你走运。撒切尔太太偶尔回来，一回来就跟所有人刀兵相见，包括邻居们。”

“她不设个围栏什么的?”

“她跟县政府也是对头，她要包下整片海滩，有时心血来潮就架设围栏，她架起来，县里就派人来拆。这么斗法过招快十年了。谁也不知道她什么时候来，她住在城堡里也不开窗帘，像古时困锁高塔与世隔绝的女人。从一间屋子游荡到另一间，手里拿着枪，疑心有窃贼或探子潜进来。你可以问哈维，他认识她。”

“她是不是精神有问题?”

“她跟她丈夫互相折磨了一辈子，没问题才怪。汉克挥霍无度，而她是个守财奴的性子。据说有一回，汉克带着一大车钱袋子四处旅行，每只钱袋子里有一千美元。不知怎么掉了一只袋子，汉克毫不放在心上。结果呢，他的一个手下找回来并且还给他了。老汉克鄙视地看着那个手下，从钱袋子里掏出半美元，说：这点钱给你买绳子，去把自己吊死得了!”

“那么，现在钱都归她管了。”

“没错。她买任何东西都记账、要发票、存档，而且桩桩件件亲力亲为，信不过任何秘书或者账房会计。因为生意上的事，她需要雇律师团，然后再雇一个律师团监督前一个律师团，然后再雇几个私家侦探盯着这两个律师团……活到这个份上，不难想象她整个人形销骨立，跟骷髅一样。”

薇接着说，“汉克的妹妹也住在附近，那儿也是汉克的房产之一，留给了妹妹。这两个女人不共戴天。汉克妹妹虽然一把年纪还很多情，花钱雇男人到她的宅子里做事，再近水楼台把他们变成自己的情人。她给那些男人写情书，后来有男人敲诈她，说不给钱就把情书卖给报纸发表。汉克妹妹说她不在乎。她太有钱了，有钱到没什么流言蜚语能撼动她的社会地位。而且她还精通借酒浇愁的技艺，这点麻烦很快就能忘记。”

“老天！”兔宝说，“财富真是害人不浅！”

“尤其害女人，”薇说，“女人的神经本就纤细。每当我碰到这种可悲的老女人，我就问自己：你将来老了会是什么样？心里大叫一声，上帝！然后冲出门，跳进车里，以最快的速度开出去，逃离一切事、一切人。”

“这就是你前一阵因超速被拘留的原因？”兔宝笑道。

“噢，不是，”她回答，“那是我团队策划的炒作。”

第十四章　明　星

I

兔宝回到天使城，去看望了欧文先生，关心工人学校的筹备进展。整个夏天，欧文先生都被工人运动领导者的内部争斗搞得头昏脑涨，他尽力斡旋让他们停止同室操戈。工人学校已经初具雏形了，现有三个老师、五十个学生。主要在夜间上课，但一切都很不稳定，困难重重，能不能办下去还是未知之数。

工人中有很多头脑清醒的人，也有一些极端的激进分子，在他们看来，接受半条面包不如饿着硬拼。如果工人学校引进这些激进分子，保守的老一辈工人领导者们便与学校不相往来；但如果工人学校里没有这些激进分子，又会被嘲笑说跟其他老牌学校没什么差别。

工人运动形成了自己的传统，老一辈领导者们知道如何与雇主谈判，争取更高的工资和更短的工作时间。他们已经熟悉了这方面的程式套路；通常这些人已经超离了他们原来的体力工作，成为专职的工会领导者或者说政治从业者。他们可不愿失去自己的办公室工作、抽雪茄与雇主谈条件的享受以及开销远远大于工资的快乐。天使城有一份工会办的周刊，每期都有企业广告，明眼人一看就是贪污腐败的华丽显影。而战斗性的新闻或评论投到编辑那儿，则被避若瘟疫般扔进废纸篓。放眼全国范围，事情都与此大同小异，总部设在华盛顿的美国劳工联合会，发出中规中矩的呼声，与任何爱国社会团体都无甚本质区别。他们以自己的标准搜集俄国的新闻传达给国内公众，要是听见不一致的声音，他们对付那些“布尔什维克激进分子”比外人还狠。嵌在这样的机制里，正直真诚的劳工领导者只有在无奈痛苦中战栗。

Ⅱ

兔宝去了天堂镇，石油工人为了争取更高的工资，正在酝酿新一轮行动。油商老板们则忙着开除工人中活跃的麻烦制造者；罗斯统一集团也不例外。参加保罗的小木屋读书会的工人有几个被开除了，借口人员过剩；但转眼工头又招了一批新人。兔宝记得被开除的工人本尼，是个积极的社会主义者，在矿上发过传单，宣称世界对石油资源的掠夺角逐将导致下一场战争。

鲁思对兔宝讲矿上的这些事，温和的眼睛里满是认真和忧虑，“真让人难受，本尼（Benny）没别的地方去；在这片矿区有他的家，妻子、两个小孩和曾经租住的房子。现在怎么办呢?”

兔宝也替他担心，他以为这种事不会再发生了。

“你能帮忙做点什么吗?”鲁思恳求道。

“本尼在老矿区的产油部门工作，不属于父亲的管辖范围，他现在只负责新矿区开发。不过我会去问问他。我也能猜到他会怎么回答。现在油商们都在拼命摆脱本尼这样的工人，如果他把本尼招回来，会引起同事和同行的不满，很伤感情。”

“可是，兔宝，那本尼的感情呢？还有其他工人们的感情呢?”鲁思坚持，同她一贯的温柔性格颇不相符。她不懂那些复杂的思想和纷争，但她和哥哥保罗一样，有一颗同情工人的心；本尼和那些来拉斯卡姆农场小木屋读书讨论的工人们都是她的朋友。如果他们有了麻烦，那必须做点儿什么！

于是，兔宝重新陷入了头痛的两难困境，目睹他所无力制止的劳资斗争。最终本尼在一家农场找到了事，他得每天劳作十二个小时，但晚上还溜回矿区，撒播传单、和以前的工友们谈心交流，分享他满腔苦涩的愤懑。

汤姆·阿克斯顿又来到天堂镇，像第一次罢工时那样组织领导工人活动，他在工会的职务现在已经由保罗继任，此次前来主要是防止工人群体中的内部分裂。社会主义者、共产主义者、无政府主义者、极其危险的IWW……天堂镇油田有成千上万工人，林子大了什么鸟都有。不同派别有不同的想法、诉求、行动方式，常常像明茨一家那样争得不可开交恶语相向。

晚上，矿区附近的石头山上总有一簇簇营火，回荡着红色歌曲的低声合唱，那是各派的工人在聚会，他们中普遍流传着一种红歌抄本，会唱很多歌。在兔宝眼中，这景象充满神秘的罗曼蒂克的气息。而在父亲、罗思科先生和其他罗斯集团管理层的人看来，则如虎聚丛林般恐怖。

Ⅲ

如今兔宝有了一处避难所，修道院。在那儿不必面对这些烦恼。修道院里的客人们或许各有各的烦恼，但他们不会施压给他！“随时来，”安娜贝尔对兔宝说，“就把这儿当成你自己的一个住处，想待多久就待多久。马场里的马得有人骑、图书馆的书得有人看，这样才好。”于是他便常去，有时会碰见薇·特蕾西，有时他到的时候她不在，但不久就突然出现了，很是神秘。

薇的年龄只比他大几岁，阅历却比他大一百岁。但同时她又是个极好的玩伴，保持身体和精神的年轻是一个女明星的分内事。为了演好电影，她必须打造自己的生活，包括玩乐体验，也包括运动员级别的残酷而持久的训练。谁知道哪天导演又出新招，把她拴在野马上，或者用绳子系在船尾乘风破浪，又或者必须爬上教堂的哥特尖顶……在野蛮的旧社会，人们有许多稀奇古怪的理由来虐待女性，如今，一种新的虐待则要在千百万观众的面前进行。

他们在一起时总是很轻松，骑马、游泳、跑步、躺在沙滩上晒太阳……薇对他讲好莱坞发生的那些匪夷所思的奇闻逸事，兔宝常听得瞠目结舌，电影人的现实生活比他们的作品还有戏剧性！

薇喜欢兔宝，这显而易见。而兔宝也发觉，薇不在身边的时候，他总情不自禁地想起她，看书会走神，做梦也梦到她，他想自己是不是爱上薇了。“为什么不呢？”父亲、罗思科、安娜贝尔似乎都发出赞成的信号，暗示他“为什么不呢？”很快，电影圈传出花边新闻，薇·特蕾西找了个千万身家的石油王子！还是个浪漫的布尔什维克！整个世界都在唱和一个诱惑的回声："为什么不呢？"

Ⅳ

有一回他们坐在海滩上，一半埋在柔软的沙子里，望着蔚蓝的天与海，"我不是什么清纯玉女，兔宝，别有这种幻想，干我们这行，要付出代价，所有女孩都一样，她们有各种版本的谎言来掩饰事实，但别上当。"

"难道他们就不能满足于找一个优秀的女演员，把片子拍好？"

"优秀的女演员太多了。有些人白天是优秀的女演员，晚上还是优秀的情人。鱼和熊掌可以兼得，男人何乐而不为呢？"

"真可怕！"

"竞争太激烈。为了挤到前面，必须不惜一切代价。那年我十五岁，在摄影棚门前晃荡，身上没钱，肚子饿，心里充满渴望。直到我跟一个恶魔睡了觉，才入了行。"

他们并肩坐着，兔宝用余光偷看，薇看着前方，神情遥远而严肃。

"有一个男人，值得记住。"薇继续说，"小女孩遇见了他，他好有钱，带她坐大汽车，住别墅，吃好吃的，买好多漂亮衣服。也是他，帮小女孩得到了人生中第一个重要角色……卫道士们尽可以嗤之以鼻，他们不懂。他对当时的我来说简直就像一个神。我觉得一个人对你有这样大恩，无论他想要什么，都理所当然应该顺从。我跟他同居了一段时间，后来发现他其实特别愚蠢。"

一阵静默。"我猜，"薇说，"你肯定在想，我为什么告诉你这些。我现在安全了，有了些钱，有了些名气，可以活得高贵潇洒，可以彻底掩埋过去，不见来路，似乎从来就是如此。要是我说，我出淤泥而不染，你又能知道什么？但我心里无数次对自己说：上帝啊，我总算有钱了。钱对我的意义，就是再也不必说谎。”

兔宝若有所思，“曾经有个朋友对我说过类似的话，那话给我留下很深的印象，以前从来没想过，不说谎有多重要。”

“嗯，会让人变野。文明人都说谎。电影圈里有不少关于我的传闻，都非常糟糕，听说了吗？”

“没怎么听说。”他礼貌地答。

“肯定有人说起，”薇锐利地望向他，“比如，和罗宾·沃登（Robbie Warden）的事，我猜？”

“哦，有所耳闻，”兔宝笑了，“据说你曾经很爱他，他去世后你非常悲痛，一直没走出阴影。”

“我对男人，就犯过两次傻。他是第二次，也是最后一次。相信我，绝对是最后一次。罗宾待我不错，我最成功的一部片子就是他投资拍的。人又长得威武帅气，求我跟他结婚，我也想过要嫁给他，可他除了我，还跟两三个相好的女人鬼混。到了死在其中一个的枪下。我早不悲痛了，相反感到庆幸，要是真嫁给他，不知什么下场。”

薇顿了顿，“不过，这一段确实改变了我。包括对爱情的态度，有些玩世不恭；还有就是说话不中听，这你晓得。”

薇把腿上盖的沙堡推倒，站起身。“告诉你我怎么不长赘肉。”话音刚落，她双手撑住沙地，笔直地倒立起来，用那双苗条的手臂支撑着，慢慢向前走，颠倒的脸上笑容灿烂。“走，下海啦！”

V

薇的话让兔宝回去想了很多。她从年少时候就必须为自己的人生奋斗；而他几乎不需要奋斗，一切唾手可得。如果他想拍电影，父亲会帮他安排，摄影棚的大门会随时为他而开。他没有权利评判任何人的是非对错。同时，这场对话也使一些模糊的问题不言自明地清晰起来，短时间内她不会想嫁给他，她一定要确定自己十分幸福，才会做这种决定。另外有这些经历垫底，假如兔宝告诉薇，他做过的那些梦，估计她也不会太惊讶。

修道院里的人们在古堡外的露天场地上跳舞，金色的月亮照着，它也曾如此温柔地照着兔宝和尤妮丝。管风琴的音乐从室内传来，兔宝独自沉思。“怎么办呢?”他在焦虑中不知所措地颤抖，意识到一件古怪的事，到目前为止，都是女生主动。他有什么毛病?

他走到薇面前，“我们跳舞吧。”他们一路从这边舞到那边，又从那边舞到这边，要回去了。他突然感到绝望，他的姿势不由自主从跳舞的那种轻轻揽抱变成了结实的拥抱，薇几乎挪动不了。这太莽撞了，不是个有身份的、还读大学的男人该做的，兔宝感到恐慌，她可能不理解，会生气，叫他走开！然而薇没有，她没有生气，她立即理解了。有句俗语说先有双手，后有刀叉；看来肢体的表达先于语言。兔宝发觉他的拥抱得到了同样的回应，那双可以支撑她整个人在海滩上走的有力手臂，如今也紧紧地抱着他。可以了！“薇……”他轻声唤道。薇在他耳畔低语：“这么说，你心里有我。”她的嘴唇寻上他的，两人在月光下浑然忘却了一切。

“薇，我刚刚真怕。”

她笑起来，“傻瓜。”可接着她把头向后移开了一点，“兔宝，我有话对你说。让我们找个安静点的地方。”她的声音里有一丝忧虑。

他们在僻静处坐下。“什么事，薇?”

“我希望咱们的关系能理智些。我知道很多人，因为恋爱而痛苦，我自己也体会过那痛苦，向上帝发誓，不想再体会了。”

“或许你该换个上帝。”

“我希望我们快乐！如果哪天我们在一起不快乐了，就好聚好散，不要彼此折磨。我们可不可以理智地相爱，不瞎嫉妒乱吃醋，不无事生非制造不愉快。”

“那么多人围着你转，我肯定有无数机会嫉妒，”兔宝说，“你就没什么机会吃醋。”

“谁知道呢，没人知道，或许只有天知道。哦兔宝，你没见过我见过的荒唐事，你还天真得像个孩子。”

“噢，好人，你会把我带大的!”

“你怎么知道我是好人，其实你不够了解我，也许我跟你撒了一千个谎，你都不晓得呢。”

兔宝俯下身，握住她的手，想要安慰她。但薇把他的手挪开了，“别这样，我们要冷静地先解决这些问题。男人和女人之间应该建立信任、真诚相待，哪怕事实残酷得令人心痛。对吗?”

“说的没错。”

“哪怕这意味着要放弃彼此，当关系必须靠谎言才能维持的时候？你同意吗?”

“同意。”

“另外我想告诉你，我不要你的钱。”

“我现在也没有，薇，钱都是我父亲的，这是我要向你坦诚的第一个残酷事实。”

“有我也不想要，我现在有些积蓄了，能把自己照顾得很好。我有我的工作，你也会有你的工作。我们财务各自独立。我们一起共度美好时光，谁要忙就去忙。”

“听起来太便宜我了！”

“爱情是个游戏，刚刚说的这些是基本规则。如果谁打破了规则，就是作弊。”

兔宝向她保证自己从不作弊，这次也不会。她满意地投进他怀里。一个接一个热烈而绵长的吻，薇轻声说，“这儿可能有人来，兔宝，你先去我房间；我去跳一小段舞，就找借口回去。”

Ⅵ

不知是当晚有人看见他们在月下拥吻，还是薇把这秘密告诉了安娜贝尔，又或者仅仅是他们因沐浴爱河变得格外光彩照人，总之，第二天消息便传开了，修道院里洋溢着某种节日的气氛。朋友们恭贺的方式都很含蓄，没谁向他们头上撒花撒米，或依古时婚俗朝他们身上扔鞋子，或是在他们车前绑彩带；大家只是笑盈盈地看着这年轻的一对儿，开些轻快的玩笑。安娜贝尔喜不自禁，她一直在筹划撮合他们，从弗依第一次对她说起兔宝的那刻开始，她就在心里把他和自己的朋友薇放在一起了。

有弗依这只大喇叭，消息自然很快传到了家里。等兔宝回到家，发现父亲也分享着修道院朋友们那种鲜花彩带式的笑容，兔宝读得懂他的心思，父亲见过薇·特蕾西，觉得她很好，而且老天，电影明星！可以好好拿来吹嘘一番！父亲很高兴儿子踏上了一条石油王子该走的正道。这事干得漂亮，挺有贵族风范，但愿这场恋爱能让兔宝离布尔什维克远点儿！

父亲有五花八门的暗示方式。他会问，薇也去修道院了吗？会叫兔宝接电话，“那个女孩！”会对兔宝滔滔不绝地转述弗侬怎么讲薇的：她一个星期就能赚四千美元，脑子比十个男人加起来还灵，在好莱坞有很多处房产，罗斯统一集团刚组建的时候，她问弗侬可否买些原始股，弗侬建议她可以适量买一点，结果她的适量就是五万美元；光这一笔就赚了三倍。薇开玩笑说弗侬让她少受了六次虐待；意思是她可以少拍六部片子。

伯蒂第一时间就知道了，她的恋人查理·诺尔曼的私酒供应商跟安娜贝尔的妹妹关系不一般。伯蒂很好奇，想和薇见面，叫兔宝把薇带回家吃饭。薇接受得有些勉强，说姐妹都想给兄弟的“甜心”下毒药。兔宝大笑，说伯蒂的毒药他都解得了。午餐非常愉快，薇很谦逊，想给他们一家留下好印象。伯蒂是高雅尊贵的女主人——薇只是演员而已，成名后才改变了地位；而伯蒂是真正属于上流阶层的人。她的社会活动会出现在报纸的严肃版面，而明星通常只能上娱乐版。午餐后，伯蒂对兔宝说，薇很不错，或许她可以让他明白一些东西。这算得上是伯蒂最真诚的表达方式了。

一切顺利得像梦一样。兔宝和薇仍经常去修道院，住在连通客房里。兔宝有时去薇的住处看她，她的老管家总是知趣躲开，让这一对儿自由自在。电影界的报刊倒没再登出什么消息，因为早就在他们开始恋情前，就什么都传过了。兔宝跟薇每天保持电话联系，如果是周末或假期，他们就出去约会；如果是工作日，薇便会说：“不行，兔宝，你要在家好好读书！”

“噢，我早就看完该看的了。”

“可是兔宝，如果我影响了你，让你不务正业，你父亲会不喜欢我的。”

“父亲简直比我还爱你！他老说你是电影圈银河系最亮眼的明星。”

“我们不能放纵过头，兔宝！否则某天你自己的良知也会谴责我。”

“好吧好吧，薇，你管我比安娜贝尔管弗依还严啊！”

“嗯，如果我能像安娜贝尔拴住弗依那样，把你也拴住那么久，我就心满意足了。”

Ⅶ

瑞秋·明茨有麻烦了。天使城的服装制造业工人在进行大罢工。工人们拥堵在工会门口，在请愿书上签字。而充满智慧与力量的明茨老先生则待在家里，他的印度教徒妻子死死揪住他的领子，不许他踏出门半步。她哭叫着说出去游行就是死路，会被遣返波兰枪决！因为这次罢工，瑞秋不能上学了。明茨家为了让瑞秋上大学，收支本就捉襟见肘，罢工一来，原先的财务计划全崩溃了。在兔宝的生活中从没体验过“缺钱”的滋味，不能理解这些。自然他要去找父亲，拿钱给瑞秋。但瑞秋拒绝了，说他们家从不欠债，她打算休学一个学期。

“那我们就不在一个班了！”兔宝叫道。

“谢谢你，罗斯先生，”她镇静自若地说，“你还可以来参加社会主义讨论会。”

“听着，瑞秋，你的学费对我来说只是很小一笔钱，你真的不要把它看作施舍，我不是送给你，而是借给你，等你赚钱了再还给我。难道你不认为读完大学、拿到学位之后更好找工作吗？”

瑞秋承认这没错，她想成为一个社会工作者，上大学是因为必须学习某些课程，才能具备进入公益慈善机构、从事社会工作的资格。兔宝满意地说，那为什么不借他的钱，等工作了再分期偿还呢？但是瑞秋十分固执，“阶级意识”产生某种奇怪的力量阻止她这么做。

兔宝也很固执，他没再对瑞秋说什么，而是直接出门上车，一路开到明茨家，他有瑞秋的家庭住址。浑然不知他的突然出现会让这一家人感到窘迫，让这位体面朋友看到他们破烂贫民窟街区里的小房子，寄生在一座房屋的后面，四周昏暗看不见一丝绿色。这地方是租的，明茨老先生把微薄的工资都投入到子女教育和政治活动中了。房子只有三间屋子，主屋里除了几件家具还堆满了书、缝纫机和杂物。明茨太太手忙脚乱地清理藏掖，似乎想把整个屋子都移出这位贵客的视线。

明茨老先生看见兔宝倒是很淡定，告诉他服装业罢工的最新情况；给他看自己就当前形势写的文章。兔宝对他说起瑞秋的教育……明茨太太在旁边听了半晌，若有所悟，脸色大变，以为这衣着鲜亮的公子哥儿肯定跟瑞秋有不正当关系；那丫头满脑子社会主义思想，又在基督新教的教会学校念书，什么干不出啊！她激动地用意第绪语嘟囔着什么，被丈夫命令噤声，这合乎犹太教法典。明茨先生感谢兔宝的关心，家里现在确实困难，如果兔宝愿意施以援手，他非常感激。兔宝站起来和明茨先生握手，然后回家对父亲宣告，他有几个犹太朋友要照顾。

Ⅷ

兔宝在南太平洋大学的名气越来越大了。英俊潇洒又有钱、搞协会宣传布尔什维克、和教授和著名左翼知识分子是朋友、如今又跟电影明星谈恋爱，带着她出入舞会派对和好莱坞高级晚宴。

兔宝其实还可以去摄影棚或外景地探班，但薇不让他去，说她太爱他了，有他在场她无法专心工作。而且她拍的片子有很多暴力的戏份，她要赚钱，没办法，只能照导演他们说的做。薇说她不想让兔宝看见那些场景，也不想让他看她的电影。兔宝受过高等教育，又爱思考问题，会觉得她拍的那些东西很糟糕、很幼稚。

这让兔宝觉得有些困惑，薇未免太过度防卫了。他也不是没看过，有什么大不了呢。很快兔宝就明白了。只要多看几份电影界的报纸，就不难发现真正的原因。薇·特蕾西在拍一部关于俄国的电影！她演一位沙皇俄国的公主，革命风暴后落到残暴的布尔什维克手中，历经磨难，最终在一位魅力四射的美国男特工的帮助下，成功逃离！薇进组拍这片子已经有半年之久，现在正处于拍摄中期；她倒在戏外给自己找了个赤色分子男朋友！报纸都替她担心，怎么告诉她的赤色石油王子。

可怜的兔宝，什么都想要，总是试图驾驭两匹背道而驰的马，等待他的只有被撕裂的痛苦。天使城服装制造业的罢工如火如荼，并开始扩展到其他行业。同时各式各样的混乱也达到顶峰。市议会颁布了警戒条令，在罢工场所面目狰狞也会被抓，多数工人都称不上天生丽质，欲加之罪，何患无辞。报纸上频繁登出暴乱、暴力平息暴乱的新闻。兔宝在学校听瑞秋说，两个服装厂的姑娘什么都没干，只是在街上来回走，就被警察扭住，胳膊脱臼。有天瑞秋没来上课，兔宝一打听才知道，瑞秋的哥哥雅各布在罢工警戒线被打得昏迷。兔宝去明茨家探望，雅各布脸白如纸地躺在床上，头上缠着印度包头巾。明茨先生已经成功从家里出逃了，现在在罢工总部；剩下明茨太太守着儿子以泪洗面，用意第绪语喁喁哭诉。

没过多久，明茨家的大麻烦来了。警察围剿了罢工总部，抓捕了一群工会组织者，其中就有明茨老先生。兔宝想找父亲帮忙捞人，但他在天堂镇，于是兔宝去找了父亲的首席律师。律师邓礼弗先生对红色工人毫无同情，但对老板的公子有求必应。由他办理相关的手续，兔宝伪造父亲的签名提供保释金——他早就学会了模仿父亲笔迹签支票，并且在合理范围内享有这一特权。但事情没这么简单就了结，当局发现明茨先生出生于波兰，提议取消其入籍、驱逐出境。他被转移到了另一处关押地，保释也无法进行了。瑞秋和明茨太太在家干着急、流眼泪，一点办法没有。事已至此，兔宝只好求父亲赶回来。父亲从天堂镇一路超速来到明茨家，进门看到这一幕，他跟兔宝一样，最受不了女人哭，拍了拍瑞秋的肩膀："好了，好了，小姑娘，我会把他捞出来的。"随后他打了几个电话，托了些关系，给了许多钱，事情最终是搞定了。父亲抽着雪茄对兔宝说，"看到了吧，生意人必须涉足政界！"

Ⅸ

这件事之后，薇·特蕾西接到了一通罗斯家的电话。"听着，薇，你工作很不称职！"

"您什么意思，罗斯先生？"

"叫我老爸。你没把兔宝照管好，如我期望的那样。他又跟一群什么社会主义者、布尔什维克混在一起了；为什么，因为你跟他约会太少！"

“罗……老爸，我本意是叫他专心读书，我以为您希望这样。”

“哦，别考虑什么读书不读书，书上都是屁话，只会把他往邪路上引。再说你不跟他约会，他也没读书，出去参加社会主义集会了。我更愿意看到他跟你在一起。”

“噢，”薇的声音微微哽住，“我当然乐意！没有比这更心甘情愿的事了！我真的很爱兔宝。”

“你好好让他沉醉在温柔乡里，别出来。要是他还有闲工夫去跟赤色分子厮混，我就找你。”

随后兔宝发现他每天都能跟薇约会了。她没有告诉他真实原因，让他觉得是自己太有魅力了，她抑制不住想见他的冲动。这么想很能满足他的男性虚荣心。薇还不忘时而幽怨自责一番：“噢，兔宝，我是不是浪费你太多时间了，父亲肯定不喜欢我了，觉得我是迷住你的狐狸精。”兔宝便劝慰她：“小傻瓜，父亲高兴还来不及，我知道，他怕我参加赤色分子的活动。”

他们在一起那么开心，那么开心！年轻的身体和灵魂异常敏感，时时充满渴望的震颤。他们的爱情如同魔法，点石成金，让一切都焕发出奇妙的神采。彼此的嗓音语调、两只手握住的姿势、穿不同衣服的样子，就连以前熟视无睹的车子和房间好像也变了模样。他们成天黏在一起，薇仍不许兔宝去探班，但除了工作时间，她的每分每秒都是他的。薇的别墅是两只小鸟儿的爱巢，常春藤绕着窗，窗内的人相看两不厌。激情的高潮薇流下泪来，她以为自己不会再爱，可这次比任何一次都爱得深。“噢，兔宝，如果你抛弃我，我会死掉的！”兔宝吻去她的泪，温柔地安慰她。他现在常常翘课，也没什么良心不安。至于社会工人运动，他不是已经通过营救明茨先生尽了自己的一份力吗？再说罢工已经结束了，服装制造业工人们争得了几点权益，抓进去的人也都释放了。报纸的新闻热点又有了别的话题，过不了多久，这股风潮就会被人淡忘。恋爱的天空万里无云，除了远处有阴影一痕。

X

薇的新片要上映了，再次将她推到了万众瞩目的聚光灯前。新片宣传的广告牌和海报随处可见：“史诗巨制《恶魔代理人》（The Devil’s Deputy），带你领略惊心动魄的俄国革命！”海报上，薇——衣衫一如既往地被撕成半裸，倾倒在一位无敌英俊的美国特工怀里，特工手中拿枪，枪口对着一群相貌异域、粗野凶悍的乌合之众。

各大报纸的专栏都在讨论这部片子，导演、编剧、原著作者、分镜师、美术设计、服装、作曲……当然讨论最多的还是演员。这部批判布尔什维克的电影的女主角扮演者，戏外正跟一位亲布尔什维克的石油王子谈恋爱，报刊专栏作者怎么会放过这个绝妙反讽？记者来找兔宝谈感想，向他要照片，遭到拒绝就在街上围堵，兔宝在照相机前背过脸去，他们照样发出来，加个标题：“害羞的石油王子”！

“世界首映”在美拉尼西亚大剧院举行，堪称南加州的一场顶级盛典。探照灯在夜空中扫荡逡巡，五彩缤纷的礼花次第绽放，地面上人群将街道围得水泄不通，户外弧光灯和警车的红灯照耀得夜如白昼，全城警察都集中在这一区维持秩序，这也是窃贼们的好日子。明星通道上，豪华汽车一辆接一辆地开进来，按照他们既定的路线，缓缓穿过美拉尼西亚大剧院外的拱廊道，停在入口处。闪光灯频频狂闪，人群发出欢呼和叫喊。捕猎者在冰天雪地中挨饿受冻数天数夜捕捉雪貂，渔人冒险潜入深海采集珍珠，矿工们凿开无数岩体发掘钻石，化学家和药剂师耗尽心力研制新的化妆品，服装设计师和裁缝制作精致的衣裙……所有这些都集中在闪亮登场的明星们身上。令众生为之迷狂，人群中有人尖叫、有人拼命向前挤、有人晕倒，救护车呼啸而来。

扩音器传来现场解说，电影人们纷纷走出豪车、华丽现身。“制片人亚伯拉罕·斯科莫斯基（Abraham Schmolsky）先生来了！斯科莫斯基夫人陪在他身旁，夫人身披灰鼠毛边蓝丝绸晚礼服，这是巴黎瓦藏时装的新款。戴着标志性的钻石皇冠头饰……现在这对伉俪缓步进入大剧院，在门口与格鲁布里（Gloobry）先生及夫人交谈。”一波接着一波，最后八点半整，激动人心的时刻到了。“本片女主角薇欧拉·特蕾西小姐正从车里走下来，身边是小杰·阿诺德·罗斯先生，加州罗斯统一集团的未来继承人。特蕾西小姐和罗斯先生正走向我们，特蕾西小姐身穿白貂皮斗篷、白绸曳地礼服，戴珍珠项链及配套头饰……特蕾西小姐和罗斯先生已经进入大厅，与斯科莫斯基先生及夫人握手交谈。”

Ⅺ

于是兔宝终于看到了这部俄国题材的电影，他的挚爱在片中是一位公爵的新婚妻子，他们拥抱、亲吻、缠绵……一幕幕都在兔宝身上排练过。只不过跟薇演对手戏的是一位高大英武、留着络腮胡、军装上缀满星徽和肩章的男明星。公爵虽然有些傲慢，但志存高远；他的公爵夫人怀有一颗慈善的爱心；领地内的农民们也都忠厚淳朴，他们行着优雅的屈膝礼、自在地跳舞、向公爵的马车上抛洒鲜花，祝贺他迎娶佳人……一切都那么美好，仿佛一首优美的田园诗。太美好了，以至于令人怀疑这乐园是否存在于人间。

一群面目丑陋的恶棍打破了这份祥和，编造谣言蛊惑天真的农民，密谋用炸药谋害心地正直高贵的公爵，这些人在陋室匪窟里酗酒、成群结伙欺负女人，靴子里掖着刀子，横行跋扈无恶不作。为首的人獐头鼠目，身形好似长臂猿，即使最弱智的脑子也知道电影为什么叫“恶魔代理人”。

年轻的美国男特工登场了，造型帅气利落，行动机警敏捷。他的任务是从使馆中取得情报送至美军，布尔什维克夺权后，他又肩负起抢救美国使馆机密文件和财产的责任。“恶魔代理人”们残忍地将公爵虐待致死，自然，美丽的公爵夫人成了他们最想捕获的猎物。在城堡进行了一场紧张激烈的追逐，命悬一线的打斗中，美国特工帮助她从窗户逃离，两人在山谷间策马奔驰，四周飞逝着俄国风情的白桦树。

他们在彼得堡（Petersburg）再次遭遇险境，“恶魔代理人”们罪恶的黑手伸到了公爵夫人身上，把她的衣服撕得稀巴烂——海报向你承诺过会有这一出——英雄特工又在最后关头赶来，单枪匹马救下了公爵夫人，而他的朋友则将恶魔们自制的炸弹抛回到他们中间，此时响起荡气回肠的正义颂歌。特工带着公爵夫人出奔，这次是骑摩托，沿着彼得堡附近著名的出城公路，乡野树林的尽头是幽蓝的涅瓦河（the River Neva），河畔隐秘处，神奇地为他们泊着一艘快艇。

电影最后的高潮，被俘的美国特工和公爵夫人在涅瓦河上得到了驻俄美国海军的营救，旗帜飘扬的舰队来临时，背景音乐响起《星条旗永不落》。此时大剧院中全场观众欢呼鼓掌。美国海军神兵天降，恶魔首领葬身水底。英俊特工和公爵夫人紧紧抱在一起。

兔宝在观众席上握着女主角的手，看她在荧幕上的惊险旅程。看到中间，薇侧身向他悄声说：“非常糟糕吗？”兔宝回答：“业内水准，肯定大卖。”这是薇曾经对安娜贝尔说过的话。兔宝感到他的手被薇握得更紧了些。他真聪明，又善良。薇心里想。

Ⅻ

首映结束后，大剧院里的人仍迟迟不散。制片人斯科莫斯基、导演汤姆·佩雷、薇和其他主演与到场嘉宾握手、交换意见。大量观众则拥堵在大厅，等着再看明星一眼。薇和兔宝最后才出来，跟相识的朋友打招呼。人群中一个熟悉的面孔，令兔宝非常惊讶，瑞秋·明茨！穿着大衣，戴着款式已经不时兴的帽子。瑞秋也看见他了。兔宝走上去，像对待那些时髦朋友一样：“晚上好，明茨小姐，我不知道你还是个影迷。”

“我不是，”她回答，“我是来看他们怎么讲俄国革命的。”

“哦，没有太多相关的。”兔宝说。

“没有太多。”她冷峻地重复。

兔宝愿意跟瑞秋聊天，但不是在这儿。“要我把你带出去吗？”因为人群基本已经堵住出口了。

然而就在这时，薇过来了，身边还围着一群有头有脸的人士，口若悬河天花乱坠地夸赞她，而她却只想找回她的兔宝。兔宝觉得倘若不引荐瑞秋和她认识，恐怕会让瑞秋觉得被轻视，于是他介绍：“薇，这位是瑞秋·明茨小姐，我的大学同学。”薇的反应令兔宝很满意，她热情地伸出手，“明茨小姐，幸会。”瑞秋却没有伸手，直挺挺地站着，回答：“幸会，特蕾西小姐。”兔宝听得出她的声音很怪，而且死人一样冰冷。但薇自然一无所知，她以为没握手只是小姑娘没见过大明星，太紧张害羞了。薇仍保持热情，诚恳地问："您觉得电影怎么样?"

兔宝脑子嗡的一声，这问题比片子里"恶魔代理人"投下的炸弹恐怖一万倍。他赶紧组织思路，想插口说"明茨小姐是一位社会主义者，跟我差不多……"用半开玩笑的口吻把握住气氛。然而没等他开口，瑞秋已经回答了："我认为这是我看过的最有毒性的电影。"

这可不会叫薇误以为是害羞或者别的什么了。薇诧异地瞪着眼前这不可思议的生物，"噢，小姐!"

"是的。制作这部电影的人应该感到愧对千百万年轻军人的鲜血。"

兔宝插嘴："你不知道，薇，她是……"

薇止住他，"别说话!"冲瑞秋道："你什么意思?"

"我的意思是，这部电影是鼓吹对俄开战合理性的宣传机器的一部分。出演这部电影的演员有辱自己的人格。"

薇的脸上腾起怒气，"贱人!"说着她一巴掌扇过去，响亮地抽在瑞秋脸上。

兔宝一时呆了，他看见瑞秋的脸当即红了一片，眼泪唰地掉下来。薇还想再扇，兔宝抓住她的手，"薇，不要!"保安人员赶过来，壮硕的身躯挡在两个女人之间；人群听见动静纷纷往这边挤，瑞秋消失在他们中间。一个男人冲到面前问："怎么回事，特蕾西小姐? 出什么事了?"兔宝伏在薇耳边说："快走，这是记者!"他抓住薇的胳膊，挤出了人群。

XIII

他们坐进车里，兔宝开车，薇问："那女人是谁?"

"她们一家是从波兰来美国的犹太人，父亲在服装厂做工，前段时间参加罢工被捕了，我跟你说过的。”

“噢，那个女孩！”

“对。她平实说话不这样，可能你触发了她的阶级意识。”

薇咬紧了牙：“神经病！”

“可是薇，别忘了，是你问人家有什么看法的。”

“谁会那么无礼地回答！简直粗暴！”

“亲爱的，你一向快人快语，想说什么就说什么；她难道不也有权利说自己的真实想法吗？”

“兔宝！你在维护她！”没等他解释，薇就哭起来，气冲冲地说道：“我讨厌那些人！他们又脏又低贱，满心嫉妒恨，他们只想着夺走有钱人的财产，但那是人家辛辛苦苦挣来的！他们没本事挣，只想抢！”

兔宝没说话，一段长长的静默。

薇又开口了，“你往哪儿开？”

“别忘了，斯科莫斯基先生的私人派对。”

“我不想去了，送我回家，立刻。”

兔宝遵命，等回了家。薇直奔卧室，他跟了过去，看见白色貂皮斗篷被抛在地板上，白绸礼服还没换下来，薇蜷缩在床上，肩膀一耸一耸地抽泣着。他站了一会儿，说了一句话：“这会毁了我们。”

薇腾地坐起来，视线完全被泪水模糊了。她伸出手，“噢兔宝，兔宝，别杀死我们的爱情！不要吵架！我不在乎那些人，他们爱说什么恶毒的话，我都不介意！我可以向那女孩道歉，她想对我怎么样都行！你说，我都愿意。只是……别不爱我了……”

兔宝头一次看到薇崩溃，有着强烈保护欲的他，自然心疼地握住她伸过来的手，抱住她，亲吻她，安慰她。所有矛盾冲突都融化在爱的火焰里。他们发誓永远在一起，没有任何力量能拆散他们。

他们相拥而卧，薇说："兔宝，那女孩心里喜欢你。"

"噢，得了吧，薇！"

"为什么？"

"她从来没表现过一丝一毫这方面的意思。"

"你怎么知道？"

"亲爱的——"

"她肯定偷偷暗恋你！会有哪个女人不喜欢你呢，兔宝？"

这就没理可讲了。女人们总有种偏执，以为全天下的女人都爱着自己家的男人。他跟薇讲过汉丽埃塔的事，薇说她肯定想留住他，只是受贵族身份约束惯了，太怯懦。他也跟薇提过保罗和鲁思。薇一口咬定那乡下姑娘绝对一想起兔宝就脸红心跳，若不是心里装着他，怎么会对矿上那些追求者无动于衷？这不能拿她对保罗的感情来解释，妹妹对哥哥再上心也不到那种地步。——噢，太荒谬了。但兔宝记得，姐姐伯蒂也说过类似的话。还有尤妮丝也说过；他们当时为他老去天堂镇而吵架，其中一个原因就是尤妮丝不想兔宝见鲁思。这些奇怪的女人！兔宝决定，以后不在女人面前提别的女人，更切忌介绍她们认识，如果可能避免的话。

第二天清早，报纸送到了。《恶魔代理人》的"世界首映"得到了全方位、多角度的报道，娱乐版头条一下子抓住兔宝和薇的目光：《女明星大厅掌掴反动分子》。事实证明那个拦住他们的记者没有得到充足的信息，只好依靠目击的几个画面和只言片语，开动想象力，编造了一个以假乱真的三角恋加政见冲突的复杂故事。报道还特别提到，特蕾西小姐爆了粗口，用不雅词语称呼对方，令人大跌眼镜。

XIV

兔宝在校园遇到了新闻的另一女主角，她脸色苍白，黑眼睛神色忧郁。“罗斯先生，”她飞快地说，“我很惭愧，昨天说了那些话。“

“不必惭愧，”他回答，“你也没说错。”

“我知道，但我不该当着你朋友的面直说。尤其你帮过我那么多，让你为难了，非常抱歉。只是刚看完电影，我当时情绪很激动。”

“我理解，”兔宝说，“特蕾西小姐让我转告你，她愿意为昨晚的事道歉。”

“我知道，你让她‘愿意’的。不过我也不在乎。犹太人经历过太多这样的待遇，工人阶级也是如此；在阶级社会消亡前，还会有更多比这更糟的。她真正造成的损害是那部可怕的电影，会给千百万观众洗脑，毒害他们的心灵，种下偏见的种子。这是她永远无法道歉和弥补的。”

她这句话说到了兔宝的内心深处，虽然他的意识层面受到各种情感情绪的干扰迷惑。“电影我无法评价，”他说，“但我想你该对特蕾西小姐宽容些，她对俄国完全不了解，不知道我们知道的那些事情。”

“她不知道沙皇的残暴统治？她不知道电影里那些被塑造成恶魔坏蛋的人，现实中是为理想而战斗的?”

“嗯，明茨小姐，你可能没意识到，很多人对世界都很无知。他们不读书，最多只翻翻美国的报纸杂志。”

“罗斯先生，你知道我不是布尔什维克，但我们支持俄国的工人政权，反对世界各国围剿它。那部电影是白色恐怖的一部分，制作它的人有明确的思想态度——就像他们打晕我哥哥、要把我父亲遣送出境一样，有明确的态度。”

“是，但你要知道，演员只负责演绎角色，故事不是她写的。演员有时都不知道故事的全部，对自己参演部分的思想内容也不太深究。”

“啊，罗斯先生！”瑞秋的脸上写满同情。“她可能这么跟你说，你也愿意相信她。不过我现在告诉你，我是怎么想的。可能你听完了，就跟我老死不相往来了。一个拍那种电影的女人，根本无异于妓女。她的身价越高，就说明她越脏。”

“噢，明茨小姐！”

“我知道这话很难听。但那部电影的本质，根本就是残暴的杀戮，她也完全知道。他们付给她天价酬金，买衣服珠宝，把她的照片贴到大街小巷。她接受了这些，然后出卖自己的肉体和灵魂，她明星舞台上的光辉形象，从头到脚都是脏的！”

兔宝心里只有一个念头，千万别让薇·特蕾西和瑞秋·明茨这两个人再遇见！

第十五章 假 期

I

从夏至秋，父亲和弗依肩上的担子日益沉重，他们在为美国人民谋划年底的总统选举。商业巨头们要想法儿说服选民，他们的代理人是一位伟大正直的领导人。兔宝在天堂镇和修道院的谈话中听说，实际的竞选资金已经募集到五千万美元，大都通过不受监管的特殊渠道，将企业、银行、特殊基金、个人的钱汇集起来。弗依和父亲在这个“政治行动委员会”中位置显要，科菲先生前来拜访弗依和父亲，各州要人也来拜访他们，向他们讲述目前形势如何危急。

是时候让选民们知道，民主党执政的过去八年来，行政效率低下、官员腐败、昏庸无能。想证明这些易如反掌。但同时，要将这种不满化作有利于哈丁参议员的力量，让选民们相信，哈丁参议员当选主政的明天会更好。做到这一点就需要技巧了。通常竞选委员会会夸大困难程度，以谋求更多的资金过手。竞选越来越近了，父亲常在家咆哮，当初该听兔宝的，不蹚这趟浑水，让那肥皂大亨支持的伍德将军获得共和党提名算了！

来自俄亥俄州的哈丁参议员身材魁梧、面容庄重，他的竞选策略被报纸称为“前廊竞选”。意思是，他不四处奔波旅行、到各地扫街演讲；而是稳坐自己家中，接受一波又一波各行各业代表团的拜访，比如德卢斯粮草供应商，迈阿密县丧葬殡仪业代表……他家草坪上设有户外座椅，参议员会当着他们和媒体的面，陈述一些弗依他们在背后授意、秘书精心推敲过的话。这些内容当天或次日清晨便出现在全国各大报纸的头版上，有五千万的竞选资金呢。这是一台巨大的宣传机器，运作它的人肯定殚精竭虑、严重缺觉；但我们伟岸的竞选人可不缺觉，他永远那么精神饱满、神采奕奕、泰然自若、充满信心。这是他早就习惯的工作，背后的巨商们叫他梳洗整洁，告诉他该说什么、该做什么。他没什么可操心的。

兔宝从普通的美国公民和报纸读者，一跃登上了奥林匹斯山，忝列诸神之中，从高处俯瞰这场竞选。父亲和弗依谈话从不避他，相信现实的理智终究会战胜狂野的激情，小石油王子会慢慢接受他们的观念和视角。他们有一套自己的处世哲学，金钟罩铁布衫般抵御一切犹疑干扰。现在国家的命运终于掌握在有资本、有头脑、经验丰富的人手中了，大众没有这些，只有受迷惑的份儿。口号标语被精心炮制，以百万美元的雄浑力道，敲进大众天真的脑子里……这是一门艺术，只有内行才懂。你花钱就可以雇到他们，虽然那价钱会让最富有的人也感到割肉之痛。

紧锣密鼓的总统竞选终于接近尾声，结果表明，他们成功迷惑到了16，140，585位美国人。哈丁参议员比他的民主党对手多出将近七百万票，轻松胜出，这是史上悬殊最大的一次选举。民众涌上街头庆祝，餐馆和俱乐部里，同一阵营的富人们都在开怀畅饮。弗依·罗思科喝多了，没错，因为安娜贝尔已经醉得想不起阻止他。薇·特蕾西忘了她的秘方食谱，父亲破了他的酒戒，连兔宝都喝多了，但愿酒精能麻痹他理想主义者的神经。

Ⅱ

圣诞节到了，天堂镇的鹌鹑又在梦里叫了。广大矿区已经没什么鹌鹑了，但毗邻的未开发山地上还有很多。一旦离开矿区，天堂镇依旧是那个宁静的乡村，有清澈的天空和金色的夕阳。在这儿可以醒醒酒、摆脱那些尴尬的记忆，沿着石头山走啊走，呼吸大自然的新鲜气息。快乐其实很单纯。

伊莱坐落于天使城郊外的大教区建成了，为了纪念和庆祝，他回到家乡，举办了一场“圣经马拉松”。伊莱在报上学到了“马拉松”这个新词，觉得它的发音很好听，仿佛有魔力，至于意思倒是次要。于是他决定将这个词与他的“第三神启”联系在一起。在他的天堂镇教堂召集信众，进行一场前所未有的异举：连续不中断地齐读《圣经》，有人累得坚持不下去了就换人顶上，教堂里从日到夜、从夜到日，诵读经文的声音持续不断。经过四整天五小时十七分钟四十二秒，将整部《圣经》通读了一遍。哈利路亚！

这事不仅轰动了四方乡邻，还吸引了天使城的记者，报道后更引来大批外地信众。兔宝见到成千上万的人聚在教堂前，晚上探照灯一轮轮扫过他们头顶，伊莱特地叫人来安装的，为了强化壮观的效果。“先知”伊莱在高台上挥手，乐队演奏古老的福音音乐，人群投入恢宏的合唱，在圣灵的涤荡中摇摆着身体，任泪水在脸颊上流淌。

人群中有许多矿工的妻子，她们被感染了，回家后劝丈夫不上工的时候也去参加。天堂镇没什么娱乐消遣，男人们下了工没事干，也乐于凑这热闹，像一场狂欢派对，而且免费！保罗和他的读书小组认为，这肯定是资本家的阴谋，他们派伊莱来迷惑工人。尤其在这工会内部分裂亟待拯救的关头！兔宝觉得这种推断未免太夸张，但他转念想到父亲给伊莱的五百美元，又想到弗侬说的话：“他们怎么在天上画饼都无所谓，只要我们的油矿正常运转就成。”安娜贝尔却不赞同，她知道，神圣与疯狂有时只在一线之间。

虽然有人参加了伊莱的“和撒那”合唱，夜晚山上的营火和红色歌曲还在轻轻飘荡。油商老板们联系警察局长，带着枪奇袭他们，把聚会者抓进卡车，拉到县监狱，以组织非法活动的名义判罪。保罗的朋友也被抓了，他去县里问保释的事情。

鲁思告诉兔宝的，问他父亲能否帮忙出保释的钱。问兔宝记不记得那个工人，灰头发、轮廓坚毅、不爱说话的年轻人？兔宝说记得。他也记得去监狱探望明茨先生时，看见牢房里到处是臭虫，那地方真不是人待的。鲁思泪眼汪汪地说他们叫犯人干黄麻厂的活儿，致病的东西吸进肺里，很多人都在咳嗽，那几乎是死神的宣告；等病得不能干活儿了，就扔到一旁任其自身自灭。鲁思说：“想想看，咱们认识的工人啊，忍心他受这样的罪？”

兔宝知道凭父亲如今的势力，叫县监狱放人是分分钟的事。但是，人是集团上层授意警察抓的，如果父亲或者他出面把人放了，这会引起董事会其他成员的极大不满，给父亲带来无穷烦恼。他不能这么对父亲。兔宝只好给了鲁思两百美元，给狱中的工人们买点吃的。他第二天就回南太平洋大学上课了。然而他内心多了一座黑洞洞的监狱，良知被拖进去，套上镣铐，经受拷打。即便是怀抱着心爱的薇、待在他们温馨的小爱巢里，那座铁狱仍然存在。

Ⅲ

战争期间，上届政府要求国内团结，油商们不得不向当时的罢工工人妥协，满足了他们的若干诉求。此一时，彼一时。现在战争已经退出人们的生活，油商们又有了新政府撑腰，他们指出战争期间物价过高，现在通货紧缩了；工人的工资也应下调。这难道不很合理吗？工人们自然抗议。天堂镇石油界再次陷入剑拔弩张的状态。

在过去，杰·阿诺德·罗斯是石油界的“小家伙”，不得不受制于石油商会联盟中“五大集团”的势力。兔宝也知道这一点。而现在，父亲的好伙伴弗依·罗思科就是商会联盟的执行董事之一，关于将工人工资下调百分之十的文件就是经他签字的。兔宝没对父亲说什么，直接去找弗依，他通过弗依的秘书，预约了一个工作时间的办公室会面。

大块头坐在他的红木桌前，笑吟吟看着对面的男孩，聊着安娜贝尔和薇的新闻。兔宝说：“罗思科先生，我来这儿见您，是为了跟您谈公事，关于新的工资标准。”石油巨头脸上的笑容立刻消失了，连下巴上的肥肉好像都没了。如果你一直以为他是个亲切滑稽的老家伙，那现在该开眼坐直了。兔宝向他解释工人们对此是怎么想的，这会带来怎样的麻烦……罗思科先生打断他，“听着，小杰，省省力气，你想说什么我知道。工人怎么想的我都知道。布尔什维克的那套我也知道。有线人每周向我汇报，你那些赤色朋友我也知道，汤姆·阿克斯顿、保罗·沃特金斯、本尼、艾迪……我统统知道，我都说出来可能把你吓一跳。”

兔宝确实吃了一惊。罗思科继续说：“你是个聪明的孩子，早晚会从那些不切实际的废话里醒过来，我愿意帮你一把，帮你少受些折磨；也是帮你父亲，这是维护社会的中坚力量。听着，小杰，我比你多吃了三四十年的盐，懂了很多你现在还不懂的道理，但总有一天你也会懂的。你父亲和我们这些人，我们在今天这个位置，坐在这儿而不是在某个矿沟里，因为我们懂得许多东西，知道怎么运转企业，这是实打实的，不是靠大放厥词得来的。有人想把我们赶走，以为他们接管工人就行，靠成天演讲说空话？没有工人自治这回事！他们叫工人大吵大闹，谁得到好处了？我告诉你，没谁能得到好处！”

“罗思科先生，但我想谈的不是这个……”

“抱歉打断你，但就是这个，全部的重点都在这儿。你跟那些布尔什维克工人挺熟，他们在小木屋集会你也去听过，请告诉我，他们有没有说过，把这片油田工业从我和你父亲手里拿走、自己接管这个意思？说没说过？”

“哦，应该说他们的最终目标是这样的……”

“没错。我不会坐等他们实现最终目标的，现在就该扑灭。我告诉你，哪个王八蛋吃着我的、喝着我的、然后还想抢我，他就打错算盘了！这种人进了监狱，我决不会捞。”

这算是最终判决了。弗依·罗思科盯着兔宝的眼睛：“小杰，我跟他们打交道很久了，十分熟悉那些理想主义的花言巧语，公平啊、正义啊、人的处境啊，听起来都很美好。但那都是给弱者下的鱼饵。一个真正的强者是不会去咬的。要是你听到他们在背后怎么笑话你，恐怕能清醒得快点，知道自己被利用了。我要告诉你的是，赶紧回到栅栏这边，免得开枪误伤你。”

“要开枪吗？罗思科先生？”

“这取决于你的布尔什维克朋友们。我们什么都有，只要他们敢来抢。”

“可是，罗思科先生，战争中我们达成过劳资协议，还有政府监督实施的特别理事会……”

“不好意思，孩子——我们是被那哭丧着脸的教授总统逼迫的，那不叫协议。现在我们有了一位合适的总统，整个国家都是一盘商业大棋局。我不屑于去收买工会领导，想想都恶心；有更简单便宜的方法。”

兔宝战战兢兢地问：“罗思科先生，你是说你本可以收买石油工人的领导者？”

罗思科的身躯向桌前探过几尺，用粗粗的食指点着兔宝说：“孩子，我直白说吧，我能买通任何官员，不管他是工会的还是白宫的。我知道你想什么，你想这么一个放牛娃出身的老家伙，没有丁点高尚理想，凭大捆大捆的钞票，就能为所欲为？我告诉你，这无关紧要，要紧的是我有会赚钱的脑子，还有会用钱的脑子。光有钱没意思，钱要用起来才能成为权力。我能花钱买官员的权力，因为他们知道我有这两副脑子，不然他们也不会卖给我。明白了吗？”

“是，但，要那么多权力干什么呢？”

“找矿、钻井、把石油从地底打出来、提炼、出售。世界需要石油，我的工作就是提供它。如果哪天世界不需要石油了，那我就干别的，看它需要什么。但在这之前，谁想干我这一行，就老老实实出门干活去、卖力工作、学着怎么玩儿这游戏。”

“可是罗思科先生，不是所有工人都有机会学玩儿你们的游戏。”

“是的，千真万确。我和你父亲也不是生来就有机会做我们现在做的事。只有少数有脑子的人才能学玩儿游戏，剩下的就只是卖力工作。只要是给我工作，他们会得到合理的工资，每周照付从不延误。哪怕我自己因为资金周转睡不着觉，也不会欠他们一分钱。但谁要是不识好歹，夹在我们这些管理者和工人之间挑拨是非，满足他的权力或者什么别的私欲，以为我会主动塞给他钱，那我只有一句话，滚监狱去吧！”

Ⅳ

令兔宝深受触动的是罗思科最后的一段话。“你看不出来吗，孩子，你父亲身体已经很不好了，你能跟他在一块儿的日子估计没几年了。有一天你会非常懊悔，好像一场大梦醒来，意识到你自己对他做了什么。可那时再后悔内疚也没用了，人不在了。可怜的老家伙，在这世上只有一个真正在意的念想，就是你，希望你好，过得自在。甚至可以说，你是他的生命支柱。而你呢？你在朝他吐唾沫！没错，就是如此，你承认吧。老家伙辛辛苦苦干了一辈子，生了个理想主义者，认为他赚的是不义之财。有这种想法的人绝大多数都是嫉妒，因为老家伙干出了一番事业，而他们永远不能。你干吗受这种人的蛊惑？不是我说你朝他吐唾沫，你以为他不这么想吗？如果你不知道他的心被你撕得生疼，那我今天告诉你，让你睁睁眼，别等一切都太迟了。如果你鄙视你父亲的钱、觉得它脏，看在老天爷的份上，等他死了再说吧，到时候钱都是你的，你想把它扔了都行。”

兔宝从罗思科的办公室走出来，恍恍惚惚再顾不上想石油工人的麻烦事。父亲的病真到这么严重了吗？他为什么还拼命工作？有什么办法能阻止他过度劳累？他一定要在天堂镇、海滩城、洛伯斯河之间来回奔波吗？这次劳资纠纷再引发罢工冲突，父亲又该怎么办？

薇来找兔宝，告诉他自己又拍了一部新片，这回没有政治宣传了，她跟斯科莫斯基先生谈过了，以后再也不接有关俄国、布尔什维克、工人运动、罢工或者任何能刺激到她小石油王子的电影。这次是部惊险喜剧片，叫《媚眼勾人》(Come－hither Eyes)。薇演的女大学生跟足球队长谈恋爱，一群赌球的黑帮为了操纵比赛，绑架了足球队长的甜心……兔宝对赌徒和足球队长都没什么特殊的感情，因此很高兴去拍摄现场探班，还给校园场景贡献了点建议。

《媚眼勾人》的首映式在纽约举行，薇作为女主角一定要出席，她叫兔宝也一起去玩。兔宝还从没去过东部，这主意很有诱惑力。正好赶上复活节假期，就算缺两天课也无所谓。他说他考虑一下。当天傍晚在修道院，安娜贝尔说：“你为什么不跟薇一起去，顺便把你父亲也带上？他真该休个假，好好放松一下。”

兔宝看安娜贝尔一脸真诚无邪，笑了笑：“怎么，你跟弗侬商量好，在工人罢工前夕把我和父亲支走？”

她倒也不辩驳：“如果你的朋友们真为你着想，不会希望你过得不开心。”兔宝踟蹰着问，这么躲开是不是懦夫行为？安娜贝尔的回答令他印象深刻：“我们待会儿去吃烤羊羔，但没人去看怎么杀，君子远庖厨。”

“安娜贝尔，”他说，“你是个哲人啊。”她微笑说人们进学校，背长长的人名事件，最终要学的其实是朴素的道理。

兔宝回到家，发现弗依果然谋划周全，他一进门，父亲就问："弗依对你说了吗?"

"什么?"

"纽约有个商务会议，咱们集团得去个人。他叫我带你去纽约玩玩。"

兔宝在心里自相辩论，待在这儿又有什么用呢? 说到底弗依才是老大，父亲都在他底下。他是坚决不会退让的，从那次办公室谈话就知道了。安娜贝尔"君子远庖厨"的比喻实在太贴切了，就是目前他的处境。或许几个星期后，就要对工会采取暴力镇压了，到时他什么也做不了，除了折磨他可怜的父亲。

伯蒂也给这出儿"调虎离山"唱配角，她也希望父亲去纽约，把兔宝带走，远离罢工，待在天堂镇说不定又会闹出什么事，登到报纸上，影响全家的名声！至于她自己，已经有了好几个时尚活动的邀请。她质问兔宝："你就不能想想父亲，给他放个假，叫他开心点儿吗?"兔宝太累了，不想做任何争辩了，他说："好吧。"

V

他们白天坐火车出发。薇的宣传团队认为应该炒一下这个新闻，于是薇和石油王子的纽约之旅被报纸广而告之。旅途中的每一站，都有粉丝拥堵在站台，想要看一眼他们的大明星。至于薇与她的石油王子同坐一个包厢、抵达后住在相邻连通套房，大家不认为有伤风化，而是觉得非常浪漫。纽约不再是“最初移民清教徒的骄傲”①，如今它是百万富翁们的荣耀。

男女没有结婚证是不能在酒店住同一间房的。酒店门口拥堵着送花的粉丝、围观人群、当然还有记者。一位紧随石油大亨杰·阿诺德·罗斯身旁，追问他作为家长，对这两个未婚的年轻人住连通房的看法，中间的门会锁住吗？父亲满脸笑容，比领了十个结婚证还高兴。

对父亲来说，这次旅行就是出来享受。他坚持付全部的账单，随身带了一位秘书，替他跑腿打点。兔宝和薇简直被他宠坏了，出门坐车、上剧院看戏、鲜花美酒……只要说一声，甚至给个暗示，转眼就都安排好了。幸福得几乎别无所求。除了，薇隔三岔五会特别特别想吃一顿饱饭，特别特别想早上赖床不起，而不是去健身房坚持锻炼。

他们一起去看了《媚眼勾人》的首映，电影是眼睛吃的冰淇淋，甜美的标题，甜美的画面，让人们摆脱疲倦，暂且忘掉无聊的日常生活，钻进那个梦幻世界里，那个跟兔宝和薇的现实生活差不多的、以百万美元为基柱的精彩世界。嚼着口香糖的机械工、每天洗尿布的家庭主妇、五美分十美分杂货店的主顾……在电影院里都与父亲、兔宝和薇平起平坐，消费同一款白日梦享受。

新片在天使城同步上映，娱乐版面进行了报道；而社会新闻版面则是近万石油工人举行罢工，反对减薪。评论员称形势有进一步恶化的危险。

---

① “最初移民清教徒的骄傲”，出自马丁·路德·金《我有一个梦想》。

Ⅵ

兔宝在度假，他必须快乐，否则两个同伴也会感到索然无味。薇、父亲和他去剧院、去高档餐馆，然后给父亲叫车回酒店，他和薇去参加纽约电影人的派对，他们聊最近圈子里的逸闻趣事，然后当薇和兔宝婉拒饮酒时，就开始熟悉的私酒商话题，人们会问："你们是在戒酒，还是担心酒不正宗?"然后给他们讲解酒的来历，是柯斯基家地窖里流出来的那一批，还有别的纽约本地传奇。

每天早上，兔宝和薇一起去健身房，两人都是体育竞技好手，势均力敌。薇说，假如父亲破产了，她也不能演电影了，他们能靠当教练谋生，每星期赚几百美元。一起吃饭逛街看电影，薇坚持要兔宝陪她逛街，说他品位好极了，再说她买衣服还不是穿给他看？兔宝认识一些同自己身份相当的公子哥儿，从他们那里知道，女人这么说的真实意图是诱他去买单。但薇真不是，他陪她逛街，薇买东西坚持要自己付钱。她只是单纯地想叫兔宝陪在身边，恨不得时时刻刻都跟这小乖兔在一起。她还喜欢带他出门炫耀，让全世界都看到她和她的石油王子，包括娱乐记者跟踪，她也不计较。虽然她有些担心这些关注会干扰兔宝的生活，但他也没表示不满。这对金童玉女的恋情已经持续很长时间了，热情的电火花依然如初，神秘的化学反应难以抵抗。

然而，在精神上，就很难说了。无论兔宝说什么，薇都乐意倾听，但她确实对那些严肃问题没什么兴趣，有时会突然转移话题。她有自己的生活，虽然嘴上不饶人地嘲讽电影界的人和事，揶揄他们的新作，但归根结底她是他们中的一员，名气、关注、鲜花、掌声，这些对她来说已经像空气一样必须。永远年轻、美丽、抢眼、充满朝气，是世界人民的梦中情人。坐下来看书这一幕不会在她身上发生，报纸和杂志还可以，喜欢关注时装界的风向和八卦新闻。至于全神贯注、浑然忘我地阅读，不知不觉过了一整个下午，更从来没有过。但兔宝非常爱读书，而且书很便宜，任何人都可以买一本读，对他而言这有公平的意味。

在欧文先生的工人学校教书的一位年轻老师，正好也在纽约，兔宝约他见了一次面，聊得非常愉快，讨论了世界工人运动的总体趋势。兔宝还想和他再约，去参加纽约的社会主义者集会。但被薇发现了，她受命使他远离这些有毒的思想。她觉得有责任，这跟把自己心爱的人从鸦片、大麻、酒瘾中拯救出来是一样的。

薇给他制定活动的时间表，他每次单独出门，回来就被仔细询问去哪儿了、见了谁。兔宝明白她的心思，她在担心他灵魂的毒瘾。而父亲在她背后，为她撑腰。兔宝尽量不违背他们的意志，不让大家不愉快。可是……一切真无聊，他的精神提不起劲来。

兔宝去见另一个人，薇丝毫不反对，他的母亲。她搬到纽约后又嫁人了，现任丈夫很富有，家庭很温馨，她给兔宝的信上这样说。兔宝很久没见过母亲了，一见面，他极力掩饰自己的惊愕，母亲怎么这么胖了！他记得薇曾经夸张地形容，如果她放纵自己吃饱饭，会是什么下场。原来那不是夸张。现在的“亲亲小妈咪”变得圆嘟嘟的，像一团软软的脂肪球。她盛装穿得像个皇后，为了迎接他。现任丈夫是一位珠宝商，贵重的珠宝没有放在保险箱里，全披挂在老婆身上了。她还养了一条胖乎乎的贵妇犬，用薇的话说，狗跟主人相得益彰。他跟母亲聊了很多，说到天堂镇的工人们正在罢工，她给出一个听起来像是同情工人的回答："噢，石油商人最狠心了，我可知道！"

Ⅶ

父亲来纽约确实有事，商务会议只是幌子，他是来和这个国家最好的律师会面，向他咨询一些机密事宜。罗斯统一集团要拿下属于海军的那块地，整整四万英亩，可能都是油田；这也是弗侬和父亲介入总统选举的主要动力之一。现在新的政治版图已经形成，哈丁总统宣誓就职、布罗克韦先生任司法部长，克里斯比（Crisby）参议员任内政部长。这位克里斯比先生来自德克萨斯州，曾经在击垮某墨西哥企业的事情上帮助弗侬和奥莱利，手段狠辣，他喜欢玩女人，经常缺钱，对有大笔金额进账的交易来者不拒。如今新官上任的克里斯比部长表示他可以批给他们海军那块地，但要再给一笔钱。政界的人跟商界的人有一点不同，商人谈买卖一次成交，而政治家出尔反尔是常事，选举前贿赂一次，当选后还得再贿赂一次。

弗侬说纽约有一位律师，没什么是他不能办的，叫父亲来找他，商议如何合法地贿赂政府高官。当然父亲对兔宝没说得这么直白，但实际就是如此。兔宝问：这怎么可能"合法"？父亲回答，一个绝好的律师可以让一切合法。他们会成立一个加拿大公司，就不用受美国法律的诸多约束。成立这个公司要钱，问题是贿赂了克里斯比部长之后，真拿下海军那块地，到底价值多少没人知道；彼得·奥莱利和弗莱德·奥潘有些退缩了，叫弗侬和父亲承担大部分。弗侬大骂叫他们下地狱，让父亲再在纽约待一段时间等等。他说要是耽误了兔宝的课程，可以请个家教，然后补考？

兔宝不在乎课程和考试，但他很是疑虑，为什么派父亲来办这加拿大公司的事？父亲常年负责矿区开发，这种事并不是他的专长。父亲说没关系啦，他有最好的律师帮忙。但兔宝说："你确定不是弗侬想把你推出来，风头不对了替他顶事？"父亲很吃惊，说兔宝不该怀疑弗侬，他们是最好的朋友、铁哥们儿，而且弗侬那人特直爽。兔宝追问，那为什么他自己不来纽约？

"可是儿子，弗侬得应对罢工，他走不开——他叫我来也是一番好意，让我少受些压力，这你应该懂得。"父亲说油商们不让他插手罢工的事，说他"太软弱"。兔宝对这话可不陌生。

薇和父亲早就成为"心往一处想、劲儿往一处使"的盟友，她说自己这两年拍片太累了，该休个长假。她愿意跟兔宝和父亲去加拿大，先搞定生意上的事，然后去野营，在森林里徒步，在湖水里游泳。于是父亲致电南太平洋大学校长考珀先生，说生意上的事需要儿子在纽约待一段时间，可能要错过考试了，能否下学期补考？考珀先生当然愿意给这个面子。

就在一切安排好的第二天，兔宝收到一份电报，他先看署名：鲁思·沃特金斯。他赶紧看内容，保罗和几个罢工领导者被捕了！罪名是有策划反政府犯罪的嫌疑，羁押在县监狱。他的保释金高达一万美元，而其他人则是七千五百美元每人。"他们真的没犯罪或策划犯罪，大家都知道的，"鲁思在电报中说，"这是要通过羁押他们来影响罢工，但保罗的身体受不了狱中的环境。求你救救他吧，为了你们这么多年的友谊！"

Ⅷ

一开始，兔宝冷酷地认为父亲也与此有关系，这才把他远远地带离加州。但不久，他意识到这都是弗依·罗思科在搞鬼。他要清剿天堂镇工人中的布尔什维克分子，这个意图已经向兔宝表明过了。但他不会得逞的，兔宝决不会坐视自己的好朋友保罗下狱受虐待！

父亲不在酒店，兔宝把电报给薇看了。她问他想怎么办？他回答，父亲至少得把保罗救出来。

“但是兔宝，你知道他不能那么做。他不会为了这事跟弗依闹不和。”

“他必须这么做！像保罗这么好的人，让他待在那又脏又臭的监狱里，我的良心怎么过得去！”

“可如果老爸就不这么做呢，兔宝？”

“那我就回去，自己办。”

“你回去了又能怎么办？”

“四处联络，总能找到个有正义感又有钱的人，愿意帮助我。”

“相信我，这样的人少得可怜，我找了好多年了。而且这会让老爸非常难受，更别说我们的加拿大假期了。我刚问过斯科莫斯基先生，他知道一个绝佳的地方，人间仙境。兔宝，我以为我们会度过一段难忘的幸福时光……”

她抱住他，但他一点反应没有。一颗心全在监狱中的保罗那儿。他没法对此坐视不理，更没闲情逸致去度假。他推开薇，焦躁地在房间里走来走去，双手扭在一起，咒骂跟商人狼狈为奸的警察、侵吞监狱修缮资金的贪官污吏……薇被他吓住了，她不知道她的“小乖兔”还有这一面！

“听着，亲爱的!”她突然插话，“冷静点。告诉我，你确定保罗没有犯法?”

“当然确定！我了解他！他不会组织任何违法行为，那对罢工有害无益。他跟我说过，他要做的就是让工人们紧密团结在一起，争取他们对资方提出的诉求。如此而已。”

“好了，你确定是弗依派人抓他的?”

“当然——还有董事会的其他人。县里的官员和警察都听他们调遣。”

“那，你确定他们没有抓到任何确凿的证据，说明保罗有罪?”

“我不知道弗依的眼线探子掌握了什么。可你看看这罪名！‘策划反政府犯罪的嫌疑’，也就是说任何激进言论，只要他们认为危险，都可以算成企图颠覆政府的证据。县里案件太多，开庭遥遥无期，说不定关他一年!”

“不会吧。”

“会的！他们故意把保释金设到这么高，让工人们付不起。但他们想错了，我不会让我最好的朋友待在牢里！他为了这个国家，去西伯利亚服役；国家就这么奖励他!”兔宝的眼睛湿润了。“战时我真想像他那样，为国参军不惜献出生命……”他又开始在地板上重重地来回踱步。

薇抱住他，说：“听着，亲爱的。我可以求人帮我办这件事。但是，不要给老爸添烦恼了，一句也不要提起。如果我找的人能办成，弗依不会怀疑到你和老爸身上。这两全其美了，不是吗?”

说完，她走了。几个小时后，回来了。兔宝给鲁思发电报，告诉她：他和父亲都难以出面做这件事，但他的一个朋友愿意帮忙。钱已转入一家担保公司，其经纪人会去进行保释。兔宝问薇，她是怎么办到的？

薇回答："你知道的越少越好，我有熟人。"兔宝问花了不少钱吧，他愿意还给她。薇说："是花了不少钱。不过我不收你现金支票，我要你高高兴兴的，陪我和老爸去加拿大度假！你现在可以先还我一个吻。"她靠近他怀里，他热烈地吻她，胸腔里好像有一首激昂的交响在回荡。

Ⅸ

保罗果然被放出来了，兔宝应该满意了。虽然还有七个工人在监狱里，但把他们都保出来得花掉五万多美元，这未免太理想主义了。于是他只好顺其自然，让薇带着自己和父亲，去制片人斯科莫斯基力荐的加拿大人间仙境。地点在一个有着长长印第安语名字的湖边。他们在湖上乘独木舟、游泳、钓鱼，给水边的麋鹿拍照，到森林里漫步，他们请了个当地印第安导游。十足野趣浪漫，而且安全便捷。居住的小屋里有热水和燃气，百老汇和四十二街的小旅馆也不过如此。

现在薇和兔宝朝夕相对，远离一切尘世喧嚣，没什么可以打扰他们，没有社会问题、社会主义，也没有客人、派对宴会。兔宝发现他们一起户外运动时总是最愉快的，无论是划船、钓鱼、散步到处拍照，他教薇怎么支帐篷、像原住民那样生火……然而他们一旦不玩儿了，安静下来，彼此之间仿佛就裂开一道鸿沟。

某天来人送了他们订的食物和邮件，其中有从天使城家里寄来的报纸。兔宝读完罢工的消息，整个人又不好了。薇安慰他说："你不是已经出了自己的一份力，把保罗弄出来了吗？你不是还答应我要偿还吗，我说过，要你整个夏天都开开心心地陪我，作为回报！"他在跟自己摔跤，又想到父亲的健康，可是，难道父亲一个人就能压倒整个人类的公平正义？难道为了顾虑父亲，就可以牺牲多数人？这样下去世界如何才能进步？兔宝觉得自己从天堂镇逃开，真是懦弱极了。

他想告诉薇自己内心的想法，但薇不想听，她倒不明说或跟他争吵，而是本能地表现出抵触。她只相信自己赚来的钱，她曾经挨过饿，一无所有，渴望美好生活，通过出卖灵魂和肉体，终于得到了她想要的。她绝不会放弃这些，把她的钱拱手让给什么穷人。他发现薇有一点很怪，她买昂贵的衣饰珠宝、开豪车、办宴会，花钱毫不手软，她认为这些虽是私人生活，但也是她职业的一部分。然而有一回兔宝偶然听到，薇跟她雇的杂务女工争吵关于熨烫衣物的价钱。

每当兔宝开始谈论那些社会、劳资、人道主义，薇就一脸同情，似乎他得了麻风病，她盼着他早点好；或者他是个身不由己的酒鬼，她盼着他早点戒。薇为了兔宝，愿意给瑞秋道歉，愿意花钱捞保罗出狱，但内心深处，她非常讨厌这群家伙，总是遇到麻烦了就来找心软的石油王子，要钱帮他们解决麻烦，从来不反思他们自己才是麻烦的根源！她尤其讨厌那个鲁思，假装单纯的乡村小处女，其实怎么可能没心机，一心想骗石油王子上钩！薇对鲁思的厌恶很快达到无以复加的地步，因为他们在人间仙境刚过了一段美好时光，鲁思又给兔宝发了份电报，说保罗被抓回去了，法庭宣判他有罪，要监禁三个月。兔宝激动地控诉真是无法无天，薇则畏惧不言，看来弗依他们的势力太强大，决心太坚定，钱也无法与之对抗。

X

父亲从哈佛大学请了一位年轻讲师，过来给兔宝做家教。

这位老师身姿挺拔，一双迷人的纯蓝眼睛，一头柔软的金发，皮肤上也有细细的金色绒毛，非常可爱。戴着一副金框眼镜，嗓音温和。如此有教养、如此渊博——只要给他一个星期准备时间，他什么课程都能辅导。他出身于费城的一个书香世家，在世界顶级学府受教育和工作，如果有人认为这样一位高雅的知识分子，会对搞石油的父子和电影明星心怀鄙夷，那就大错特错了。阿普尔顿·劳伦斯（Appleton Laurence）先生来到他们的度假胜地，赞叹不已说他们真是浪漫。至于从售药小贩之家成长起来的、从不看书的电影明星薇，他简直看见她就挪不动步。每次他给兔宝上课，薇飘过来溜达，劳伦斯先生就像遭遇龙卷风一般，再讲不下去。

薇受导演调教久了，立刻进入状态，眨着秋波流转的黑眼睛，向劳伦斯老师放电。兔宝则在一旁冷眼旁观。等老师给学生布置了功课，薇便和老师出去到森林里散步。留下兔宝在屋里，一半心思看书，一半心思琢磨他们在干什么。这应该不难猜，她以前有过那么多情人！没多长时间，薇就直接问兔宝："小乖兔，你是不是有点担心我和你的劳伦斯老师啊？"

"我该担心吗？这得你告诉我。"兔宝回答。

"噢我亲爱的，你要理解一点，我是个演员，拍片子又总有感情戏，所以我得不断练习，知道吗？"

"我想这没问题，亲爱的——"

"你知道，跟你演对手戏的男演员不由你挑，有时候配戏的男演员真让我受不了，还不如抱个穿衣服的布偶舒坦些！有时候我还得教那些菜鸟男演员演戏，所以，观察了解一个真正绅士的言行举止，是非常必要的。噢！兔宝，你没看见，他可有意思了，他跪在我脚下，泪眼汪汪地大段大段背诗！

我从没见过这样的，就像在表演莎士比亚剧！我觉得我应该跟他多接触，能受点文化熏陶，提升一下我的品位。”

“但是，亲爱的，你不觉得这对他有点残酷吗?”

“怎么会！这不会伤害他的，我给了他写十四行诗的灵感和素材，这对他也有好处。他已经开始创作了，说不定因此成为天下闻名的诗人！别替他操心了，更别怀疑我，这世上没谁值得我付出真心，除了我的小乖兔!”薇搂着他的脖子，“我知道你吃醋，如果真的非常介意，可以叫你的劳伦斯老师整理行李回哈佛去，我一点意见没有。”

兔宝大笑，“那可不行，他还得给我上课呢。”

薇也对父亲讲了，免得他担心。父亲听到跪在地上含泪朗诵诗歌这一出儿，咯咯直乐。兔宝汲取这老师的智慧，薇则捕获他的情感，期限到了就把这只榨干的橙子扔回去，父亲觉得这买卖挺划算。

Ⅺ

斯科莫斯基先生又给薇找了一个新片子，秋天开拍，剧本给她寄过来了。兔宝惊讶地发现，他的甜心居然也能全神贯注地阅读！她坐在椅子上，埋头看了一个多小时，然后站起来开始念台词。此时就算刮场暴风雨也微不足道，因为《帕秋丽公主》（The Princess of Patchouli）驾到！故事发生在巴尔干半岛的一个小王国，一位年轻英俊的美籍工程师前去修建铁路，被误解为阴谋分子，处境危险；同时他决心营救落入反对派武装手中的美丽公主——这支“反对派”不是布尔什维克，所以不会刺激到兔宝。最终，英雄工程师救出了公主，两人结婚幸福地生活在一起。工程师得到了派他去修铁路的银行家们的支持，成为该国的君主。

看薇工作是一件极有趣的事，兔宝意识到，她的成功绝不仅仅是靠美貌和各种交易，刚拿到剧本，她就像小老虎一样，一猛子扎进角色里。周围的现实世界不存在了，她以公主的姿态走来走去；而且还调动身边的人。“老爸，来，你现在是国王。从那边走过来……不对不对，天啊，哪有国王走这么快的！慢点儿！然后我扑倒在你脚上，哭着求情：‘噢父王！可怜可怜我们……那什么，那什么，那什么！’”

有些电影台词不那么重要，现场看情况随便说点什么就行。所以薇有时根本不记词，只排练具体情节中的表情和动作，于是她经常对兔宝，或者对劳伦斯老师，声泪俱下地诉说一串“那什么那什么”；转眼又柔情款款地低语，“那什么那什么”；接着在刽子手的斧头下恐惧战栗地大叫：“那什么那什么！”有时兔宝配合得不对，会得到一通严厉呵斥，跟早上在他耳畔哼唱情歌的小甜心判若两人。“把你的脏手拿开，禽兽！——别松手啊，笨蛋！继续抓住！杀人凶手还讲什么礼貌！”

兔宝想，如果要排练那些惊心动魄、撕心裂肺、鬼哭狼嚎的情节，应该进森林里去，只有花栗鼠和枝头小鸟能耳闻目睹。但薇完全无视周围环境和其他人的存在，她早就习惯了，拍摄时片场人多得很，导演、摄影师、助理、场记、灯光师、布景师、道具工……还有探班的朋友以及托关系来参观的；她就在他们齐刷刷的目光里工作。“刽子手”在小屋里第一次举起斧子，薇的尖叫把他们的印第安导游吓得迅速跑过来，以为出了什么事。气喘吁吁的来人丝毫没有影响到薇，她兀自继续，演完了一整场，印第安导游全程张着嘴站在一旁。她和两个爱侣在湖里游泳，心血来潮就要排练，穿着泳衣披条浴巾就扮起公主，光着脚走位，地上有松针也扑通往下跪。

劳伦斯老师没见过真正的公主，但他读过很多历史著作和文学作品，因此颇具权威。他指导薇如何行走坐卧，公主该有的仪态，她面对爱人该是什么表现。薇叫他来排练，对他说“就想象你现在正爱着我”。于是劳伦斯老师的满心柔情都假“艺术”之名合法化了。他和薇在兔宝、父亲、父亲的私人秘书、印第安导游面前，堂而皇之地你侬我侬。“你表现得比兔宝好多了，”她结束排练便会说，“我想他是习惯我了，唉真是的，就跟老夫老妻似的。”

时间在众人愉快的相处中不知不觉地过去，薇用心体会劳伦斯老师对皇室风范的讲解，勤加练习，直到那些高贵的仪态、神情、举手投足哪怕最细小的姿势，都彻底内化，成为不走大脑的自然反射。这不只是为这部片子，也是在提升她的自我修养，从此在好莱坞电影界的每次公开亮相，薇都与别的女星有微妙的不同了，这背后有哈佛大学老师的调教之功。

薇有些迫不及待想进入拍摄阶段了，想去摄影棚看布景，想听导演喊“开机!”而兔宝也想着回天使城了，他已经装载了满满一脑子的问题与答案，希望尽快回学校，卸载到各科教授的试卷上。父亲还要在多伦多签几份文件，之后他的加拿大公司就正式成立了。他与弗侬保持联系，了解天堂镇的情况。罢工已经持续四个月了，是时候收网了，石油商会联盟发出了致工人的公开信，告知他们可以以个人身份与集团公司重新签合同，回到工作岗位，任何人包括工会领导一律平等对待，不受歧视。

没过多久，安娜贝尔拍了份电报给兔宝，内容只有一句话：“回家吃饭吧，羊羔烤好了。”他对薇和父亲解释了这句话的意思，罢工结束了。兔宝和薇、父亲及其秘书一行人订了“加拿大太平洋铁路”的跨国列车头等包厢，劳伦斯老师也整理行装回哈佛去，带着一腔荡气回肠的深情和厚厚一捆十四行诗。

第十六章　死　活

I

兔宝通过考试，进入大学的最后一年。回到学校的他重新跟朋友们取得联系，似乎每个人都有麻烦。明茨家那两个激进左派弟弟去参加共产主义者的秘密集会，被连窝端关进了监狱。瑞秋说这也是他们自找的，她和哥哥雅各布还有明茨老先生，向来觉得这两个弟弟的政见太偏激。但把他们关进监狱也太过分了。兔宝问保释金多少？两千美元每人。他向她解释，最近他已经捞了太多人，再交四千美元，父亲可能会受不了，他感到很为难。瑞秋说她当然理解，不可能指望他保释所有激进分子。虽然她这么说了，兔宝还是觉得很过意不去。

哈里·西格尔先生的商学院岌岌可危，隔三岔五就有人去打砸破坏。他打算把商学院关了，变卖房产和家当，避到乡下，买个核桃园农场，核桃总不太容易砸。丹尼尔·欧文先生的工人学校在勉力维持，政府对“密谋反政府”集会的清查逮捕行动一波接一波，老一辈工人运动领导者都吓怕了，不肯出来跟欧文先生合作，工人学校严重负债。欧文先生诉苦说他自己和三个老师已经几个月没发工资了。兔宝给他开了张支票。出来的时候心情非常矛盾，他凭什么这样挥霍父亲的钱，送给致力于夺走父亲财产的人?

丹尼尔·欧文告诉他，保罗已经出狱了，跟鲁思待在天使城。石油商会联盟把工人骗回了工作岗位，他们在公开信上说不会对工人领导者区别对待，可根本没履行这承诺。组织罢工的那些积极分子，都没人跟他们签合同，他们四处乞求给份工作，也没有用。

Ⅱ

兔宝朝欧文要了保罗和鲁思在天使城的住址，他要去看他们。那地址将他引向了天使城的偏僻地带，墨西哥人和华人的聚居区，他们住在一座破败晦暗的老楼里，一个老太太把兔宝引到二楼，指了门。他敲了敲，却没人应，在门外盘桓了一会儿，鲁思正好回来。他们挤进小屋，水池和煤气对着通风口，靠墙是保罗睡的简易床，还有个里屋，挂着块旧布帘子隔开，算是鲁思卧室的门。她觉得很窘迫，让兔宝看到他们过得如此潦倒。解释说这只是暂时的，保罗去找工作了，等找到了就会好转了。她已经在一家百货商店找到了差事，等他们再稳定些，她就去学做护士。她看上去苍白而疲惫，笑容里却满是勇气。她什么都不介意，保罗从监狱里出来了，她谢天谢地。

兔宝想知道他们生活中发生的一切事情，向她问这问那，保罗到底怎么被抓的？鲁思说，第一次是警察突袭了他们在拉斯卡姆农场小木屋的讨论会，那群可恶的警察，把现场的文件和书全撕了，参加讨论会的工人全部带走；还去他们家把书都搬走了。工人之中就有奸细，至于提供了什么证词，鲁思也不清楚。从小木屋被带走的工友，其中一个至今还没放出来。罢工结束后，整个天堂镇矿区还有八个工人在狱中。那儿极其脏乱，很容易得病。鲁思感伤地说，谢谢兔宝花了那一万美元，让保罗少受了许多苦，她不知道怎么表达感激。

兔宝说没什么，问鲁思第二次逮捕又是怎么回事？鲁思说，县法院的德拉诺大法官（Judge Delano）提出，禁止干扰“精益精”等石油集团的生产和销售，说这跟国家建设息息相关，罢工对其造成了干扰，那么组织罢工就有罪，保罗是罢工委员会的核心成员，自然被判有罪。法官的定罪在工人中造成了极大恐慌，他们觉得罢工抗议毫无胜算，说不定还要蹲监狱，斗志基本瓦解了。保罗出来之后，身体倒是安然无恙，但精神上更愤世妒俗了，誓与这些资本家势不两立，他不会再回天堂镇了。鲁思苦笑了一下：“他们把你种的树都砍了，说妨碍油桶装卸。”

兔宝掏出他的支票本，想让保罗和鲁思过得好一点，但鲁思坚决不肯要了；她说保罗不会想要他的钱。他们自己能行，保罗是个好木匠，很快就会找到工作的。兔宝和她争了半天，鲁思执意不收，说就算她现在收了，保罗也会退回去的。兔宝没等到保罗回来就告辞了，他觉得不好意思，自己穿着薇在纽约为他精心挑选的高档时装，外面停着跑车，若是保罗一脸病弱地进来看见，该多隔膜呀！保罗不知道，天堂镇的罢工工人在艰难苦撑时，他在纽约的奢华酒店、加拿大的人间仙境跟电影明星享受假期。他们挥霍的钱都是剥削工人得来的！他觉得没脸见保罗。

Ⅲ

钱！钱！钱！源源不断朝弗依和父亲涌来，油价创下新高、天堂镇的油矿产量上升。千万的财富在他们手上变成亿万，滚雪球般越滚越大。这游戏复杂精妙、神奇无比，难以抗拒。没人会不愿意玩，可为什么兔宝就不感兴趣呢？面对台前幕后那些翻云覆雨的手腕、卑鄙肮脏的伎俩，他仿佛被宿命诅咒了一般，总是无法心安理得，学做一位承前启后的玩家，像弗依和父亲那样。

他在一所闻名遐迩的教会大学读书，至今仍设有宗教必修课程，这所学校致力于培养拥有智慧、尊严和幸福的社会精英。然而，兔宝却完全没有像绝大多数学生那样，循规蹈矩地学习知识，变成一个教养优良的绅士。而是在这儿结识了一群离经叛道的朋友，同他们一起在赤化的道路上越走越远。

兔宝去见了被关押工人的辩护律师，年轻的哈林顿（Harrington）先生。现在的工会已经名存实亡了，他正愁上哪儿要钱。这时小石油王子出现了，真是喜出望外。工人是他的朋友啊，这位看来就是金主，又或者，难道是商会派来打探他这边情况的？哈林顿先生以工人辩护律师的角色，对兔宝说，法庭这次对罢工工人的处理是史无前例的，如果形成惯例，将损害美国的司法正义。“策划反政府犯罪”这一指控表述非常含混，被告无法形成清晰认识，也不知该怎么传召证人，因此几乎难以形成有力的辩护。

兔宝从律师处离开，愤愤不平绝望之下，决心整弗依·罗思科一把。他去见了安娜贝尔。安娜贝尔是个温柔善良的女人，又有宗教信仰。兔宝对她生动地描述了狱中工人的悲惨处境，试着折磨她的灵魂，看她能不能有所触动，劝她的枕边人收手放人。安娜贝尔听着听着，眼泪就掉下来了，她说真是太可怕了，她能做什么呢？兔宝对她说，屠杀已经结束了，羊羔已经烤好了。现在把还关在牢里的工人放了，也显得弗依大方；警察局和监狱都听他号令，就是一句话的事。

兔宝成功了。过了几天，父亲进门神色极其糟糕，弗依在公司对他大发雷霆，骂兔宝潜进他家后院放火，让他回家不得安宁。弗依对父亲吼要是管不好自己的儿子，他来替他管教！兔宝得意地心想："他又能怎样？难不成把我也关进牢里？"

他对父亲说，他可以出庭为在押工人作证，表明他也多次参加过拉斯卡姆农场木屋的讨论会，跟他们一起讨论罢工问题，他们没有任何犯罪图谋，只希望尽力使工人们团结一致，争取他们的权益。如果诉讼缺钱，他就把父亲送他的跑车卖了，"我想，弗依没法剥夺我走路的权利！"

可怜的父亲，听到儿子说这些疯话简直无法承受。他投降说，再跟弗依商量一下，他们曾把一个想法拿到桌面上讨论过。现在还待在牢里的八个人，都是罢工运动中表现最活跃的骨干领导者；放他们出来也可以，但他们必须同意离开加州，至少离开加州的石油业，这样才能确保他们再不给油商们制造麻烦。兔宝说，噢老天，这怎么可能。他知道保罗的答案，如果保罗在牢里，是绝对不会做这种交易的，他会说自己有权组织工人，决不对此妥协。兔宝相信牢里那八个人也跟保罗一样，怀有的坚定信念。

理想主义者也在阵痛中缓慢成长，兔宝知道，就算他们被放出来，也不可能再在石油业找到工作，上了黑名单没人要。他继续出招：“如果弗依不私下把人放了，到时候开庭审理，工人的辩护律师会传唤弗依，问他在工人中安插密探眼线的事，看他怎么说，看报纸怎么报道。”

“噢，儿子，”父亲叫道，“你不必和他闹到这么不堪吧！”

兔宝回答：“不是我，是工人的辩护律师会这样做。难道这不是情理之中的吗？”父亲非常不舒服，说等等看，他再找机会跟弗依谈谈。

Ⅳ

父亲经过了这番恼人的对谈，回头怪罪起薇来：她就不能把兔宝笼住，让他老老实实的，怎么又被阴魂不散的赤色分子掠去了！薇说她会尽力的。可她的尽力笼络却似乎收效甚微，兔宝一心要管工人的事，她拦不住；反而让他们的关系无形中绷紧了张力。

薇在忙着拍《帕秋丽公主》，故事挺蠢的，她自己也承认。但她仍付出全部心力，尽量把它演绎得生动。如果你问她为什么，何苦呢？她会回答这是她的职业。现在薇每个星期能赚四千美元，如果她表现够好，薪酬可能会涨到五千美元。但兔宝想，赚那么多有什么用呢？这是恶性循环，永远想要更多，就像父亲那样。而工人们在夜晚山上营火前唱着一首歌：“干活去，吃饱饭，吃饱了饭有力气，有了力气干活去……”如此无限循环，一直唱到你喘不上气。

薇喜欢聊片子的进展、剧组的趣事，好莱坞的新闻，谁和谁在一起了，谁和谁吵翻了。兔宝不忍心扫她的兴，假装爱听。他心里觉得电影圈那群人都大同小异，很无聊地自我重复，拍出的作品毫无创造力和思想性，全都跟着大众的口味转圈，什么大卖就拍什么，而严肃题材没人看，是票房毒

药，自然没人碰。至于他们的私生活，这个人换了他的私酒商，那个人换了她的男朋友，变来变去还不都是一样、

兔宝和薇是相爱的，并且心里告诉自己，他们会一直相爱下去。然而情感的质变悄无声息地发生着。毕竟男人和女人的爱情不止关乎身体，更关乎灵魂。倘若彼此对对方感兴趣的事情都不感兴趣，爱意如何能长久持续下去？打个比方，男人和女人扮演不同的角色，角色需要行动来推动情节继续，可如果他们的行动完全南辕北辙，一个要读书，一个要跳舞，怎么办呢？

薇跟劳伦斯老师“练习爱情”的时候，兔宝心里不是滋味。反过来，兔宝和瑞秋、鲁思仍保持很好的关系，这也让薇格外不爽。瑞秋是引兔宝时不时跑去参加社会主义研讨会的罪魁，而鲁思则是引兔宝去天堂镇小木屋跟那群强盗密谋怎么让他父亲破产烦忧的祸水。自然，兔宝现在不爱那无知的村姑，但薇见识过太多，深深懂得“女追男隔层纱”的道理，只要女孩锲而不舍地坚持，很少有男人不动心。兔宝闹得让弗依和安娜贝尔很不愉快，如今修道院可能已经不欢迎他了。而薇几乎把那儿当成自己的第二居所；在修道院可以见到各界名流，不只是社交娱乐场，也是一个女演员的事业外沿区。薇不可能放弃和安娜贝尔与弗依的交情，他们太强大，得罪不起。薇委婉地向兔宝暗示过这些思虑，但他无动于衷，于是薇不得不挑明了，一遍一遍地说，渐渐演变成抱怨和唠叨。兔宝有时想起薇对劳伦斯老师说的那句玩笑：“真是的，就跟老夫老妻似的。”

V

父亲、弗依与彼得·奥莱利最近因生意上的事经常碰头

商议，父亲被邀请周末去奥莱利的别墅做客，兔宝也在受邀之列。父亲说他应该去，他一直希望兔宝在上流社会多耳濡目染，能把性情移过来。另外，奥莱利还有个年轻未嫁的女儿。

彼得·奥莱利的两个儿子，大彼得和小彼得，是兔宝所在大学的著名校友，他们是学校体育队的资助人，每年给数万美元购买职业运动员注册入校，让南太平洋大学在各大赛事上摘金夺银、出尽风头。而使这一切成为可能的资助人就是上帝，每当校友返校活动、赢得比赛后的庆祝宴，大彼得和小彼得永远坐在最显要的位置上，被祝酒、被感谢、被奉承吹捧……如果你对美国的大学有所了解，便知道这才是学生们真正在意的荣耀。兔宝以前跟小彼得在赛事上见过，他是个合格的继承人，无趣的商人。

但他父亲老彼得·奥莱利就有趣多了。这个爱尔兰人去沙漠骑驴历险，随身只带一把铁镐、一张毯子、一袋腌肉和豆子、一皮囊水。他这个爱好从青年持续到中年。当初奥莱利从沙漠来到天使城，想写一本书讲他的历险和发现，结果没有出版商愿意跟他签合同；现在没人能确知他的资产到底有几千万美元。奥莱利性格率真、值得信赖，像穿了几十年的老汗衫，很是可亲。

他们家的首脑是奥莱利夫人，她的人生如乘青云，从工头的女儿跃升南加州社交界的翘楚。奥莱利夫人骨架子很大，体格健壮，做事快刀斩乱麻。她去百货商店买东西，径直找巡视员，说我是彼得·奥莱利夫人，要在这儿买些东西。巡视员闻言便立马从导购或其他岗位上抓来三四个职员，专给奥莱利夫人服务。奥莱利夫人做主买下了这座别墅，曾经是欧洲某国流亡君主的宅邸，被她重新翻修，在园林四周树起高高的青铜栏杆，浮雕大铜门上烙印着主人名字。奥莱利夫人还买下了欧洲流亡君主的游艇，把内部设施基本拆除，重装了最时兴的美式风格家居，艇身也喷着主人名字。他们的私人汽车里装切尔克西亚胡桃木配蓝丝绸，车上嵌着一块精致铜牌，刻着主人名字。

奥莱利一家热情迎接了父亲和兔宝，大家先进行一番上流社会的握手寒暄，聊了两句天气和四周的风景。然后他们的女儿派翠莎（Patricia）被引荐给兔宝，他看着派翠莎显然经过指点和操演的淑媛举止，心里真想喊“开机!”派翠莎小姐遗传了她母亲的大骨架和健壮基因，为了防止朝她母亲的方向发展，她不得不服用抑制性药物，这损害了她的健康，看上去有了贵族式的苍白。她是如此在意自己学习的礼仪规范是否得到了精准的实现，以至于表现得有些僵硬，像个大号法国宫廷木偶。

奥莱利夫人含笑望着女儿派翠莎和兔宝，心里琢磨这一对儿如果能喜结连理，将是两大石油帝国的强强联合。他们的婚礼将在最壮丽辉煌的圣之名大教堂举行，至少五千人出席，婚讯和照片将登遍各大报纸的头版……兔宝一眼便知奥莱利夫人的心事，他甚至帮她向深处想了一层，他们怎么去跟薇谈判呢？薇肯定当面表现得冷艳倨傲不可侵犯，等他们走了背地里哭泣，然后——蓦然瞥见镜子里自己梨花带雨的芳容，对此极为满意，“坚持住，再来一条!”

他们还邀请了一些客人。在其中，兔宝稍感意外地遇到了他的考珀校长。他和兔宝愉快地聊了一会儿，说很高兴兔宝考试顺利，而且现在和他父亲一起从事商务活动了。考珀校长显然以为那段“红色时期”已经成为历史，跟兔宝开了几个玩笑，慢慢发现这小家伙的“病”还没有好。于是等身边没人的时候，校长话锋一转，向兔宝询问目前红色思潮的最新进展，感觉像个淘气的孩子想偷偷翻一眼禁书。

老奥莱利和父亲的商务密谈没有叫兔宝参与，他在回家的路上问父亲。他告诉兔宝，他们在跟魔鬼玩游戏，事实证明收买美国政府没有想象中那么简单。那群政客吃人不吐骨头，像整条公路上密密麻麻都是收费站，就连跑腿送信的小办事员每次都要十美元！兔宝有些高兴，再次劝父亲，既然这么折磨人，抽身出来算了，他们又不是没钱。但父亲不愿意，说光自己一个人就已经在这事上投入了将近六十万美元，大把真金白银就这么打水漂了，他实在肉疼！不行，他们一定要坚持住，拼它个你死我活。只要拿到了那块海军预留地，一切付出就都值了。

现在有两个问题。首先那块地归美国海军部管辖，必须移到内政部长克里斯比的职权范围内才能办。是通过行政法令即可，还是必须经过国会，这是个问题。那些官员一拖再拖，当然是为了钓更多钱。奥莱利的长子大彼得一直待在华盛顿，负责打点这些人。还有个问题，有一家小公司因为历史原因，持有一部分海军预留地的开采权，他们称为“向阳油田”。得使手段让这家公司滚蛋，但要确保悄无声息，事先跟报业沟通好。弗依让父亲去“向阳油田”看看，如果不出错的话，那儿将是父亲未来几年的主战场。弗依说如果兔宝愿意，也可同去。

Ⅵ

兔宝接到了一通长途电话，是从距离天使城几百英里外的另一座城市打来的。对方是一位护士，传伯蒂·罗斯的口讯，她现在在医院里，没有生命危险，不必担心，希望兔宝过去看她，不要告诉其他家人。兔宝挂了电话，冲出门开车直奔护士所说的地址。他姐姐现在应该在诺尔曼家的豪华游艇上跳舞玩乐才对，怎么会在那座陌生城市的医院里？

兔宝赶到医院后，护士站的人告诉他，伯蒂做了个阑尾炎手术，一切顺利，正在恢复。他被带到她的病房，伯蒂躺在床上，脸色苍白，看起来很怪，或许因为他很多年没见过姐姐不化妆的样子。她穿着自己的白绸睡袍，床单被罩也都洁白干净，一动不动，样子像个修女。她看见他，露出一种令人悲从中来的愉快笑容。

“老天！伯蒂！怎么了？”

“一切发生得太快了。有点糟糕，但不算太糟糕，我挺过来了。医院的人都很好。”伯蒂简单说。病房里有一位护士在做检查，等她走了，关上了门。伯蒂这才看住兔宝的眼睛，对他说：“医生护士告诉你是阑尾炎手术，你回去告诉父亲和埃玛婶婶，也说是阑尾炎手术。但我不想骗你，事实是我堕了胎。”

“老天爷！什么?!”兔宝惊愕地瞪着她。

“噢兔宝，别装得像你不懂似的。”

“谁干的？”

“也别来通俗剧那套。你知道这种事很常见。”

“是……可是，到底是谁的？”

“我先跟你说清楚，不能说是他的错，是我故意的。”

兔宝被搞糊涂了，“伯蒂，从头到尾告诉我，怎么一回事？”

“嗯，我说了你别激动。我做了自己的主，从始至终知道自己在做什么。现在这人拿几千万、哪怕几个亿来，我也坚决不嫁了。王八蛋，我鄙视他。”

“你是说……查理·诺尔曼！”

她点点头。看见兔宝当即握紧了拳头，说：“别去逞英雄，为我抱不平。就算你把他一路揍进教堂当新郎，我也不会去当新娘。”

“你们怎么了？”

“哦，有那么一段时间，我们爱得昏天暗地。后来我发现他开始找别的女人，我经过深思熟虑，决定试着怀孕，看他愿不愿意为此娶我。”

“老天啊，伯蒂你！”

“你又大惊小怪，成千上万的女人都这么干，一大半成功结婚了好不好！这是很传统的战术。可查理不吃这套，那个王八蛋，我告诉他我怀孕了，他的反应简直令人作呕。我一看这种人还嫁什么，叫他滚去下地狱吧！有朋友帮我推荐了这里的医生。咱老爸得为此付一千美元，这就是全部的损失。”

“伯蒂，”他轻声说，“你干吗犯这个傻呢？”

“放心吧，不会再犯了。吃一堑长一智，人总要经过一些事才能学会成熟。”

“你说你到底为什么，就为了挖个陷阱、让有钱人掉进去跟你结婚？父亲给你的钱不够用吗？”

“你不明白，兔宝，你窝在墙角捧着本什么破书就心满意足了；我可不行，我有自己想过的生活。父亲给我足够的零花钱，但我想要的是一份事业，属于我自己的、女主人的事业——求求你别对我说教，我太虚弱了受不了——这几乎是每个女人的梦想；我不想住在小洋房里，我要一个可以邀请贵客们来、随时举办宴会的地方。我有女主人的天才……现在我出击跌倒了，你能不能做个好兄弟，温柔点儿，支撑我一把。”伯蒂的眼里泛起泪花。

兔宝连忙哄她：“好的好的，大姐姐，你说了算。我不批评你，也不絮叨烦你。我刚才只是太吃惊了。”

“没什么好吃惊的，你知道吗，医生说全美国每年有一百万次这种手术。我闲得慌，自己算了下，大约每三十秒就会发生一次！生命真是扑朔迷离，说有就有，说没就没。咱们聊点儿别的吧。”

此时此刻，姐弟俩的关系空前亲密，于是伯蒂探听起兔宝的私事，他和薇怎么样了，他想跟她结婚吗？兔宝说不知道，薇也不一定愿意嫁给他，她现在那么红。伯蒂大笑，说她肯定愿意，只不过掩饰得好。但兔宝告诉伯蒂，薇朝他发过很多次脾气了。为什么？伯蒂明知故问。她虽然虚弱，请求弟弟支撑自己；但她还是那个精明的伯蒂。她帮兔宝从她的角度分析，如果他能娶一位家世显赫的淑女，可能会更体面也更长远，不过薇有她的好处，非常有头脑；而且兔宝可能会找更糟的，受布尔什维克那套的毒害！

她还问了父亲的生意，华盛顿方面怎么样了，海军的地到底能不能拿到？父亲和弗依他们到底有没有能量牵动政府？兔宝说他相信是有的。伯蒂说她躺在这儿想了很多，“我想我还是回去找埃尔登·伯迪克，他虽然是个笨蛋，但你需要的时候总能找到他。现在我意识到这点好了。”

“那你会告诉他这件事吗？”

“当然不，为什么告诉他？他自己也犯错误，可不会广而告之。他知道我跟查理在一起，但我猜他还爱着我。现在我想的是，可以同他一起打造我的事业。如果父亲和弗依帮得上忙的话，最好给他谋一个外交职务，派往法国，住在巴黎，可以认识全世界的名流。埃尔登是个优秀的军官，打仗的时候他曾经说，我们要掌控欧洲的局面！政府也需要这样的人。你觉得怎么样?”

“我相信只要你想要，就肯定能得到。不过，埃尔登估计不乐意有我这么个小舅子。”

“噢，你会好起来的，”伯蒂淡然道，“就像小孩子的毛病，长大自然改掉了。”

Ⅶ

海军部把正在“向阳油田”钻探开采的那家小公司撵走了，为此出动了一批海军士兵。这次史无前例的行动吸引了多方关注。这让父亲和弗侬颇感不安。弗侬已经派人打点各大报纸，大彼得在华盛顿盯着。报纸上开始出现一些如下这样的报道：与海军预留地毗邻的一块土地已经钻井产油，令海军部感到自己地下的资源正在外流。官方认为应该尽快将预留地利用起来，租给可靠的石油开采集团，以保证资源为国所有、为国所用。兔宝不必问父亲，就知道这是他们抛的烟幕弹，他静观其变。

丹尼尔·欧文给兔宝打电话，约他一起吃饭。他们一见面，欧文就说：“工人学校黄了，泡汤了。”他说实在无力支撑这个机构了，现在工会的领导都不肯跟他合作，他们不愿意年轻工人受教育，一旦有了独立思想就不好管束了。上星期有人深夜溜进学校，洗劫了所有物品，只留下他们的账单和欠条。

“那不办学校了，你打算怎么办?”兔宝问。

欧文说芝加哥有一家新闻社，属于激进左派。他有人脉资源，能从华盛顿得到很多内幕消息，吸引了他们，邀请他去做新闻社驻华盛顿的通讯记者，工资每星期十五美元。“够我生活了。而且这是我乐意做的工作。”

兔宝听了积极鼓励他：“噢，丹尼尔，太好了，政治太黑暗了，有好多龌龊事值得挖出来！”

“我知道。这也是我约你出来的原因。我最近在关注几条新闻，发现海军预留地的油矿开采很可疑。我猜里面一定有很大黑幕。如果我没猜错的话，背后主使应该是弗侬·罗思科和彼得·奥莱利。他们一定贿赂了很多政府要人。”

“也许。”兔宝回答，尽量保持声音正常。

“关于现任内务部长克里斯比，华盛顿有很多传言，有人说早在哈丁总统宣誓就职前，他的位子就内定了。这是笔交易。当初共和党内部的竞选大热门是伦纳德·伍德将军，他后来爆料说，曾经有人向他提出类似的交易，被他拒绝了。

“老天！”兔宝说。

“我现在还不是很清楚，等到了华盛顿再继续深挖，把它搞清楚。只是，我记起来，弗侬·罗思科是你父亲的合伙人。我觉得可能会比较尴尬，如果我追查到了什么……你知道，兔宝，你父亲对我不错，你又为工人学校出了那么多钱……”

“当然，我明白。”兔宝说，“你不必担心。做你要做的事吧。就像我们不认识一样。”

“你的好意真是难得。但听我说……恐怕有一天会产生某种误解，所以我提前跟你说清楚，我没有从你这里得到任何关于华盛顿方面的消息。你也没有向我提过你父亲生意上的事，除了天堂镇罢工；你更没有对我说起过弗侬·罗思科或彼得·奥莱利。对吗？”

“对，没错。”

“兔宝你要知道，鉴于我们的朋友关系，如果我在华盛顿查到了什么，并且爆出新闻，弗侬·罗思科、彼得·奥莱利、还有你父亲，都会坚决认为我是从你嘴里套出来的。但我希望至少你是清醒的，我没有做过这种事。”

兔宝和他握手约定，说他完全理解。那些在烟雾缭绕的客厅、会议室和书房里玩儿游戏的行家老手们，放在眼下这个情境里，都未必能表现得如兔宝这般镇定自若。他面不改色地吃完了午餐，还签了张支票，表示愿意分担一点工人学校所欠的债务；最后真诚祝愿他的朋友欧文在华盛顿工作愉快。直到他钻进车里，开上了路，才终于可以露出自然的表情，非常不愉快！

他觉得应该告诉父亲。这不会对丹尼尔·欧文造成什么影响，只是给父亲提个醒，劝他远离那些肮脏的勾当，现在抽身还来得及。然而当天晚上，父亲一进家门，还没等兔宝开口——“嗨，儿子，咱们拿到海军的地了！”

“真的？”

“已经许可了，弗依刚刚动身去华盛顿，文件大概下周就能签好。咱们随时准备出发，去油田看看！”

Ⅷ

明茨家两个弟弟所属的共产主义组织被羁押一段时间后开庭审理，兔宝也去了。法庭上，他们被指控为非法地下组织，受苏维埃俄国政府的资助，直接受命于莫斯科，在美国宣扬武装颠覆资本主义国家，建立无产阶级专政，照搬俄国模式。而被告则辩护说他们的组织是合法的工人政党，他们并未宣扬暴力，只是防御性自卫。他们相信权力不会和平转移到工人手里，但资产阶级会自掘坟墓，在此之前工人需要做的是保存力量。

出庭证人中有一张熟悉的面孔，令兔宝大吃一惊，本·

斯卡特！兔宝少年时的老熟人、父亲曾经的“合同猎犬”，摇身一变，满脸络腮胡、说话带着俄国口音，假扮失业的石油工人混进了工会，不久便担任了办公室职务。此时此刻他站在证人席上口若悬河滔滔不绝，历数他在工会见闻的危险言论和阴谋。包括法庭上的诸位被告，策划破坏工地设施，制造混乱。明茨兄弟当庭反驳，破坏工地的建议明明是本·斯卡特提出的！他还提议放火烧油田！

兔宝回家问父亲，“老爸，当初你为什么开除了本·斯卡特?”

“为什么？那家伙吃里爬外，跟我的对手勾结。他还干过许多流氓勾当。”

“比如?”

“他经常耍一种手段，在一个地方，刚发现油矿，地产所有者们都争着抢着签合同，生怕附近的人先开钻，把油都抽走了。时间很宝贵。本和另一些家伙就利用这一点榨取钱财。他找好一个街区，向大家开出优厚的合同条件，等谈妥了，合同签完，他找人伪造一张某户主的产权转让契据，等产权公司来核查的时候，那户主就疯了，追着本问这是怎么回事?他就装傻充愣。至于契据上转给的那个人，根本找不着。这不只是那户主一个人的事，整个街区都绑在一起。产权有问题，他们的地无法开钻。去法院搞清楚这个问题至少需要六个月，到时候一切都晚了。他们只好甘受本·斯卡特的敲诈，给他五千美元或者更多。”

兔宝说：“这招他肯定用了很多次吧?”

父亲回答说没错，多数户主会乖乖就范，少数则拿枪顶着斯卡特的脑袋，彪悍地把事了了。其实，斯卡特的致命要害是一个女人，她总能把斯卡特刮得干干净净，所以他才干上了密探间谍这活儿。

兔宝把这些内幕告诉了瑞秋，并给她一百美元作为调查经费，查一下本·斯卡特在天堂镇和天使城附近经手过的那些矿区，走访一下跟他签过合同的户主们，如果他们没搬走的话。很可能有人受过他的敲诈，愿意当庭戳穿这个证人的真面目。果然下一次开庭，就有五六个人怒气冲冲地向法官和陪审团控诉这个证人的虚伪阴险。有力地扭转了陪审团对被告工人的看法。最终宣判结果，共产主义组织的两名首领被判刑六年，其余人则被释放，明茨兄弟也在其列。

Ⅸ

父亲听说了丹尼尔·欧文的事倒不紧张，让他去追踪好了。弗依和他拿海军预留地的事确有可疑之处，政界商界难免有些传闻，总有爱找麻烦的记者说这说那，不是欧文，也可能是别人。可就算说又怎样，大家都知道这就是政治。父亲和弗依现在要去大片油田上钻井了，没什么能破坏他们的好心情。他简直为那“青年教授”感到遗憾，天大地大没什么好干的吗，去华盛顿当猎犬，围着弗依的茅厕这儿闻那儿嗅。还有可怜的兔宝，交的都是什么朋友；有时面对这个残酷的世界，必须像螃蟹一样长出满身硬壳，而兔宝依然软弱。

他们将围绕向阳油田组建一个新的公司，按照天堂镇油田的模式来，但规模要大出好几倍，很可能成为全美国最大的原油产地！父亲得到他的股份，担任董事会副主席，有十万年薪，并对矿区开发事务有领导权。父亲现在不必事事亲力亲为了，他培养了一批得力的青年人才，指挥他们下去做他以前做的事，这对父亲来说很有意思。他工作劲头空前旺盛；对医生苦口婆心的嘱咐充耳不闻。

弗侬拍电报来，合同签好了。兔宝向学校请假，他已经大四了，请长假很容易；况且父亲答应给南太平洋大学捐一个石油化学的教席了，兔宝就算请一年的假，考珀校长也会批准。他和父亲一道，长途驱车去向阳油田，那地方非常偏远，原是片牧区，居民很少，路况很糟。抵达后只能住在一个简陋的乡间旅馆里。父亲的地质学家、工程师、测量员等原班人马也都赶到了。他们每天出门，勘探地形地貌，确定油井位置、道路如何铺设、输油管线、油桶基地，还有电线和供水……一切轻车熟路，按着老规矩一步步做规划。

兔宝应该高兴，为父亲和弗侬这场漂亮的“杀戮”。然而他却高兴不起来、一个老农场主跑到旅馆，说要跟父亲签合同，父亲不搭理他；却得到了兔宝的同情。老农场主眼尖地发现，这个小老板不像他父亲那样有铜墙铁壁的硬壳，于是尽力缠住把他引到了自己的住处。给兔宝展示他的各种文书，说那个叫弗侬·罗思科的恶霸把他从农场赶走，只给了两千两百美元！他花钱请了律师，还给国会议员写了信，都徒劳无功。真是可怜，兔宝觉得这个老农场主是全国千千万万人的缩影，他们无钱无势，被有钱有势的人欺凌。不是少数个案，有问题的是整个体制。兔宝想跟父亲谈这些，可转念一想谈了又怎样呢？父亲又能改变什么？

第十七章 曝 光

I

秋冬之际正是打鹌鹑的好时节。兔宝不想去天堂镇，但父亲必须回去一趟，处理公事，他的司机刚因倒卖私酒被抓了，而父亲的身体已经不能承受长途驾驶的疲劳，于是兔宝只好开车带他回去。

“小罗斯号”系列油井除了这个冠名，已经跟兔宝没什么关系了。他种的树全砍了，他熟悉的人都不见了。父亲雇了个新女管家，拉斯卡姆农场的小木屋被拆除了，原来那座九重葛覆盖的房屋也被夷为平地竖起井架。天堂镇再没有那些充满智识和理想的讨论，现在的工人们老老实实闷头干活。矿区工人经过大换血，气氛与过去迥然不同。他们光顾私酒商铺和台球厅，闲时聚众赌博。大部分新招的工人都是附近农场来的庄稼汉和果园农夫，技术生疏，常出事故。不是脚一滑掉下井架，就是被钢管砸伤，集团不得不跟医院联系，在矿区设了一个医疗站。

兔宝在家里看书，基克·德冈（Jick Duggan）的老婆来找他，她知道小老板心肠好，她丈夫还在牢里没出来，她在兔宝面前哭得一把鼻涕一把泪，讲述她丈夫在监狱的悲惨境遇，求兔宝去看看他，他真的已经虚弱得无力惹麻烦了。兔宝正在努力长出硬壳，以便帮助他渐老的父亲。然而每当他下定决心，就有这样那样的人和事来软化他。他答应抽空去县监狱看看基克·德冈，回来把情况告诉她。

阴雨绵绵的星期六下午，兔宝出发了。有钱人要进监狱探监，守卫们自然没异议，带他进去。他们天天看早习惯了，但小理想主义者从没见过这么糟糕的地方。这座老地牢不知什么年月建造的，建筑设计师绝对心理变态，蓄意想把犯人逼疯。不像一般的牢房有门有锁，这儿的牢房像个小旋转炮塔，把犯人扔进去或者放出来要用手摇绞车提拉，将铁栏口对上一个洞，每次拉动都有生锈铁链刺耳的吱嘎声。这么多年来，不知多少犯人在日复一日的吱嘎声中发疯。犯人像野兽一样被关在狭小的空间里，看着他。眼前的景象令兔宝感到头晕不适。他找到了铁栏后的天堂镇工人，七个人中有两个跟兔宝年纪相仿。看见他来都趴到栅栏口，乞求面包和糖。脸上闪着感恩的光，富有的小老板来看他们了！

他们曾经多么健壮，在户外干活儿风吹日晒，古铜肌肤，有力的臂膀。如今全都骨瘦如柴，面色惨白或饥黄，双颊深陷，眼窝黑洞洞。基克·德冈在不停咳嗽，像他老婆说的那样，非常虚弱。在兔宝看来，就算他们真的犯过错，遭了这些罪也赎清了。然而他们并没做错什么，仅仅因为梦想公平、谈论正义、争取自己的利益、违抗了商人们的游戏规则。

兔宝给他们寄过一些书，狱中可以看书，但要通过检查不是反动读物，没有夹带锯子、毒品或其他违禁物。现在他们告诉他，那些书他们都看了，打发时光很有帮助。他们问开庭的事，工会能为他们做什么吗？还有保罗，保罗怎么想，是否会为他们辩护……

Ⅱ

兔宝带着一腔新鲜的绝望，从地牢回到阳光下。他仿佛刚充了电，工人的苦难激起他行动的劲头。父亲身体状况不好，但即便如此，他必须帮兔宝料理好这个事！他们上次讨论，父亲说再等等看。不能再等了，父亲必须叫弗依赶紧放人，不然他决不罢休！

他开车载着父亲回到天使城的家。得到最新消息，狱中工人的开庭将近，激进分子们组织了一个声援委员会，募集资金、举行抗议性的群众集会。保罗将回来担纲主要演讲者。兔宝对父亲下了最后通牒，赶紧叫弗依放人，否则他也去跟保罗一起演讲，并且出庭作证！父亲当然坚决反对，他的儿子已经不止一次这样对他了，有什么办法呢。兔宝这次比以前更激烈："你觉得我没有权利跟工人们站在一起，因为花着你的钱？我可以现在退学，自己赚钱养自己！"

"儿子，我从没这么说！"

"是，但夹在我和弗依之间，显然让你为难了。如果我不靠你生活，大家就好办了。"

"儿子，别这样。你也替我考虑一下。"

"我已经考虑很久了，老爸。虽然我也很心痛，但我不能让亲情蒙蔽了自己的正义感。把无辜的工人投进监狱这是犯罪！"

弗依正在从东部回来的路上。兔宝希望父亲向弗依转达他的意思，尽快致电各方，使工人获得自由，否则他小杰·阿诺德·罗斯的名字将出现在集会演讲者的名单上。父亲痛苦地闪回到几年前，兔宝带他去礼堂听哈里·西格尔演讲，气势汹汹的暴民，在演讲者的鼓动下呼喊若狂，“放开俄国！放开俄国！”“抓住罗斯集团！抓住罗斯集团！”现在噩梦成真了，台上的演讲者将换成自己的儿子，挥舞着言辞的鞭子，驱赶愤怒的群众抓住他处死。

兔宝没有忘记安娜贝尔这步棋，对父亲说，“对了，你告诉弗依，如果他不答应，我就把他的女人也带到群众集会上。我会告诉她，弗依都做过哪些肮脏的勾当，告诉她多少人因为他而饱受折磨，告诉她现在监狱里那些工人和他们的家属是多么痛苦！她会让弗依后悔没及时收手的！”父亲强忍着不露出笑容，可怜的老家伙，内心深处居然挺佩服儿子还有这胆识。

不知父亲跟弗依怎么说的，总之，两天后弗依回到天使城，随身带着机密文件袋，里面是贵重无比的内政部批文和合同。就在开庭前，圣埃利多县公诉人宣布撤诉，八名犯罪嫌疑人被释放。兔宝可以推迟他作为叛变者的公开亮相了。

Ⅲ

兔宝第一时间得到消息，比报纸要快，他兴冲冲想着赶紧告诉保罗和鲁思，开车到他们的住处。鲁思现在已经在一家医院当见习护士了，保罗也找到了一份木匠工作。家里又添置了一些书籍。鲁思看见兔宝，听到他的消息，满脸喜悦的光辉。而保罗则带着一种冷淡苦涩傲气的神情，说：“谢谢你为此出力，给你添麻烦了。不过，我还是要按自己的方式斗争下去。”

“什么意思?”

“我决定加入共产主义工人党。”

“噢，保罗!”兔宝的脸色灰暗了，“为什么?”

“我认同他们的纲领，相信他们的斗争策略。我一直有此倾向，在西伯利亚时便有。在天堂镇组织罢工时我不便加入，因为会影响到罢工的性质。被捕后更没有条件。现在我自己独立干活，加入共产主义工人党不会影响任何人。”

“可是保罗！他们会再次逮捕你的!”

“或许。但不同的是，下次他们将以逮捕共产主义者的方式逮捕我。”

“你知道，共产主义者会被定罪的。”

“这是我们事业的必经之路，没有捷径可走。现在我是个普通不起眼的工人，没人在乎我怎么想，我说什么做什么都没人关注。但如果我成为一名共产主义者，我就有了宣扬理想和信念的机会。哪怕我被捕了，也能让广大民众谈论和思考一些问题。”

兔宝看了看鲁思，可怜的姑娘，她的目光紧紧焊在哥哥身上，双手紧紧握在一起。这副样子兔宝见过——当年保罗要上战场的时候。或许这就是她的宿命，眼睁睁看着心爱的哥哥一次又一次上战场。

“难道就没有别的有意义的事吗?”

“我曾经以为可以做许多事业，但过去几年的血泪教训太深了。在这个资本主义世界，工人命如草芥，并且永无翻身之日。现在我们最重要的事，就是唤醒大多数，认清这个黑暗的制度。”

双方沉默了一会儿，兔宝问：“能和平争取吗?”

“罢工是和平解决的吗？你真该在现场看看。”

“难道你对民主完全丧失信心了吗？”

“不！民主是我们的目标。但除非打碎大集团，真正的民主不可能实现。真正的民主也不可能通过我们所谓的民主政治得以实现，看看伊莱教堂那些神魂颠倒的信众！能指望他们反抗弗依·罗思科吗？”

兔宝不禁莞尔，“这个意思，罗思科自己也说过。”

“他是个实事求是的人。我还挺尊敬他。他知道自己要做的事，并且知道怎么做成。政府挡了他的道，他就贿选换一个政府。没错吧？对了，你看到丹尼尔的文章了吗？”

“报纸在家，还没看。”

“哦，你会感兴趣的。丹尼尔说现在华盛顿新闻界都知道弗依·罗思科和彼得·奥莱利操纵总统选举，安插自己的利益代理人做内务部长，换取海军预留地的大片资源。他们贿赂了大批政府官员，两党都有，还有许多报社高层。有呼声要求展开调查，但我想那帮黑帮大佬们不会让这种事发生的。”

保罗停了停，看着兔宝，发现他表情有些不自然。接着说：“别对我透露任何需要保守秘密的内部消息，这对你我都不好。但我想，你比我清楚政府和所谓民主政治的真面目。”

兔宝不言语。保罗继续说道：“我研究过弗依·罗思科这个人，经过了罢工我也算跟他交过手，对我来说他就是抽象体制的具象典型。我要夺取他的权力，自然要了解他。他已经掌握了司法系统，只要是他的所作所为，就都合法。他也掌握了对民众的发声喉舌，他们只能听到罗思科想叫他们听到的。他还掌握了电影，据说他有个电影明星情人——这你可能知道。你上了大学，据我所知那也是彼得·奥莱利儿子的母校。所以，我们在底层的永远不可能得到多数票，国家机器的每个零件都被弗依·罗思科和彼得·奥莱利他们控制得死死的。就算我们选出一个人来，他还没入职就已经被收买了。所以我对投票毫无信心。”

“那么，保罗，你想怎么样?”

“我要去唤醒工人！工人才是弗依·罗思科财富来源的基石。并且这个群体人数众多而集中，工作和生活轨迹相似，诉求和愿望也一致。他们绝对想把弗依从他们身上榨取的财富夺回来！虽然多数工人对此只有模糊的认识，那是因为报纸和电影蒙蔽他们的心智。我要去唤醒他们。等工人掌控了油矿，弗依能怎么样?”

“他会派军队来镇压的!”

“他派不来，因为我们的队伍包括铁路工人，包括电报工，包括各行各业的工人。我们去把他们组织起来，告诉他们该怎么做。弗依·罗思科的命令发不出去，全国只听工会的号令，一切权力属于工会!”保罗滔滔不绝地说着，脸上洋溢着一种居高临下的骄傲神气。这正是保罗让兔宝深深着迷的地方，也正是伯蒂对兔宝恨铁不成钢之处。

Ⅳ

各大报纸登出了一则订婚启事：石油大亨杰·阿诺德·罗斯先生的千金伯蒂·罗斯小姐，与世家子弟、现居加州防卫部队首脑职务的埃尔登·伯迪克先生订婚。不久，报上又有新消息，伯迪克先生被任命为美国驻法国大使馆的武官，即将前往巴黎。他们的婚礼现在是国家大事了，大教堂里里外外一片花海。兔宝作为男傧相盛装穿着，父亲看上去年轻了十岁，潇洒派头得像个戏团领班。埃玛婶婶逢人便说说这一对儿是她撮合的，她兴高采烈又感伤泪湿，含混地扮演着新娘母亲的角色。所有报道都千篇一律地夸赞着他们如何郎才女貌门当户对，伯迪克家族何等显赫，罗斯集团有几千万美元资产……没一句提起新娘的父亲曾经是赶骡马车队的车把式，没一句提起新娘的母亲是何许人，甚至没一句提起罗斯家曾经开过百货公司。父亲一生奋斗，已经成功得不见来处，仿佛从来如此尊贵。

等伯蒂大婚的兴奋渐渐退却，夫妇二人起程去巴黎上任，“大媒人”埃玛婶婶将目光转向了兔宝。薇主演的《帕秋丽公主》要上映了，全家人都去参加首映式，兔宝和父亲对此片亦有贡献，他们曾经帮助女主角排练。父亲度完假回家，跟埃玛婶婶津津乐道他当国王的经历，至少讲了一二十遍！首映式上兔宝做薇的护花使者，走过人群和闪光灯，看上去煞是登对。埃玛婶婶初次见到薇，一眼便爱上了她。回去不断向侄子表达她对薇的喜爱之情。

埃玛婶婶凭女人的直觉和世俗的智慧，理所当然地认为，薇在荧幕上塑造了一个完美的公主，这意味着她天生有此素质，在现实世界也将胜任一个贵族女性的角色。兔宝说是的，是的，薇很好。他凭男人的直觉和自保的智慧，认为应该尽量少搭埃玛婶婶的话茬儿，避免谈论他的情事。

埃玛婶婶不再绕弯，开门见山，“兔宝，你要不要考虑下跟她结婚?”

“她未必愿意嫁给我。”

“你问过她吗?”

“哦，我多多少少暗示过。”

“别暗示了，直接问她。薇是个好女孩，你也到成家的年纪了。我觉得你们在一起肯定是神仙眷侣，而且你父亲会非常高兴——如果你不向薇求婚，他自己都想去了。”埃玛婶婶笑道。她总着迷于这种小调皮，觉着自己跟年轻人没距离，别以为老一辈就顽固迂腐不可爱。

兔宝是个听得进建议的年轻人，他回去反复思考这个问题。想得差不多了，准备跟薇说了，结果他们的见面颇不愉快。薇刚从修道院回来，安娜贝尔正忧心忡忡，一个卑劣的华盛顿记者写文章，指控弗依贿选，称向阳油田是 20 世纪最大的国家资产盗窃案，应该受到检举起诉。有体贴的朋友给她寄来剪报，还用红笔做了标注。薇看了那篇文章，极尽诬蔑之能事，她看了也气，但更气的是那记者的名字她居然有所耳闻，丹尼尔·欧文！这不是兔宝的大学老师，后来办工人学校的那个朋友吗？

薇怒气冲冲地回来，指责那卑鄙的家伙居然靠接近兔宝来探听情报。兔宝坚决澄清欧文先生没有做这样的事。薇像凝视病入膏肓的人一样看着他：“噢老天！老天啊！可怜的，天真到这地步，现在还相信！”那些狡猾的赤色分子到底给她的小乖兔下了什么蛊？明明利用他、从金钱到灵魂拼命压榨，他还痴心不改地信任人家！

在薇看来，目前的当务之急，是不能让弗依和安娜贝尔知道，兔宝跟这个欧文记者有任何关系。如果他们发现兔宝跟他过从甚密，还出钱资助过他；彼此的友谊就算彻底走到了尽头，兔宝和她都不会再受欢迎。坏些，弗依和安娜贝尔会认为兔宝背叛出卖他们；好些，他们也会觉得兔宝脑子不清楚，嘴没把门的，不值得信任。薇希望自己像剧中人那样对朋友忠贞不二，近乎浪漫。然而兔宝不这么想，他说他已经跟父亲说过欧文的事，弗依可能已经知道了，不值得大惊小怪。

于是，石油王子没有向“天生的公主”求婚。他离开的时候满腹心事。他和薇每次分离都恋恋不舍，但在一处又时常爆发感情危机，往往用泪水加拥抱来弥合。除非他放弃激进工人运动，才能和薇免于冲突，但那是深深吸引他的事业啊。他想见到保罗，和他讨论问题。他还想引荐瑞秋和保罗、鲁思认识，听他们争论共产主义和民主社会主义，激烈的辩论肯定火花四溅。他还想去参加瑞秋所属的“青年社会主义者联盟”的集会，那是一群受过良好教育的年轻人，致力于思考严肃的国计民生问题；而不是跳舞踢球、胡闹取乐。

V

兔宝想，在他的所有认识人里，估计只有一个人货真价实的开心如意，伊莱。“圣经马拉松”的盛事显示出伊莱强大的群众感召力和潜在政治影响力，吸引了天使城的一位大银行家马克·艾森伯格（Mark Eisenberg），为伊莱的新教区建设注入了一笔巨资，教堂落成，宏伟异常。南加州民风淳朴，大家都想死后进天堂，因此各种教派都十分兴盛，包括一些稀奇古怪的信仰，也能在此找到追随者。翻开周末报纸的广告页，笑点低的读者准能笑出眼泪，隔三岔五就有几个人聚在一起创立新教，名字五花八门，基督、佛祖、琐罗亚斯德、真理、光明、爱、思想、灵性、神秘主义、精神科学……

伊莱的“第三神启”胜出了大多数派系。他有基数可观、稳步增长的信众，他早已成为一名真正的牧师，像牧羊人熟练驱赶山羊一样，通晓驱赶信众之道，帮助他们感受上帝神恩。伊莱非常善用象征和仪式，他每次出现在台上都手握权杖、身着白袍，金发上有金星闪耀，以庄严的语调呼唤众人。伊莱格外懂得怎么把场景戏剧化，比如他显示圣人受到恶魔的诱惑，就有装上了蹄子、尾巴和犄角的狰狞恶魔上台，身上还打了血红追光，伊莱高高举起十字架，恶魔就轰然倒地，银色号角旋即吹响，信徒们看得如痴如醉，大声齐呼：哈利路亚！再比如当伊莱举起牧师权杖，说："到我这儿来，饱经苦难的孩子们！"台下就有近百个可爱小孩，全都事先穿上了洁白的袍子，齐齐跑上台，簇拥在伊莱身边，用清脆的童声说："赞美主！"这一幕怎能不让人心生触动。伊莱总在呼唤你做这样那样的动作，站起来，跪下、双手合十、举起右手……你不可能感受不到灵魂，你和上帝在伊莱的指引下不断互动。

但伊莱与其他传教者相比最大的优势在于，他现在有了"千里传音术"。没有活人能不眠不休地讲道，上午、下午、晚上……但科学创造了这个奇迹。收音机这个新玩意让美国人民举国若狂，每个人都冲到商店买上一台，生怕抢不着。天使城的第一个广播电台是播放广告的：耗资三百万建成的豪华酒店，恭候贵宾驾临，诸如此类。结果有太多人来酒店玩，喝得醉醺醺，吐得到处都是，酒店经理在广播电台里破口大骂，污言秽语的滚滚洪流让农夫和他们的妻子大开眼界。这一新发明有被洁净的必要，伊莱挺身而出，开了一个专线电台，福音广布数万平方英里。从此，听伊莱布道便成为南加州民众日常生活的一部分。你真的插翅难逃，父亲的医生嘱咐他多出门运动，他每天晚饭前拿出一个小时到街上散步。暖春天气，家家户户开着门窗，从街头到街尾，接力一样传来伊莱的声音，他一路走来一句都没落下！老夫妻并排坐在窗前，手边放着《圣经》，聆听布道，喜悦的泪花在眼中闪烁。家庭主妇手里搓着衣服，灵魂已经飞上云霄和天使共舞。父亲走在街上，心情复杂而疲惫，他想起自己才是这"第三神启”的始作俑者，当初就为了让沃特金斯老先生别打他女儿鲁思，惹出今天这么大阵仗！

Ⅵ

兔宝收到一封丹尼尔·欧文的信，说了说他在华盛顿的工作。那些大报记者都打探到这样那样的消息，只是迫于压力不能报道。他们遇见大胆追查的欧文，愿意把自己的所知所闻告诉他。现在的问题就是他的新闻社出的那两份报纸受众面太小了，难以让更多人看到。哈丁总统背后跟随着他的政治保镖，来自俄亥俄州的“黑帮大佬”们。司法部长布罗克韦给他们一些人在国家安全和情报系统安排了职务；一切尽在其视线中。如果你想了解什么，他们会让你了解这代价。丹尼尔·欧文挖掘到本届政府的很多黑幕，却没有一家大报愿意报道。

兔宝给父亲看了欧文的信，父亲说没错，政治就是黑暗肮脏，还是商人直率，要是那块海军油田一早就租给他和弗侬，哪儿还需要接二连三的行贿受贿？现在他们总算接手向阳油田，算是为国尽力，终止了腐败的这条链。兔宝不知道父亲是真这么想，还是对他这么讲，父亲对各式各样的人说各式各样的话，很多是假话或戏言。兔宝猜，假如你把他按住，把那些假话戏言都剥光，皇帝将受不了自己没穿衣服。

他们的对头是国会一群没事找事的家伙，其中有个拉弗莱特（Lafollette）议员，在政界阴魂不散几十年，处心积虑地找麻烦，他声称要调查海军预留油田的转租事件。哈丁总统的人马阻止了他，却无法阻止他到处演讲，并且利用政府的免费邮寄特权把演讲稿寄往四面八方。父亲气得在家诅咒咆哮，并且郁闷地发现儿子竟站在自己的对立面，对他们的处境毫无同情，还批评他和弗侬的行为。

接着发生了一件恼人的事。一家西部大报的老板致信弗侬，信中先是轻快地讲述自己从酒吧侍者起家，他把一枚硬币抛向空中，如果它停在天花板上，就归酒吧老板，如果落到地面，就是他自己的。他凭这条原理走到了今天，成为拥有一家报业集团的有钱人。如今他看上了海军油田这条新闻。最近有知情人来找他，来人曾经拥有向阳油田的部分土地的开采权，知道弗侬赶走他、夺取油田的内幕。这位报业老板已经与来人达成交易。在此给弗侬提个醒儿，如果要让报纸和知情人闭嘴，请出一百万美元。弗侬回复他，滚去下地狱吧！造成的结果是，该报以头版大标题掀盖子，称在本届政府任内出现了“史上最大公共资源盗窃案”。这可不是那些激进分子的小范围读物，而是整个国家都有订阅的重要报纸，他们还寄送了国会的每位议员和其他报社！弗侬、父亲和其他参与者都异常恐慌，只好给那老海盗一百万，报纸立马消停了。

很久以前，兔宝读过一篇梅恩·里德（Mayne Reid）[①]的故事，一只鱼鹰好不容易抓到一条鱼，一只老鹰从天而降，把它的食物夺走了。石油的游戏也是如此。

Ⅶ

兔宝不想去修道院，他觉得很不自在。但薇想去，请求兔宝陪她一起。安娜贝尔善良温情，绝不会叫政治上的争议毁了彼此的友谊。但兔宝知道弗侬肯定背地里骂了不少糙话。

---

① 梅恩·里德（Mayne Reid），1818 年出生于爱尔兰，1840 年抵达美国，不久开始写作生涯。

在那些社交聚会上，如果你不拿起酒杯，就有人主动提起禁酒令和私酒商的老话题；类似地，如果你不加入声讨没事找事国会议员的队伍，就有人评判你是“恐怖分子”的同情者。每次晚宴席上都有类似的讨论。有次制片人斯科莫斯基先生问：“他们到底要整垮谁？”弗依回答：“这你应该问小杰，他跟那些人熟得很。”安娜贝尔赶紧插嘴起来，“别谈政治！别挤兑我家兔宝！”

等更晚一些，哈维·曼宁又喝得昏头涨脑，跌坐在兔宝膝盖上，显得非常亲近——他喝多了就这样——伸出指头在兔宝面前乱晃：“你会跟他们说起我吗？”兔宝问：“跟谁说，哈维？”“你那些揭发丑闻的朋友啊。不要说起我！我叔叔知道我酗酒，会把我从他遗嘱里剔除的！”于是兔宝意识到，他和华盛顿记者的关系在修道院已经人尽皆知了。

天使城的警方没闲着，他们又接连进行了几次清剿行动，突袭了 IWW 的总部，把人推搡下楼梯，打字机也扔出去。卖禁书的书店关张，书都堆到街上烧毁。架子上有反动报刊的报刊亭主遭暴打。警察把群众的视听清理得干干净净。谁要对此不满，谁的生意就玩儿完。

弗依在俄克拉荷马州的石油集团的合伙人约翰·格鲁比(John Groby)，在席上说有办法消灭那些赤色响尾蛇。他不知道对面就坐着一个。兔宝安静地听着。“有个法子，我们在俄克拉荷马州用过，只要把警察军队放松管束，再在他们跟赤色分子之间制造些矛盾，他们自己干的效率更高。弗依啊，你这儿也太礼貌了。”安娜贝尔特地安排兔宝坐在自己身旁，保护他不受攻击。她转换话题，开始谈自己的新片《母亲的心》(A Mother's Heart)，非常甜蜜温馨的一部片子，女人们会喜欢的；安娜贝尔的角色设定也不错。薇也有了新片约，

《金沙发》（The Golden Couch），片名挺吸引人的，不是吗？安娜贝尔温柔的声音之外，弗依的老合伙人还在不停嚷嚷。兔宝真想问问他，如果警察和军队知道政府背后的“俄亥俄黑帮”侵吞了大笔残疾退伍军人津贴，会干什么。

有人提到，最近天使城一家剧院引进放映了一部德国电影《卡里加里博士的小屋》（The Cabinet of Dr. Caligari）①，吸引了很多人。电影审查方面认为这是文化入侵，派警察把那剧院封锁了，不准人进去。导演汤姆·佩雷大笑，说那群警察可是收了钱的，电影制片人协会为他们的英勇表现，每人奖励五美元。谁也不愿意外国电影进入美国市场，抬高“业内标准”！制片人斯科莫斯基可不认为这是讽语，这位来自罗马尼亚或是亚美尼亚的老头说，汤姆说的一点没错。不能让外国电影进来搅乱了好莱坞体系。接着他谈到好莱坞电影正横扫德国市场，过不了多久就能占他们大半市场份额。“Vae vicits!”兔宝用拉丁语对他说，意思是成王败寇。斯科莫斯基一脸茫然：“啥？”

Ⅷ

兔宝经常跟瑞秋一同参加“青年社会主义者联盟”（Young People's Socialist League）的活动，在一处隐蔽的会议室里，二三十个工人阶级出身的男孩女孩每周聚在一起，读一两篇文章，然后讨论。他们关心政治问题、经济问题、工人运动、社会主义……瑞秋在这个联盟中颇具权威，她加入得早，跟这个组织共同成长，而且有大学教育背景；更特

① 《卡里加里博士的小屋》（Das Cabinet des Dr. Caligari），罗伯特·威恩执导，1920年在德国上映。

殊的是她居然能带来“罗斯同志”，争取到一位富豪公子的超阶级同情。

这些年轻人里也分左派和右派，彼此争执不下，亢奋异常。另外共产主义者也有他们的青年联盟，两个团体常聚在一处互相辩论，有时甚至争得从座位上跳起来。每周聚会后意犹未尽，回家做足功课，准备下次说服对方。莫斯科对阵阿姆斯特丹，第三国际对阵第二国际，红色对阵粉色……兔宝不知道该支持哪一方，为什么他没有一点主见？资本主义能否和平演变为社会主义？罗马不是一天建成的，是否应该将目光放长远，一步一步来？或者，资本家不会允许和平演变，只能武装夺取权力？兔宝有一点比较确定，就是工人阶级内部不应该分化敌对，应该停止内斗、团结一致，想好共同的策略，但兔宝怀疑这是否真的可能。

兔宝一直幻想着自己的朋友们互相也能成为朋友。现在他终于付诸实践，带着瑞秋来探望保罗和鲁思了。他那么喜欢保罗，又那么喜欢瑞秋，他们一定会喜欢彼此的！然而事实总不尽如人意，他们事先都已经从兔宝那儿知道对方的政治立场，谈话非常小心地不触及政治问题，谨小慎微的程度堪比那些名流在修道院里的初次相见。兔宝想让他们谈政治，这才是他们最吸引他的闪光点，并且认为可以在他们针锋相对的辩论中找到自己的立场。他希望一方说服另一方，使另一方心悦诚服地改变信念，这样兔宝就确定无疑知道该怎么相信了！

兔宝问保罗的近况，他说他已经辞去了好不容易找到的木匠工作，共产主义工人党每月付给他一小笔钱，让他专心做组织工作。他见过两位明茨兄弟。兔宝告诉保罗，明茨兄弟开庭审理时，瑞秋去调查，拆穿了证人本·斯卡特的真面目。共产主义者和社会主义者亲密合作多好。接着，瑞秋就说想了解一下“沃特金斯同志”的想法，这个敬称是两个阵营未翻脸前的礼貌用语。瑞秋说各行各业的基础设施、通信设施和武装部队都掌握在雇佣者手里，大规模的群众暴动如何可能？他们现在有毒瓦斯了，瞬间就能摆平几千人。就算工人夺取了工厂，也会因为无力继续运转生产，而毁于一旦、回归老路；意大利就有这样的先例。沃特金斯同志争辩说，意大利煤炭资源贫乏，过分依靠英美，后者有足够力量扼杀意大利工人的罢工。墨索里尼那帮恶棍成立的“意大利国家法西斯党”，背后就有美国银行家的支持。就如同当年的匈牙利和巴伐利亚。保罗说他去过西伯利亚，亲眼看到过美国银行家支持的暴行；没有亲身经历过的人是无法体会的。他带着不容置疑的神色。保罗说他尊重明茨同志持有她的政治观点，这种观点对一个在安稳环境下成长并接受教育的人来说太正常不过了。但他曾经经历过战争，也经历过多次罢工的洗礼。

“是，沃特金斯同志，”瑞秋说，“你经历丰富，毋庸置疑。但如果照你们的激进路线去干，一旦失败了，将会带来巨大的灾难。”

“不去尝试怎么可能成功？”保罗说，“就算我们失败了，至少工人阶级的阶级意识会更清晰、更坚定。胜利只是早晚的事。必须时刻提醒民众保持革命的斗志，不能受资本家的引诱。民主社会主义的问题就在这儿，叫工人们受到知识分子和道德律令的约束，不敢放手去革命。根本上是在帮助资本主义剥削工人。”

“啊！”瑞秋说，“我们呼吁和平，难道只有暴力才代表正义？对我来说，和平胜过暴力，这是基本的道德伦理。”

保罗回答，对老虎讲和平不是道德，而是软弱。世界在资产阶级统治下已经如此黑暗，过去九年来，已经摧毁了几千万生命、上千亿的财富，整整一代工人的血汗经营。保罗说他不想再跟资本家讲道德了，他们是一群杀人不见血的狂魔。必须将他们的财富和权力剥夺干净，能达成这一目的的手段就是道德的手段。

兔宝和瑞秋出来，她说保罗是个意志力超群的人，对资产阶级来说极具威胁。他好比弹震症患者，战争造成了他的创伤性应激人格。兔宝问她觉得鲁思怎么样？瑞秋说鲁思是个挺好的姑娘，只是有些无趣，难道罗斯同志不觉得？兔宝解释说鲁思很内向，她思想情感都埋得很深，不善表露。瑞秋说鲁思应该独立，为自己着想，她要是一直跟着保罗，会过得非常辛苦、甚至痛苦。兔宝说瑞秋可以教育鲁思呀！瑞秋笑着回答，罗斯同志太天真，保罗不可能允许一个社会主义者打开他妹妹的心灵之门，偷走那份专属于他的无保留同情。

后来兔宝问保罗，觉得瑞秋怎么样？保罗说瑞秋是个很聪明的姑娘，本心纯正，但恐怕不能长久持守她的信仰。美国的社会革命不能靠这种大学毕业、彬彬有礼的女士，她和她的“青年社会主义者联盟”不过是一群年轻人消磨精力玩儿头脑游戏。况且他们的精力大部分用来对抗共产主义者，资本家会乐意给她开工资的！

但是保罗错了。不久之后，兔宝得知，瑞秋正面临着一个艰难抉择。她读了四年大学，目的是成为一名济贫扶弱的社会工作者。然而当初建议她这样做的良师益友，现在规劝她，“青年社会主义者联盟”这个“粉色组织”会成为瑞秋和她职业理想之间的障碍。对这个工人家庭出身的犹太裔女孩来说，拥有一份受人尊重、服务社会的职业，是梦寐以求的；而社会主义者的暧昧政治身份确实会妨碍她找工作。她可以暂时放下社会主义，先让自己站稳脚跟，再……然而最终瑞秋没有离开“青年社会主义联盟”。她清楚，说“等什么什么时候，再怎样怎样不迟”很容易，但一旦开始妥协，就会一路妥协下去；所以她从一开始就不能妥协。哪怕“粉色组织”被警察抄捕，没有公益机构愿意雇用她，她也可以在工人运动中给自己找一个位置。与此同时，兔宝陪着薇穿梭于五光十色的晚宴派对，他难以掩饰脸上严肃的神情和内心的纠结。

Ⅸ

毕业时间将近，大四学生们都开始找工作了。父亲问兔宝想好没有。兔宝回答说是的，“但是我很怕告诉你，老爸，你可能不愿意听。”

“你说吧，儿子。”父亲坚毅的圆脸上浮现出忧虑。

“哦，我想出去一年，改名换姓，去工厂里当工人。”

“老天爷！”父亲瞪大眼睛，盯着儿子。“什么？”

“我想了解工人们，除非成为他们中的一员，我无法真正从他们的立场思考。”

“你就不能多跟工人聊聊、问问他们吗？”

“不行，老爸。他们自己有局限，对自己的处境和问题没有足够清晰的认识。你必须去到他们中间，才能帮他们看清楚。”

“老天爷啊，儿子，我可以帮你，我曾经就是他们中的一员啊！我可以告诉你那种生活有多脏、多难受、虫子乱爬、各种疾病。我以为我奋斗一辈子，你可以不必过那样的日子；结果你还是要去过那样的日子！”

“我知道，老爸。但不像你想的那样，一个年轻人从小到大锦衣玉食，别人要拼命努力才能得到的东西，他唾手可得。生活太容易了，并非是好事，这让他软弱，没有独立意志。我很感激你为我做的一切，但我要自己出去闯一下。”

“难道你不觉得经营一家石油集团是非常辛苦、需要你拼命努力、磨炼独立意志的工作吗？”

“当然，老爸，如果我是这块料的话，但我不是，我永远不能说服自己去玩儿你们玩儿的那种游戏。这集团是你的，就算你交给我，弗侬、其他董事和商会联盟也不会同意我的主张。我觉得整个游戏对工人极不公平。所以最好是我离开，去做些自己的事。”

“你自己一个人？”

“还有一个朋友，格雷戈尔·尼古拉夫。跟我有同样的想法，我们一起去。”

“那个俄国人！偌大美国，你就找不到一个本土同伴吗？”

“哦，事情刚好就是这样，水到渠成，跟我想法一致的恰巧不是美国人。”

一阵长长的沉默。“你确定，你是认真的吗？”

“是的，老爸，我想好了。”

“你要知道，那些大工厂对待工人很粗暴，有人挨打，有人死在那儿。”

“我知道，所以才要去。”

“对一个父亲来说，你的请求真是让人难受。你是我唯一的儿子，我本来对你寄予厚望，想着你能继承我这份事业，这也是我拼命工作的主要原因。”

“我知道，老爸。做这个决定，我心里也不好过。但这是我深思熟虑后的选择。”

对话又停滞了一会儿。“你想过薇没有?”

“想过。”

“跟她说了?”

“没有。我想最先跟你说。她可能无法接受，我可能不得不放弃她。”

“世上没有后悔药，一个男人要丢掉这样的幸福，需要考虑清楚。”

“我考虑得很清楚。我不想成为电影明星的附庸，被纸醉金迷的生活窒息。我要有自己的信条和事业，我想帮助工人们，首先第一步就是成为他们中的一员。”

又是一阵长长的静默。父亲短促地咕哝:“这辈子没听过还有这种事!”

“其实这种想法有很古老的源头，比如古印度的悉达多，后来被人们称为佛陀。他出身于印度皇家，放弃了富贵尊荣，成为一名行乞的沙门，去找寻生命的真谛。当初，净饭王为了不让太子离开，在宫殿里聚集了一切奇珍异宝，但太子在出游路上看见生老病死，回到宫中怅然不乐，他渴望去看看世界的真相。他将所乘宝车与所穿华服都归还了父王，出家修行;而净饭王也尊重其意愿……”兔宝看到他的“净饭王”脸上露出困惑的神情，“儿子，你到底想让我信共产主义，还是信佛?”

X

此时正值 20 世纪的一门新兴学科蓬勃兴起之时，精神分析。“潜意识”的提出为人们打开了一个新的宇宙，许多奇怪的事情都可以得到解释。假如一个意念太强烈，而在执行过程中受阻，潜意识甚至会引发生理的疾病。比如一个满心嫉妒的妻子会身体崩溃，重新得到丈夫的注意。不过此时与神学背道而驰的弗洛伊德学说还没有渗透到民风淳朴的南加州。因此，当兔宝毕了业，正准备跟格雷戈尔去当工人的时候，父亲突然病倒了。他完全意识不到这场病跟父亲的潜意识有什么关系。兔宝推迟行程，在家照料父亲。有那么几天，父亲病得不知能不能活。兔宝心里难过懊悔极了，想起弗侬跟他说过的话。并且他面临着一个重大的难题，他可能要接管父亲的几千万财产。

父亲终于挺过来了。但是身体非常虚弱，心脏状况也不好，医生说需要细心调养，不能再受惊吓。父亲在潜意识里一定露出满意的笑容，这下他的兔宝不会走了。现在老头子像个孩子一般依赖兔宝，拉着他在病榻前讲佛陀和他父王的故事。兔宝还没来得及跟薇说，不知父亲是否跟她透露过风声。自从父亲病了，薇常来家里探望，格外善解人意。兔宝的心像一头困兽，在千丝万缕的柔情之网中挣扎。

等父亲恢复到更好的状态，坐在门廊前晒着太阳，意识层面的狡黠智慧又回归了，想出了一条对策。“儿子，我一直在考虑你的问题，我觉得我们可以折中一下。”

“什么意思，老爸？”

“你可以去做自己想做的事情，只要不违反法律。我每月给你一千美元，作为自主活动的经费。”

一千美元！老天，兔宝已经忘了自己的阶级地位，不然一千美元真不算什么，连保养一艘小游艇每月都不止这些钱。但按照工人的标准，这就是一笔巨款了，放在过去可以支撑欧文的整个工人学校！兔宝知道这是“贿赂”，叫他不要离家出走，经过慎重考虑，他最终接受了它。然后打电话给瑞秋，告诉她，这儿有一份工作要不要来试试？“青年社会主义者联盟”继续存在，并且每月将得到一小笔资金，他们将租赁一个办公地点，出版一份刊物；瑞秋和主要负责人将有薪水，就像在公益机构工作那样。他们的刊物将以年轻人为目标受众，传播非暴力的政治思想、探讨社会问题，可以涉及民主社会主义，但尽量别提共产主义，否则会被认为违反法律。

第十八章 出 逃

I

1923年的夏天对兔宝来说格外愉快，做一份小型周报的编辑，和志同道合的年轻朋友们并肩写稿，让更多人和他们一起自由思想。他们独立了，再没有教务主任来没收，校长组团来训斥。最初一段时间，他们免费发放和寄送，兔宝把自己高中时代的同学朋友也都列入寄送单，希望他们会看，改变自己的傲慢与偏见。入秋以后，开始在各学校附近售卖。

父亲是他们报纸的忠实读者，每周不落，相当于某种满怀爱意的政治审查。其实他过虑了，因为主编瑞秋是个正统的民主社会主义者，在自己的报纸上不给激进左派留任何空间。当那些激进分子前来争辩，说一份报纸需要客观地呈现不同的声音时；瑞秋便说，恕我们做不到，你们自己去办一份吧。兔宝在这位女老板手底下做事，对她言听计从，简直像个“妻管严”!

至于薇，她没有大吵大闹，因为知道兔宝曾想过改名换姓去工厂做工，那说不定会丧命啊！这份震惊有效地增强了她对其他选项的承受力，对于兔宝跟瑞秋还有那群社会主义者混在一起办报纸，她没太大异议，至少他在天使城，至少他还回家，至少他还愿意拿出办报纸之外的一半时间来陪陪她。薇最近也很忙，忙着拍她的《金沙发》，讲一个美国富家千金坠入了巴尔干半岛某国流亡王子的圈套。为了拍好这片子，制片方请了一位真正的罗马尼亚王子来演，礼仪风度迷人至极。兔宝跟他的犹太女主编混的时候，罗马尼亚王子陪侍在薇的左右。

家里经常收到伯蒂的来信，寄信人显然生活在人间天堂。多姿多彩的世界！那么多有意思的人和事！一天到晚流动的盛宴！今天跟这个王储共进晚餐，明天跟那个公爵午宴会面。她在信里热情地邀请父亲和兔宝，抽时间来巴黎看望他们夫妇，好好玩玩儿，说不定弟弟还能有段异国艳遇。父亲咯咯直乐，想象不出自己站在巴黎街头，费劲地挤出两句法语的情景。

拿海军油田来敲诈勒索的不乏其人，招数频频。但自从父亲病倒后，他就不管了，让弗侬一个人去料理。国会议员在休假，弗侬也可以暂时松口气。参议院的某些激进分子仍表示谴责、要求彻查，但没有报纸报道他们的意见。向阳油田的钻探工作正在进行。一些油井已经开始产油了；这让参与此事的人都感到欣慰，付出总算有了回报。

父亲有时去矿上视察，更多时候是他培养起来的那些青年主管到家里汇报工作，父亲叫他们去他的小办公间，依照次序坐下谈事。这些精明强干的青年人，比兔宝大不了几岁，一门心思专注于矿区开发，没什么思想的困扰，没什么犹疑不决，仿佛生来便有此使命，把石油从地底下挖出来贡献社会。他们掌管自己的部门，表现突出，薪水和地位稳步提升。有一种溢于言表的悲哀，流转在父亲和儿子之间。为什么，为什么兔宝就不能像他们这样？

Ⅱ

医生嘱咐父亲，每天工作不能超过两小时。时间一到兔宝就叫他出去散步，父子俩在街上慢慢走，听着老相知伊莱的声音从家家户户袅袅传来。父亲不时听得呵呵笑，他对“第三神启”的荣耀抱有一种顽童恶作剧的得意。这些胡编乱造的东西还有这么多人信，可见民众之愚蠢，他和弗依贿选，只是让他们没机会犯更愚蠢的错误而已。他订阅了一份宗教刊物，伊莱的敌对教派和杂技团办的，致力于揭露分析伊莱欺骗信众的各种伎俩。

那份小报内容非常丰富，比如伊莱如何雇人来表演按手治病，让他们声称自己的癌症痊愈了，跛脚奇迹般地康复了。另外，伊莱的老信徒们没有放弃跳神、打滚、说方言灵语这一独具魅力的传统，伊莱的新教堂里专门设计装修了一些隔音屋，信徒们可以在里面“释放”，请圣灵降临。在那儿能看到世间最疯狂的景象。主办方派报童去伊莱的教堂门口卖，报童被乱棍赶走。

还有一个更引人注目的传言，说伊莱私下经常跟一位妙龄美女出双入对，这是非常严重的事情，考虑到伊莱的“第三神启”向来将通奸、淫乱等视为重罪。父亲看后偷笑，拭目以待。直到一次偶然的机会，兔宝开车带他出去兜风，在一片不太熟悉的海滩前停下，兔宝想到海里游一会儿。海边有许多廉价小旅馆，他们想找一家让父亲进去歇息，没想到碰上了伊莱·沃特金斯牧师和一位美艳超群的年轻姑娘。她快步走开了，伊莱则和父亲、兔宝一一握手问好，然后找个借口走了。父亲望着这一对儿远去的背影：“上帝啊!”

父亲走进旅馆，以若无其事的轻松口气向柜台后的人打听：“我刚在门口碰见个面熟的人，名字就在嘴边，一时想不起来……刚和一个漂亮姑娘出去的那位。”

“那是来自圣伊内斯的 T. C. 布朗（T. C. Brown）先生和太太。”

“他住在这儿?”

“刚退房。”

父亲看着旅馆登记簿上伊莱歪歪斜斜的笔迹，“T. C. 布朗及太太”。他认得这笔迹，收到过几封生意上的签名信。

Ⅲ

哈丁总统在任期内猝然去世。丹尼尔·欧文在给兔宝的信中说到华盛顿的传闻，有人认为是总统不听话，前共和党党魁，现任司法部长布罗克韦派人干掉了他。华尔街某经纪公司有一个秘密账户，不时会通过债券渠道给哈丁总统补贴钱包。哈丁总统死后，夫人发现了这笔他生前从未提及的存款，坚信这是给他情妇留的，勃然大怒，好友圈里无人不知，消息就这么传了出来。

新上任的柯立芝（Calvin Coolidge）总统，以镇压波士顿警察大罢工而闻名于世。据他自己说，他的理想是开一家商店度日，可见其胸无大志。他不善言谈，报纸上称他“沉默而坚强”。兔宝没有报道这些，因为主编瑞秋不喜欢八卦新闻。不过有一回他们报道了一所大学的运动员招募黑幕，当晚就有运动员来报社打砸；兔宝觉得挺开心，连这样的人都看他们的报纸！

十二月，国会重新洗牌，各方势力发生变化，参议院那几个没事找事的家伙掌握了权力，上位的第一个重要举动就是联合民主党人士，彻查上届哈丁政府的海军油田外租事件。消息传来，弗依和父亲如遭焦雷劈顶，他们在华盛顿布下无数步棋，唯独没料到总统会死在任上，国会里的对头会突然得势，第一个找上自己！弗依赶紧去华盛顿，亲自了解情况，看能不能用钱补救。可显然没起什么作用，相关调查委员会已经进展到传召证人、收集证词的阶段。这不是杯水风波，是碎片横飞的爆炸；报纸上铺天盖地，每天都有新进展。虽然很多报业都曾收过弗依和奥莱利的钱。

内政部长克里斯比被彻查，他不像哈丁总统那样低调地把钱存起来，而是大手大脚地花在民众眼皮子底下，包括一座德克萨斯州大农场。而买这农场的钱就来自弗依。调查委员会还发现，克里斯比的账户有一笔十万美元的进账，这笔钱又来自于谁？一位华盛顿出版商自告奋勇，前来澄清说这是他给好朋友的一笔钱，没什么意图。接着出版商就去佛罗里达度假了，并对外称病，不再见客。但执着的委员会成员和各大报社记者追到了佛罗里达，围追堵截之下，出版商被推上证人席，承认之前说的友情童话都是假的，实际上钱来自一位叫彼得·奥莱利的年轻人。从这个年轻人入手，调查者不难找到钱的源头，老彼得·奥莱利。

Ⅳ

每天父亲都能接到弗依从华盛顿发来的消息，当然不是直接联系，电报收信人是布林（Bolling）太太，父亲信赖的一个青年主管的妻子。“一切暂安”，这可不是病人想从医生口中听到的理想回答。这话让病人愈加提心吊胆、疑神疑鬼，心焦难寐。他多希望当初听小理想主义者的劝，不蹚这趟浑水。到了这时候，兔宝明白自己不能再说“我就知道”这样的话惹父亲生气，他只好每天跟父亲一起等待弗依的电报、翻看各大报纸；等着晴天霹雳何时降临。

安娜贝尔的新片《母亲的心》将举行盛大首映式，兔宝准备携薇前去，父亲打算带埃玛婶婶出席。一切暂安，至少这一晚。兔宝四点多从外面回家，想在出门前再看看报纸上有没有新情况，埃玛婶婶站在前厅等他，双手颤抖，牙齿打战：“他们要抓你父亲，兔宝，太可怕了，他们来抓你父亲了！”

“抓他？”

“有人跟踪……就在这房子附近！你得马上走，他们也跟踪你了……噢，太可怕了……小心！一定小心！照顾好自己，别让他们抓到你父亲！”

他让埃玛婶婶冷静点儿，告诉他到底怎么回事。事情确实像剧情狂野的电影一样，父亲派他的心腹、青年主管布林先生来家，带来父亲的紧急亲笔信。信上指示兔宝，阅后出门开车，有人会尾随他，一定要把尾巴都甩掉，确保没有人跟着，把车弃掉，那车是实名登记的。然后找一家陌生的车行，不能去有人认识他的熟店，用化名买辆二手车，不能是新的。然后再次确保没人跟着，去往圣帕斯夸莱（San Pasqual）小镇，在某个街角，父亲会跟他会合。布林先生已经给了埃玛婶婶五千美元生活费，然后大摇大摆地走了，希望能把房子附近的跟踪者引开。

兔宝安慰了一下可怜的埃玛婶婶，跟她说没事，没人会抓父亲的，他们要抓的是彼得·奥莱利，那些人不过是想找父亲作证而已。接着上楼，往旅行箱里扔了几件衣裳，检查了旅行箱，上面没有任何姓名签或是名字缩写。赶紧出门上车，果然不远处有一辆车，看他开出来就启动跟上。兔宝兜兜转转拐了六七个弯，但那车在后面咬得很死。兔宝在心里调出天使城的交通路线和车流情况，现在是五六点钟，正是晚高峰。他在脑子里回想城中心的那些路口、指示灯、拥堵路段还有指挥交警。如果在这些地方辗转腾挪一番，可以靠几个路口把跟踪者隔在几辆车之外，然后总有机会，赶上自己刚好通行而对方滞留在后面。

兔宝靠这伎俩成功甩掉了那辆车。他开到一个公共停车库，把车锁好。到附近车行以埃利克斯·H. 琼斯（Alex H. Jones）的名字买了辆俩人座的小汽车，买卖收据在一定时间内有临时驾照的法律效力。又过了半个多小时，他到达圣帕斯夸莱小镇，开到父亲信中描述的那个街角，来回开了两次。第二次父亲从临街的一家小旅馆里出来，兔宝把车停下，父亲上车。“有人跟着你吗？”父亲张口便问。兔宝回答：“我想没有，再绕一下比较保险。”他们在小镇上七拐八绕了一阵，父亲始终盯着后视镜，最后说：“没问题了。”

兔宝问：“咱们去哪儿？”

“加拿大。”

兔宝做好了一切准备，调整方向，开出圣帕斯夸莱小镇。车上，父亲给兔宝更新目前情况，弗依已经设法逃往欧洲，轮船今天起程；但愿没出什么意外。布林太太收到电报：“天堂先生务必今夜出发，前往温哥华，与老友会合。逾期恐难一见。”天堂先生是父亲的代号，无需多言他知道形势非常不妙。昨晚他就得到消息，参议院的专案调查委员会已经查到了他一手成立的、用于行贿的加拿大公司；可能要传唤这个公司的组建者。命令下达得非常快，今天就有司法官去天使城的集团公司找他，父亲在布林先生的帮助下从消防逃生梯溜走了。真跟电影一样！

现在，年轻的埃利克斯·H. 琼斯和父亲保罗·K. 琼斯（Paul K. Jones）先生深夜出奔，在寒意凛凛的高速路上一直开到黎明，不敢停车到旅馆休息；他们一路走荒郊小镇，不敢经过大城市，山姆大叔的眼线到处都是！

V

到达温哥华（Vancouver）的时候正赶上暴风雪。他们立即入住最好的酒店，不再使用化名。国内报纸上很快就爆出新闻，石油大亨携子出逃！面对温哥华的记者，父亲以他镇定而庄重的语调说：他们不是在逃避参议院的调查，他们是合法的美国商人，准备去英属哥伦比亚（British Columbia）洽谈投资事宜。华盛顿方面沸沸扬扬的谣言不过是新政府所耍的政治手腕，险恶愚蠢，海军油田的钻探开发是对政府、对美国有益的事业，没有任何值得非难之处。至于加拿大的公司，是为加拿大创造经济利益的合法企业。“那罗斯先生是打算在英属哥伦比亚开发油田吗？”记者问。父亲回答目前还无可奉告。

他们重新过上了物质舒适的生活，但精神依然紧张焦灼。这城市又冷又无趣，他们只是暂时落脚；但父亲的流亡可能要持续很长时间。国会那些找麻烦的家伙是不会放过这个案子的，明年秋天大选，正好拿此事做文章。弗依安全到达欧洲，送信给父亲，叫他去伦敦会面。父亲没有选择，只能去伦敦；但兔宝怎么办，他的甜心和刚办起来的报纸都在天使城，或许他可以回去……兔宝说这是什么话，他不可能抛下父亲，让他孤身一人漂洋过海冒险流浪。他们先去伦敦见弗侬，等商议妥当，再去巴黎找伯蒂，她会让他们度过一段美好时光的。到了那儿，如果有必要的话，兔宝再回家一趟，看情况再说。

老头子只好遗憾地同意儿子的安排，现在他只有兔宝了。他心里觉得自己落到这地步，在儿子面前丢脸了。但面上仍不失尊严，好像真如他对记者所说的那样，他是个正直的商人，被阴险的政客暗算了。他很少跟兔宝谈论这事，但跟别人坐下来，他能连续不断说上几个小时。这份突如其来的健谈，是他衰老变弱的悲凉标志。

兔宝给薇写信，告诉她目前的处境，表达他遥远的爱意。也给瑞秋写信，让她全面掌管《青年人周报》，并设法使每月一千美元的经费得以保持。父亲给他的青年主管们写长长的指示，他们定期向父亲和弗侬汇报集团各项事务。弗侬在华盛顿安排的人在暗中活动各方，看能否将调查压下去。

他们坐了四天火车，穿过加拿大的茫茫雪原，外面寒风凛冽，车内温暖如春。火车上有一节观景车厢，被来自美国和加拿大的商人们占据着，不到两个小时，杰·阿诺德·罗斯先生就被认了出来，大家围住他问这问那，于是父亲又打开话匣，跟所有人讲他的麻烦。众人都同意说调查海军油田是政治阴谋，父亲本来在为国家做贡献，生生给搅乱了。一个有头脑的商人为公共造就的福祉远远多于他个人获得的利益。

父亲和兔宝在蒙特利尔（Montreal）下车，换乘一艘豪华游轮，船上有各行服务人员，为薪水所奴役，伺候客人细致周到。他们沿着圣劳伦斯河（St. Lawrence river）开出，经停魁北克（Quebec），兔宝在那儿买了些报纸，在新闻中看到联邦警察突袭了共产主义工人党的一次秘密会议，逮捕了全部代表。这次突袭很是轰动，加拿大的报纸也给出了整版报道，这个国家也面临着同样的困扰。报上还登出了被捕代表名单，其中之一是保罗·沃特金斯。

Ⅵ

从加拿大到伦敦的轮船之旅凄风苦雨又不乏风浪颠簸，父亲显然当不了水手，他晕船撑到伦敦，抵达酒店已经非常萎靡。但弗依的出现让他精神多了，在大堂听见那熟悉的大嗓门，后背挨了重重一拍，父亲整个人为之一振。“老天，这家伙！是不是受了赤色分子的刺激！”

弗依可没受什么刺激，他稳坐世界之巅！调查不过是逗乡巴佬们一乐的马戏团把戏，沸反盈天过几个月便会平息。挺过这段就好了，向阳油田还是他们的，地下石油的汪洋大海还是他们的，愁什么，他们只管在欧洲度假玩乐。弗依叫父亲等着瞧，过不了多久政局就翻盘，国会那些找麻烦的家伙蹦跶不了几天。

兔宝也得到了一只巨掌的拍抚，小布尔什维克该带父亲到处逛逛，这里有许多名胜古迹，历史课上都教了吧？五百年前伦敦塔那儿好多人被砍头呢！景色现在真不错……父亲歇息了一会儿，睡了一觉精神好些，弗依来找他谈生意的事。他虽在外避难，可一分钟没闲着，计划投五百万到罗马尼亚的一块旧油田上，战争期间，这块油田在一次军事行动中被炸成焦土；现在弗依要把它签下来重建。这块地的石油产量很可能还高过向阳油田。他要以此进入南欧中东，与英国石油巨头在波斯湾的势力相抗衡，需要国务院的支持，已经不止一次把国务卿从睡梦中叫醒了。

兔宝觉得这局面极其吊诡，一方面弗依是参议院的专案调查委员会的重要嫌疑人，如今在外逃避审讯；另一方面他的生意照做不误，而且整个国家的外交系统，甚至国务卿也听他使唤。当然除了弗依，还有其他石油巨擘，比如“精益精”集团的维克多以及五大集团的其他首脑。但弗依比他们都更活跃，在华盛顿有布局，替他说好话的人也多，因此他的地位渐渐超出了五大集团。哈丁总统虽然与世长辞，但他的精神永垂不朽。这种精神正与弗依这种人和他的钞票一拍即合。

弗依在彬彬有礼的英国人中保持其自然本色，他还是那个来自俄克拉荷马的放牛娃。如果那些英国商人不待见他，他就给他们点颜色看。兔宝参加了一次众多英国石油界要人出席的宴会，看上去弗依比在自家修道院的餐桌上还亢奋吵闹，满嘴糙话。兔宝想这可能是一种战术，弗依想以粗野豪放的美国西部姿态给东道主们一个下马威，为后面的谈判铺垫一下气氛。英国人在战争期间得到美国海军的大力帮助，现在还想要这待遇，就得付出些代价了。弗依就是来告诉他们这一点的。

Ⅶ

父亲当然没心情去看几百年前的砍头刑场，兔宝也不太想去，他心里牵挂着国内可能被推上刑场的人。英国的工人运动十分蓬勃，在保守派领导者的努力下，工人教育体制也日趋成熟。当然也有年轻的激进左派，抨击现在的工人组织缺乏革命斗志。兔宝去阿尔伯特音乐厅（Albert Hall）参加了一次英国的左派政治集会，非常有意思，还有议会成员参加。

美国报纸捕捉到这一动向，称小石油王子在英国进一步“激进化”。伯蒂因此寄来一封盖着怒火邮戳的书信，信中说自己一再请他们来巴黎做客，会见世界名流，享受法国上层生活；可兔宝倒好，离家几千英里，还在释放他的红色臭气！能不能为自己的亲人考虑一下！埃尔登正在晋升的关键阶段，他的小舅子满世界参加这种反动集会，已经陷他于不利地位！从信中可以看出，伯蒂已经在极力控制火气，她耐心细致地给兔宝解释，这儿不比美国加州，欧洲人民对红色恐怖极其敏感，他们对此态度很严肃，谁沾上这个，谁就会被大家从上流社会孤立出去。埃尔登要处理国际间的机密事务，如果上级知道他的亲戚同情俄国，他的事业就毁了。

兔宝回复，他很难过要这样说，但如果他的行为真对伯蒂夫妇造成损害，建议他们最好声明跟自己断绝关系。他的志愿是帮助工人，对于不见工人党领导者、不参加社会主义等政治集会这样的要求，实难从命。

写完信后，他给《青年人周报》写一份稿子，报道自己在英国的见闻。不久之后，瑞秋把样报寄来了，全文刊发占了三个版面，瑞秋帮他做了一些编辑修改，兔宝发现改得很好。瑞秋是个优秀的编辑，比自己优秀，他谦逊地承认这一点。她还开启了一个专栏，讨论青年一代面临的诸多问题，她看事情很通透，文风庄重不过激，很有说服力。连父亲都挺佩服，这是个聪明姑娘。虽然不好这么说，但他们犹太人就是脑子灵。

从国内的报纸、包括丹尼尔·欧文从华盛顿发来的消息，兔宝逐渐看出弗侬所说的翻盘迹象。司法部长布罗克韦为求自保，操纵整个司法系统阻挠参议院的调查。特工潜入海军油田调查委员会的办公室，盗走了一批重要文件。拿丑闻攻击委员会成员，派女人去引诱他们，在他们家里偷放赃物，陷害他们受贿。还有其他在清剿共产主义组织和 IWW 时勤加练习过的手段。目前负责调查海军油田的一位参议员已经面临起诉，自身难保。各大报纸嗅出了风向有变，纷纷把石油案子撤下版面，换上赤色分子的暴行。

弗雷德·奥潘和约翰·格鲁比也来欧洲了，出资组建加拿大公司、行贿华盛顿政客的美国石油大亨们在伦敦聚首。他们都有机密电报往来，互相打趣：“嗨，老狱友!”但故作轻松的表象下，每个人都很着急，想快些回正轨。从副总统位置替补上任的新总统装得像个没事人，但石油大亨们最清楚，呵呵，才怪！共和党代表大会时，那小个子男人是大家的好朋友；海军油田项目签订的时候，他就在屋子里坐着。等到调查委员会挖掘出一封秘密电报，显示看似清白的最高主政者实际上也与此事有着千丝万缕的关系，直到此时，弗侬他们才开始享受这游戏了。

Ⅷ

父亲的身体恢复得很慢，没有像兔宝和弗侬他们希望的那样，休养几天便生龙活虎。伦敦阴冷潮湿的天气让他很吃不消，于是兔宝带他去巴黎。伯蒂也消气了，亲自到车站去接他们。虽然她丈夫的外交事业因兔宝而前途未卜，在最初的几个小时里，一家人团聚还是非常温馨融洽。但没过多久姐弟俩就爆发了争吵，伯蒂说拜托，至少在法国别参加那种活动好不好？兔宝说不行呀，他答应瑞秋要写稿的。这周巴黎正好有一场社会主义集会，他要去听。伯蒂咬牙切齿地说：“去吧去吧，你绝对见不到某某王子、某某公主、某某公爵了!”兔宝表示无所谓。在伯蒂看来兔宝简直愚蠢至极。

巴黎的气候也很湿冷，父亲开始咳嗽，常在酒店大堂里坐着，孤独得让人心疼。兔宝开车带他在城里转悠，看街道两旁雄伟辉煌的古建筑，没错，这是座美丽的城市，许多许多代能工巧匠耗时耗力建造而成，咱们家乡没有这么好看……可是，你能感觉到，父亲心不在焉。他不喜欢那么叽里咕噜说着法语、穿衣打扮怪异的男男女女。还有那些复杂的食物搭配。他想不明白那么多美国人梦想来这儿，到底为什么。

他们最终决定把父亲带到地中海沿岸的里维埃拉（Riviera)，那儿的气候跟加州很像，阳光明媚。他们在海边租住了一幢别墅，埃玛婶婶也过来了，帮他们操持家务。伯蒂时不时就来探望，她跟埃玛婶婶很亲密，因为不像兔宝，这位女士懂得欣赏真正美好的事物。埃玛婶婶一来法国便不停感叹，这个美得令人窒息，那个高贵典雅至极。噢服装！噢艺术！埃玛婶婶做梦都想见某某王子、某某公主、某某公爵，而且她决不会影响侄女丈夫的外交前途。

兔宝在大学里学过法语，忘得差不多了，他在当地给自己找了个家教，突击补习。毫不意外，他选了一个跟自己年纪相仿的社会主义者，据说还是个诗人。兔宝通过他又结识了一群信仰社会主义、共产主义、无政府主义、工团主义等等的法国青年，这群领带松松垮垮掉在胸前，或者干脆没有领带的小子们跑来兔宝家找他，父亲和埃玛婶婶像看入室劫匪一样看着他们。虽然这片法国的蔚蓝海岸是欧洲富贵人家的度假胜地，但还是有各式各样的穷鬼，想方设法骗钱过活。年轻的石油王子涉世未深，越滚越大的法国朋友圈里不少人是抱着一颗借钱之心慕名前来。

埃玛婶婶是由父亲在天使城的私人秘书护送到里维埃拉的，秘书还带来两大箱文件和信件，雪中送炭一般让父亲恢复了活力，愉快地忙碌起来，给每位主管写长达几页的指示，时时发电报询问进展，回复得不清楚他就很恼怒。在几千英里之外指挥石油开发毕竟不太容易。他们在向阳油田的北部新开钻了探井，父亲多想在现场一寸寸检查岩心，可那群笨蛋连地质报告都忘了发给他！

父亲不能参与弗依在罗马尼亚的大项目了，他的身体吃不消，得先好好休养。但休养又不是他想要的，他想有事干，沿着海岸四处观光不算事，参加那群时髦而无所事事的欧洲贵胄的茶会更不算。父亲对他们的鄙视溢于言表，这些人不像加州的富人那样健康而有血性，他们简直腐烂到骨子里，堕落得无药可医。父亲去过一次他们装饰奢华的赌场销金窟，待了一下就出来了，往台阶上吐口水，呸！他甚至有点理解兔宝的想法了，这些孽种都是他们家族先辈累积的财富造就的，除了纵情享乐一无所长，要是他的孙子也这样可怎么得了！

我要美国人！父亲说。给我个美国人！他在蔚蓝海岸附近来回逡巡探访，找到了一位来自美国得梅因（Des Moines）市的退休百货商店老板。算是个同类，父亲每天去找他，俩人坐在海边聊几个小时。后来又加入了一个来自南达科塔（South Dakota）的银行家，再后来又吸收了一个德克萨斯（Texas）的农场主。这几位都是被老婆挟持着来欧洲的，女人们喜欢这儿，但男人们都备感无聊。四人每天聚在一起互相打气，支起场地玩一会儿掷马蹄铁①，暂时忘却自己赚了

① 掷马蹄铁（Horseshoes），西方国家普遍流行的户外竞技游戏。

太多钱这个错误。

Ⅸ

海边天气热起来了，他们回到巴黎，父亲现在身体和心情好多了，经常独自出门，到林荫大道上漫步，在露天咖啡馆坐着，巴黎咖啡馆的饮品都只能小口抿。总有侍者会说英语，甚至就来自美国；另外在咖啡馆里很容易碰到美国游客，父亲爱跟他们聊天。他在一处美国人开的快运公司取国内寄来的信件和报纸，那里有个员工居然就来自天使城！

安娜贝尔去伦敦参加电影宣传活动，和弗依一起去了趟罗马尼亚，还去了君士坦丁堡。看起来弗依正与土耳其政府结盟，挤压英国的势力。有意思的是，精益精集团的老总维克多，弗依最大的对手，来找他谈中东合作。可见对弗依他们的调查在国内商界已经不碍事了；尤其是最高领导者也在背后为他们的事下了密令。安娜贝尔来法国看父亲和兔宝，她是个有生意头脑的女人，跟父亲很谈得来；也喜欢兔宝，以一种母性的柔情，她觉得年轻一辈要设立自己的商业伦理和标准无可厚非，但以自己的伦理标准去衡量评判老一辈人是很不公正的，她希望兔宝对父亲宽容一点。从大的格局上说，世界各国都一样贪婪，美国和其他国家竞争石油资源；光靠商人自己是不够的，必须整合政府的力量。

安娜贝尔给他们带来许多家乡新闻，她不喜欢在背后讲别人的私事，但有一件事她实在忍不住，说完逗得父亲咯咯直乐。奥莱利家一下变得低调了，把他们住宅的浮雕大铜门、游艇、豪华汽车上宣称所有权的主人名字都抹掉了。奥莱利夫人也不颐指气使招摇过市了，而是深居简出，害怕有疯狂的抗议者朝他们扔炸弹。

弗依在国会夏季休会期间回美国了，他叫父亲再在欧洲待一段时间。因为父亲亲手组建的加拿大公司是调查中最敏感的一环，这个公司除了吸收各位石油巨头的大笔资金用于政治行贿之外，几乎没有商业活动，太可疑了。要等此事彻底平息了，父亲才能回来。兔宝也只好一直陪伴。常在修道院见面的制片人斯科莫斯基先生也来欧洲了，他来签几个当红的德国电影明星，为入侵德国电影市场做准备。安娜贝尔请他在欧洲安排几场《金沙发》的首映宣传，让薇和兔宝团聚一下。安娜贝尔怕斯科莫斯基回头忘了，让他当天就发电报给国内工作人员安排。兔宝真心感到有个能量超群、心思细密的朋友就是好！事实证明这是一举两得的好事，薇在欧洲各国的首都惊艳亮相，宣传团队打前站，每到一处都有人群鲜花欢呼掌声，好莱坞明星大受欧洲民众欢迎的报道和照片传回国内，屡登报纸头版。

兔宝在欧洲得到了暂时的心绪安宁，家乡没什么人需要他。周报在瑞秋手上已经发展成周刊，蒸蒸日上，很有前景。兔宝觉得这是世界一流的刊物。鲁思来信告诉他，保罗从麻烦中暂时脱身了，在大会上被捕的共产主义者中，十九人被定罪，正在上诉；剩下的人要等这十九人最终判决出来后才能开庭，可以取保候审。保罗出来了，虽然参照前面判决可能有二十年的牢狱之灾在头顶盘旋，但他们不怕。保罗出去旅行了，他叫鲁思不要告诉任何人他去了哪里，所以她也无法告诉兔宝。她在天使城一家医院找到了正式的护士工作，一切都好。不久美国报纸帮兔宝解开了疑团，美国共产主义者内部出现严重分歧，两派分别派代表前往莫斯科，向第三国际的首脑请求裁定调解。其中就有取保候审的保罗·沃特金斯。

X

一件意料之外的喜事，让他们的流放生涯变得有趣起来。埃玛婶婶恋爱了！是啊，谁也没想到，老树开新花。老先生是一位来自内布拉斯加州（Nebraska）的五金器材批发商，现在闲下来，以收集陈年宝石为乐。或许埃玛婶婶在他眼里也是块宝石。他围着她团团转了好几个月，终于赢得芳心。然后突然有一天，老先生就求婚了！他们在巴黎举办了一个温馨的小型婚礼，只有家人参加；婚后回男方的故乡内布拉斯加度蜜月去了。

埃玛婶婶的离开让父亲更加孤独了。兔宝常出门跟法国朋友们参加社会主义集会，酒店套房里空荡荡的。不久父亲也开辟了他的灵魂新天地，鬼！有天兔宝晚上回来，发现父亲不在自己房间。第二天早上，父亲回来了，犹犹豫豫地问兔宝，对通灵术怎么看？兔宝说不知道那是什么。父亲告诉他，昨天他跟奶奶长谈了一晚，真是难忘美妙的经历！

老天爷啊！兔宝叫道。父亲说，是的，他猜到儿子可能会感到惊讶。但事情就这么发生了，无可逃避。她跟他讲了好多他小时候的事，回忆他们曾经居住劳作的农场，她问他那些油画怎么样了，他还保存着德国贵族喝啤酒的那幅吗？还有画有雄伟建筑、中央环形甬道和喷泉的那幅？她叫他吉姆，像他小时候那样……那么真实，父亲说着，眼里闪着泪光。

兔宝问到底发生了什么，父亲说这座酒店里住着一位阿莉丝·奥利弗（Alyse Olivier）夫人，来自波士顿，嫁了一位法国人，丈夫两年前去世了。父亲和她聊天，知道了许多关于灵魂学、通灵术的知识。奥利弗夫人认识一位非同一般的灵媒，在她房间里做“降神会”，她请父亲一起参加。他亲眼看到许多不可思议之事，悬空飘着的号角发出声响，火光摇曳闪烁，接着鬼魂出现了，最后是奶奶，来找吉姆。灵媒代她说话，父亲一听就惊呆了，说的都是他小时候家里的私事，灵媒本人不可能知道。

父亲算是找到了心灵寄托，他又去了一次降神会，以后次次都去。很快便通晓了灵魂学的行话术语，严肃的态度仿佛皈依了一个宗教。他以前不信教，因为事业得意、工作繁忙，而现在，他老了，病着，又旅居异国他乡，精神空虚渴望支撑。他很不好意思，害怕儿子会耻笑他。可是……他问兔宝：“人死了到底有没有灵魂？”兔宝也不知道。父亲叫他一起去参加一次降神会，兔宝觉得很有必要，他要了解是什么吸引了这个老无神论者。而且这问题确实重要，比社会主义还重要，如果人的灵魂可以生生不息地活下去，那这一世的艰难困苦便都可以忍受了。

兔宝随父亲前去，也亲眼目击了父亲看到的那些灵异现象。但他知道手段高明的魔术师也可以做到这些，而他作为一个外行完全看不出真假。只有愿意相信的人才会欣喜若狂。兔宝觉得去一次也就够了，他还是去参加他的社会主义集会吧。不过既然也没什么害处，父亲觉着开心，就让他去吧。

伯蒂可不这么想，她知道这些事后，急吼吼来电话朝兔宝发了一通火，斥责弟弟怎么照顾父亲的，怎么让他迷上了这种邪门歪道？那都是糊弄人的东西！还有那个奥利弗夫人，兔宝是傻子吗，看不出她接近父亲别有用心？她想跟他结婚！父亲辛辛苦苦一辈子才赚下这份家业，他们做子女的要守住，不能让这个心机深重的女人给夺去了，兔宝感到这次姐姐真是气急了，一连骂了他七声笨蛋。

Ⅺ

天使城出了件怪事，他们的老朋友伊莱·沃特金斯下海游泳，再没上岸，衣服和随身物品都在海滩宾馆里。父亲看到新闻，摇头叹道：伊莱以治病救人的异能著称于世，到头来，他的上帝却没能救他。他那几所教堂怎么办？

美国许多大报都报道了此事，并不断有后续更新。伊莱的支持者和信众找了大批渔民和潜水员去搜寻尸体，但始终找不到。他消失的那片海域附近架起了高空探照灯，以便夜间观察有无尸体浮出水面。整片沙滩都被接踵而来的上千信众踩实了，有的跪在海边流泪祈祷，求主把他们的先知平安送回来。

搜寻工作进行了两个多星期，还是一无所获，通常来说淹死的人九天之内肯定浮上来了，这里类似的事故也不在少数，从没像伊莱失踪这么离奇。报纸上开始有传言，没有证据不敢明说，只是含沙射影地暗示，伊莱可能没有死，有人看见他在某地出现，身边还有一位妙龄美女，据说这位美女在伊莱失踪后悄然接管了他的财产……当然！父亲看到这段豁然开朗，联想起他们在海边撞见伊莱的情景，这是伊莱金蝉脱壳的把戏！“上帝啊，伊莱和美人私奔享乐去了。”

这事让父亲回味了几天，把他的心思又收回加州，暂时远离了鬼魂。这可不是闹着玩儿的，锲而不舍搜寻伊莱的队伍中，已经死了两个人，一个潜水员死于肺部感染，还有一个信众说看见了先知，纵身向海天之际游去，把自己淹死了。

更绝的是，管理伊莱教堂的人不断收到勒索信，说伊莱在他们手里，他们在海边绑架了他，他身穿绿色泳衣，现已被关进秘密处所。拿五十万来赎人，否则撕票。真的还是假的？没人知道。或者据另一份报纸报道，他又跟妙龄美女出现在了加州的另一处胜地？伊莱失踪事件还连累了全加州的黄发瘦高男子，他们带女友去小旅馆开房，总会遭到特殊的盘问和尴尬。

父亲经过漫长的等待，终于等到了闹剧的终场。伊莱失踪三十五天之后，距离天使城几百英里外的一座港口，渔民们发现一个人从远处向港口游来，他们把他拉上岸，是个金发瘦高男子，身穿绿色泳衣，这不是天使城那个失踪的先知吗！先知开口讲他的海上传奇，他发现自己不知不觉游过了遥远的海域，向主祈求帮助，主听见了他的祈祷，派三个天使托住了他，天使的名字分别是斯蒂夫（Steve）、菲利普（Felipe），还有女天使罗丝（Rosie）。天使们轮流提着伊莱的绿泳衣肩带，三十多天漂洋渡海，中途不时与火翅恶魔激战，恶魔驱赶天使，把伊莱双手缚住，伊莱向主祈祷，主让一只生锈的罐头盒漂到了他手边，伊莱靠罐头口的锋利边缘解开了恶魔的绳索，重新游了起来……最终安全来到了港口。

先知在港口换好衣服，回到天使城，群情亢奋、欣喜若狂，至少五千人到火车站迎接，比任何电影明星或政治首脑都气派。等他回到自己的教堂，信众们匍匐在地，热泪如洗，感谢主响应了他们的祈祷，让先知平安归来。扩音设备中传来伊莱的声音，人们旋即山呼海啸：赞美主！教堂前朝拜盛况持续了几天时间。

虽然还有怀疑的论调，坚称目睹伊莱和妙龄少女曾现身某地某地，并有旅馆签名笔迹，但这些世俗的揣测在伊莱奇幻生动的讲述面前黯然失色。他的故事充满精致动人的细节，甚至可以描述天使在飞行时翅膀掀起的风声；时而碰触海面、水花溅在他脸上的感觉；天使们对他说过的神秘言语……如果无所不能的上帝可以让约拿（Jonah）在鱼腹中度过三日三夜，可以让沙得拉（Shadrach）、米煞（Meshach）和亚伯尼歌（Abednego）在烈火熔炉中安然无恙，那为什么不能让伊莱·沃特金斯漂洋渡海？另外更一锤定音的证据是，伊莱的绿色泳衣里夹着一根雪白的天使羽毛！当如此鲜活的奇迹向众人宣告展示之时，哈利路亚的呼声震动寰宇。雪白羽毛被装进玻璃盒里，供奉在伊莱教堂的讲台上方。有了它，再大的罪孽也可以洗净，包括最邪恶的奸淫之罪。

第十九章　惩　罚

I

薇主演的《金沙发》在法国上映，大获成功。万众瞩目的电影明星来巴黎做宣传，兔宝去勒阿弗尔（Le Havre）接她。这对情侣久别重逢欢喜极了，过去的争吵一时全都忘却。他们享受了一小会儿私人甜蜜时光，兔宝把她带到巴黎附近，登上火车——薇必须按报纸上公布的时间在车站亮相，那儿有大群影迷、记者和照相机在等她。

世界越来越一体化了，或者说美国化，好莱坞电影对此功莫大焉。电影宣传在巴黎跟在美国大同小异，只不过影迷更热情，法语欢呼不一样，还总有人冲上前拥抱偶像。这部电影的另一亮点在于男主角不是一般的演员，而是货真价实的罗马尼亚王子！此行过后，他将从巴黎返回家乡。如今王子站在薇的身边，不是特别帅，但风度很好，显然习惯了受人关注，带着一丝玩世不恭的微笑。他和兔宝见了面，一番闲聊后听到兔宝对红色杀人恶魔的同情，便冷了脸；他更喜欢兔宝姐姐伯蒂的陪同。

等到巴黎宣传结束了，父亲雇了辆豪华轿车，带着兔宝、薇和他的私人秘书，一道去下一站柏林。就像他们上次结伴去纽约度假那样，笔直的公路、美丽的自然风光、农夫站在田里谦卑地目送他们飞驰而过。在哪儿停车休息，哪儿便有人为他们殷勤服务，伺候周到如同仆役。整个欧洲都欠美国的债，这个态度本就应该。到了柏林，薇的电影宣传按套路上演，又换了个语种而已，世界一体。兔宝回忆起制片人斯科莫斯基说过的话，他想，德国的相关机构为什么没派警察封锁影院，禁止好莱坞影片上演，以免抬高本国业内水准？兔宝笑了。成王败寇。

柏林的下一站是维也纳，这个辉煌古城如今已经衰落了，几乎捞不回宣传成本，但这个名字本身仿佛有种奇特的魔力，他们想去逛逛。世界明星开始觉得有些无聊了，她已经拍出了几部代表作，进行了跨洋巡回展映，电影界能玩的都被她玩过了，看尽繁华后便只是重复。

兴致最高的是返老还童的父亲。每一站宣传展映他必到场，每一次都像没看过一样津津有味。回来连连赞叹薇真是个人才。然而虽然在外游玩，鬼魂没有放过他，奥利弗夫人给父亲来信，告知他维也纳一位灵媒的住处，于是他们去参加了一次“降神会”。轮到薇的时候，那人开口便说出了她在小药铺长大的童年往事，老天爷，如果灵魂学是个骗人的戏法，那也实在太出神入化了！

Ⅱ

兔宝与薇的欧洲“蜜月”蒙着一丝阴云。柏林和维也纳也有与《青年人周报》类似的进步刊物，兔宝想跟编辑们约见，一起吃饭聊聊，然后写稿寄回去给瑞秋编辑刊发。他背着薇去拜访了一家报社。报社位于维也纳劳工聚居区的一座隐蔽建筑里，道旁兔宝看见一具瘦骨嶙峋的尸体，皮肤黄得发绿，布满鞭痕，一只眼睛瞎了，好像没了舌头，年纪跟自己差不离。报社有人出来接他，告诉他这人是从罗马尼亚的白色恐怖监狱逃过来的。报社办公室里还有许多罗马尼亚政治难民的照片和来信。罗马尼亚政府丧权辱国，镇压国内抗议民众，将本国自然资源外卖，据称他们最大的油田马上要外包给美国石油集团了，罗斯同志知道吗？兔宝说他知道，他没说那集团他父亲也有份。

报社编辑告诉兔宝他们正在关注的议题，白色恐怖相当严重的比萨拉比亚（Bessarabia），位于俄国边境，战争后根据民族自决从俄国分立出去。如今界限两边的农民生活冰火两重天。在东边，自由的苏维埃农民拥有土地、国家政权属于他们；在西边，苦难的农奴仍在给地主干活，绝大部分劳动果实遭到剥削。谁敢抱怨抗议，便有毒打酷刑伺候。边境线上偷渡者前仆后继，不绝如缕；两边生存状况如此鲜明的对比，就算三岁孩子也心向东边。所有这些都被西方媒体封锁住了消息。他们报社要对此进行报道，让欧洲人民了解情况；罗斯同志何不撰文，让美国人知道他们的军火和贷款都被用来做什么血腥勾当？

兔宝从报社出来，一路思量。他写还是不写？他会告诉他亲爱的世界影星吗？告诉薇那位与她亲密合作的罗马尼亚王子是暴政统治阶级的一部分？

兔宝开车带他的甜心去看瑞士白雪皑皑的山峰，对着美景佳人，并不特别舒心愉快。薇问他怎么了？兔宝闪烁其词地躲避。但薇追问不舍，“你是不是又去见那些赤色分子了?”他说：“是的。可是亲爱的，咱们别谈这些了，没什么意义。”她仿佛洞见未来，以不详的语调回答：“没有比这更有意义的了，在我们之间。”

Ⅲ

弗依来信，美国政府决定收回向阳油田，他们正在开发的项目全部下马。但弗依告诉父亲不要担心，只是丢掉一块肥肉而已，他们的集团组织筋骨未伤，并且已经在国务院的帮助下得到了几单海外的石油开采特许权合同，至于资金，除了向阳油田他们还有多处油田，光是天堂镇那一片就足以支撑周转了。

父亲还真不担心，也不太心疼。奥利弗夫人帮助他开辟了一个新世界。她又发现了一个灵媒，比之前那些人都出色。这位波兰裔农村妇女满口坏牙、顽固癫痫病患者，然而却有着不可思议的穿透宇宙时空、沟通一切生死的灵力，她帮助父亲与他祖父的鬼魂对话。他祖父赶着带篷马车，死于莫哈维沙漠（Mohave Desert）深处。她还带来了一位印第安酋长的鬼魂，父亲在沙漠中杀死了他，两个鬼魂百余年纠缠不散。

伯蒂对父亲是敢怒不敢言，老头还是家里的老大，惹急了会叫她“上一边儿待着去”。但对兔宝，她可以直抒胸臆，朝他大发雷霆，怪他看守不当，让父亲上了那荡妇的贼船，现在拉都拉不下来了！兔宝忍不住大笑，姐姐真是胡思乱想瞎操心。奥利弗夫人可不像好莱坞电影里那些老谋深算的荡妇。她长相富态，温柔善感，声音柔软而慈爱。听她在“降神会”与鬼魂说话有意思极了：“噢，雨红狼酋长，今晚跟我们平心静气地聊聊吧，真高兴你又来了，罗斯先生的孙子在这儿，想了解你们的世界……”

兔宝和薇在巴黎四处游览，帝国传统道德秩序的瓦解随处可见。在文化中心的大剧院里有涂了各色颜料的裸体女人登台表演；城里的艺术家们正通过五花八门方式表达自己的激进态度，一群艺术家因为地铁管理者禁止他们张贴涉嫌淫秽色情的海报，冲进车厢扒光自己的衣裳，把地铁变成了裸体展览场。兔宝和薇参观了巴黎美术学院一年一度的化装舞会，薇作为艺术家受到欢迎。在气派非凡的大厅里，人类所能构想出的惊世骇俗面目应有尽有。

兔宝抽出时间给《青年人周报》撰写通讯稿，报道罗马尼亚的白色恐怖现状。稿子快写完了，放在酒店房间的书桌上，兔宝出门回来，发现手稿不翼而飞。他询问了酒店的所有工作人员，但他们表示不知情。两天后，伯蒂来酒店找兔宝兴师问罪，说她知道他在写什么东西，他怎么可以这样放肆！“埃尔登派人监视我！”兔宝叫道，正要发火。伯蒂怒斥说，笨蛋，他手稿被偷跟埃尔登没关系，是法国情报处拿的，难道兔宝天真地以为，法国政府会对有布尔什维克意识形态传播者恶名的他放松警惕吗？难道他们会任由他在法国境内大放厥词扰乱欧洲的平静吗？

兔宝想这些人未免太愚蠢，难道偷走手稿就能阻止他发声吗？他完全可以重写一份，躲过间谍们的眼线寄回家里。这下伯蒂真的崩溃了，她跌坐到椅子上抹眼泪——罗马尼亚！那么多国家偏偏是罗马尼亚！他们一直在争取，让埃尔登调任罗马尼亚，担任更高的外交职务。她已经请求弗依动用华盛顿的关系，还尽力笼络住了那位罗马尼亚王子，现在可好，兔宝的臭气污名把这一切都毁了！还有一层，有眼无珠的笨蛋，难道看不出来，罗马尼亚王子对薇有意思？他若知道兔宝报道他们国家的事，说不定会回来把薇从他身边抢走！他们要在巴黎决斗吗？年轻的理想主义者自作聪明地回答：可以拿网球拍一决胜负！

Ⅳ

一张贴有法国邮票的信寄到了兔宝手中，熟悉的笔迹跃入眼帘，顿时令他心跳加速："小子，我现在在巴黎，要不要见一面？老朋友，保罗·沃特金斯。"此时，二十四岁的兔宝心情还如十一年前的那个少年，在格罗迪太太家的后院奔跑寻找，"保罗！保罗！你在哪儿？"正巧姐姐邀薇一起参加外交茶会，结识一下各国王子、公主和公爵们；于是兔宝得以脱身。

保罗看上去又瘦了，刚从莫斯科辗转而来的人，不可能变胖，但精神极好，脸上散发着狂热的光辉；和伊莱呼唤圣灵降临时脸上的光辉一模一样！父亲曾经说保罗和伊莱真是亲兄弟，疯狂如出一辙，只是发疯的渠道不同。但兔宝可不这么想，他嘲弄伊莱的"第三神启"，却相信保罗的"第三国际"。

他们在一间脏乱的小旅馆里见面，保罗靠自己的双手干活，手上布满硬茧，神情一如既往的严肃沉郁而骄傲，简直就是无产阶级的道成肉身。他称俄国创造了奇迹，千百万工人农民成为国家的主人，占地球面积六分之一的土地上正孕育着一种新的文明，虽然有贫穷有饥饿，但更有无穷的希望。他在莫斯科参观了工厂和学校，见到了苏维埃政权下的年轻工人，真是朝气蓬勃、眼神清澈、心胸宽阔。新一辈共产主义者们在运动场上齐步走、唱着歌，集体听演讲。保罗得以有机会面对几千俄国工人发表演说！虽然只懂一点俄语。但这经历对他意义非凡！他已下定决心，将毕生精力致力于告诉美国的年轻人，他在俄国的所见所闻！

兔宝带保罗出去吃饭，在一家户外咖啡馆，对话在法式风格的气氛中变得和缓，他们一直坐到很晚。谈俄国的教育，进步作家作品，有些已经翻译成英文，在欧洲和美国传播……兔宝对他讲了在维也纳报社的见闻、他的罗马尼亚文章以及手稿被偷的事情。保罗说欧洲各国的间谍密探比虱子还多，说不定这间咖啡馆里就有几个，正努力偷听他们的对话。这些愚蠢的政府一面想方设法破坏工人运动，一面加强军火储备，准备下一场战争，但没什么能阻止布尔什维克获得最终的胜利。

“你认为还会有战争？”

保罗大笑：“这该问你姐夫，他知道得比我多。”

“但他不会告诉我，我们几乎不交谈。”

保罗说，军备生产会自然导致战争，军火商们制造武器，当然要让它们投入使用，否则没钱赚。兔宝说再来一场战争，想想都觉得太恐怖。保罗回答：“因为不堪设想，就不去想，然后你就会落入商人的思维模式里。”

两人沉默地对坐了一会儿，保罗说：“小子，还记得我们第一次见面的情景吗？”

兔宝说当然记得。保罗继续道：“那天晚上，我没有进姑姑的客厅，也不认识那些为油矿合同吵得不可开交的街坊，但我在外面也听见了。如今我在欧洲四处旅行，发觉世界外交跟那夜客厅的情形大同小异，相关各方为了一宗利益，彼此合纵连横，结盟又破裂，所有人都各怀鬼胎，满口谎言，没谁清白。”

兔宝记得清楚，那一幕仿佛发生在昨天，固执的斯奈普小姐歇斯底里地大叫："打死我也不签！"刀削脸的汉克先生喊："不签也得签！我们有协议在先！"格罗迪太太攥紧双手，像在掐着汉克先生的脖子："墙头草！变色龙！"……保罗说，这些人因贪婪而盲目，最终毁了整个集体。而现在世界各国就在进行相似的争夺。"小子，你要记住，他们到头来争的是什么，是怎样更彻底地剥削工人制造的财富！至于我们经过的那场战争，是银行家和政客的游戏，而上前线出生入死的却都是劳工阶级！"

V

太多想聊的，说也说不完！兔宝告诉保罗，他弟弟伊莱前一阵神秘失踪的事情，还对他讲了报上的各种猜测。保罗说他不惊讶，伊莱喜欢找女人，这本身也没什么；但他特别反感的是伊莱私下纵情享乐，当众却极力宣扬禁欲的教义，让许多相信他的人觉得那是种罪孽。"他可以找他的女人，但不该禁锢别人找女人的权利。"

兔宝觉得眼下是个时机，他小心翼翼地说："保罗，有件事我一直想告诉你。我跟一个电影明星交往三年了。"

"我知道，鲁思跟我说过。"

"鲁思？"

"是的，她在报纸上关注你们的新闻。"他停了停，观察兔宝的表情："鲁思该清醒，现实中有些事会发生，有些事不会发生，世界不可能按她想象的方式运转。"

"那你觉得呢，保罗？"

"嗯，这要看你的感觉了。如果你真爱那女孩，那女孩也真爱你，我觉得没什么不好。你跟她在一起快乐吗？"

"开始很快乐，现在有时也很快乐。但问题是她讨厌工人运动、布尔什维克这些话题，当然她也不太懂。”

保罗回答：“有些人讨厌，因为他们不懂；还有一些人是出于本性。”他留了一点时间让兔宝判断，接着说：“要么你改变自己的思想；要么你跟她分手。在我看来，思想上不和谐的婚姻是不会幸福的。你们会不断争吵，最终彼此厌倦。”

“保罗，你有跟女孩在一起过吗？”

“在天使城，曾经有个姑娘，我非常喜欢。我猜如果我向她求婚，她也愿意嫁给我。但是我要加入共产主义工人党，我也知道，她不支持。所以就没怎么联系了，有什么用呢？给自己找一堆感情烦恼，要做的事太多了，不能浪费时间。”

“我还记得，第一次见你的时候，你说话想事的方式还跟伊莱似的。”

保罗笑道：“成了共产主义者，很难再有什么宗教信仰了。别打岔，说回你，小子。我觉得你应该找一个跟你志同道合的女人，你们相爱，甚至不需要神父主持仪式，就已经属于彼此。我想，某天我也会在我的同志里找到这样一个女人，但是得先等我的判决下来。要是他们判我二十年，就没必要耽误那个姑娘了。”

Ⅵ

几天后，保罗要在巴黎的共产主义者集会上发言，兔宝自然要去旁听。可薇怎么办？薇绝不会愿意跟他一起去参加这种集会，她已经从她的朋友们那里听得够多了，尤其是那位罗马尼亚的马莱斯库王子。兔宝想到父亲的降神会，他略施巧计，叫父亲打电话给薇，请她晚上同去参加一场别开生面的降神会。薇答应了，于是兔宝自由了。

但午饭时间，伯蒂来电话找兔宝。“你的老朋友保罗来巴黎了！”

兔宝吃了一惊，看来他已经没有秘密可言了：“你们情报处的工作做得不错。”

姐姐说，“我只是想，你可能还不知道，你的老朋友今晚不会演讲了。警察已经把他抓起来了。”

“什么？”

“他们已经通知大使馆，把他驱逐出境。事实上，他现在应该就在出境的路上。”

“老天！真的吗，你确定？”

“当然确定。你以为法国政府养的都是酒囊饭袋，会叫这位布尔什维克宣传员在法国摇旗呐喊、撒播他的反动言论？”

“我是说，你确定把他驱逐出境了？”他其实更怕将保罗拘押在警察局，他知道警察怎么对待这些人，听说世界各国都跟美国警察学了一招，用橡胶软管抽打嫌犯，这样没有虐待痕迹。姐弟争吵起来，兔宝坚持要知道埃尔登消息的来源，而伯蒂坚持叫兔宝快点把自己也驱逐出境，别在这儿给她惹是生非了，埃尔登被他害惨了！

兔宝把电话挂上，接着给巴黎共产主义报纸的主编打电话，问他们知不知道这件事，他们毫不知情，但很有兴趣报道。兔宝出门跳上计程车，去警局询问，遭到他们无礼的漠视。与此同时，绝望的伯蒂求助于薇，求她再加把劲拴住兔宝。薇答应伯蒂，她会尽力一试，也是最后一次。

兔宝从警局回酒店，看见一张字条：

“亲爱的兔宝：我刚刚知道我今晚为什么要参加降神会、而不是跟你一起去听歌剧了。是时候在我和你的赤色朋友们之间做个选择了。我现在住在另一家酒店，想好之前不要来见我。写信告诉我你的答案。我无法再忍受自己和那些疯狂的犯罪分子通过你联系在一起，如果你爱我足够深，就从此断绝和那些人的来往。如果你选择结束我们的关系，请果断些，这是我处理问题的方式，我们将永不相见。好好想想。你的，薇薇。”

事实上，兔宝几乎不需要太多时间反复思量，当他读到这封信的时候，内心深处有一个声音：终于来了。虽然胸中阵阵绞痛，他还是提起笔：

“亲爱的薇：我们共度了一段非常美好的日子。我很难过，它不得不结束了。我不想再浪费你的时间，劝说你理解我的思想主张。我们都有各自坚守的信条，谁也无法改变对方。我希望你今后能幸福，对此不要心怀苦涩，因为我无力帮你清除那种阴霾。如果有任何事情需要我帮助，我随时听你吩咐，这份情义永远不变。兔宝。”

Ⅶ

兔宝不能纵容自己沉溺于感伤，他得赶紧去搜寻保罗的下落。不过其实没必要，第二天法国报纸就登出来了：臭名昭著的美国布尔什维克宣传者保罗·沃特金斯昨日被押送到勒阿弗尔，由轮船送回美国。兔宝还是不放心，向那艘轮船发了一封寻人的电报，预付了回复款，几小时后，船上发来回复：“在去天堂镇的路上”。果然是他！

又过了几天，另一则消息传来，登上了世界各大报纸的头版，罗马尼亚马莱斯库（Marescu）王子与美国著名女影星薇欧拉·特蕾西宣布订婚！婚礼将于近期举行，地点在布达勒斯特大教堂，罗马尼亚王后玛丽（Marie）将出席……斯科莫斯基的电影公司也随之名声大噪，以前为了宣传费尽心机和预算，如今命运安排了一场不花钱的好戏。

兔宝生命中的一章就这样结束了。他还住在原来的酒店连通套房里，曾经通往薇房间的那扇门锁住了。挪了一件家具挡在门前。但没有什么能挡住频闪的回忆，他忘不了那苗条柔韧的身影，灵巧而充满活力，忘不了她曾带给他的快乐。他感到经此一役，自己的灵魂伤残了，仿佛白色恐怖监狱里的受难者。

薇订婚后，兔宝的生活中便雨后春笋般冒出了许多女人，欧洲的、美国的、时髦的、端庄的、高矮胖瘦，应有尽有。她们都听说了石油王子失恋的遭遇，赶着趁机挤进他破碎的心。这些年轻姑娘背后是她们精明世故的妈妈们，传授着女人捕获男人的古老秘诀。兔宝有时被抓去参加茶会、舞会，更多时候去跟巴黎的社会主义者们交流。他对身边的姹紫嫣红视若浮云，一想到女人，思绪便飞回天使城。他挂念保罗和鲁思兄妹不知怎样了，鲁思真是善良又勇敢，哥哥变成激进犯险的共产主义者，仍然不离不弃。瑞秋·明茨踏实能干，雷打不动按时给他寄样报，并附信告诉他想知道的一切。每月月底，她还会寄来一份财务收支明细，每个字都是她亲手敲出来的，精确地告知他经费都花在哪儿了，而且最令人叹服的是从来都不多不少，刚好够用。

Ⅷ

九月，父亲对儿子宣布他的一个决定，支支吾吾犹豫了很久，脸红得像着了火：“你知道，儿子，我和阿莉丝关系很好。我们……我们有共同的兴趣，我们觉得可以彼此扶持。”

“是的，我理解。”

“哦，事实上……你知道，这个……这么长时间我在外流亡，一直拖累着你，现在你自由了，因为我……我向阿莉丝求婚了，她答应了。”

“老爸，我猜到会有这么一天。我想你会幸福的。”

父亲松了口气，连忙又补充：“我想告诉你，阿莉丝和我谈得很清楚了，她很喜欢你，希望你不要误解她，她嫁给我不是为了我的钱。”

“我没有这样的误解，老爸。”

“哦，可你知道伯蒂，她非常不赞成我们交往，她太看重利益，这点可能是从她妈那儿遗传的。总之，我不想告诉她这件事，这跟她没关系。我们就悄悄结婚登记，如果报纸报道了，伯蒂看到就看到。阿莉丝说我们相遇得晚，她没有帮助我赚钱，怕孩子们讨厌她，认为她来凭白分家产。”

“我不会这么想的，老爸。”

“我们已经商量好，我会立一份遗嘱，给她一百万美元，剩下的全归你和伯蒂。这笔钱足够阿莉丝生活，继续探究通灵术，她会满足的。你知道，通灵术和灵魂学对她很重要……”

“我理解。某种意义上，我感兴趣的事情跟她感兴趣的事情有相似之处。”

“你的事我也想过了，儿子，你有权利表达自己的思想主张，虽然多数时候，立场和观点我无法同意；但我承认那份小报纸办得很诚恳。我想拿出价值一百万的集团股票给你，用来办报纸，或者做其他想做的事业，但我希望你别像保罗那样走极端，蹲监狱实在没必要。”

“手里有一百万的人，一般监狱就关不住了。”

父亲露齿而笑。灵界鬼魂的涤荡并未让他失去世俗商人的慧黠。他接着说他们总共的家产没有他原先设想的那么多，政府的调查和虚张声势的诉讼断送掉一大笔钱，去买通那些贪婪的政客。新近的海外项目虽然大，但他已经不想操心了，都是弗依在经营。

“那你跟奥利弗——哦不，阿莉丝——打算去哪儿?”

“我们打算度一个‘通灵蜜月’，先去维也纳见那个熟悉的灵媒，然后去法兰克福，听说那里有一位特别神。我猜你肯定想回加州了。”

“如果你们确定没问题，我倒真想回去待一段时间。”

父亲说放心回去吧，他和阿莉丝会好好儿的。他的私人秘书学了很长时间法语，会一直跟着，帮他料理生活上的事情。到了德国，他再雇一个导游兼翻译，不会有事的。但愿那儿的气候不会让他感到难受，自从上次重病一场，他的身体就虚了。

父亲、阿莉丝、兔宝和父亲的秘书，一行人盛装去了巴黎市政厅，办理结婚登记，兔宝亲了亲继母的双颊。之后父亲把他带到一旁，递给他一个信封，里面是市值一百万美元的股票凭证，经他签字转到兔宝名下，请董事会主席弗依亲自办理。“儿子，这可是一大笔钱，别乱花，浪费在不值得的事上。别着急，好好想清楚，这辈子到底想干什么，然后再用。千万别上投机商和骗子的当……”父子二人紧紧拥抱，彼此眼中都有泪水。

兔宝说，如果到了夏天，海军油田事件还没平息，父亲还不能回国，他就来欧洲看他们。父亲说到时候弗依肯定已经料理好了。兔宝又亲了亲继母，又抱了抱父亲，一群人互相拥抱一番，包括秘书和登记工作人员。市政厅里那些叮嘱、祝福、鲜花、掌声，他们的漂亮衣服……都被兔宝在以后的日子里频频回顾，至少那时候，父亲是幸福的。办好手续后父亲和阿莉丝便收拾行李，起程去维也纳了。

兔宝写了两封信，寄到天使城，一封给鲁思，一份给瑞秋，告诉她们，他要回来了。寄完信后，打开最新的国内报纸，一行标题扼住了他："加州大油田发生火灾"，再往下看，是天堂镇！报上称罗斯统一集团的天堂镇油田上，装满原油的油桶存放基地被闪电击中，正值大风天气，火势迅速蔓延，席卷了整片油田……弗依的电报称"一切暂安"。兔宝电告父亲，是否要取消"通灵蜜月"？父亲回答不用，他可以通过电话电报下达指令，兔宝回去后还可以在现场勘察情况。"祝万安，爱你的父亲"，这是他对兔宝说的最后几个字。

Ⅸ

兔宝乘豪华邮轮回国，一座浮在海上的酒店，跟他在巴黎的住处没什么两样。船上也有丝绸床垫和帷帐，也有上流社会的交际圈，也珠光宝气衣香鬓影的年轻女子和她们无所不知无所不晓的妈妈——"他父亲是加州石油大亨，一处油田最近起火了。罗斯老先生跟海军油田背后的政治丑闻有关，记得吧，避居欧洲有一年了。这位小杰·罗斯先生曾经跟电影明星薇·特蕾西在一起，薇不久前抛弃了他，嫁给了罗马尼亚王子。他现在正单身呢，快去抓住他，我的小宝贝儿！"

兔宝在船上的日子甚是逍遥，总有迷人的姑娘主动来找他跳舞，在舞池里旋转到凌晨；或者叫他一块儿到甲板上散步；或者在餐厅里媚眼灼灼地朝他露出诱惑的笑容。凡是他感兴趣的，她们就感兴趣，甚至包括他在读的书。有两个姑娘声称自己想了解社会主义，希望兔宝讲给她听……直到某天，一封电报终结了一切赏心乐事：

"你父亲重病，双侧肺炎。已送到最好的医院医治，有消息我会及时告知。深切同情关爱你的，阿莉丝。"

兔宝独自在甲板上吹风，承受着内心的钝痛，就像当初弗依预言的那样，他后悔，没对老爸更好一点，没能更用心地体谅他、理解他、帮助他。现在命运要把他夺走了！兔宝回想他们分别时的种种情景，父亲可能意识到自己不久于人世，才对儿子谆谆叮嘱。

一开始只是懊悔，但渐渐头脑中又响起了熟悉的辩论声，接管父亲工作的人还会照他以前的方式行事吗？他们会收买政府官员吗？兔宝还是个孩子的时候，跟着父亲走南闯北，就不断目睹他买通各级官员。这是不对的。可是父亲一直这样做，石油商人们一直这样做，各行各业的大企业家们都一直这样做。他凭什么批驳父辈说，你们都错了，现在听我的？兔宝想不通这些困惑，就像他想不通和薇业已成灰的爱情。过去的东西都哪儿去了？他仿佛站在悬崖边上向下望，无尽的深渊令人晕眩。有生以来第一次，兔宝想阿莉丝或许是对的，人死之后，魂魄真的还在。

到晚上又来了一条电报："情况未变。深切同情关爱你的，阿莉丝。"第二天，父亲病情依旧。第三天，父亲逐渐丧失意识。第四天早晨，阿莉丝的电报先到："你父亲的灵魂已经去到另一个世界。他弥留之际叫你在天使城找一位灵媒，与他联系，他将永远陪伴守护你。阿莉丝。"紧接着是伯蒂的电报："我陪在父亲身旁，直到最后一刻。他说原谅我了。你也原谅我吗？"兔宝看完，奔回房间，倒在床上像个孩子一样痛哭失声。

第二十章　献　身

I

兔宝只身来到纽约，这座六七百万人口的喧嚣都市中没有多少人认识他，除了一些报刊记者，想知道逃避参议院调查的石油大亨的近况。整个国家都在关注正在进行的总统竞选，上届哈丁政府的丑闻也有左右选票的用武之地。兔宝陆续收到弗依、安娜贝尔等朋友的唁电，还有保罗、鲁思和明茨一家也表达了慰问，罗马尼亚王妃发来电报，署名还跟以前一样，是薇薇。

他乘火车回家，途中看报，又有天堂镇的报道，这片自男孩时代便让他魂牵梦萦的大油田，如今漫山遍野尽是火海，一刻不停地烧着，浓烟让白昼变成了黑夜。十二个油桶基地、他们的炼油厂、上百口矿井，都被焚毁了。这是加州历史上最大的一场火灾，造成近千万美元的经济损失。

火车途经华盛顿的时候，兔宝下车找丹尼尔·欧文倾诉他的郁结。他们一起走了很长一段路，欧文搂着兔宝的肩膀，鼓励他一直都做得很好，不要自己为难自己。欧文确证了一点，大集团老板都买通政府官员，所以兔宝不要觉得他父亲是个坏人，他只是按其所属群体的规则行事而已。欧文作为记者，他的工作是报道这些黑幕；刚开始他很震惊，但久而久之意识到这个体制就是这样，大商业集团与国家政府相互依存。兔宝很愿意跟欧文谈论政治，这可以转移一下注意力。欧文在跟进总统竞选，资本主义宣传机器已经全面启动，谋求连任的柯立芝总统被塑造成沉默而坚毅的国家领袖、平民英雄。据目前所知，资本家指望着他降低税率，其他方面还不太了解。记者们都对自己每日追逐的这些事感到厌烦，但他们受雇的报纸只想报道这些。欧文的那家小新闻社，两份报纸的发行量加起来也就十万份，已经快没钱付写字楼租金了。

“我想告诉你一件事，”兔宝说，“我离开法国前，父亲给了我当时市值一百万美元的股票，不知道天堂镇大火后现在值多少，但弗依说他们保了全险的。在我想清楚要做什么之前，不会大笔动用。但我可以每月给你一千美元，如果对你们报社工作有帮助的话。”

“老天爷！兔宝！这么多钱我做梦都想不到！我正在为报社募集资金，原来的目标，每个月能筹到一百美元就不错了。”

兔宝说：“你不要都用到报纸上，给你自己每个月留两百美元，没必要为了支援社会运动把自己搞得负债累累。”

欧文大笑：“是没必要，可是往往不得已啊。你真是我世界里的头号大善人。”

兔宝回答："我还不知道自己到底有多少钱，我有种预感，弗依·罗思科可能会想法子让我拿的越少越好。他知道我拿到的每一分钱都会用来给他制造麻烦。"

"老天，"欧文说，"你看没看到我们近期对罗思科的报道？他的海外项目和国务院的关系纠缠不清，这比向阳油田的料猛多了，我们可以叫参议院调查他！"

Ⅱ

兔宝在芝加哥致电父亲的私人秘书，问他父亲有没有留下遗嘱。秘书说他没有发现这样的文件，父亲的遗孀阿莉丝和女儿伯蒂也一无所知。他们不日将返回巴黎，到了之后再检查一下，有消息通知兔宝。

等他回到天使城，秘书的电报也到了，说在巴黎也没有发现遗嘱。伯蒂来电报，"我相信一定是那个无耻的女人毁掉了父亲的遗嘱。父亲给你写过什么东西没有？"兔宝想临终病榻前的忏悔还是不可靠，他姐姐又变回来了。他回复说除了那份罗斯集团的股票，父亲没给过他什么。伯蒂可不满意。于是兔宝给阿莉丝在巴黎下榻的酒店发了封电报，提醒她父亲生前跟她达成的共识，她会得到一百万美元，再无其他。兔宝请她确认这一点。回复他的是一位现居巴黎的美国律师，代表他的代理人阿莉丝·亨廷顿·福赛斯·奥利弗·罗斯（Alyse Huntington Forsythe Olivier Ross）女士发言，她从没听说过他在电报中所说的共识，她将依法继承亡夫的财产。

兔宝接着去拜访父亲的合伙人弗依，他们在办公室见面，以便坦诚对话。弗依的第一句话就是一记重锤，他说父亲记错了，他所持有的罗斯统一集团B级股早在几年前就已经转让出去了，怎么能再转一次呢？老家伙自从生病后记忆力明显衰退了；或者太沉迷于通灵术，很久没打理自己的生意了。事实是，他围绕天堂镇油田建立的核心公司“小杰·罗斯开采运营公司”状况很糟糕，基本处于破产边缘。而且弗依得到最新通知，保险公司不肯支付赔偿，因为据他们调查火灾原因不属意外，而是有人蓄意纵火。保险公司虽然没明说，但暗示是弗依他们自己放的火，因为产油过剩，市场又不景气，怕进一步影响价格。

“天呐!”兔宝叫道，“是真的吗?”

“不,”弗依回答,“是马克·艾森伯格的阴谋，他是五大集团背后的银行家，想把我们挤垮。现在的小杰·罗斯开采运营公司根本无法承担重建天堂镇的任务，就算通过股东增资的方式，凭你父亲个人的财力也不够。他在洛伯斯河的油井都干了，海滩城‘希望之地’的井状况也不好，出水严重。当然，他还持有一部分我在海外项目的股份，但要有收益还得等很长时间。所以这个公司恐怕命运堪忧。”

“这些事情都由谁来办?”

“这儿有一份杰的遗嘱，你可以拿回家好好看，执行人是你、我和弗雷德·奥潘。按照这份遗嘱，你和伯蒂将会平分家产，但现在一切都被他的婚姻推翻了。除非他在临终前还另有交代，否则按照法律，他妻子将得到一半家产，你和伯蒂各分得四分之一。我答应过你父亲帮助他执行，所以要跟你说清楚：天堂镇油田的开采运营公司是以你的名字命名的，所以，如果你想接手经营，我绝不会妨碍你，你可以卖掉一些其他遗产所得，把我在这个公司的股权都买走，自己去独立经营它。你想做个独立油商吗?”

“不想。”兔宝脱口而出，“我不想。”

“那么，就由我来买走你父亲的股权。这公司已经岌岌可危，如果我不绝对控股，很难把它救活。至于你跟我一起合作，小杰，我想我们都知道那是不可能的，你是个理想主义者，境界太高了。”弗依笑道，但不是平常那种开怀爽朗的笑。“要不是我答应过你父亲，帮他料理身后事，我倒真想把天堂镇这个烂摊子扔给你，看着那公司在你手里破产，然后鉴于你一身正气，不齿于收买政府、贿赂法院、托关系暗中干涉，他们会依法指定一个接管人来全面清算你的财产。我真想知道，折腾到最后你还能剩下几个钱。”

Ⅲ

所有丑恶的事情之外，兔宝总算还有一片避难所，他的小报纸。他周日抵达天使城，瑞秋和一群报社的年轻人到车站接他。一看见兔宝，众人露出欢喜的笑容，好像他跟薇一样是个电影明星！兔宝跟大家一一握手，跟瑞秋握的时间最久，两人激动地摇晃着彼此的手，高兴终于再见了。朋友们都知道兔宝刚刚失去了父亲，也知道天堂镇的火灾，怕他心情太沉重，都尽量让他想点别的，围成一团七嘴八舌讲着城里各种新闻。

报社就是家了，兔宝唯一的家。他们曾经在天使城租住的别墅早已解约转租，埃玛婶婶动身去欧洲前，把他们的所有物都打包存进了一座仓库。报社只有一间办公室，堆满了文件、资料和报纸，他们周报的订阅量已超过六千份，本周打算印八千份。“青年社会主义者联盟”这个组织现在比较安全了，没有警察缉捕袭扰，社会主义者在全力支持拉弗莱特[1]竞选总统，他们现在有了些政治权利。

兔宝也去看望了鲁思，她和保罗早就搬到了一间小房子里，兔宝去的时候，保罗正在芝加哥开会，他现在到处演讲；因为曾经被捕入狱，保罗在共产主义工人党中取得了一定地位。他在俄国和欧洲的旅行也让人津津乐道，在法国被驱逐出境更登上了全国大报。保罗·沃特金斯已经作为一名共产主义战士为人所知。鲁思叫保罗在旅途中每天给她寄一张明信片，如果收不到，她就假设哥哥又被抓了。

鲁思说话的当儿，兔宝看着这熟悉又陌生的脸。她正讲着高兴的事，她现在是医院的正式护士了，薪水不错，维持生活之外还能攒下些钱，以备保罗不时之需。然而她面色苍白，仿佛出于长期紧张，五官自带愁眉难展之感，桌上是共产主义报纸杂志，兔宝随便翻翻，尽是些对白色恐怖酷刑折磨的报道；鲁思就每晚坐在桌前，替哥哥担惊受怕，想象承受这些鞭笞、毒打、残疾、枪毙的人就是保罗。

鲁思没什么理论头脑，从不谈论共产主义的理念、工人运动的战略战术、国内政治现状之类问题。她只凭善良的直觉和深沉的阶级意识，这才是最重要的。她亲身经历、亲眼目睹的事情胜过任何政治学或经济学的教科书。她知道工人是资本的奴隶，必须为自己的命运而抗争。她相信保罗的志业，却总免不了担忧焦虑。

奇怪的是，鲁思对瑞秋和她主办的《青年人周报》意见很大。社会主义者找了个所谓的俄国社会革命党人，他讲述自己的同事战友们在俄国被共产党关进监狱，以此攻击苏维

---

① 拉弗莱特（Robert Lafollette），来自美国威斯康星州的参议员，1924 年参加总统竞选。

埃政府。这些所谓的俄国社会革命党人就是刺杀列宁的人！兔宝的报纸怎么能支持这种人的言论？兔宝回去问瑞秋，她说那人是个社会主义者，反对政治暴力。他做演讲的那天，共产主义者来砸场子，差点打起来。瑞秋说她愿意维护俄国人独立处理本国事务、不受外国干涉的权利，也愿意维护共产主义者和其他党派表达自己政治见解的权利，但她不愿意跟“第三国际”扯上半点关系，更不愿意提任何形式的“专政”。于是，可怜的兔宝发现自己又夹在保罗和瑞秋之间，双方各持坚定立场，而他则两边彷徨。

瑞秋在报社相当“专政”，兔宝被她呼来使去。女人真是有趣的生物，她们看上去那么温柔软弱，实际却蕴含着异常柔韧的力量，如涓涓水流不可斩断阻挡，如同橡胶受再大的外力都能恢复原形。尤妮丝·霍伊特，从第一眼他就知道这是个多么有主见的女孩；薇·特蕾西，甘愿放弃一生快乐嫁给罗马尼亚王子，他知道她并非为了爱与快乐才嫁入王室；伯蒂，虽然身上流着骡马车把式的血统，从小矢志不渝进入显贵社交圈；奶奶，珍藏了五十多年的绘画梦想和对战争本质的先见之明；瑞秋·明茨，对这份报纸的情感投入几乎就像母亲抚养孩子，然而一旦出资人兔宝堕入共产主义的魔掌，她将毫不犹豫离开报社。

Ⅳ

一个星期后，伯蒂带着父亲的私人秘书从巴黎回到天使城，下车便约见了一位精通处理遗产问题的律师。她不甘心，执意认定那个邪恶继母销毁了父亲的遗嘱。她叫兔宝也来见律师，因为父亲生前只对兔宝一个人讲过他与阿莉丝的共识，伯蒂叫他当着律师和速记员的面，原原本本地复述一遍。还有，兔宝得回忆出父亲平时把钱、股票和重要文件存放在哪儿；有没有秘密保险库；购买了哪些不动产；仔细检查父亲与弗依等合作伙伴的全部通信，还有秘书、几位青年主管们的，还有银行方面的单据以及与银行家们的往来信件。兔宝、伯蒂和相关人员每天埋在纸张里，猎犬一样搜索，不放过任何一个细节。兔宝也很积极，他现在知道钱的重要，他还要做工人运动和进步报纸的资助者、“头号大善人”呢！

伯蒂请来的律师告诉她，就目前情况，不可能剥夺阿莉丝继承一半遗产的权利；兔宝的一面之词在法律上没有任何价值。所以他们姐弟应该做的是接受这个现实，与继母联合起来，争取从父亲生意上的合伙人和接管者弗依·罗思科那里拿回最多的钱。伯蒂别无他法，只好忍气吞声，叫罗斯太太在巴黎的律师所指定委托的天使城代理律师团来商谈。

两方面组成的精英律师团队再次翻检了父亲的一切账簿文书，发现父亲将大笔资产都投到了弗依·罗思科、弗雷德·奥潘等人的公司项目上，而这其中有市值一千万美元的股票债券不知所踪。弗依称这些股票债券一直在父亲手里保管，并交易出去了，原因不明。伯蒂说这不可能，弗依·罗思科这个无耻的骗子、窃贼！他先掌握了父亲的办公室和保险柜，自然想叫什么消失都行！无计可施的伯蒂转过头来怪罪弟弟，都是他这个逆子，鼓吹什么布尔什维克，折腾什么工人运动，弗依知道他左手拿了钱，右手就去转送给反动分子，资助他们找麻烦闹事，才下这样的狠手！他比父亲有钱十倍，何至于此！这都是冲着兔宝来的！

兔宝承认姐姐说的有道理。以弗依的思维方式，他一定认为：兔宝拿钱只会捣乱危害社会秩序；而伯蒂拿钱只会挥霍浪费；至于那个寡妇，虽然有点头脑，拿钱也对社会没什么用。而他自己则是务实强干的大生意人，能把钱用到该用的地方，实现它的价值——把更多的石油从地底开掘出来，这是他跟死去的老家伙作为石油商人共同的志业。弗依把父亲的股票债券据为己有，他甚至都不会觉得是偷，而是在做他认为正确合理的事。就像他不择手段拿下海军油田一样，觉得舍我其谁，只有他才有足够的智力和实力开发那块地。

伯蒂要起诉弗依，让他站在被告席上认罪伏法。但兔宝和律师团都劝她别冲动，目前他们还没有掌握有力的证据，足以把弗依告倒。他极其谨慎，没有留下任何痕迹。他会说父亲在股票市场上交易了那些股票债券，他作为合作伙伴并不知情，也许父亲在股市上遭受了巨大损失。就算他们从弗依的账面或经纪人处找到那些股票债券转入弗依名下的记录，弗依也可以说他已经当面付给父亲现款，父亲要拿去投资，后面的事他就不知道了，可能损失掉了……总之弗依可以编许多故事脱身，而他们无法证明他在说谎。这让伯蒂大为光火："难道我们能拿多少全由他说了算？"律师团说可以这样说。

接着出了件火上浇油的事，让伯蒂震怒不已。兔宝在存放他们所有物的仓库里检查东西，在一本地图册里发现了价值五万美元的债券，可能是父亲哪次出门前随手放的，以备不时之需。他本可以悄悄藏下，作为父亲在巴黎承诺给他的一百万事业经费的一部分，但他没有这样做，而是老老实实把债券上交了，作为父亲资产的一部分接受清点。他不该告诉伯蒂，姐姐听了气得半死，这五万美元比弗依夺走的千万美元还让她心疼不已，这本是看得见摸得着的钱，结果弟弟不是跟她悄悄平分，倒拱手让那继母也来分上一半！尤其现在正是急需用钱的关头！伯蒂无法原谅兔宝，她神经质地不断念叨此事，指责兔宝无可救药的愚蠢。遗产分割把伯蒂折磨得样子都变了，她无法忍受自己总共只能分得微不足道的一百多万，而不是想象中的一千多万。愤怒失望让她不再靓丽优雅。此后许多年，她成为美容专家，用各式各样的护肤品、化妆品、小手术来弥补这段时间造成的容颜损害。

V

瑞秋在《青年人周报》上发了一篇简短报道，关于兔宝回到美国，并据称会把遗产用于推进社会运动。另一份报纸随即发表评论文章《红色富豪愿意资助社会运动》，于是兔宝成了许多人的目标，总有陌生来客在他所住的酒店大堂等着见他，谈他们的理想和计划，一个要治愈癌症，一个要研制永动机，一个要大规模养殖牛蛙，还有一群扬言能阻止下一场战争，诗人和哲学家们带来手稿，有创立新教者声称有上帝的亲笔信，锁在保险箱……

还有个叫杰·阿诺德·罗斯的“疯子”——不再是小杰了——想出了一项计划，召集朋友们商量，听取他们的意见。明茨老先生，仍在服装厂工作，在社会运动方面经验丰富；瑞秋的哥哥雅各布，原先在学校当老师，后因政治问题被开除，现在在卖保险；哈里·西格尔，如今隐居乡下种核桃；彼得·内格尔，一边帮他父亲经营生意，一边在报上撰文嘲弄基督；格雷戈尔·尼古拉夫，原先在一家木材厂做社会主义宣传，现在在医院做放射科的X射线操作助理；丹尼尔·欧文，兔宝出钱给他买票，从华盛顿回到天使城。这六个人和瑞秋、兔宝坐在一间餐厅包间里，讨论如何利用兔宝分得的一百万美元遗产为社会造福。

兔宝谦逊地说他有一个设想，可能不是最好的，但他思考了很久，认为这是他目前最满意的一个。他希望能把这笔钱投入到一项可持续的事业中，为社会做些实事。他想过把报纸办大，但他自己对新闻出版完全外行，很可能会犯错误，把资金浪费了。但他熟悉年轻人，熟悉高中和大学教育模式，知道一个学校应该是什么样，不应该是什么样。

“我们‘青年社会主义者联盟’一直在做的事情，是改造年轻学生的思想，但办报纸或者开会，只能从他们每周的生活中抽出几个小时，而其余时间他们都在接受学校课程的洗脑、电影和其他娱乐的熏染。所以我想办一个学校，学生们可以全面地接受进步思想，培养自己的独立人格、责任感、使命感和社会运动领导力。瑞秋同意我的想法，不知道你们觉得怎样。”

兔宝又补充了他的构想，最初不必花钱建造校舍，租一块郊区的土地，搭一些简易的棚屋帐篷。学生部分从高中和大学里吸收，通过小范围宣讲来引起他们的兴趣；部分由工会推荐，从工人中招收。每天一半时间上课，一半时间劳动。他们在校舍附近办一个农场，这样除了初始资本，还有生产收益，学校维持起来会很轻松。

Ⅵ

明茨老先生总是第一个发言，他认为这好比建造一个理想飞地①，对社会改革意义不大，学生们被选出来过一种特别的集体生活，脱离大多数工人实际的生产生活环境，也脱

---

① “飞地”：原文为“Colony”，直译为殖民地或群居地。作者文中意思是开辟建造新空间。译者意译为“飞地”意在还原它在历史政治语境中富于抵抗性的意味，“如抵制资本主义文化的一块飞地，”以此来呼应主人公的政治立场。——编者注

离了阶级斗争存在于焉的那种社会现实。他们的体会和心得可能会变味。

“的确有可能，”兔宝说，“但我们可以尽量让学生贴近社会，我们的教育目标是让他们在劳动的同时获得一种视野和能力，以后成为社会运动的领导者。”

“社会运动的领导者必须时时刻刻生活在社会中，不能从一个世外桃源的学校里培养出来。他们会变成工人运动中的上层人，甚至另一种剥削者。尤其是那些从高中大学里吸收来的年轻女士们、先生们。”

“你得承认他说得有道理，”哈里·西格尔插话道，“你打造这么一个乐园，学生们穿着卡其布工装，满怀热情地劳动一阵子，但干农活不是那么容易的，学生干活的效率会很低，到头来真想让农场有收益，还得雇用实打实的农工。我知道，因为我的核桃农场就是这样。”

“我不是要打造什么乐园，”兔宝说，“他们会非常辛苦，经受考验，深刻理解阶级斗争。如果没有别的办法，可以设一个必修课，每个学生必须蹲监狱三十天以上。”

“哈哈好！”彼得·内格尔叫道，“现在说到点上了！”

“他怎么进去？超速驾驶吗？”明茨老先生讽刺地问。

“可以去组织罢工啊，或者组织非法政治集会，站在街头宣传社会主义，直到警察把他抓走。我想您肯定知道很多方法。”

“要是法官不理解这是你的一门体验课程，判他一年半载怎么办？”

“哦，那也没办法，这总是有风险的。总之我的意思是，我们对学生等级的判定标准里，要把蹲监狱这一项纳入进去，没蹲过监狱的学生不能升到高年级。”兔宝说。

“那老师呢？老师们该怎么个蹲法？”格雷戈尔问。

“三年或五年，必须去蹲一次。”

“那学校创始人呢？”彼得欢快地嚷道。

丹尼尔·欧文出来说话了，他说学校创始人在资金全部到位之前，还不能去蹲监狱。

年轻人们会接受他们制定的校规吗？如果校规太严苛，招不到学生怎么办？如果校规太松，或者干脆依靠学生自律，达不到他们的教育初衷怎么办？还有一个问题是共产主义。社会主义者们自然不愿意这种危险思想在他们的学校里传播，但这几乎防不胜防。理想主义者兔宝认为应该解放思想，老师们不带偏见地教给学生想知道的事实，至于怎么理解，采纳什么样的政治立场，由学生自己决定。课堂是开放的辩论场，允许不同声音得到公平的表达。

明茨老先生又发问：“那你打算怎么处理性的问题？”

兔宝承认他对此非常挠头。“我想，我们得允许恋爱和性自由。”

雅各布认为这会破坏学校的组织纪律性。但他父亲明茨老先生插嘴道：“在社会主义的飞地可不会！这学校将是年轻人的免费爱巢。兔宝又要上报纸头条了！”

争论到最后，没谁能保证这事业会成功，但兔宝、瑞秋和在座的年轻人们都跃跃欲试，想放手一搏。兔宝已经去看了一块地，在距离天使城五十英里的郊外，土地平旷，靠近水源，当然这不是唯一的选择。等他的债券兑成现金，就着手办理租地。办学校需要老师、管理人员、财务经理人等等，愿意帮忙的朋友们都可以来工作。

Ⅶ

伯蒂仍在和弗依争斗不休，让她忍无可忍的是弗依不仅偷了父亲价值一千万的股票债券，更偷天换日把天堂镇的小杰罗斯开采运营公司彻底弄垮，现在天堂镇油田属于他自己新开的另一家公司了，那可是还有二十年产油能力的大油田，如今他们姐弟甭想再分一毛钱了。兔宝和伯蒂唯一的希望就是保住那些跟弗依·罗思科没有关系的投资，最重要的是一家加州安吉罗公司，阿莉丝的代理律师团来商议，有人按市价购买他们的那部分股权，但要分期付款，伯蒂自然不同意；弗依也想买，她和律师团都不同意。伯蒂歇斯底里又筋疲力尽，觉得自己在跟世上最大的两个骗子打交道，而她无能的弟弟却无所作为。

纷争之中，阿莉丝给兔宝写了封信，她相信可怕的财产纠纷不会影响她和兔宝之间通过“吉姆”建立的情谊。阿莉丝一回巴黎便去见了她最信任的灵媒，降神会上她的吉姆出现了。她带了位速记员跟她一起去，把吉姆经灵媒之口说的话全记了下来，她抄给兔宝一份。并且衷心希望他在天使城也找一位灵媒，跟他父亲多多沟通。

兔宝看了那份记录，深感震惊。虽然前面有大段大段的关于天堂、天使的梦幻描述，“告诉我亲爱的家人们，我在这里更快乐、更有智慧了”——很可能是灵媒随口胡说的意识流；但有一段紧紧抓住了兔宝，让他几乎忘记呼吸：“我想让我的儿子兔宝知道，这确实是他父亲在说话。他会记得那个为我们买地的男人，他有一排大金牙，兔宝说有人会因此掘他的坟墓。”的确有这么回事，那人是为他们购买天堂镇土地的房产经纪哈达克先生。一个远在巴黎的灵媒怎么可能知道他多年前开的玩笑？这太神奇了！

上帝啊，难道父亲的灵魂真的还在？他们以后还能一起说话？兔宝出门散步思考。沿街房子里传来广播声，是伊莱在读经布道。“看，我把一个奥秘告诉你们：我们不是都要睡觉，乃是都要改变；就在一霎时、一眨眼，号角末次吹响的时候。号角要吹响，死人要以不朽之身复活，我们也要改变……”①

① 《圣经》哥林多前书 15：51～15：52。

第二十一章　蜜　月

I

兔宝去郊外，为他的劳工学校选址。有点像从前跟父亲一起勘探地形，确定在哪儿开钻油井。只不过如今他要考虑的不是地层的背斜，而是四周的风景。当然充足的水源和土质分析还是必要。瑞秋也将是学校的主要领导之一，因此他们总一块儿出行，从天使城到郊外有很长一段车程，兔宝和瑞秋有大把时间谈天说地，可聊的话题太多，时间反而显得少了。

他们没拿定主意，还有另一块地，还要更远一些，据说也不错。兔宝说："如果现在赶去那儿，再回城可能就太晚了。"瑞秋回答如果太晚，就在当地住旅馆，第二天早上回去。兔宝替她担心："恐怕有人说闲话。"瑞秋说她从来不怕什么闲话，出发。

新地点坐落于山谷怀抱中，靠近一座小村庄。犁好的耕地顺着和缓的山坡迤逦绵延，不久前下过雨，地上冒出一片新绿。如同淡青天鹅绒的肌肤，勾勒出侧卧巨人的优美曲线。四面环绕果树林，有带自吸泵的水井，还有一座农场小屋，果园农场的主人举家迁到城里去了，客人可以随意进屋参观。他们还发现了一处粮仓，里面漆成了革命的红色！“噢兔宝！这就是我们开会的地方，现成的会议厅！要给它铺上地板，正式开学的时候我们在这儿跳舞！”真难以想象，瑞秋居然也会想跳舞！

他们爬上一座山坡，绿毯上生长着浓郁的常绿栎树和美国梧桐。山谷向西敞开，正值夕阳西下，天际遍布金色云霓。鹌鹑晚来唤归的叫声，令兔宝感到一阵孤独的痛楚，他想念父亲，想念天堂镇的依依群山，想念那些到头来一场空的大梦。

现在轮到瑞秋做梦了：“噢兔宝，实在太美了！这就是咱们要找的地方！他们说有多少英亩？”

“六百四十英亩，其中有一百英亩耕地。对我们的学校来说足够了。”

“而且只要六万八千美元！太划算了！”这段时间到处奔波，瑞秋已经学会了以兔宝的尺度衡量土地和价格。

“要价是不贵，”兔宝说，“但我们得检测一下水质和土壤，确保没有问题。”

“天黑之前再逛逛，看看这里庄稼果树的长势。”

“好啊。咱们明天回城，早上跟附近的雇农聊聊，打听一下情况，他们的话可信得多。”这些父亲曾经教给他的东西，兔宝终身受益。

Ⅱ

暮光如面纱覆盖，给山谷蒙上了一重紫色阴影。

兔宝说：“现在我只担心一件事，名不正言不顺。”

“什么意思?”

“你跟我老是在一起，如今又出门彻夜不归。”

“没事的，兔宝。”

“不，我真的很担忧。我说过学校应该允许恋爱和性自由，但这样确实不好。比方说埃玛婶婶就不会赞同，我知道你家人也很保守。所以我觉得，咱们应该去结婚。”

“啊!”瑞秋盯着他，可天色太暗了，看不清兔宝脸上的神情。“你是在开玩笑吗?”

“瑞秋，”他说，“你愿意麻烦一下嫁给我、以夫妻之名来办这个学校吗?”

他朝她靠近了一些。她舌头打结，磕巴着说：“你，兔宝，你，我，我想你不是这么想的!”

“可我就是这么想的啊，我想不出别的办法，真的。”

“不行，兔宝。”

“为什么?”

“因为——你不该娶一个犹太人!”

“老天爷!”

“不要误解，我为自己是犹太人而骄傲。但你的亲朋好友们会觉得我们不般配，结合是个错误。”

“亲朋好友？除了我们共同的朋友，我还有什么见鬼的朋友？至于种族，犹太人在各种激进社会运动中都举足轻重，没人轻视。”

“你姐姐呢，兔宝?”

“她管不着我跟谁结婚，她结婚也没经过我批准。”

瑞秋站在那儿，十指绞在一起，低着头紧张地问：“你是一时冲动才这么说的，还是，真的？”

“嗯，是一时冲动。我刚才不假思索脱口而出，但这个念头憋了很久了。”

“你会后悔向我求婚吗？”

他笑了，“这要看你怎么回答啊！”

“别开玩笑了，求你了，这很严肃，我不能让你犯这么大一个错误。后果很严重！”

“为什么非要这么理解？”

“你不懂，你没法体会我现在的感受，我不想你因为一时冲动而一辈子不开心，后悔套上婚姻的枷锁，跟我锁在一起。你不该娶一个血汗工厂里长大的姑娘。”

“瑞秋，别忘了我的父亲也是骡马车把式出身。”

“是的，可……你是盎格鲁-撒克逊人，应该找个高挑白皙的金发美人，就算老了依然美丽。你知道，犹太女人只要生两三个孩子，身材就胖得不成样子了。到时候你会嫌弃我的。”

兔宝哈哈大笑，“神父庄严宣告：‘两位新人即将在这个神圣的婚礼中结合在一起。如果有任何人能够有正当理由，证明他们的结合是不合法的，请现在提出来，或永远保持沉默。’”

“兔宝！”瑞秋请求道，“我说的都是必须面对的事实。”

“亲爱的，我对高挑白皙那一型的姑娘不感兴趣。你看薇就知道了，她也是有色人种的血统。可能冥冥中天意叫我促进种族融合。薇是很漂亮，相信姣好容颜和身材也能保持到老；但这对我没意义，你知道我们的结局并不好，她去跟罗马尼亚王子结婚了。”

“为什么?”

“因为我不愿意放弃对劳工、社会主义、激进运动的兴趣。”

“噢，我真讨厌那个女人!”瑞秋平素沉静的声音里反常地多了份通俗剧女主角的调子。

兔宝问：“你那么讨厌她?”

“简直想掐死她!”

“因为她扇了你一耳光?”

“不！因为她想把你从我们的事业中夺走，掠到她那个纸醉金迷的世界里。我以为，她肯定能如愿以偿。她什么都有，我什么都没有。”

兔宝心中暗叹，薇一直知道瑞秋的心事，而他却始终蒙在鼓里。这些女人！他郑重地说：“不，亲爱的，她也不是什么都有。”

“那我有什么呢，兔宝，你看上我什么?”

“我正要告诉你。我已经厌倦了争吵，你无法想象我从小到大都在自己的思考和别人的教导之间摔跤跌撞，爱我的人们不理解我在想什么，他们觉得有权利、有义务指引我走上他们心中的正道。你不知道，我跟你在一起的时候感到多么安宁，像走了太远的路终于坐到柔软的沙发上。我犹豫了很久，跟薇的那一段无法从我生命中抹除，我不知道你愿不愿意接受二手折旧的我。哦，准确说是三手，我在高中还有过一段恋情。你看，我也有许多减分项，希望能平衡一下犹太女人生孩子后的体重。”

“兔宝，我不在乎你过往的情史，当然有很多姑娘追求你，你没谈过恋爱才奇怪。我只是厌恶薇·特蕾西，那个自私自利的女人，我怕你迟迟不醒悟，被她带着迷失了自己……或许这些理由都是借口，归根结底是我太嫉妒了。”

“为什么？瑞秋！你是说你爱着我？”

“我想象不出这世上会有女人不爱你！问题是，你爱我吗？”

“是的，我爱你。”

“可……”她喉咙里发出一丝委屈的哽咽，“你完全没表现!”

兔宝猛然意识到，他其实浪费了很多时间。他只要再上前一步，伸出双臂紧紧抱住她，就成功了。瑞秋在他怀里哭起来，好像心被击碎了：“噢，兔宝，兔宝！我能相信这是真的吗？”

为了让她相信，他吻上她的唇。这么长时间以来，她一直是那个端庄稳重的年轻女士，在办公室里指挥若定，令人心生敬意。而现在兔宝发觉她跟任何恋爱中的女人都没什么差别，热烈地回应他。她终于知道这不是做梦，也不是错误，她将同他共度此生！她双手攀在他肩膀上，一边笑一边擦眼泪。兔宝吻她的时候，心里充满复杂的感情，她是多么勇敢、正直、忠诚的姑娘！他要让她幸福。看起来，爱的配方可以有许多成分。

没有比在这片美得近乎神秘的果园农场告白更合适的了，这儿将是他们未来工作生活的地方。很多年后，他们的劳工学校根深叶茂，学生们在树林里散步嬉闹，兔宝和瑞秋将怀着一种难以名状的激动望着那些年轻人，忆起创立伊始这份神圣而甜蜜的盟誓。

Ⅲ

第二天上午，他们离开果园农场，回天使城去办了结婚登记，付了土地的首期款。然后向朋友们宣布喜讯：兔宝和瑞秋结婚了！兔宝亲自去鲁思和保罗的住处，觉得有些不好开口，因为伯蒂和薇都曾异口同声地断言鲁思暗恋他，现在瑞秋也这么说了；而事实证明女人们对彼此的判断总是异常准确。另外还有瑞秋不知道的隐情，在从巴黎回美国的旅途中，兔宝内心浮现出两个未来妻子人选，一个是瑞秋，一个是鲁思。他和鲁思相识有十年了，可以说情深义重，鲁思人也很好，但她跟保罗的关系像被铁链捆在一起，她永远是保罗和他共产主义事业的仆役。在共产主义和社会主义之间，兔宝也做出了选择，相比于前者鼓吹暴力夺权，他更倾向于后者和平改变社会的主张。

不管内心做何感想，鲁思听到兔宝结婚的消息，表现得很高兴，说她早就料到了，瑞秋是个不错的姑娘。她说保罗明天就回来了，他的拥护者们通过多方交涉，帮助保罗免除了牢狱之灾，他可以自由地到处演讲，传播他的俄国见闻了。周末在天使城有一场，鲁思请兔宝和瑞秋去参加，兔宝答应她一定去。

步入尾声的总统竞选并未耗尽人们的政治热情，世界另一头曾经的大帝国如今在工人政权下孕育着奇迹，集会吸引了很多人。保罗非常善于讲述，将俄国的工厂、学校、军队一幕幕如画卷般展现在听众眼前，还有欧洲所见的严酷的白色恐怖……第二天，主流报纸没有报道这次共产主义集会和演讲的具体内容，但发表社论严厉谴责苏维埃的代理人在群众中煽动暴乱。

兔宝打电话给鲁思，希望跟保罗约个时间见面，谈谈他正筹建的劳工学校。然而大忙人保罗已经动身去港口，计划召集码头工人开会。兔宝在海外期间，南加州曾有一场码头工人大罢工，工人们上街游行唱歌，有六百多人在毫无违法行为的情况下被警察抓走，沙丁鱼一样塞进小班房，还堵住通风口让他们闭嘴噤声。一批主要领导者锒铛入狱，因“工团主义犯罪”被判十到二十年徒刑。保罗觉得这是他前去进行共产主义宣传、跟现任领导者搭上关系的好机会。兔宝说好吧，他和瑞秋要去海滩城一趟，说不定会在那儿的海滨码头碰见保罗呢。

Ⅳ

兔宝向姐姐投降了，弗依的一份报告书声称海滩城“希望之地”有将近半数的油井已经耗尽停产，伯蒂不相信，说这又是弗依的诡计，让他们的股票贬值。欺负她不懂石油方面的事，但兔宝懂。伯蒂求弟弟能不能行行好，去海滩城那边矿上实地查看一下产油能力到底如何，为捍卫家族财产做点贡献？兔宝答应了，他带妻子瑞秋一起去，他们现在形影不离。周报已经交给“青年社会主义者联盟”的一位老朋友打理，不过瑞秋仍是掌舵的总主编。兔宝又成了独臂驾驶员，另一只手臂搂着他的姑娘。每当他开得太快，瑞秋都忍不住担心，她怕上天妒忌她的幸福。

瑞秋还从没近距离接触过油田，兔宝带她去“希望之地”山丘顶端的第一口油井“发现号”，告诉她卡尔弗先生当年怎么在井喷中把自己变成了聋子。他带她去了父亲在山北打的第一口井，这里是父亲跃升大富豪的重要一步，也让许多住户的生活天翻地覆。另外还有成千上万来自附近城市的投资者，买了奸商的基金，最终血本无归。而如今这片油田地下的宝藏已经被榨取殆尽，失落了昔日光辉。姐姐叫兔宝暗访，但这根本做不到，因为兔宝一出现在罗斯矿区，就被几个老工头认出来了，他们热情地欢迎“小老板”回来。兔宝跟他们聊了一阵，得到的信息跟弗依的报告书基本一致。

傍晚时候，他和瑞秋来到一所老房子前，脏兮兮地裹着厚厚一层油污灰尘，后院搁着一只储油桶，不远处有一口小油井。兔宝站在廊下，读着门牌：罗布莱斯林荫大道第5746号。他告诉瑞秋，这就是格罗迪太太的家，保罗的姑姑，曾经在这儿有一场吵闹不休的街区会议，兔宝坐在深夜的窗台上，第一次听到保罗的声音。

他们正说着，门开了。一个身材矮胖、面颊潮红、穿着黄旧家居服的女人出现在他们面前，“格罗迪太太!”兔宝叫道。许多年没见，兔宝需要自我介绍，他是当年那个男孩小杰·罗斯，现在长大了，结婚了。“噢老天，时间过得真快!”格罗迪太太在报纸上看到罗斯先生去世了，眼前这位大宗遗产继承人的造访让她心跳加速，赶忙请他们进屋，又连连道歉说家里太乱了，不成样子。

兔宝拉着瑞秋进去了，他想让她看看那楼梯，然后回去嘲笑她没能发现玄机。所有人都会被惯性思维蒙蔽，楼梯自然是通往二楼，可这座单层平顶小洋房连阁楼都没有，楼梯就是楼梯，存在只为它自己。室内布置还跟从前一样，只是整个空间似乎缩小了一圈，雪白墙壁和仿橡木家具的光彩不再。《优雅女士实用指南》还摆在桌子上，蓝底烫金封皮都褪色磨破了。旁边有一沓文件，整齐地用绸带系着。格罗迪太太说那是关于她家土地的法律文书。“律师收了我们的钱，却办不成我们的事，所以我把文书都拿回来了。”她解开绸带一份份拿出来，至少有四百多页，满纸法律术语，却解决不了她受骗上当的问题。

V

吃过晚饭，兔宝和瑞秋到海边散步。南加州总有这样怡人的暖夜，一轮明月高悬海上。码头附近灯光成行，入口处有座露天音乐厅，管弦乐随风飘荡，人们随音乐起舞。这是海滩城市政府的一项公共文化建设，常常演奏宗教音乐涤荡市民心灵。兔宝和他的新娘也加入了成双成对的人群，当然跳舞没什么不好，而且他们现在在度蜜月呀！

他们正跳着舞，管弦乐队仍在演奏，突然掀起一种震动，像远处炸响了一个焦雷。“怎么回事?”瑞秋叫道，“地震了吗?”

“有人放炮。”兔宝回答。他解释说应该是驻防海岸线的舰队在进行夜间演习。海边住久了，时不时就能听见。

这让瑞秋很不舒服，舞也不跳了，眼前仿佛有士兵在炮声中倒下，炸成碎片。或许下一场战争已经在酝酿中，社会主义者还有什么心思闲庭信步。

他们上车，沿着滨海公路开，码头就在公路下边，沿途还有小村、船坞、桥梁、铁路、工厂，以及补丁一样零散成片的工人聚居区。这是南加州最大的港口之一，如今老板和经营者们感到许多幽灵在他们的码头徘徊，共产主义、工团主义犯罪，“世界产业工人联盟”IWW在这儿设了一个指挥部，各路反动分子常在那里集会。

地址是鲁思告诉兔宝的，在工人聚居区的一条偏僻小巷里，中等大小的房子，窗内透出灯光，里面传来琴声和孩子们的练唱声。兔宝找地方把车停好，正要下车，瑞秋抓住他的胳膊，“等等!”一支车队出现在巷口，两辆车并排堵住了出路。总共大概五十多人，全副武装，迅速冲进了那间房子。

“这是来清剿他们的!”兔宝叫道，想要下车。瑞秋死死按住他，“别！别去！你去又有什么用?”

“老天，难道我们干看着?”

“你没带武器，去了只是送死！别动!”

他们听见里面的骚乱声，很多人大喊大叫，轰隆巨响不知是家具倒了还是人倒了。兔宝受不了坐在这儿，他挣扎着要去看看，瑞秋疯了似的扑在他身上，“求求你，看在上帝份上，就算为了我，别去送死!”兔宝不知道她有这么大劲儿。她知道在以后的日子里这个恐怖时刻会像噩梦一样不断闪回，她知道有一天在严酷的斗争中丈夫也可能义无反顾献出自己的生命，但绝不是现在！

分分秒秒像飓风卷过，结束了，那群家伙从房子里出来，押着六七个人扔进车里，车队呼啸着开走，从他们的视线中消失了。兔宝和瑞秋一动不动地坐着，时间定格，片刻死寂。

现在可以出去了。兔宝飞奔进屋，瑞秋紧随其后。他想起那天夜里在格罗迪家后院，他也是这样边跑边叫：“保罗！保罗!”一个男人踉跄着往门外走，前额被砍了一道伤口，满身满脸都是鲜血。“这群畜生!”兔宝往里走，一个女人在号哭，撕自己裙子的布，给地上躺着的人包扎伤口。家具桌椅横七竖八，掀翻的餐桌旁满地碎玻璃、陶瓷渣。灶上一口煮咖啡的大锅底朝天，滚烫的咖啡水泼在唱歌的孩子们身上，他们在唱红色歌曲，被暴徒勒令闭嘴，严重烫伤的皮肉惨不忍睹。

事后报纸称，这是一伙来历不明的袭击者，可能是出于爱国义愤而进行的报复，因为几天前该港口附近的一艘军舰上发生爆炸，炸死了几名军人，当时有报道怀疑 IWW 与此事有关。然而饶有意味的是，IWW 一直处在警方的严密监控下，而突袭发生时，附近一个警察没有，之后警方也不进行深入调查。

Ⅵ

兔宝没想到保罗真的在这儿，可他确实在这儿，直挺挺躺在地上，左眼被打坏了，流血不止，三四个人围在他旁边，兔宝过去喊他的名字，没有反应，但他还活着，能听见呼吸声。医生！医生！已经有很多人去找了。兔宝记得海滩城一位外科医生的电话，赶紧找电话打给他，对方听兔宝介绍了情况，说马上赶到。兔宝又打电话叫医院的急救车快些来。等他再回到保罗身边，一些重伤者已经被运走了，瑞秋在他那只被打烂的眼睛上盖了块干净手帕，用垫子把他的头抬高了些。

外科医生来了，初步诊断头骨后部遭到猛烈撞击，脑震荡是不可避免的，其他要拍了X光片再看。他们把保罗送到最近的镇医院，拍了片子，但没有条件做手术。医生说观察一段时间，看脑部哪些机能受到影响。兔宝和瑞秋坐在病床前，颓然地注视着缠满绷带的保罗。瑞秋读得懂兔宝的心思："亲爱的，你是后悔没有冲进去，让自己脑袋也挨上这么一下吗?"他知道，他无法阻止这些可怕的事情，可这么杰出的头颅就被钢管击裂了，他宁可躺在这儿的自己。"我们得通知鲁思。"瑞秋说，她打电话叫雅各布打车把鲁思护送过来。

两小时后鲁思奔上楼梯，满脸惊惧。"怎么样了?"她走到床前，定定望着保罗："噢，这……"他们告诉她刚刚发生了什么，鲁思又靠近了些，目光一刻不离哥哥的脸。她想去拉他的手，被他们拦住了，最好不要动病人。鲁思膝盖一软，跌坐在地上，捂住脸啜泣起来。兔宝和瑞秋试着安慰她，但她几乎意识不到他们的存在。兔宝不觉滚下了两行热泪，薇以前说妹妹对哥哥感情这么深不正常，可他了解这对兄妹，天堂镇山坡上孤独放羊的小姑娘，不幸生长在一个疯狂的家庭，鞭子抽在身上强迫她一起发疯。保罗是她唯一的朋友、灵魂的导师、真正的至亲之人。

Ⅶ

午夜之后，瑞秋对兔宝说，他们守在这儿也做不了什么，回宾馆休息一下，日子还长。兔宝从命了，他不能叫瑞秋跟他一起熬，这不公平。伯蒂和薇都不理解他对保罗的感情，瑞秋也难以理解。他崇拜保罗，愿意献给他无保留的忠诚，倾倒于他的为人和思想，记得他说过的每一句话，珍藏关于他的每一段记忆。

兔宝躺在床上睡不着，对瑞秋讲他和保罗的往事。当他还是个小男孩的时候，对世界充满好奇，想了解一切新鲜未知的事物，不知道该向往追求什么，保罗出现了，一个坚毅、正直、自强、有主见的理想榜样，总是清晰地知道人生的目标，不为金钱和物质享受所迷惑。兔宝觉得自己永远赶不上保罗，他习惯了舒适安逸的生活，跟女孩谈情说爱，混上流社会的交际圈……但眼前始终有一个影子，提醒他有更值得过的生活，他想成为保罗。

然后在成长的每个阶段，保罗都瞻之在前，为他做着示范。兔宝总在心里把自己的行为跟保罗比较，意识到自己的幸福和成功多么不值一提，还差得远。是保罗教给他劳工阶级的不公平待遇，教会他从工人的角度思考问题。在兔宝眼中，保罗就是新一辈觉醒的劳工阶级的化身。他的思想和意志像一道明亮的追光，指示出世界的焦点，告诉兔宝他该知道什么。兔宝习惯了追随这道理想的追光，而如今它却要渐渐熄灭了。

次日早上，他们回到医院，保罗仍在昏迷，听得见沙沙的呼吸。鲁思一宿没睡，眼珠不错地看着保罗。护士请求她去躺一躺，鲁思摇头，她说自己也是护士，每天做的工作就是看护病人。她看上去更苍白了，嘴唇微微颤抖，好像停不下来。外科医生又来了，他说现在只能等待观察，如果能恢复意识，便没什么大碍；但如果脑膜受损或者有血块，就比较凶险了。

瑞秋说应该通知家里人，兔宝给沃特金斯一家发了份电报，请沃特金斯老先生雇一辆汽车，带全家人到海滩城的这所医院，车费由兔宝来付。他想要不要告诉伊莱，斟酌半天还是算了，家里人会转告的。他回到病房，翻开早上的报纸，报道以欢欣鼓舞的笔调说赤色激进分子应该从这次不明袭击中得到教训，不再干扰港口的安定秩序。

这天恰是选举日，漫长的竞选期在兔宝看来简直像一场噩梦，拉弗莱特参议员在社会主义者的支持下参加总统竞选，他讲出了许多往届政府真相，包括弗依和父亲深陷其中的海军油田事件，一度确实吸引了选民的注意和支持。然而在最后三个竞选周，拉弗莱特倾囊爆料一发不可收拾，政府与商界的丑闻像捅开了马蜂窝，黑压压出现在民众眼前。华尔街银行家、石油巨头、大制造商、各行各业的大集团人人自危。现任总统的竞选团队不攻击不揭短，在华盛顿和纽约运筹帷幄，继而贯彻到每个选区、城市、村镇。宣传形式包括报纸、手册、集会、广播、电影等等。他们告诉选民，如果拉弗莱特这样的人当总统，这个国家的商业体系会被击溃，将有大量工人失业，美国不知变成什么样子。现任总统秉持稳健谨慎的执政方略，请投这位品德高尚、充满智慧的平民领袖一票吧！现在，保罗在死亡的崖边命悬一线，成千上万张选票雪花一样落下了，民意得到了表达。

Ⅷ

天气渐渐热，病房的窗户都打开了，不远处的公寓楼里传来广播声。全加州有二十多万台收音机，十几个调频电台，各个时段都有节目。千家万户的主妇们每天一面洗衣做饭，一面听着“基督，我灵魂之爱”，或者“梅蜜梅蜜，真性感”，或者皮格利-威格利的女声合唱，或者二手车销售广告，或者某个演讲家在鼓动群众积极参与投票。

共产主义工人党和IWW组织的领导都来过电话，询问保罗的情况。也有记者关注此事，兔宝义愤填膺对他们讲述当天事件经过，但采访内容都没有发表。天堂镇那边也来了电话，是小妹妹米莉，她说父母和萨蒂都去外地参加复兴布道会了，她不知道地点在哪儿，正在托人找。她问保罗怎么样了？兔宝跟她讲了现状，米莉说应该通知伊莱，不管信不信伊莱有圣灵所赐的异能，他确实治好了一些人，说不定也能治好保罗。兔宝听她的，即刻给伊莱在天使城的教堂发了份电报。

几个小时后，一辆豪华轿车停在医院门口，“第三神启”的先知伊莱·沃特金斯下车，穿着乳白色法兰绒西装，配上他的瘦高身量，煞是引人注目。这么多年过去，他已经熏陶出了一种大主教的神圣贵气。不与人握手，而是用突出的大蓝眼睛望住你，说：“主保佑你”。此刻他站在病床前，看着保罗，什么也不问——他没必要问，更不用像俗人一样盯着X光片，上帝自会告诉他一切。片刻后，他终于开口：“我想和我哥哥单独待一会儿。”当然，这是合情合理的要求，兔宝、瑞秋和鲁思都退出病房。

鲁思跟行尸走肉没两样，眼神空洞呆滞，嘴唇不由自主地颤抖，那样子看着特别让人心疼。她不肯去吃饭，护士给她倒了牛奶，她端起来抿了抿，眼泪唰唰往下流。医生命令她，必须吃安眠药去睡一觉，否则没等到保罗苏醒，她自己就奄奄一息了。鲁思在医院听惯了医生的命令，被带去休息，兔宝和瑞秋替她守着。过了一会儿，伊莱走出病房，没跟任何人道别，一言不发地走了。

Ⅸ

夜幕降临。对面公寓楼里亮起灯，男人下班回家，饭菜已上桌。脱了外套，舒舒服服往藤椅上一坐，打开他的收音机，接收世界的新鲜事。于是病床前的看护者开着窗户便知道选举结果了。虽然由于不同州的时差，最终结果还没出来，但加州和许多州的投票都揭晓了，“平民领袖”遥遥领先两位对手，得票数甚至多于另两人之和。电台和报纸都对此相当满意，播报时带着轻松的诙谐。死在这欢乐的气氛中也不错，可惜保罗听不到。

“第三神启”的广播时间到了，以管风琴配圣诗吟诵开场，对面公寓楼的住户显然不是伊莱的忠实信徒，他调到了雪宝贝香皂公司赞助的电台，介绍一支三人组乐队的最新单曲，“我的爵士小宝贝……”似乎不是很喜欢，又调回到“第三神启”，伊莱低沉的声音响起来，全加州家庭妇女的挚爱。

“兄弟姊妹们：上帝又赐予恩惠，向我展示了他的神迹。荣耀的主啊，今夜潮汐起落，皆因他的悲悯。我有一位兄长，名叫保罗，在我年少时候，他曾是我的伙伴，我们是牧羊人的孩子，在天堂镇亘古的群山上，照管羊群，仰望星空，等待主降临。祈祷那些迷失的人能重新找回正道，摆脱魔鬼的诱惑。可后来，我的哥哥长大了，也迷失了信仰，加入了撒旦的阵营。不再敬爱我们的救主基督，对圣灵的使者满心妒忌仇恨，还企图将其他人引上邪路。如今他装满渎神思想的头颅遭到致命一击，正躺在床上走向死亡，跟从魔鬼的人，终会被魔鬼击倒。我痛苦地去到他的病榻前，体会到上帝意志的伟大。他在向我的信众们传递讯息，也让我的哥哥能最终听我祷告，忏悔他的罪孽，受洗于羊羔宝血，哈利路亚！荣耀！愿主保佑！弟兄姊妹们，与我一同喜乐吧，我找到了这只迷羊。耶和华说，你们来，我们彼此辩论。你们的罪虽像朱红，必变成雪白……”

这番动人的言辞必定得到了万千信众心悦诚服的膜拜，齐声高呼“哈利路亚!”然而鲁思站在门口，惊恐地望着兔宝，轻声道：“他说谎!”是的，兔宝知道，但你没有办法证明。就算有，也阻挡不住电台的音波传遍整个加州，一个人无法跟它争辩。何况这个谎言对资本主义社会有利用价值，电台和报纸会愿意重复的，而懒得动脑思考的市民会愿意相信的。

X

公寓楼里的人又换台了，给小孩子讲睡前故事的“彼得叔叔”（Uncle Peter）说话了，他的声音柔和而充满爱意，笑声中带着童真，凭这幅嗓子每月赚一千美元。现在他不讲童话，而是在报告各地选票：“加州罗萨里奥（Rosario），美国商会秘书长鲍伯·巴克曼（Bob Buckman）的家乡！让我们来看看鲍伯的影响力！完成点票的 37 个选区中，拉弗莱特

（Lafollette）117 票，戴维斯（Davis）86 票，柯立芝（Coolidge）549 票。噢，不知道鲍伯有没有在收音机前呀，如果在的话，恭喜你收到了彼得叔叔的祝贺，干得不错！”

片刻后，坐在窗前的看护员吃了一惊，听到“彼得叔叔”叫了自己的名字。“加州天堂镇，小杰罗斯油田的所在地，据说小杰·罗斯先生是个布尔什维克，专门保释各种政治犯，还办了份报纸，要把我们学校里的少男少女染成‘粉色’！来看看他的天堂镇，完成点票的 14 个选区中拉弗莱特 217 票，戴维斯 98 票，柯立芝 693 票。哦，小杰，家里情况不妙啊！”

公寓楼里的人又换台了，响起悠扬的班卓琴独奏。保罗的嘴唇在动，发出细微的声音。鲁思连忙弯下身，“他醒了！快叫医生！”医生过来检查了一番，摇摇头，说这是无意义的声音，病人不知道自己在说什么，可能接下去一段时间都是这样，仍不能判断他颅内的损伤状况。

但鲁思全神贯注地听着，坚信保罗有意识，在跟她交流。她贴在他耳边，急切地呼唤：“保罗，保罗，你要告诉我什么？”他的声音更响了些，但还是听不懂。“这可能是外语，”瑞秋说。“说不定是俄语。”兔宝说，保罗只学过俄语。“兔宝，兔宝，咱们一定得想法听懂他在说什么，必须的，他可能在向我们求助呢！”鲁思哭道。瑞秋想劝她，那不过是病人的谵语，却让鲁思更激动了，瑞秋自己的男人好好儿的，哪里懂得她的痛苦！“我要知道，我要知道！他到底在说什么？有人懂俄语吗，你们认识谁懂俄语吗？”兔宝说格雷戈尔会说，现在就给他打电话。

“NIE TROODYASHCHIYSIA DA NIE YEST！”一遍一遍地从保罗的喉咙里发出，声音越来越大。与此同时，对面公寓楼广播里的歌手也在声嘶力竭地喊：“甜心甜心，快来吻我，叫我销魂……”

鲁思听着听着，突然若有所悟地叫道：“兔宝，赶紧写下来，说不定他就停了……说不定他就停了！永远不会再说了！”兔宝知道她的意思，也明白这是受她小时候家教的影响，家里人跳神打滚时会说方言灵语，即便听不懂，也是有特殊意义的。他掏出纸笔，尽力记下保罗发出的音节。

“HLIEBA，MIRA，SVOBODY！”

等格雷戈尔赶到时，听见保罗重复的这一句，说确实是俄语，意思是“面包，和平，自由”。看来保罗不是有话要对妹妹说，是还想对美国工人讲述俄国的事情。

XI

大选结果公布了，柯立芝胜出。电台里播放着各地庆祝演出的遥控录音，晚间咆哮新闻的播音员吐字不清地说着纽约帝国大厦的盛况。“等等，谁把我杯子碰洒了？姑娘们注意点儿，我们有上百万听众呢！来，让来自芝加哥的科梅给我们唱一曲，火辣点儿，带劲点儿，那首街角汽车的，怎么样？”一个欢快的声音说没问题！“在你之前我遇到一些人，在你之后我遇到一些人。街角汽车，柔情蜜意，对我统统无意义，总还会有下一轮……”

大概六年前，这个国家满怀宗教热情言之凿凿颁布了禁酒令，然而制定、宣传、执行法令的官员们没有几个不购藏私酒。此时此刻，庆祝大选获胜的人们都在举杯豪饮，兔宝知道那是怎样的情景，四年前沃伦·哈丁当选，他也曾经醉过。他们在大宴会厅里，有父亲、薇、安娜贝尔、弗依……所有人都喝多了，哈维·曼宁在座位上睡得特别香，汤姆·佩雷导演试着爬上桌子，差点跟侍者打起来。宴会厅里三百张桌子全都坐满了各界名流，桌上满是酒杯、烟灰、食物的油渍、鲜花、糖果、气球、明艳的彩带、流动不停的音乐、吵闹的人声，晚装半裸的美丽女人。

沉默坚毅、充满智慧的“平民领袖”知道自己的成功是上千万美元的竞选资金换来的，得在任期内“还债”。而商业巨头们知道自己的税务将在未来几年减轻不知多少美元，某位石油大亨会知道自己将得到美索不达米亚或委内瑞拉的石油开采权，此时他握着情妇带满钻戒的手，愉快地随着流行的爵士乐，跳起年少时在农场学的乡村舞步来。

XII

保罗的一只手动了动，鲁思兴奋地叫道：“他醒了！他醒了!”护士来看了，劝她冷静，这说明不了什么，医生说过了会出现这种情况，他们得注意，别叫病人挪动头部。保罗的手在床单上乱晃，好像在掸掉小虫子，同时喉咙里的声音更响了，一直在讲俄语。格雷戈尔翻译给他们听，大都是保罗演讲的内容，关于苏维埃俄国的新气象，时不时高喊口号：“DA ZDRAVSTVOOYET REVOLUTZIYA!”革命万岁。

萨克斯风的伴奏旋律下，一个沙哑震颤的女声在慵懒哼唱：“我的钱都去哪儿啦，口红粉饼和其他……”

保罗开始用手臂不停捶打床铺，他们必须按住他。他是在跟天堂镇镇压罢工的警卫搏斗吗？还是跟圣埃利多县的监狱看守？联邦密探？法国警察？还是突袭他们的那伙暴徒？他在疯狂地挣扎，兔宝和格雷戈尔各抓住他一只胳膊，鲁思和瑞秋各抓住一只脚。护士飞奔着拿来束身衣，费了九牛二虎之力把保罗紧紧绑在床上。他还在用力，青筋毕露，脸色憋得青紫。

窗外传来海军俱乐部的电台直播，上百名军人欢呼雀跃，时而有杯盘碰撞或打碎的脆声，有人在当众发言，喝得太多口齿不清。这些声音如同荧光碎屑，兔宝眼前划过一幕幕往昔生活的断片，令他头晕目眩。

“梅蜜梅蜜，镇上最性感的姑娘，火辣地烧毁了我的心房……”

“天呐，天呐!”鲁思叫起来：“他在跟我说话!”某个时刻似乎是这样，保罗的一只眼睛睁开了，瞳孔中注满狂野的恐惧。奋力抬起他的头，张着嘴发出窒息的喉音。

“为什么不去爱，她像炉火一样撩人……”

“什么？保罗，你说什么?”鲁思尖叫。

“想想真是有趣啊，钞票到了她手里，转瞬灰飞无踪迹……”

“啊他死了！他死了!”鲁思扑到保罗身上，厉声号啕。

“噢梅蜜，梅蜜……”

Ⅷ

共产主义者们想办一个庄严的“红色葬礼”，借势做一些宣传，但被伊莱和当局联手阻止了。伊莱声称保罗已经忏悔，愿意洗净罪孽，回归上帝怀抱；因此他的遗体将遵循“第三神启”的教义礼仪下葬。

三天后，天堂镇的一座山丘上举行了一场不大不小的盛会，除了参加葬礼的亲人、朋友和同志，还有卡车运来电台收声设备，葬礼主持者伊莱的声音将直播到千家万户，加州的许多家庭主妇都为这场葬礼推迟了购物。兔宝、瑞秋和保罗生前战友们站在后边，知道伊莱不欢迎他们；鲁思就站在墓前，两个妹夫一左一右护着她。她最近总有轻生的疯狂举动，得时刻有人看着。鲁思看上去非常糟糕，憔悴得不成人形，精神也完全恍惚了，仿佛不知道眼前的深坑和黑色棺材意味着什么，伊莱满怀热忱讲话的时候，她只呆呆盯着远处山巅的白云。

葬礼后，鲁思不再麻烦别人，每日在她家农场附近的山上四处游荡，曾经的牧羊姑娘唤着根本不存在的山羊，有时叫保罗的名字，有时叫兔宝，某天开始叫起乔·岗达。天堂镇油田如今属于罗思科的儿子了，四个儿子都在帮他打理生意。工人们忙着清理火灾的痕迹，重新搭建油井，早日恢复生产；他们都是新招的，认识这可怜姑娘的都很少，更没人知道许多年前在这儿落井殒命的那个矿工。晚上，鲁思迟迟不回家，家里人出门去寻，从工人口中得知她白天一直在叫乔·岗达，米莉立刻记起来了。他们赶到天堂镇的第一口井那儿，伸下一只吊钩，捞上来一件鲁思的衣服；他们别无选择，接着下三叉抓斗，把她的尸首捞了上来。伊莱再次回到故乡，又主持了一场葬礼，就葬在保罗旁边，乔·岗达离得也不远。

墓地的周围树了一圈木桩护栏，一百英尺以内不许破土钻井。终有一天，那些油井都将化为平地，木桩和坟墓也会没于尘土；又有小女孩在这山上奔跑，阳光下裸露的小腿晒成健康的棕色。她的命运可能与鲁思不同，她长大后或许会得到幸福；如果那时人们已经把那黑暗残忍的魔鬼锁住。它杀死了鲁思、保罗和父亲，让千百万劳工饱受剥削压迫，让整个国家沦丧于财富的诱惑——那无所不在摧残众生的邪恶力量，锁住它。